BASTEI LÜBBE

Über das Buch:

»Simon Tolkien hat das Zeug zu einem britischen John Grisham.« Bookpage

»Lassen Sie sich nicht vom Namen des Autors verwirren, denn Sie werden im Debütroman des Enkels von J.R.R. Tolkien keine Hobbits vorfinden. Dafür aber eine wunderbare, spannende Geschichte über eine Familie und deren unterschiedliche Beziehungen, eine genreverknüpfende Mischung aus Englischem Krimi, Familiengeschichte und Gerichtsdrama, die berührt und bezaubert.« Booklist

»Tolkiens Fähigkeiten als Geschichtenerzähler in diesem straff und flott erzählten Thriller sind bemerkenswert. Ein exzellentes Gerichtsdrama mit gut gezeichneten, glaubwürdigen Charakteren. Der Enkel des Autors von Der Herr der Ringe *wird mit seinem Debütroman für Aufsehen sorgen.«* Library Journal

Über den Autor:

Simon Tolkien wurde 1959 in Oxford geboren. Er ist der Enkel von J.R.R. Tolkien, dem Autor von DER HERR DER RINGE. Tolkien studierte Geschichte in Oxford und arbeitet heute als Rechtsanwalt in London, wo er mit seiner Frau und seinen beiden Kindern lebt. Dies ist sein Debütroman.
Für weitere Informationen über den Autor besuchen Sie seine Homepage unter: http://www.simontolkien.com

SIMON
TOLKIEN

GESTOHLENES LEBEN

ROMAN

Aus dem Englischen von
Ingrid Klein

BASTEI
LÜBBE

BASTEI LÜBBE TASCHENBUCH
Band 15 085

1. Auflage: Januar 2004

Vollständige Taschenbuchausgabe

Bastei Lübbe Taschenbücher ist ein Imprint
der Verlagsgruppe Lübbe

Deutsche Erstveröffentlichung
Titel der englischen Originalausgabe: *Final Witness*

Einbandgestaltung: HildenDesign, München
Titelbild: Alamy.com. Bildge. Andrea Barth
Satz: hanseatenSatz-bremen, Bremen
Druck und Verarbeitung: Elsnerdruck, Berlin
Printed in Germany
ISBN 3-404-15085-6

Liebe Leserin, lieber Leser,

viele meiner Kollegen begannen mit der Lektüre von Gestohlenes Leben aus demselben Grund wie ich: Wir waren neugierig, was für ein Buch der Enkel von J. R. R. Tolkien wohl geschrieben hatte. Handelte es sich um Fantasy? Um etwas Wissenschaftliches? Würde womöglich ein strategisch gut platzierter Hobbit in einer Schlüsselszene auftreten?

Wie sich herausstellte, hat Simon Tolkien einen spannenden Gerichtskrimi verfasst, der so fesselnd war, dass uns nicht länger die Herkunft des Autors interessierte, sondern nur noch die Aussage des letzten Zeugen und die Frage, ob die grünäugige Schönheit im Mittelpunkt des Romans, Greta Grahame, unschuldig oder schuldig ist.

Ich bin davon überzeugt, dass auch Sie dieses Buch nicht wieder aus der Hand legen können und bis zum Schluss nicht ahnen werden, wie Gestohlenes Leben endet. Gleichzeitig können Sie während Ihrer Lektüre die Kunstfertigkeit Simon Tolkiens genießen, mit der er die Atmosphäre eines Gerichtsprozesses beschreibt, das Zusammenprallen der unterschiedlichen britischen Gesellschaftsschichten und, was besonders hervorzuheben ist, die Komplexität von Familienbeziehungen und deren mögliche Auswirkungen.

Bisher galt unsere Aufmerksamkeit Simon Tolkiens realer Familie, aber es ist seine erfundene Familie, die uns hier fasziniert und in ihren Bann zieht. Wir hoffen, dass es Ihnen ebenso ergehen wird und dass Sie es nicht für sich behalten, sondern weitererzählen.

Mit freundlichen Grüßen *Jonathan Karp*

Dieses Buch ist meiner Frau Tracy gewidmet.
Ohne sie hätte es nicht geschrieben werden können.

Danksagung

Ganz besonders danken für ihre Hilfe und Ermutigung möchte ich Tracy, Nicholas, Anna und Faith Tolkien. Außerdem Ravi Dogra, Christine Groom, Elizabeth Sheinkman, Jonathan Karp, Margaret Wimberger, Rachel Calder und Beverley Cousins.

»Vom Himmel senkte sich, Flocke um Flocke, in unermesslicher Verschwendung, ein weißer Schleier und bedeckte die Erde mit einem Leichentuch. Der Schneesturm war allein auf der Welt, nichts gab es, was sich mit ihm hätte messen können.

Jura kletterte von der Fensterbank herunter. Seine erste Regung war der Wunsch, sich anzukleiden und ins Freie zu laufen, um irgendetwas zu tun. Ihm wurde angst bei dem Gedanken, dass die Kohlköpfe im Klostergarten unter dem Schnee begraben würden, sodass man sie nicht mehr herausschaufeln konnte. Dann wieder stellte er sich vor, wie seine Mutter da draußen auf dem Friedhof unter der weißen Schneedecke lag, hilflos ausgeliefert jener Macht, die sie immer weiter von ihm entfernte und immer tiefer in die Erde versinken ließ.«

– Aus *Doktor Schiwago*
BORIS PASTERNAK

1. Kapitel

Mein Name ist Thomas Robinson. Ich bin sechzehn Jahre alt. Heute ist Donnerstag, der 6. Juli, und ich mache diese Aussage vor Detective Sergeant Hearns von der Polizei von Ipswich. Ich habe bereits zwei Aussagen in diesem Verfahren gemacht. Alles, was ich sage, entspricht nach bestem Wissen und Gewissen der Wahrheit. Und ich gebe diese Erklärung im vollen Bewusstsein ab, dass – sofern sie als Beweismittel gilt – ich der Strafverfolgung unterliege, wenn ich absichtlich eine Falschaussage gemacht oder die Unwahrheit gesagt habe.

Ich lebe im Haus der Vier Winde am Rande der Stadt Flyte an der Küste von Suffolk. Die einzige Person außer mir, die jetzt noch dort lebt, ist die Haushälterin Jane Martin, die sich um mich gekümmert hat, als ich ein kleiner Junge war. Mein Vater besucht mich dort nicht mehr.

Meine Mutter wurde am 31. Mai des letzten Jahres in diesem Haus getötet. Ich habe alles, was passiert ist, in meinen beiden ersten Aussagen beschrieben. Zwei Männer kamen und ermordeten sie. Einer von ihnen trug einen Pferdeschwanz und hatte eine Narbe am Kinn. Ich war ebenfalls anwesend, aber in einer Geheimkammer hinter dem großen Bücherschrank oben neben der Treppe verborgen. Die Kammer war vor hunderten von Jahren für katholische Priester geschaffen worden, die sich dort auf der Flucht vor den Protestanten verstecken konnten. Ich konnte mich verstecken, meine Mutter jedoch nicht. Sie schaffte es nicht, weil ihr nicht genug Zeit blieb. Deshalb ist sie gestorben.

Die Männer haben mich nicht gesehen, aber ich sah den Mann mit der Narbe durch ein kleines Guckloch im Bücherschrank. Er beugte sich über meine Mutter, und als er sich wieder aufrichtete, sah ich, dass er etwas Goldenes in seiner Hand hielt.

Sein Gesicht ist mir deutlicher als jedes andere in Erinnerung geblieben, dass ich je gesehen habe, obwohl ich ihn nur ein oder zwei Sekunden lang im Blick hatte. Es ist, als hätte mein Gedächtnis eine Fotografie gemacht. Klein, dunkle Augen, dünne, blutleere Lippen und eine dicke Narbe, die unter seinem Kinn begann und sich bis zu seinem kräftigen, bulligen Nacken zog. Man konnte diese Narbe sehen, weil er sein schwarzes Haar zu einem Pferdeschwanz trug.

Ich hatte den Mann schon vorher gesehen. Er war bei Greta in London gewesen. Sechs Wochen, bevor er meine Mutter getötet hat. Ich habe ihn nur von hinten gesehen, aber ich weiß, dass er es war. Er trug denselben Pferdeschwanz und hatte diese Narbe.

Gestern Abend gegen sieben Uhr sah ich den Mann erneut. Zum dritten Mal.

Jane Martin geht mittwochabends immer zum Frauenverein ins Rathaus von Flyte, und deshalb habe ich im Esszimmer allein zu Abend gegessen. Die Fenster in dem Raum gehen nach vorne raus und zu dem Weg an der Nordseite des Hauses. Sie waren alle geöffnet. Ich glaube, ich habe dem Meer gelauscht und an vergangene Dinge gedacht, wie ich es manchmal tue.

Wenn der Fernseher an gewesen wäre, hätte ich sie bestimmt nicht kommen hören. Aber sobald ich den Wagen draußen hörte, hatte ich das Gefühl, dass etwas nicht in Ordnung war. Wir benutzen den Weg zwar, um zum Strand zu gehen, aber niemand sonst tut es. Es ist zu weit von der Stadt entfernt, und ich erwartete auch keine Besucher.

Sie kamen durch die Tür in der Nordmauer, genau wie in der Nacht, in der meine Mutter starb. Sie müssen einen Schlüssel gehabt haben. Ich sah sie den Weg zur Vordertür entlanggehen. Sie bewegten sich schnell, und mir blieb keine Zeit, um nach oben zu dem Geheimversteck hinter dem Bücherschrank zu laufen, wo ich damals Zuflucht gesucht hatte. Stattdessen lief ich zu der alten schwarzen Bank, die neben der Tür steht, die vom Esszimmer in die Eingangshalle führt. Man kann ihren Sitz öffnen, und ich kletterte hinein. Auf der Vorderseite befinden sich Schnitzereien von Matthäus, Markus, Lukas und Johannes, und man kann durch ihre Augenlöcher spähen. Als ich klein war, kletterte ich gewöhnlich dort hinein, wenn ich mit meiner Mutter und Tante Jane Verstecken spielte, aber jetzt war es ziemlich eng, und ich hatte Angst, sehr große Angst.

Die Polizei hatte eine Alarmanlage im Haus installiert, und ich drückte den Knopf, bevor ich in die Bank kroch. Die Anlage alarmiert die Carmouth Polizeiwache, wenn ich Hil fe brauche.

Ich befand mich in der Bank, als sie durch die Vordertür kamen. Es waren zwei, und sie benutzten einen Schlüssel. Dessen bin ich mir sicher. Der mit der Narbe führte das Kommando, aber er trug dieses Mal keinen Pferdeschwanz. Er trug sein Haar offen, sodass ich die Narbe nicht erkennen konnte. Er nannte den anderen Mann Lonny. Sie trugen Le-

derjacken und Jeans, und Lonny trug eine Baseballkappe. Er war übergewichtig und sah aus wie ein Boxer. Lonny hatte ich noch nie zuvor gesehen. Ich würde sagen, sie sind beide in den Dreißigern, könnten aber auch älter sein.

Sie blickten sich eine Weile in den Räumen unten um, aber sie berührten nichts, und sie trugen Handschuhe.

Dann sagte der mit der Narbe: »Lonny, beobachte die verdammte Straße, während ich nach oben gehe. Der Junge ist hinter dem Bücherschrank, wo er auch damals war. Greta hat mir erklärt, wie das funktioniert.«

Lonny kam und blieb dicht neben meinem Versteck stehen, doch ich konnte ihn nicht richtig sehen, weil er seitlich vor mir stand, und der Mann mit der Narbe ging nach oben. Es fiel mir sehr schwer, mich nicht zu bewegen, und ich versuchte, den Atem anzuhalten. Das machte es noch schlimmer, und ich fürchtete, Lonny könnte mein Herz klopfen hören. Es kam mir so schrecklich laut vor.

Ungefähr eine Minute später kam der Mann mit der Narbe zurück, und ich konnte die Wut in seiner Stimme hören, als ob er sich darauf vorbereitete, etwas wirklich Schlimmes zu tun. Allerdings schrie er nicht; es war eher so, als spräche er mit zusammengebissenen Zähnen. Und ich kann mich nicht an seine exakten Worte erinnern. Ich kann nur das Wesentliche wiedergeben.

»Der verdammte Junge ist hier irgendwo«, sagte er. »Hier, er hat erst die Hälfte aufgegessen. Er kann nicht weit gekommen sein.«

»Soll ich die Bude auseinander nehmen, Rosie? Ich finde ihn für dich.«

Ich konnte dem Eifer in Lonnys Stimme entnehmen, dass er wirklich gern etwas zertrümmern würde.

»Nein, verdammte Scheiße. Ich will nicht, dass du auch nur irgendwas anrührst, du Idiot. Du sollst einfach nur aufpassen, verdammt noch mal, und es mir überlassen. Und nenn mich nie wieder so.«

Der dicke Mann stellte sich neben die Vordertür. Sie stand halb auf.

»Lonny, der Verlierer«, sagte der Mann mit der Narbe. »Er ist ein verdammter Verlierer, nicht wahr, Thomas?«

Ich konnte ihn nicht sehen, aber er war nicht weit weg, und ich hätte beinahe geantwortet, weil er so unerwartet und ganz natürlich meinen Namen ausgesprochen hatte, doch stattdessen biss ich mir auf die Zunge.

»Es tut mir Leid mit deiner Mutter, Thomas. Wirklich. Und ich verspreche dir, dass dir nichts geschieht. Pfadfinderehrenwort, Thomas. Pfadfinderehrenwort. Wir wollen dich nur mit auf eine kleine Ferienreise nehmen. Das ist alles. Bis dieser Prozess vorüber und erledigt ist. Irgendwohin, wo es schön und sonnig ist und viele hübsche ausländische Mädchen sind. Oben-ohne-Strände. Das würde dir gefallen, nicht wahr, Thomas? Warum bist du also kein braver Junge und kommst heraus, damit wir uns näher kennen lernen können?«

Ich konnte hören, wie er herumlief und Türen und Schränke öffnete, während er die ganze Zeit mit dieser vorgetäuscht freundlichen Stimme sprach, aber dann machte er eine Pause. Als er erneut sprach, war seine Stimme wieder schneidend.

»Zu ängstlich, um herauszukommen, stimmts Junge? Eine Scheißangst hast du. Willst du Scheißspiele mit mir spielen, du mieser kleiner Wicht?«

Plötzlich unterbrach er sich, seine Stimme wurde übertönt

vom Klang der Sirene, und eine Sekunde später rannten sie aus der Vordertür. Sie müssen auf dem Weg gewartet haben und erst dann weggefahren sein, nachdem ich der Polizei das Vordertor mit dem Summer geöffnet habe, sodass niemand sie gesehen hat.

Ich würde beide Männer wiedererkennen, und ich würde auch die Stimme von dem Mann mit der Narbe wiedererkennen. Sie war weich, und er sprach die Schimpfwörter langsam und betont aus, als würde er es genießen, sie wieder und wieder zu sagen. Ich denke, er hätte mich getötet, wenn er mich gefunden hätte. Ich bin fest davon überzeugt.

Wie ich bereits sagte, habe ich mein Bestes versucht, um das Wesentliche von dem wiederzugeben, was die Männer gesagt haben, als sie im Haus waren, aber ich kann mich nicht wörtlich an alles erinnern. Sicher bin ich mir jedoch, wie sie sich gegenseitig genannt haben, und ich weiß, dass der Mann mit der Narbe über das Versteck gesagt hat: »Greta hat mir erklärt, wie das funktioniert.«

Als ich später mit dem Polizeibeamten nach oben ging, stand die Tür des Bücherschranks halb offen.

Ich bestätige hiermit, dass ich immer noch bereit bin, als Zeuge der Anklage vor Gericht zu erscheinen im Prozess gegen meine Stiefmutter, Greta Robinson.

Gezeichnet: Thomas Robinson
Datum: 6. Juli 2000

2. Kapitel

In der großen Villa aus dem neunzehnten Jahrhundert, die sich in einer vornehmen Straße in Chelsea befand, kleidete Lady Greta Robinson sich an. Sie stand sehr ruhig da, hatte den Kopf ein wenig seitwärts geneigt, und betrachtete sich in dem bodenlangen viktorianischen Mahagoni-Spiegel, der in der Mitte des großen Schlafzimmers stand. Sie trug ein ärmelloses Chanel-Kleid, das kurz über ihren Knien endete, eine Perlenkette und eine dünne goldene Armbanduhr an ihrem linken Handgelenk. Ohne Schuhe, nur in Nylonstrümpfen, maß sie einen Meter siebzig.

Gretas kurzes schwarzes Haar passte zu dem Kleid. Es war hinter ihre kleinen Ohren frisiert, sodass ihre hohen Wangenknochen gut zur Geltung kamen. Ihr Gesicht hatte etwas leicht Asiatisches, und ihre kühlen, grünen Augen wirkten irgendwie distanziert. Einen Gegensatz dazu bildeten jedoch ihre vollen, roten Lippen, ungeschminkt und immer leicht geöffnet, als ob sie Ihnen gerade etwas mitteilen wollte, was Ihr Leben für immer verändern würde. Widersprüche waren das Geheimnis ihrer Anziehungskraft. Die Jungenhaftigkeit ihres Gesichts stand im Kontrast zur Weiblichkeit ihres Körpers. Mit einer knappen Bewegung stieg sie aus dem Kleid und betrachtete ihre Nacktheit eine Weile mit einem leichten Lächeln. Ihre vollen Brüste bedurften keiner

Stütze, und es gab keine Spur von Fett an ihren Hüften oder an ihrer Taille. Eine Schwangerschaft hatte *ihre* Konturen nicht verändert.

Sie drehte sich um und griff nach einem Christian-Dior-Kleid, das über einem in der Nähe stehenden Chippendale-Stuhl lag, und zog es an. Es war ebenfalls schwarz, hatte aber Ärmel, war etwas länger und nicht so tief ausgeschnitten. Gretas Augen blinzelten kaum, als sie sich auf ihr Spiegelbild konzentrierte. Es gab viel für sie zu bewundern, aber es war kein Narzissmus, der sie heute zu dieser sorgfältigen Überprüfung bewog. Ihr Erscheinungsbild war lebenswichtig. Ihr Anwalt, dieser listige alte Fuchs Miles Lambert, hatte ihr das eingeschärft. Sie stand kurz davor, eine Bühne zu betreten. Die Männer und Frauen, die sie Tag für Tag von der Geschworenenbank aus betrachten würden, während sie auf der Anklagebank saß oder eine Zeugenaussage machte, mussten sie in ihr Herz schließen. Ihr Schicksal würde in ihren Händen liegen.

Das Leben der Geschworenen war *nicht* glamourös. Sie hatten keine Titel, keine Designerkleidung, kein vornehmes Haus, in das sie zurückkehrten, wenn der Gerichtstag vorbei war. Niemand nahm Notiz von dem, was mit ihnen passierte. Sie durfte nicht abstoßend auf sie wirken. Schließlich war sie einst eine von ihnen gewesen.

Sie nahm ihre Halskette ab und ersetzte die goldene Armbanduhr durch eine schlichtere mit einem schwarzen Lederarmband, passend zu ihrem Kleid. Sie runzelte die Stirn und gönnte ihrer Erscheinung ein anerkennendes kleines Lächeln.

»Showtime«, flüsterte sie leise, bevor sie sich umwandte und auf Zehenspitzen zurück zum Bett schlich, in dem ihr schlafender Ehemann lag. Sie bewegte sich wie eine Katze – eine geschmeidige, wohl versorgte weiße Katze mit einem Paar glitzernder grüner Augen.

Er sieht gut aus für sein Alter, dachte sie. Volles schwarzes Haar mit nur vereinzelten silbernen Streifen, ein starker und drahtiger Körper; seine Umrisse waren klar und deutlich unter dem Betttuch zu erkennen, das sich im Verlaufe der langen heißen Nacht um ihn geschlungen hatte. Er hatte schon seit einiger Zeit schlecht geschlafen, und sie war oft um drei oder vier Uhr morgens aufgewacht und hatte ihn am offenen Fenster stehen und in die Nacht blicken sehen, als könne er auf der leeren Straße unter ihm Antworten auf seine Probleme finden.

Ihren Mann hatte immer schon eine gewisse Starrheit umgeben, sogar bevor ihn diese Katastrophe überfallen hatte. Er machte den Eindruck, als hielte er seine Gesichtszüge nur mit großer Anstrengung unter Kontrolle. Das verdeutlichte die Linie seines Kinns und die steife Kopfhaltung, aber im letzten Jahr hatten sich die Falten auf seiner Stirn vertieft und waren ausgeprägter geworden. Kürzlich hatte er die Angewohnheit entwickelt, mit Daumen und Zeigefinger über diese Furchen zu streichen, als ob es die einzige Möglichkeit wäre, seine durchdringenden blauen Augen, die sich nie zu schließen schienen, zur Ruhe kommen zu lassen. Außer im Schlaf natürlich, so wie jetzt, gut drei Stunden, bevor seine zweite Frau angeklagt werden würde, an dem Mord seiner ersten Frau beteiligt gewesen zu sein.

Greta setzte sich auf die Bettkante, fuhr ihrem Mann sanft

mit der Fingerspitze über die Wange und spürte die Bartstoppeln, die im Laufe der Nacht auf dem harten Kinn gewachsen waren. »Du weißt nicht, wie man kämpft, nicht wahr, Liebling?«, wisperte sie. »Du bist ziemlich gut im Erobern, aber nicht so gut im Kämpfen. Das ist das Problem. Du kannst nicht zurückweichen und dich verteidigen; du musst immer weiter vorwärtspreschen, bis es nicht mehr geht. Überhaupt nicht mehr.«

»Was geht nicht mehr?«, fragte Sir Peter Robinson und sah seine Frau schlaftrunken und verwirrt an. »Was ist los, Greta?«

»Nichts. Überhaupt nichts, Liebling. Außer, dass es beinahe halb sieben und Zeit zum Aufstehen ist, um dem Gericht gegenüberzutreten.«

»O mein Gott. Jesus Christus und alle seine Heiligen. Mein Gott.«

»Ich bin zwar auch deiner Meinung, dass wir etwas Hilfe brauchen könnten, aber vielleicht ist das etwas zu viel verlangt. Komm schon, Peter. Ich brauche dich heute. Das weißt du doch.«

Sir Peter entkrampfte seine geballten Fäuste mit einer sichtbaren Anstrengung und stand auf. Greta stand ebenfalls auf und ging in die Mitte des Zimmers. Sie legte ihre Hände auf die Hüften.

»Wie sehe ich aus?«

»Atemberaubend. Wie, wie ...«

»Ich warte.«

»Wie Audrey Hepburn in diesem Film. Wie hieß er noch gleich?«

»*Frühstück bei Tiffany.* Wollen wir hoffen, dass Richter Stranger alte Filme liebt.«

»Granger, Greta. Granger.«

»Egal.«

Zwei Stunden später fuhr John, der Chauffeur, Sir Peter und Lady Greta in einem schwarzen Daimler die Themse entlang. Die getönten Fenster des Wagens schirmten den Verteidigungsminister erfolgreich vor dem Volk ab, das seine Partei vor drei Jahren wieder an die Regierung gewählt hatte. Vor nur zwei Jahren hatte Sir Peter noch ganz oben geschwommen, mit einer schönen Frau auf dem Lande und einer persönlichen Assistentin namens Greta Grahame, um deren Effizienz und Charisma ihn all seine Kollegen in Westminster beneidet hatten. Doch heute hielt der Daimler nicht vor dem Unterhaus oder vor Sir Peters Büro in Whitehall, sondern ließ ihn weiterschnurren zu einem ungewohnten Ziel im Schatten der St. Pauls Kathedrale: zum Old Bailey, der Großen Strafkammer, die auf den Trümmern des Newgate-Gefängnisses errichtet worden war. Lady Greta wurde eines Verbrechens angeklagt, für das die königlichen Richter vor weniger als fünfzig Jahren Männer und Frauen zum Tod durch Erhängen verurteilt hatten.

Vor dem Eingang zum Gericht warteten Scharen von Fotografen und Journalisten mit ihren langen, heimtückischen Objektiven und weich verhüllten Mikrofonen auf die Ankunft von Sir Peter und seiner Frau.

Die Unterstützung des Premierministers hatte Peter länger in seiner Position gehalten, als alle seine Freunde oder Feinde erwartet hätten. Aber Peter wusste, dass er sich den Gesetzen politischer Schwerkraft nicht länger würde widersetzen können, wenn Greta nicht freigesprochen würde. Alles, was er erreicht hatte, hing in der Schwebe, war von immanenter Zerstörung bedroht. Und wem hatte er diesen Zustand zu verdanken? Seinem Sohn Thomas. Seinem eigenen Fleisch und Blut.

Thomas, der alles besaß, was er sich jemals gewünscht hatte, und der es ihm nun auf diese Weise zurückzahlte. Thomas, der kleine Bastard, der so entschlossen war, alle zu Fall zu bringen, wegen dem, was seiner Mutter widerfahren war. Er war weiß Gott nicht die einzige Person, die man verletzt hatte.

Sir Peter fühlte, wie die Wut über sein einziges Kind seinen Körper wie ein elektrischer Schlag durchfuhr, und instinktiv umklammerte er den Arm seiner Frau.

»O Gott, Greta, es tut mir so Leid.«

»Das muss es nicht. Es ist nicht deine Schuld«, antwortete sie und hatte instinktiv begriffen, dass er damit alles meinte, das ganze traurige Durcheinander, und nicht die plötzliche Umklammerung mit seiner Hand, die ein rotes Mal auf ihrem schlanken Handgelenk hinterließ.

»Die verdammte kleine Ratte. Genau das ist er. Eine Ratte.«

Greta antwortete nicht. Stattdessen wandte sie sich ab und blickte aus dem Fenster. Dies war nicht der geeignete Augenblick, um Gefühle zu zeigen. Der Wagen bog ins Old Bailey ein und wurde von einem Schwarm von Reportern umringt, als er auf den letzten 150 Metern seiner Reise zu einem langsamen Kriechen abgebremst wurde. Sie dachte, dass die Journalisten wie Menschen wirkten, die in einem Blitzlichtmeer gefangen waren, wie sie ihre Kameras hoch über ihre Köpfe hielten, als seien sie ihr einziges Hab und Gut, das sie hofften, aus der reißenden Flut zu retten.

Aber das war natürlich falsch. Sie war diejenige, die Gefahr lief, zu ertrinken. Und wie ihr Ehemann gerade gesagt hatte: alles nur wegen des Jungen. »Die verdammte kleine Ratte.« Ihr Stiefsohn, Thomas.

3. Kapitel

Es war nicht immer so gewesen zwischen Greta und Thomas. Vor drei Jahren lief alles bestens, jedenfalls so gut es zwischen ihnen beiden laufen konnte. Thomas war erst dreizehn, und sie begann gerade damit, als Peter Robinsons persönliche Assistentin zu arbeiten.

Sie war nie einem verträumteren Jungen als ihm begegnet. Er hatte feines Haar, blond wie Stroh im Sommer, und er trug es lang, sodass es ihm in die Stirn fiel. Er hatte bereits die Angewohnheit entwickelt, sich das Haar mit dem Handrücken aus dem Gesicht zu streichen, bevor er anfing zu sprechen, eine Geste, die er sein Leben lang beibehalten würde. Sie war Teil einer natürlichen Zurückhaltung, die seinem Tonfall eine gewisse Unsicherheit verlieh, auch wenn er sich dessen, was er sagen wollte, ganz sicher war. Gleichzeitig hatte er jedoch eine gewisse Sturheit und Entschlossenheit entwickelt, was nach dem Tod seiner Mutter besonders deutlich zu Tage trat.

Er hatte die hellen blauen Augen seiner Mutter geerbt und ihren zarten Mund, was seinem Gesicht ein attraktives, fast feminines Aussehen verlieh. Er besaß außerdem ihre feinen Hände mit den langen, spitz zulaufenden Fingern, die auf eine Zukunft als Künstler oder Musiker hindeuteten. Eine Zukunft, die sich sein praktisch denkender Vater für seinen einzigen Sohn keinesfalls wünschte.

Peter hatte solche großen Hoffnungen in Thomas gesetzt als er klein war. Am sechsten Geburtstag des Jungen suchte Peter die Modellflugzeuge heraus, die er und *sein* Vater zusammen gebastelt hatten, als er in Thomas' Alter war. Er arrangierte sie liebevoll in Geschwadern auf dem Fußboden des Kinderzimmers und nannte seinem Sohn die Namen der Flugzeuge. Aber Thomas gab nur vor, sich dafür zu interessieren. Sobald sein Vater das Zimmer verlassen hatte, nahm er wieder das Märchenbuch zur Hand, in dem er gelesen hatte, und ließ die Hurricanes und Spitfires Staub ansammeln.

Zwei Wochen später verfolgte der Hund einen Ball bis in die Zimmerecke und zerbrach dabei das Modell des Bombers, in dem Peters Großvater vor fünfzig Jahren über Deutschland geflogen war. An diesem Abend verstaute Peter alle Modellflugzeuge in einer Kiste und nahm sie mit, als er nach London zurückfuhr. Seine politische Karriere hielt ihn bereits die Woche über von zu Hause fern, und Anne wollte nichts davon hören, das Haus der Vier Winde zu verkaufen. Peter hatte das Gefühl, dass seiner Frau das Haus wichtiger war als er. Ihr Haus und ihr Sohn.

Peter konnte spüren, wie die Erwartung in seinem Sohn anstieg, wenn er sich am Sonntagabend auf die Abreise vorbereitete. Er begann allmählich, die Art und Weise zu hassen, wie der Junge sich unter seinen Worten zu ducken schien. Es gab keinen Grund dafür. Peter hatte nichts getan, das eine solche Reaktion verdiente. Er selber hatte sich sein ganzes Leben darum bemüht, seinen eigenen Vater stolz auf sich zu machen, und es verging kein Tag, an dem er nicht der Vorsehung dankte, dass der alte Mann gerade lang genug am Leben geblieben war, um mitzuerleben, dass sein Sohn Verteidigungsminister wurde. Aber Thomas war es gleichgültig, was *sein* Vater dachte. Er war nicht stolz auf die Familie seines Vaters, hatte kein Interesse an seinen Verdiensten. Thomas' Herz und seine Gedanken galten seiner Mutter und dem Haus, in dem ihre Familie, die Sackvilles, seit Generationen gelebt hatten.

Im Laufe der Jahre entfernten sich Vater und Sohn sogar noch weiter voneinander. Thomas liebte Geschichten – er konnte nicht genug von ihnen bekommen –, aber Peter interessierte sich nicht für Literatur. Es war geradezu eine Sache des Prinzips. Sein Verstand war auf das Hier und Jetzt gerichtet, und es irritierte ihn nur, wenn sein Sohn an regnerischen Tagen stundenlang las. Der Junge streckte sich gewöhnlich auf der Fensterbank im Salon aus und stopfte sich einen Stapel Kissen unter den Kopf, sodass er über die Dünen auf die Nordsee blicken konnte, wo hohe Wellen auf den Kieselstrand krachten. Wenn der Postbote an die Hintertür klopfte, so stellte er sich die Ankunft von Long John Silver und seiner Piraten vor, die bei Billy Bones Anspruch auf ihren Schatz erhoben. Oder er hielt Ausschau nach Heathcliff, der auf blutige Rache sinnend durchs Moor strich, wenn er abends mit dem Hund spazieren ging.

Thomas kannte alle Orte, wo Wracks vor der Küste gefunden werden konnten. Er hatte ihre Positionen mit schwarzen Kreuzen auf einer Seekarte markiert, die an der Wand in seinem Schlafzimmer hing. Und er würde auf die Bibel schwören, dass er in den frühen Morgenstunden die Kirchenglocken der untergegangenen Stadt Dunwich schwach läuten gehört hatte. Aber solche Legenden hatten keine Bedeutung für Thomas' Vater, der ihren einzigen Wert darin sah, dass sie den Tourismus vor Ort förderten.

Innerhalb weniger Monate nach ihrer Einstellung machte Greta sich unentbehrlich für Sir Peter, und so begann sie, ihn während seiner Wochenendbesuche bei seiner Familie im Haus der Vier Winde zu begleiten. Mindestens die Hälfte der Zeit arbeiteten sie gewöhnlich entweder in Sir Peters Arbeitszimmer oder im Salon, dessen französische Fenster zum Garten hinausgingen. Dort verbrachte Lady Anne viel Zeit damit, die Rosenwege zu bepflanzen, zu beschneiden und zu pflegen, für die das Haus der Vier Winde in jüngster Zeit so berühmt geworden war. Und Thomas war auch immer dort draußen, belud eine Schubkarre oder entwirrte einen Gartenschlauch. Er half seiner Mutter gern. Die beiden waren unzertrennlich.

Greta gab sich große Mühe, mit Thomas warm zu werden, und im Großen und Ganzen hatte sie Erfolg damit, eine Weile jedenfalls. Sie war eine gute Zuhörerin, wenn sie wollte, und sie las so viel wie möglich über Suffolk und seine Geschichte; manchmal holte sich Thomas Informationen von ihr für die Geschichten, die er ständig schrieb und seiner Mutter abends vorlas. Lady Anne hob ihre Augenbrauen und lachte beunruhigt, wenn sie hörte, dass die persönliche Assistentin ihres Ehemannes ihrem Sohn geholfen hatte, aber ansonsten schwieg sie. Greta jedoch spürte eine vage Missbilligung von Lady Anne, spürte, dass die Dame des Hauses sie durchschaut hatte, es aber vorzog, den Dingen ihren Lauf zu lassen ohne einzugreifen.

»Ich weiß, wer du bist, und du gehörst nicht zu uns«, schien sie zu sagen. »Und du wirst nie eine von uns sein, wie sehr du dich auch darum bemühst.«

Und deshalb pflegte Greta ihre Beziehung zu dem Jungen und blieb auf Distanz zu seiner Mutter. Manchmal, wenn

Lady Anne eine ihrer regelmäßig wiederkehrenden Migränen hatte und still mit einem weißen Waschlappen auf der Stirn in ihrem Zimmer oben lag, die weißen Vorhänge wegen der Sonne geschlossen, gingen Thomas und Greta am Strand spazieren und suchten Bernsteine. Greta wusste alles über Bernsteine, weil sie ein Buch darüber gelesen hatte.

Manchmal waren Sir Peter und Lady Anne zum Mittagessen oder Abendessen ins Haus einer anderen einflussreichen Familie eingeladen, und Greta, Thomas und Mrs. Martin, die Haushälterin, blieben daheim. Es war an einem dieser Sonnabende, als die ersten Schwierigkeiten auftauchten. Es war der Geburtstag von Mrs. Martins Schwester, und die Haushälterin wollte Thomas mit zu der Feier in Woodbridge nehmen. Thomas genoss diese Besuche. Mrs. Martins Schwager gehörte ein seetüchtiges Schiff, und Thomas hatte ihm bereits das Versprechen abgerungen, dass er ihn einmal nachts zum Fischen mitnehmen würde, wenn er das goldene Alter von fünfzehn erreicht hatte, was nur noch fünf Monate entfernt lag.

Gegen Mittag war Greta allein im Haus der Vier Winde. Sie war fertig mit dem Abtippen der korrigierten Rede, die Sir Peter in der folgenden Woche auf der Parteiversammlung halten wollte, und ging dann hinaus in die Eingangshalle. Es war rundherum still, bis auf das Murmeln der See, als sie die Treppe zu Lady Annes Schlafzimmer hochstieg und leise die Tür hinter sich schloss.

Greta stand mitten im Raum und betrachtete sich in dem frei stehenden Spiegel, während sie sich absichtlich langsam auszog. Sie tat es bereits zum dritten Mal, und jedes Mal erfüllte es sie mit größerem Vergnügen. Nun öffnete sie vorsichtig die oberste Schublade einer antiken Kommode und entnahm ihr drei oder vier Garnituren von Lady Annes seidener Unterwäsche, neben der ein Lavendelkissen lag, das die Dame des Hauses bestickt hatte. Sie probierte eine nach der anderen an, presste das weiße Material an ihren Körper, bis sie sich schließlich für die feinste, durchsichtigste Garnitur entschied. Dann wandte sie ihre Aufmerksamkeit dem Wandschrank zu, in dem Lady Annes Kleider hingen.

Ihre grünen Augen funkelten, als sie das Material durch ihre Finger gleiten ließ und es an ihre Nase hielt. Als sie tief einatmete, war es beinahe, als hielte sie Lady Anne eng an sich gedrückt. Sie drehte sich um, breitete fünf der Kleider auf dem großen Bett aus und probierte langsam eins nach dem anderen an. Ihre aufgerichteten Brustwarzen waren unter jedem einzelnen Kleid gut sichtbar, und der abwesende Blick ihrer halb geschlossenen Augen erzählte seine eigene Geschichte. Sie war zu versunken, um das Geräusch wahrzunehmen, das vom Öffnen der Eingangstür unten kam, und sie hörte auch nicht die Fußschritte auf der Treppe, als sie das zitronengelbe Seidenbrokatkleid über ihren Kopf zog. Sie wusste erst, dass sie nicht allein war, als sie in den Spiegel schaute, um sich zu bewundern, und Thomas sah, der hinter ihr im Türrahmen stand.

Eine von Gretas größten Qualitäten als persönliche Assistentin war, dass sie auch in angespannten Situationen immer die Ruhe behielt.

»Es ist beinahe unnatürlich«, hatte Sir Peter seiner Frau am vergangenen Wochenende gesagt, als sie in dem Bett lagen, auf dem jetzt Lady Annes Abendkleider ausgebreitet waren. »Es ist so, als würden all diese Boote da draußen von einem schrecklichen Unwetter herumgewirbelt werden, und sie sitzt in ihrem eigenen Boot im Zentrum des Geschehens, und der Sturm hat keinerlei Auswirkungen auf sie. Sie ist eine unter Millionen, Annie. Ich wette, dass einige der anderen Mitglieder des Parlaments ein Vermögen zahlen würden, um sie zu bekommen, aber sie ist absolut loyal. Das ist eine weitere ihrer Qualitäten.«

»Ja, ich verstehe, was du meinst«, hatte Lady Anne geantwortet. »Es *ist* unnatürlich. Sie muss sehr hart daran gearbeitet haben, um die zu werden, die sie ist.«

Und jetzt, in diesem Krisenmoment, blieb Greta genauso ruhig, wie ihr Arbeitgeber es erwarten würde. Nur ein kleiner Schauder signalisierte, dass sie sich der Anwesenheit des Jungen bewusst war. Thomas jedoch blieb wie angewurzelt stehen, und seine Wangen färbten sich feuerrot. Seine Augen fixierten im Spiegel Gretas volle Brüste mit ihren deutlich sichtbaren rosaroten Brustwarzen, da die vorderen Knöpfe des gelben Kleides bis zur Taille geöffnet waren.

Greta betrachtete gelassen das Spiegelbild des Jungen, tat aber nichts, um sich zu verbergen.

»Du starrst meine Brüste an, Thomas.« In ihrer Stimme lag ein Schnurren, das der Junge zuvor noch nie gehört hatte.

»Nein, nein. Tue ich nicht.«

»In Ordnung. Tust du nicht.« Greta lachte und hielt das Oberteil des Kleides zusammen. »Mein Fehler.«

»Du trägst das Kleid meiner Mutter. Das, von dem sie sagt, dass es wie Frühlingsnarzissen ist. Und du bist in ihrem Zimmer. Warum bist du in ihrem Zimmer?«

»Nun ja, Thomas. Wenn du dich einen Moment hinsetzt, werde ich versuchen, es dir zu erklären.«

Greta nahm zwei der Kleider vom Bett und bedeutete dem Jungen, sich zu setzen, aber er bewegte sich nicht von der Stelle.

»Du dürftest nicht hier drinnen sein. Du gehörst nicht hierher.«

»Nein, das tue ich nicht. Du hast ganz Recht. Aber Thomas, versuch bitte, es zu verstehen. Ich habe keine schönen Kleider wie deine Mutter. Ich kann sie mir nicht leisten. Und ich dachte, es sei nicht weiter schlimm, wenn ich sie mal anprobierte, nur um zu sehen, wie ich darin aussehe. Es hat niemand Schaden genommen, nicht wahr?«

»Es ist nicht richtig. Sie gehören meiner Mutter.«

»Ja, das tun sie. Aber ich wollte sie ja auch nicht stehlen. Ich würde sie nicht hier anprobieren, wenn ich das wollte, meinst du nicht auch?«

»Es würde ihr nicht gefallen, dass du sie anhast. Sie würde dich nicht hier drin haben wollen. Ich weiß, dass es ihr nicht recht wäre.«

»In Ordnung, vielleicht würde sie das nicht wollen«, sagte Greta und wechselte die Richtung. »Vielleicht wäre sie sogar erzürnt, wenn sie es wüsste. Und dann bekäme sie möglicherweise eine ihrer entsetzlichen Migränen. Das möchte doch keiner, oder?«

Thomas schwieg. Seine Unterlippe zitterte, und er sah aus, als müsste er gleich weinen. Greta beeilte sich, das zu ihrem Vorteil auszunützen.

»Wäre es nicht besser, wenn wir es ihr nicht sagen würden? Dann nimmt keiner unnötigen Schaden. Was sagst du dazu? Es kann unser Geheimnis sein. Nur deins und meins.«

Greta streckte dem Jungen ihre rechte Hand entgegen,

wodurch das gelbe Kleid sich wieder öffnete und ihre Brüste freigab.

Thomas machte einen Schritt nach hinten, aber Greta ergriff seine Hand und zog ihn an sich.

In den folgenden Jahren erinnerte sich Thomas an diesen Moment immer als einen der bedeutsamsten seiner Kindheit. Es war ein Wendepunkt. Ein Ende und ein Anfang. Seine Erinnerung speicherte diese Szene außergewöhnlich klar und detailliert. Noch als Erwachsener konnte er sich mit geschlossenen Augen den Raum seiner Mutter in Erinnerung rufen: die leichte Meeresbrise, die durch die halb geschlossenen Vorhänge wehte; die Sonne, die auf die prächtige Mahagoni-Kommode schien, deren oberste Schublade offen stand; die Ansammlung unterschiedlichster Farben auf dem Bett, auf dem Greta die Kleider seiner Mutter ausgebreitet hatte; der leuchtend rote Ärmel eines Abendkleides, das seine Mutter Weihnachten getragen hatte und der auf dem Weiß des Kopfkissens wie eine Wunde aussah. Und ganz dicht vor ihm stand die persönliche Assistentin seines Vaters: rabenschwarze Haare und grüne Katzenaugen, ein gelbes Kleid und volle, gut sichtbare Brüste mit roten Brustwarzen, die in ihm ein Drängen erzeugten, das er noch nie zuvor gespürt hatte. Er fühlte sich gleichzeitig abgestoßen und angezogen. Und zwischen ihnen befand sich der Spiegel. Sie hatten sich gegenseitig im Spiegel betrachtet, bevor sie sich umgedreht und gesprochen hatten. Dinge über seine Mutter, die er nicht hören wollte.

Sie nahm seine Hand, und er war sicher, dass sie sie auf ihre Brust legen würde. Die Brust, die er jetzt wieder sehen konnte, so voll und so nah. Und er wusste, dass das ein Geheimnis war zwischen ihnen, das er niemals verraten könnte.

Thomas zwang seine Augen, sich von Greta zu lösen und sich dem erstbesten anderen Gegenstand zuzuwenden. Es war der weiße Waschlappen auf der Kante des Waschbeckens in der Ecke des Raumes, mit dem seine Mutter ihre Augen bedeckte, wenn sie ihre Migräne hatte.

Thomas entriss Greta seine Hand mit so viel Kraft, dass er von dem Schwung auf den Flur geschleudert wurde.

»Nein«, sagte er und legte sein ganzes Leben in dieses Wort.

Greta zuckte wie verletzt zurück, ob wegen seiner groben Bewegung oder der heftigen Antwort, wusste Thomas nicht. Der Schauder, der über ihr Gesicht lief, war genauso schnell wieder verschwunden, wie er gekommen war, und sie lachte leise.

»Ich wollte dir nur die Hand geben, Thomas. Du hast eine ziemlich lebhafte Fantasie. Da hat dein Vater Recht.«

Thomas blieb keine Zeit zu antworten. Unten schloss sich die Vordertür hinter Mrs. Martin.

»Was machst du da oben, Thomas? Ich habe dir doch gesagt, dass die Geschenke in der Küche sind. Mach schon, wir kommen sonst zu spät.«

Greta und der Junge tauschten einen letzten Blick aus, dann drehte er sich um und ging.

Wenn diese verdammte alte Haushälterin nicht die blöden Geschenke für ihre Schwester vergessen und den Jungen zurückgeschickt hätte, um sie zu holen, wäre ich möglicherweise heute nicht hier, dachte Greta, als sie sich von ihrem Mann und dem Chauffeur zum Gericht fahren ließ.

Thomas hatte das Wochenende abgewartet, bis er es seiner Mutter erzählte. Und Greta musste den Vorfall nie mit Lady Anne diskutieren. Es war Sir Peter, der das Thema im Verlauf der folgenden Woche anschnitt, und da es ihm sichtlich unangenehm war und er sich nahezu dafür entschuldigte, war ihr nicht ganz wohl in der Haut. Sie hatte natürlich Zeit gehabt, ihre Antwort vorzubereiten.

Den ganzen Morgen über hatte ihr Arbeitgeber den einen oder anderen Vorwand gesucht, um ihr Zimmer zu betreten. Das Erdgeschoss des Londoner Hauses war im Vorjahr in Büros umgewandelt worden, und Greta arbeitete in dem vorderen Zimmer. Ein Drucker und ein Faxgerät standen auf einem eleganten Eichensideboard, während Greta an einem runden Walnusstisch in der Zimmermitte saß, umgeben von Computerbildschirmen und Telefonen. Ihr Arbeitgeber umkreiste den Tisch und räusperte sich mehrmals nervös.

»Was ist, Peter? Irgendetwas bedrückt Sie.«

»Ja, das stimmt. Es ist etwas, was ich mit Ihnen besprechen muss, aber es ist verdammt schwierig, einen Anfang zu finden. Es handelt sich um Anne und meinen Sohn, Thomas. Gott, ich wünschte, ich würde ihn besser verstehen.«

»Was ist mit Thomas?«

»Nun ja, er hat Anne etwas erzählt, und sie hat es mir erzählt. Und, nun ja, es geht um Sie. Sie sagte, ich muss mit Ihnen darüber sprechen.«

»Es geht um die Kleider Ihrer Frau, nicht wahr?«

»Ja, genau. Thomas behauptet, dass Sie sie anprobiert hätten. Letztes Wochenende, als wir ausgegangen waren. Ich sagte Anne, dass der Junge es sich bestimmt ausgedacht hat, einfach um allen Ärger zu machen. Er muss unbedingt auf eine gute Schule geschickt werden. Das wäre genau das Richtige für ihn. Aber Anne lässt es nicht zu.«

»Ich habe sie anprobiert. Ich hätte es nicht tun sollen, aber ich tat es.«

»Sie haben es getan?«

»Ja. Weil sie schön sind und ich sehen wollte, wie ich darin aussehe. Ich habe niemals solche Kleider besessen, Peter. Ich bin kein reiches Mädchen, Sie wissen das.«

»Aber hätten Sie nicht in ein Geschäft gehen können? Eine Boutique oder so etwas?«

»Ich denke schon. Ich tue es manchmal. Es ist nur so, dass sie einen dort nie allein lassen. Es ist, als wüssten sie, wer Geld hat und wer nicht.«

Sir Peter war hilflos bei dieser Wendung des Gesprächs. Seine Abhängigkeit von Greta hatte mit jedem Monat, der seit ihrer Einstellung vergangen war, zugenommen, und es lag in seiner Natur, beeindruckt von Zielstrebigkeit jeder Art zu sein. Und Gretas weibliche Anziehungskraft hatte auch einen stärkeren Einfluss auf ihn, als er bereit war, zuzugeben.

»Nun ja, Sie hätten das nicht tun sollen, aber wenigstens waren Sie ehrlich genug, es zuzugeben, was mehr ist, als die meisten Menschen täten. Es ist in bestimmter Hinsicht auch mein Fehler. Ich bezahle Ihnen wahrscheinlich nicht genug.«

Und so schaffte Greta es, die Katastrophe mit den Kleidern zu ihrem eigenen Vorteil zu wenden. Sir Peter verbrachte nach dem Vorfall noch mehr Zeit mit ihr und führte sie mehrmals die Woche in London abends zu Arbeitsessen aus. Man konnte sie oft bei Ivy oder Le Pont de la Tour sehen, die Köpfe zusammengesteckt und in eine lebhafte Unterhaltung vertieft. Und nicht nur das: Sir Peter erhöhte das Gehalt seiner persönlichen Assistentin um 50 Prozent, sodass sie sich jetzt selber Designerkleidung leisten konnte, die sie trug, wenn sie mit ihrem Arbeitgeber ausging. Als der Herbst in den Winter überging, musste sich Sir Peter eingestehen, dass Greta von Tag zu Tag hübscher wurde. Und schließlich war nichts Falsches daran, eine attraktive persönliche Assistentin zu haben. Er hatte nichts getan, dessen er sich schämen müsste.

Natürlich sahen es die tratschende Gesellschaft und die Klatschkolumnisten anders, und in den Boulevardzeitungen erschienen die ersten Geschichten über die beiden. Auch wenn sie noch keine Schlagzeilen machten oder auf der ersten Seite erschienen. Die Spitze ihrer Publicity war ein Schwarzweißfoto auf Seite 21 der *Daily Mail*, wie sie gemeinsam ein Restaurant verließen. Die Bildunterschrift lautete: »Minister unterwegs in der Stadt«.

Von all dem erreichte kein Wort das Haus der Vier Winde. Flyte hätte genauso gut tausend Meilen entfernt von London liegen können. Lady Anne las keine Boulevardpresse, und keiner ihrer Freunde war so geschmacklos, in ihrer Gegenwart das Gespräch auf Sir Peters persönliche Assistentin zu bringen. Sie besuchte London immer seltener und zog es vor, sich auf ihren Garten und ihren Sohn zu konzentrieren.

Sir Peter seinerseits besuchte das Haus der Vier Winde nicht mehr regelmäßig jedes Wochenende, wie er es in der Vergangenheit getan hatte. Während der Legislaturperiode fuhr er ein oder zweimal pro Monat nach Hause, und Greta begleitete ihn, da seine Regierungsverpflichtungen arbeitsfreie Wochenenden unmöglich machten.

Die Atmosphäre im Haus war gespannt, aber Sir Peter weigerte sich, das zuzugeben. Lady Anne hielt sich abseits und unternahm lange Spaziergänge mit ihrem Sohn oder verschloss sich in ihrem Raum, wenn Greta da war. Der Vorfall mit der Kleidung stand ungeklärt zwischen ihnen. Lady Anne war peinlich berührt, und Greta interpretierte ihr Schweigen als Verurteilung.

Eine Unterhaltung während des Abendessens im folgenden Januar trieb die Sache auf die Spitze. Greta saß genau zwischen Sir Peter und seiner Frau an der langen Tafel im Esszimmer. Die Zentralheizung war wegen des unfreundlichen Wetters zu hoch gedreht worden, und der Raum war heiß und stickig. Sie waren bereits beim Dessert, einem Kirschkuchen mit Vanillesoße.

Lady Anne hatte von einem reichen Industriellen aus dem Norden namens Corbett erzählt, der sich ein Stück Land an der Küste gegenüber von Flyte gekauft hatte. Er hatte ein Vermögen damit verdient, Büroklammern zu produzieren, und baute sich jetzt ein Herrenhaus mit Meerblick. Mehrere Nachbarn hatten in den vergangenen Monaten die Ähnlichkeit des Gebäudes mit dem Haus der Vier Winde erwähnt, obgleich es sehr viel größer war.

»Ich nehme an, dass sie bald ihren Butler vorbeischicken, damit er Fotos vom Garten macht. Wir sollten auf Männer in Cutaways mit Trittleitern und Teleobjektiven achten«, sagte Lady Anne.

»O Anne, ich bin sicher, dass es nicht so weit kommt«, antwortete Sir Peter. »Du solltest nicht so überempfindlich sein.« Dass sich seine Frau während des gemeinsamen Essens so intensiv mit dem Thema beschäftigte, irritierte ihn. »Ich bin nicht überempfindlich. Es geht um das prinzipiell Geschmacklose daran. Leute sollten bleiben, was sie sind. Sie sollten nicht versuchen, in anderer Leute Haut zu schlüpfen.«

»Besonders nicht, wenn sie aus dem Norden stammen«, sagte Greta, die sich plötzlich in die Unterhaltung mischte.

»Nein, einerlei, woher sie kommen.« Lady Anne unterbrach sich plötzlich, als ihr aufging, was sie gesagt hatte. »Ach du liebe Zeit, es tut mir Leid. Das wollte ich damit ganz und gar nicht sagen.«

»Es ist nicht Ihre Schuld. Sie sind eine Lady, und ich bin es nicht. Die Leute sollten wissen, was sich gehört. Das ist es, was Sie sagen wollten, nicht wahr?«

»Nein. Nein, das wollte ich nicht sagen. Ich meine nur, dass Leute bleiben sollten, was sie sind, und nicht versuchen sollten, jemand anders zu sein. Das hat nichts damit zu tun, dass man weiß, was sich gehört.«

»Tja, wenn ich geblieben wäre, was ich war, würde ich wahrscheinlich in einer Büroklammerfabrik arbeiten«, brach es aus Greta hervor.

»Meine Liebe, ich weiß nicht, warum Sie sich so aufregen. Ich habe nicht von Ihnen gesprochen. Ich habe von diesem Corbett gesprochen. Sie sollten nicht so schnell beleidigt sein.«

Greta erwiderte nichts, hielt sich aber die Serviette vors Gesicht. Ihr Oberkörper bebte, als versuchte sie, ein Schluchzen zu unterdrücken..

Lady Anne kämpfte mit dem Impuls, das Mädchen in den Arm zu nehmen. Greta war offensichtlich gekränkt, und sie verlor nur selten ihre Selbstkontrolle. Andererseits aber fühlte sie sich auch abgetoßen. Greta schien nichts als

Schwierigkeiten zu machen. Sie war es schließlich gewesen, die in ihr Schlafzimmer eingedrungen war und ihre Kleider angezogen hatte, als seien es ihre eigenen. Es war Greta, die Thomas so durcheinander gebracht hatte. Greta war diejenige, die sich entschuldigen müsste.

»Wer hat hier eigentlich wen verletzt?«, fragte Lady Anne und wandte ihre Aufmerksamkeit gezielt ihrem Ehemann zu, der sich unbehaglich auf seinem Stuhl wand. »Ich habe nicht *ihre* Kleider anprobiert, nicht wahr?«

»Nein, natürlich hast du das nicht getan. Sie besitzt nichts, was du anprobieren wolltest. Das ist der Punkt, um den es hier geht, verstehst du das nicht?«

»Doch, ich verstehe«, sagte Lady Anne und erhob sich. »Ich verstehe es nur zu gut. Ich gehe ins Bett. Ich fürchte, bei mir kündigen sich Kopfschmerzen an. Dieses Haus ist nicht London, Peter. Ich werde hier keine politischen Debatten mit dir führen. Greta vielleicht, aber ich nicht.«

Lady Anne schloss die Tür hinter sich, bevor Sir Peter ihr antworten konnte. Gretas Gesicht war immer noch hinter der Serviette verborgen, und ihre Schultern zitterten.

Sir Peter zerknüllte seine Serviette und versuchte erfolglos, sich etwas Tröstliches einfallen zu lassen.

Schließlich erhob er sich ungelenk, ging zu Greta hinüber und blieb hinter ihrem Stuhl stehen. Er trat unschlüssig von einem Fuß auf den anderen, streckte dann zögernd seine Hand aus und legte sie schließlich auf ihre Schulter.

»Bitte, Greta. Weinen Sie nicht. Sie hat es nicht so gemeint. Sie ist nur aufgebracht, das ist alles.«

Einige schwarze Haarsträhnen fielen Greta übers Gesicht, als sie sich über den Tisch beugte, und Sir Peter strich sie ihr sanft hinters Ohr, wobei er ihre Wange streifte.

Greta blickte auf und lächelte ihn durch einen Tränenschleier an, und ihm wurde bewusst, dass er auf ihre wogenden Brüste unter der schlichten weißen Bluse starrte. Er spürte eine starke sexuelle Erregung.

»Vielen Dank, Peter. Es tut mir Leid, ich war so dumm. Sie sind so –«

Aber Greta beendete ihren Satz nicht. Sir Peter machte unbewusst einen Schritt zurück, um Abstand zwischen sie zu bringen. An der gegenüberliegenden Wand hing ein Porträt von Lady Annes Vater, der mit einem Ausdruck aristokratischer Geringschätzung auf ihn herabblickte. Es war ein schlechtes Bild, wies aber große Ähnlichkeit mit dem Porträtierten auf. Es war in einer Zeit gemalt worden, als Familienporträts bereits aus der Mode waren. Der Künstler hatte die gekräuselten aristokratischen Lippen und den distanzierten Blick aus halb geschlossenen Augen gut getroffen. Sir Peter erinnerte sich an die kühle Missbilligung des alten Mannes, als er um die Hand seiner Tochter angehalten hatte.

»Sie werden es zu etwas bringen, behauptet meine Tochter. Aber zu was? Das ist die Frage, nicht wahr, junger Mann? Zu was?«

»In Ordnung, du alter Bastard«, wisperte Sir Peter, als er das Porträt anstarrte. »Ich habe nichts Unrechtes getan.«

»Was haben Sie gesagt, Peter?«, fragte Greta.

»Nichts. Nichts, außer dass Sie nicht die Einzige sind, die sich in diesem verdammten Haus fehl am Platze fühlt. Ich muss jetzt gehen. Muss sehen, ob mit Anne alles in Ordnung ist. Das werden Sie verstehen.«

»Ja, natürlich«, sagte Greta und betupfte sich mit ihrer Serviette die Augen.

4. Kapitel

Peter nahm zwei Stufen auf einmal, aber oben angekommen war die Tür zum Schlafzimmer verschlossen. Auf sein Klopfen und Rufen kam keine Antwort.

Nach einigen Minuten ging er bedrückt über den Korridor zum Gästezimmer. Peter zog sich aus, legte sich ins Bett, aber seine Haut hörte nicht auf zu kribbeln, und sein Herz schlug wie wild. Die schwüle Luft des Abends hielt auch in der Nacht noch an und machte es schwer, einzuschlafen.

Er stand auf, öffnete die alten bleiverglasten Fenster, so weit er konnte. Draußen standen die sechs dünnen Eiben vor dem Haus vollkommen unbeweglich. Schwarze Wolken huschten über den blassen Halbmond, und im Norden Richtung Carmouth fuhren zackige grelle Blitze durch den Himmel und verschwanden schnell wieder. In der Ferne war Donner zu hören, aber es kam kein Regen.

Peter erinnerte sich, dass er in diesem Zimmer gestanden hatte, als er und Anne vor ihrer Heirat ihren Vater besucht hatten. Er hatte auf dem Bett gelegen, dem Meer gelauscht und das gleiche Gefühl von Verlangen, gemischt mit sexueller Frustration, gespürt. Unten hatte sich der schnarchende Sir Edward befunden, und Anne war in ihrem Zimmer gegenüber auf dem Flur gewesen, hatte sich mit den Kuscheltieren und Stickereien ihrer Kindheit eingeschlossen.

»Haben Sie alles, was Sie brauchen, junger Mann?«, waren die letzten Worte seines Gastgebers gewesen, bevor sie nach oben gegangen waren. In einem Tonfall, der implizierte, dass er sowieso nichts mehr bekäme – wie zum Beispiel Sir Edwards Tochter. Aber er hatte sie bekommen. Und jetzt lag der alte Bastard unter dem grünen Rasen auf dem Friedhof von Flyte, und Peter war der adlige Herr des Hauses.

Er war geadelt worden durch das, was er im Leben erreicht hatte. Nicht wie sein Schwiegervater, der seinen Titel geerbt hatte. Peters Vater hatte gekämpft für die Verteidigung seines Landes und hatte seinem Sohn ein Gefühl für Dienst und Pflicht eingeflößt. Aber all das galt nichts für Sir Edward. Der alte Mann hatte keine Gelegenheit ausgelassen, seine Gefühle zu zeigen. Peter gehörte nicht der richtigen Klasse an. Er war ein Emporkömmling, ein Neureicher. Nicht das, was Sir Edward sich für seine aristokratische Tochter erhofft hatte.

Aber vielleicht war der alte Mann zu Recht gegen die Heirat gewesen, dachte Peter bitter. Er und Anne hatten immer weniger Gemeinsamkeiten. Vorher waren da ihre Schönheit und seine Entschlossenheit gewesen, sie gegen alle Widerstände zu erobern, sie dazu zu zwingen, ihn ihrem Vater vorzuziehen. Peter war immer zutiefst befriedigt, wenn er Hindernisse überwinden konnte.

Er hatte gedacht, er würde sie von einem tyrannischen Vater und einem langweiligen Landleben befreien, aber wie sich herausgestellt hatte, war das genau das Leben, das sie sich wünschte. Ihre innere Zufriedenheit war ihrem Ehemann total fremd. Sie war rundherum glücklich damit, ihre Rosen wachsen zu sehen und sich die Geschichten ihres

Sohnes anzuhören. Weit entfernt von London und allem, was für Peter eine Rolle spielte.

Thomas hatte noch ein Übriges zur Entfremdung seiner Eltern beigetragen. Er hatte seinen Vater überflüssig gemacht, ihn zu einem Besucher des Hauses reduziert, und im vergangenen Jahr hatte Peter mehr und mehr die Gesellschaft seiner persönlichen Assistentin genossen.

Das Geräusch des Donners näherte sich, gefolgt von dem Aufprall der Wellen an Land. Auf dem Korridor hörte Peter Fußschritte. Er zog sein Nachthemd über und öffnete die Tür gerade rechtzeitig, um eine Gestalt draußen vor dem großen Schlafzimmer am Ende des Korridors zu erspähen. Im nächsten Augenblick war der Umriss seiner Frau in dem plötzlich erleuchteten Türrahmen zu sehen, bevor sie ihren Sohn ins Zimmer zog.

Sein Sohn hasste Gewitter, und Peter war mehrfach in stürmischen Nächten erwacht und hatte Thomas eingerollt neben seiner Mutter auf der anderen Seite des Bettes gesehen.

»Er muss lernen, allein damit klarzukommen, Annie«, hatte Peter dann gewöhnlich gesagt. »Er wird sich sein ganzes Leben lang fürchten, wenn du ihn weiterhin so verhätschelst.« Aber seine Frau hörte nicht auf ihn.

»Du verstehst das nicht, Peter. Du hast nicht die Fantasie wie Thomas und ich. Ich kann mich noch gut daran erinnern, wie sehr ich mich vor Suffolks Stürmen gefürchtet habe, als ich klein war. Sie haben in mir das Gefühl ausgelöst, das Ende der Welt sei gekommen.«

Die Tür zum großen Schlafzimmer schloss sich, und der Korridor lag wieder im Halbdunkel. Peter fühlte plötzlich einen Stich von Eifersucht. Sein Sohn lag jetzt in dem Bett, in dem er liegen sollte. Sie gaben ihm das Gefühl, ein Eindringling in seinem eigenen Heim zu sein. Sie wollten ihn nicht, und sie verstanden ihn nicht. Nur Greta.

Peter dachte zurück an ihre erste Begegnung. Es war während der Somali Krise Ende des Jahres 1996 gewesen, als der Premierminister eine Spezialeinheit der Armee zur Rettung britischer Diplomaten, die als Geiseln festgehalten wurden, losgeschickt hatte. Die Mission endete mit einer Katastrophe. Die meisten Geiseln wurden getötet und auch einige ihrer so genannten Retter. Die Zeitungen nannten es eine nationale Blamage, und alle gaben dem Premierminister dafür die Schuld. Man behauptete, dass die Geiseln noch leben würden, wäre er behutsamer vorgegangen. Er hätte geschickter und länger um ihre Freilassung verhandeln müssen. Aber Peter war anderer Meinung. Er war in Somalia gewesen. Die Revolutionsregierung dort hatte nicht die geringste Absicht gehabt, zu verhandeln oder einem Kompromiss zuzustimmen. Es hatte keine Handlungsalternative gegeben.

Jeden Tag sprachen die Medien offen über den Premierminister als Mann von gestern und spekulierten über seinen Nachfolger. Langgediente Minister rochen Blut und versuchten, ihren Namen ins Spiel zu bringen. Die Regierung hatte die negativsten Umfragewerte seit zehn Jahren.

Dann hatte sich eines Tages alles geändert. Peter hatte einem Interview mit einer Lokalzeitung über eine Krankenhausschließung in seinem Wahlbezirk in den Midlands zugestimmt, und eine junge Reporterin namens Greta Grahame kam und stellte ihm die Fragen. Sie war hübsch und engagiert, und Peter ging mit ihr zum Mittagessen, um sich einmal von dem politischen Durcheinander in London abzulenken. Aber der Wein löste seine Zunge, und schließlich teilte er ihr alle seine Gedanken und Gefühle hinsichtlich der Krise mit. Sie hörte zu, während er den größten Teil von zwei Flaschen Wein trank, und dann sagte sie ihm, was er tun sollte. Ihr Ratschlag war so schlicht, aber er traf ihn wie eine Bombe. »Machen Sie es öffentlich«, sagte sie. »Tun Sie das, was Sie für richtig halten. Kümmern Sie sich nicht um die Meinung anderer Leute oder die Zukunft. Wenn der Premierminister Recht hatte, dann verdient er Ihre Unterstützung.«

Später am Nachmittag interviewte Greta Peter zur Krise, und gegen Ende der Woche wurde die Geschichte von allen Fernseh- und Rundfunkanstalten verbreitet. Es war, als hätte jeder nur darauf gewartet, dass jemand das aussprach, was Peter öffentlich sagte. Das politische Blatt wendete sich, und in der Kabinettsumbildung, die der Wiederwahl des Premierministers drei Monate später folgte, wurde Peter zum Verteidigungsminister ernannt. Zukünftige militärische Rettungsaktionen würden jetzt unter seine Verantwortung fallen.

Peter vergaß die junge Reporterin im Augenblick seines Triumphes nicht. Er gab ihr einen Job als seine persönliche Assistentin, und er bereute diese Entscheidung nicht einen einzigen Moment. Sie war immer für ihn da. Nicht wie Anne, die Politik langweilig fand und jedes Mal Migräne bekam, wenn sie Suffolk verließ. Greta stand mit ihm in den frühen Morgenstunden auf, um Reden zu entwerfen und abzuschreiben. Sie machte ihm Mut in harten Zeiten, und sie teilte seine Erfolge mit ihm. Greta. Was wäre er nur ohne sie?

Und in dieser Nacht schlief sie auf der anderen Seite des Korridors. Es war erstaunlich, dass sie ihn nach dem Vorfall mit den Kleidern immer noch hierher begleitete, zumal Anne es ihr nicht leicht gemacht hatte. Sie kam mit, weil er sie brauchte. Und Anne würde nicht mal nach London zur Parlamentseröffnung reisen. Sie hatte zu viel in ihrem Garten zu tun. Mit all diesen verdammten Rosen.

Peter machte das Licht aus und ließ das Fenster offen in der vagen Hoffnung auf eine frische Brise, die die stickige Luft im Raum vertreiben würde. Draußen donnerte es immer noch, aber es regnete nicht. Er wälzte sich hin und her, und durch die feuchte Hitze klebte das Laken an seinem Körper.

Gegen zwei Uhr morgens fiel er in einen unruhigen Schlaf. Er träumte, dass er nackt am Fuß seines eigenen Bettes stand hier im Haus der Vier Winde. Der Raum war dunkel, aber er konnte genug sehen durch das Licht des Mondes, der wie ein Zeuge hoch am Himmel durch das geöffnete Fenster schien. Vor ihm lag eine Frau mit dem Gesicht nach unten auf der weichen weißen Daunendecke. Sie trug einen weißen Seidenrock, der ihr bis knapp über die Knie reichte. Es war derselbe Rock, den Anne am Abend zum Essen getragen hatte. Von der Taille aufwärts war die Frau nackt, und sie lag, gestützt auf ihre Unterarme, mit dem Gesicht in den Kissen, sodass er es nicht erkennen konnte. Er konnte nicht sagen, ob sie schlief, und deshalb beugte er sich vor und fuhr ihr mit seinen Fingerspitzen über die Waden, spürte die Stärke und die Anspannung der Muskeln darunter.

Als er zu ihren Fesseln kam, entzog sie sich ihm und stemmte ihren Körper hoch zu einer knienden Position. Der Rock rutschte bis zu ihren Oberschenkeln, und Peter kniete sich ans Bettende. Er streckte seine Arme aus und ergriff den Rock, schob ihn der Frau bis zur Taille hoch, enthüllte ihren perfekt geformten Po.

Und dann war es, als ob die Zeit stillstände. Er kniete sich über den Körper der Frau, und alles drängte ihn dazu, Besitz von ihr zu ergreifen. Aber nichts konnte geschehen, solange sie kein Zeichen ihrer Einwilligung gab.

Ein kleiner Windhauch brach die Spannung. Irgendeine verhaltene Bewegung in der still stehenden Luft entlockte der nackten Figur unter ihm ein kaum wahrnehmbares Seufzen. Sie zog die Knie stärker an und öffnete sie, stützte sich auf ihre Vorderarme, sodass Peter ihre wogenden Brüste sehen konnte, die die weiße Daunendecke berührten. Alles war ihm dargeboten, und mit einem Aufstöhnen drang er tief in die Frau unter ihm ein.

Als er sich kurz vor dem Höhepunkt zurückzog und bereit war, erneut in sie einzudringen, rief Peter den Namen der Frau, die er so liebte.

»Anne. Anne. Ich liebe dich, Anne.«

Aber die Frau, die ihm ihr Gesicht aus den Kissen halb zuwendete, hatte nicht die blauen Augen seiner Frau. Diese Augen waren grün. Glitzernd grün. Wie konnte er das rabenschwarze Haar für die braunen Locken seiner Frau gehalten haben? Es war Greta unter ihm auf dem Bett. Und jemand klopfte an der Tür und versuchte, hereinzukommen.

Peter schreckte hoch, saß aufrecht in dem ungewohnten Bett, und sein ganzer Körper war schweißbedeckt. Es war kein Klopfen an der Tür, das ihn aufgeweckt hatte, sondern die alten Fensterflügel hatten sich aus der Verankerung befreit und den Krach erzeugt. Sie schwangen hin und her in dem heftigen Sturm, der über dem Haus ausgebrochen war, während er schlief. Ein graues Licht zeigte an, dass es bereits nach der Morgendämmerung war, obgleich kein Sonnenlicht den wolkigen Himmel durchdrang.

Wieder schlugen die Fensterflügel hart aneinander, und zwei der bleiverglasten Scheiben zerbrachen. Das Fensterbrett war nass vom Regen und übersät mit zerbrochenem Glas. Peter sprang aus dem Bett und zerrte an dem Fenster, schloss es und zwängte den Riegel vor. Dabei schnitt er sich den Ellbogen an einem der Glassplitter. Blut tropfte auf seine Füße und den apfelgrünen Teppich. Als er nach unten blickte, sah Peter, dass sein Penis erst jetzt langsam erschlaffte. Er betrachtete sich einen Moment lang mit Abscheu, begleitet von einem Gefühl der Lächerlichkeit, bevor er hinüber ging zum Bett und sich den schweißgetränkten Kissenbezug um seinen Arm wickelte.

Draußen wurden die Eiben von einem brüllenden Sturm in alle Richtungen gebogen, während der Regen mit unverminderter Wut gegen das Haus der Vier Winde schlug. Unter den Eiben standen die schwarzen Torpforten offen, und Peter konnte eine kleine Figur sehen, die sich über die Auffahrt zum Haus hoch kämpfte.

So schnell wie möglich zog er sich an und rannte die weite, geschwungene Treppe nach unten zur Eingangstür. Er ließ den Kissendruckverband an seinem Arm fallen, schloss die Tür auf und öffnete sie. Mrs. Marsh aus dem Cottage gegenüber war kaum zu erkennen unter der Kapuze ihres Regenmantels, als sie mühsam die steilen Treppenstufen zu der Eibenterrasse hochstieg. Sir Peter eilte zu ihr und zog sie ins Haus.

»Was ist los, Grace? Sie sehen kreidebleich aus. Ist etwas passiert?«

»Nein, alles in Ordnung, Sir Peter. Es ist nur so, dass mein Mann bei der Freiwilligen Lebensrettung ist, und sie sind kurz vor Mitternacht mit dem Boot hinausgefahren. Normalerweise hält Christopher Kontakt mit der Küste über Funk, sodass ich sie anrufen und mich überzeugen kann, dass alles in Ordnung ist, aber unser Telefonanschluss funktioniert nicht, und deswegen –«

»Können Sie es nicht. Und deswegen müssen Sie unser Telefon benutzen. Kommen Sie mit in mein Büro, und ziehen Sie Ihren Mantel aus.«

»Vielen Dank, Sir Peter. Es tut mir Leid, wenn ich Sie aufgeweckt habe.«

»Das haben Sie nicht. Der Sturm hat mich aufgeweckt. Hat das Fenster oben zerbrochen. Es scheint ein ziemlich heftiges Unwetter zu sein.«

»Das stimmt. Einen solchen Sturm habe ich zuletzt vor zehn Jahren erlebt. Ich hoffe nur, dass mit Christopher alles in Ordnung ist. Ich weiß nicht, was ich tun würde –«

»Machen Sie sich keine Sorgen, Grace, alles wird gut«, sagte Sir Peter mit einer Überzeugung, die er selbst nicht fühlte, als er zum Telefon auf seinem Schreibtisch griff. Er hatte die Panik in ihrer Stimme durchaus wahrgenommen.

»Verdammt. Die Leitung ist auch tot. Hören Sie, Grace, ich werde Sie hinunter zum Hafen fahren. Das dauert nur ein paar Minuten.«

Mrs. Marsh protestierte schwach, aber Peter blieb fest. Tatsächlich gab es im Moment nichts, was er sich mehr wünschte, als das Haus zu verlassen und Distanz zwischen sich und die Ereignisse dieser Nacht zu legen. Der Kummer mit Anne, die Ausschweifungen in seinem Traum, das Blut auf dem Fußboden.

»So, ich habe Anne eine Notiz geschrieben, damit sie weiß, wo wir sind. Ich hole nur schnell meinen Mantel, Grace. Dauert keine Minute.«

Als Peter zurückkam, stellte er fest, dass Grace Marsh nicht allein war. Greta hatte sich einen Mantel über ihr Nachthemd gezogen und saß neben Grace auf der alten schwarzen Bank in der Eingangshalle.

Mit einem besorgten Blick wandte sie sich zu ihm um, und Peter fühlte sich zurückversetzt in seinen Traum. Nur unter Aufbietung aller Kräfte gelang es ihm, das plötzliche, überwältigende Bedürfnis, sie in die Arme zu reißen, zu unterdrücken.

»Was? Sie sind auch auf.« Peter sprudelte die ersten Worte, die ihm in den Kopf kamen, hervor.

»Ja, ich möchte gern dabei sein. Lassen Sie mich bitte mitkommen.« Gretas grüne Augen glitzerten.

»In Ordnung. Aber achten Sie auf die Stufen. Dieser Wind wird Sie glatt umpusten, wenn Sie nicht aufpassen. Grace, bleiben Sie in meiner Nähe. In zehn Minuten sind wir am Hafen.«

Das Steuerrad des Range Rovers berührte beinahe Peters Schoß, als er seinen Hals über das Armaturenbrett reckte, um die Kurven der engen Straße auszumachen, die sich entlang der Küste zum Hafen hinunterschlängelte. Neben ihm beugte sich Grace Marsh genauso vor wie er, als wäre sie dadurch dem Hafen und Nachrichten über ihren Mann näher.

Jetzt hinaus auf See zu fahren kam der Unterzeichnung seines eigenen Hinrichtungsbefehls gleich, dachte Peter, als er einen Blick auf die schäumende Masse wütender Wellen warf, die ans Ufer schlugen.

»Ich bin sicher, dass alles gut wird«, sagte er betont überzeugt und optimistisch. »Jedermann auf dem Lebensrettungsboot hat sehr viel Erfahrung.« Der Hafen kam durch die schräg fallende Regenwand in Sicht.

»Ich weiß. Vielen Dank, Sir Peter. Es ist nur so, dass es so einen Sturm seit 1989 nicht gegeben hat. Und damals wurde ...«

Graces Stimme erstarb. Peter wusste, warum. Der Sturm von 1989 hatte nicht nur die große Kastanie auf dem Friedhof von Flyte entwurzelt, die zu Ehren von Königin Victorias goldener Hochzeit gepflanzt worden war. Er hatte auch die Leben zweier Väter aus Flyte beendet, die er vom Deck des Lebensrettungsboots fegte. Sie waren hinausgefahren, um ein sinkendes Fischerboot draußen in der Bucht zu retten, und kehrten nicht mehr zurück.

Greta warf vom Rücksitz des Range Rover aus einen Blick auf das Meer. Sie fühlte sich elektrisiert von dem Sturm. Noch nie hatte sie eine derartige Kraft gesehen. Sie nahm nichts von der besorgten Unterhaltung wahr, die vorne im Wagen geführt wurde.

Peter parkte neben dem Harbour Inn und ging auf der Suche nach Neuigkeiten über die ungepflasterte Straße zu der Baracke des Hafenmeisters.

»Vor ungefähr einer halben Stunde hatten sie Funkkontakt mit ihnen«, erzählte er den anderen, als er zum Wagen zurückkehrte. »Sie werden in den nächsten zehn Minuten in der Hafenmündung erwartet.«

»Aber was ist mit meinem Christopher?«, fragte Grace Marsh. »Haben Sie etwas von ihm gesagt?«

Peter spürte die Hysterie in ihrer zitternden Stimme und versuchte, seiner Antwort die nötige Portion Zuversicht zu geben.

»Nichts weiter, weder so noch so, Grace. Aber das ist gut, denke ich. Sie hätten etwas gesagt über Funk, wenn etwas nicht in Ordnung wäre.«

Peter erwähnte nicht die düstere und bedrohliche Atmosphäre, die er in der Baracke gespürt hatte. Mehr als ein Dutzend Männer waren da drinnen gewesen, und keiner hatte irgendwas geäußert außer den kurzen Antworten auf seine Fragen. Die Funkverbindung, von der er Grace erzählt hatte, war mittendrin abgebrochen.

Die Minuten verstrichen, ohne dass es ein Zeichen des Lebensrettungsbootes gab, und der Sturm nahm langsam ab. Die Umrisse des anderen Ufers des Flusses Flyte wurden sichtbar. Festgebundene Boote hüpften auf dem brodelnden Wasser, und jenseits des Hafens wogten Reet und Gräser in Richtung der Kirche von Coyne. Mehrere Bäume standen in merkwürdig abgeknickten Winkeln.

Wie Männer mit gebrochenen Knochen auf einer Folterbank, dache Greta, die jetzt neben Peter und Grace Marsh in einer kleinen Gruppe am Rand des Wassers stand. Jeder hatte seinen Blick auf die Hafenmündung gerichtet, wo der Fluss Flyte begann und die Nordsee endete.

Gleich nachdem die beiden Kirchen von Flyte und Coyne das Einläuten der siebten Stunde beendet hatten, kam ein Boot in Sicht, das sich langsam seinen Weg flussabwärts pflügte.

»Schwarze Flagge!«, rief ein Mann ganz vorn, der ein Fernglas hatte. »Da ist eine schwarze Flagge am Mast.« Ein Schauder durchlief die Menschenmenge, und Peter griff nach Graces Arm, als sie halb ohnmächtig vorwärts stolperte.

Bald konnte jeder nicht nur die schwarze Flagge, sondern auch die hellgelben Kappen und Regenmäntel der Mannschaft an Deck erkennen. Sie machten an der langen hölzernen Hafenmole fest und sprangen an Land.

Man konnte leicht die zitternden Fremden, die aus der mörderischen See gerettet waren, unterscheiden von den Männern aus Flyte, die Peter sonst als Bankkassierer, Fischhändler oder Gemeindevorsteher kannte. Ihre Gesichter waren jedoch ausgezehrt, gezeichnet von dem Kampf gegen eine Urgewalt, die so viel stärker war als sie selbst.

Peter legte einen Arm um Grace und beobachtete die schweigenden Männer, die über die Mole herankamen, in der Hoffnung, seinen Nachbarn zu entdecken. Eine Minute verging, und der letzte Mann erreichte die Böschung. Es schien keiner mehr auf dem Boot oder auf der Mole zu sein.

»Wo ist mein Mann?«, schrie Grace mit sich überschlagender Stimme. »Wo ist Christopher?« Als hätten sie es gehört, traten Christopher Marsh und ein weiterer gelb gekleideter Mann aus der Bootskabine. Sie trugen einen dritten Mann. Einen Ertrunkenen. Peter sah es an der Art und Weise, wie sie ihn trugen, als wäre es eine Pflicht und kein Akt der Menschlichkeit. Mit hängenden Schultern ob ihrer Last und ihrem Versagen.

»Er war auf der anderen Seite des Bootes. Ertrunken, bevor wir ihn zu fassen kriegten, der arme Kerl«, sagte Abel Johnson, der Bankkassierer, der sich in einen Lebensretter verwandelt hatte.

Er beendete seinen Satz mit einem stummen Protestschrei, als Grace Marsh ihn in ihrem Eifer, zu ihrem Mann zu kommen, beiseite schubste.

»Christy. Ich dachte, du wärst tot, Christy. O Gott, ich weiß nicht, was ich getan hätte.«

»Ist schon gut, Grace«, sagte ihr Mann, der nichts weiter wollte, als seine Last am Ende der Mole abzulegen, als seine Frau ihn umarmte. »Du musst dich nicht so aufregen. Wie bist du hergekommen?«

»Sir Peter hat mich hergebracht. In seinem Wagen.«

»Danke, Sir. Das war sehr freundlich. Grace nimmt es immer so schwer, wenn wir nachts rausmüssen.«

»Vielleicht sollten Sie es nicht länger machen, Christopher. Sie sollten jemanden finden, der Ihren Platz einnimmt.«

»Nun ja, ich weiß nicht, Sir. Es ist wie eine Pflicht. Mein Vater war schon auf dem Lebensrettungsboot, und sein Vater vor ihm auch.«

Während die Männer miteinander sprachen, betrachtete Greta das Gesicht des ertrunkenen Mannes. Er trug Jeans und einen dicken schwarzen Südwester Pullover. Ein schwarzer Bart, weiß durchzogen, und dickes schwarzes lockiges Haar. Ein großer, starker, seefahrender Mann, und jetzt war er nur noch eine Leiche. Etwas, dessen man sich auf passende Weise entledigen würde. Reif fürs Leichenschauhaus.

Die blauen Augen des Mannes waren wie Glas. Hinter ihnen lag nichts, und die letzten Regentropfen fielen auf sein Gesicht, machten ihm nichts mehr aus. Seine Hände hingen seitlich schlaff an ihm herunter. Noch vor fünf Stunden hätten sie sich das Wasser aus den Augen gerieben. Aus seinen blauen, in die Ferne blickenden Augen.

Leben und Tod. Alles in dem Moment vorbei, als die Lungen des Ertrinkenden kollabierten und er mit dem Gesicht nach unten in der See trieb. Sein ganzes Leben vorbei, und jetzt lag er wie ausrangiert auf dem Boden, während sich die Leute über das Wetter unterhielten und ein Mann seine Frau umarmte.

Das war es, was Greta am Tod des Fischers am meisten berührte: die außergewöhnliche Bedeutungslosigkeit. Ein Mann vom Rettungsboot formte seine Hände zu einer vertrauten schützenden Geste, um sich eine Zigarette anzuzünden. Der Besitzer des Harbour Inn wischte Wasser von der Treppe mit einem Besen, und der tote Mann lag schutzlos auf dem schlammigen Boden.

Christopher Marsh befreite sich sanft aus der Umarmung seiner Frau, und er und die anderen Männer vom Rettungsboot bückten sich, um die Leiche aufzuheben. Müde schlurften sie die unebene Straße entlang in Richtung der Baracke des Hafenmeisters.

Peter drehte sich zu Greta um. In ihren grünen Augen lag ein abwesender Ausdruck, als sie auf die See blickte. Er fand, dass sie ungewöhnlich schön aussah in dem Moment, aber auch undurchschaubar. Er hatte nicht die leiseste Ahnung, was sie gerade dachte.

Das war Ende Januar 1999 gewesen. Es würde vier Monate dauern, bevor eine weitere Person auf unnatürliche Weise starb in Flyte – und das würde ein Mord sein. Ein kaltblütiger Mord, über den in ganz England gesprochen würde. Ein Mord, der dieses verschlafene Fischerstädtchen für immer bekannt machen würde. Sir Peters eigene Frau, die schöne

Lady Anne, erschossen in ihrem eigenen Heim von bewaffneten Einbrechern, während ihr Sohn nicht mehr als drei Meter entfernt hinter einem Bücherschrank versteckt war.

5. Kapitel

Das Geräusch der klickenden Kameras und der vielen unbeantworteten Fragen der Reporter wurde plötzlich von den Türen des Old Bailey verschluckt, die sich hinter Sir Peter und Lady Greta schlossen. Sicherheitsmänner beobachteten gelassen, wie sie ihre Taschen leerten und durch einen Metalldetektor schritten. Dann stiegen sie zwei breite Treppen hoch und kamen zu einem großen offenen Raum, in dem Greta sich einen Moment lang fühlte wie in einer von Mussolini in Norditalien erbauten Bahnhofshalle.

Ich befinde mich also auf einer Zugreise, dachte sie ironisch. Ich schon, aber Peter nicht, und ich kann aus diesem verdammten Zug nicht aussteigen. Er fährt ziemlich langsam, hält an jeder Station, während die Zeugen ihre Aussagen machen, und die ganze Zeit weiß man nicht, wo er schließlich halten wird. Anwälte und Verwandte steigen aus und zu, aber am Ende sind sie alle verschwunden. Und dann bin nur noch ich da. So wie es immer war. Nur ich.

»Geht es dir gut, Darling? Du siehst blass aus. Gibt es irgendetwas, was ich tun kann?«

An der Seite seiner Frau, die in der Mitte der großen Halle kurz ihre Schritte verhielt und leicht schwankte, sah Peter besorgt und hilflos aus.

»Nein, es ist nichts. Es war nur eine kleine Schwäche, das

ist alles. Hierher zu kommen ist eine ziemliche Tortur, nicht wahr?«

»Ja, es ist scheußlich. Diese Reporter sind allesamt verdammte Parasiten. Setz dich einen Moment und erhol dich. Wir haben reichlich Zeit.«

Sie nahmen Platz auf einer der braunen Lederbänke, die in regelmäßigen Abständen in der Halle standen. Die Wände in der Halle waren vollkommen schmucklos, bis auf eine große runde Uhr, die nicht ging. Das Morgenlicht drang schwach durch schmutzige Netzvorhänge, die vor den hohen Fenstern hingen.

Um sie herum war ein ständiges Kommen und Gehen von Anwälten. Die langen schwarzen Roben blähten sich hinter ihnen, und ihre Lackschuhe klackerten auf dem Marmorfußboden. Ihre Pferdehaarperücken im Stil des achtzehnten Jahrhunderts, die Teil ihrer vorgeschriebenen Garderobe waren, hätten absurd ausgesehen, wenn ihre Eigentümer sie nicht mit derartiger Selbstverständlichkeit tragen würden. Greta hatte plötzlich das Gefühl, sich außerhalb ihres Elements zu befinden. Wie könnte sie das Geschehen kontrollieren, wenn sie die Regeln nicht kannte? Sie stand abrupt auf. Stillsitzen verschlimmerte die Dinge nur.

»Komm, gehen wir und suchen Gerichtssaal 9. Dort haben wir uns mit Miles verabredet.«

Greta klang weitaus entschlossener, als sie sich fühlte.

Eine kleine Menschenmenge wartete vor dem Fahrstuhl, und Greta erspähte die gedrungene Figur von Sergeant Hearns, des ermittelnden Polizeibeamten in diesem Fall. Er lächelte, als er sie sah, und Greta konnte nicht unterscheiden, ob es ein Gruß war oder ein spontaner Ausdruck von Freude, dass er endlich das Objekt seiner Nachforschungen innerhalb des Gerichtsgebäudes gefunden hatte. Auf jeden Fall erwiderte sie den Gruß nicht, sondern drehte sich hastig um und rief ihrem Mann zu:

»Komm, Peter, hier ist es zu voll. Nehmen wir die Treppe.«

Peter folgte seiner Frau gehorsam. Er war entschlossen, ihr beizustehen, aber natürlich gab es einige Orte, zu denen er ihr nicht folgen konnte. Sie würde allein sein auf der Anklagebank. Allein im Zeugenstand. Allein, wenn die Geschworenen zurückkämen mit ihrem Urteil.

Er fuhr sich mit den Fingern über die Falten seiner Stirn und versteckte sein Gesicht für einen Moment hinter seiner Hand.

Vier Stockwerke über ihnen kaufte in diesem Moment Miles Lambert, Anwalt der Verteidigung im Fall von *Regina v. Lady Greta Robinson*, zwei Tassen Kaffee in der Cafeteria der Anwälte. Eine mit Milch und zwei Stück Zucker für sich selbst und eine schwarz ohne Zucker für seinen Gegner, Staatsanwalt John Sparling.

Miles Lambert war sechsundsechzig und lebte allein. Vierzigjähriger Genuss exquisiter Weine und guten Essens mit anderen erfolgreichen Anwälten hatten sein Gesicht gerötet und ihm eine rundliche Figur beschert, die er in teure maßgeschneiderte Anzüge hüllte, komplett mit Weste, goldener Uhr und Kette. Die Gerichtsetikette schrieb ihm vor, spitze Kragen mit gestärktem weißen Steg zu tragen, aber außerhalb des Gerichts war er dafür bekannt, extravagante Krawatten mit schreienden Farben zu tragen, die zu den Taschentüchern passten, die aus seiner Brusttasche lugten, wenn er sie nicht gerade benutzte, um sich den Schweiß von der Stirn zu tupfen. Diese Marotte hatte ihm den Spitznamen »Lurid Lambert« eingetragen, und obgleich daraus in den letzten Jahren »Old Lurid« geworden war, galt in Justizkreisen die einhellige Meinung, dass Old Lurid zwar möglicherweise sechsundsechzig, als Verteidiger aber auf der Höhe seiner Fähigkeiten war.

Versteckt hinter einer goldgerahmten Halbmondbrille betrachteten Miles' blassblaue Augen die Welt, und diejenigen, die ihn gut kannten, behaupteten, dass die Augen der Schlüssel zum Verständnis von Miles' Charakter waren. Sie waren klein und gewitzt, und wenn man genau hinschaute, konnte man wahrnehmen, dass sie in dem Maße, in dem Miles Lebhaftigkeit stieg, immer ruhiger und wachsamer wurden. Es schien, als wären sie gänzlich unbeteiligt an seinem Lachen und seiner verschwenderischen Gestik. Sie blieben unbeteiligt und aufmerksam, beobachteten Schwächen und warteten auf Gelegenheiten.

John Sparling konnte sich kaum stärker unterscheiden von Miles Lambert, wenn man der Tatsache Rechnung trug, dass sie beide erfolgreiche Anwälte in ungefähr dem gleichen Alter und ungefähr gleich gekleidet waren. Er war groß, während Miles klein war, und dünn, während Miles dick war. Er trug keine Brille, und seine großen grauen Augen über seiner langen Adlernase betrachteten die Welt kühl. Er hatte einen kleinen Mund mit dünnen, strichartigen Lippen, und er sprach langsam, formulierte seine Fragen betont sorgfältig und legte, nachdem der Zeuge seine Frage beantwortet hatte, immer eine sekundenlange Pause ein, die genügte, um den Geschworenen seine Meinung über das gerade Gesagte zu vermitteln. Er erzählte den Geschworenen gern, dass sie Mitleid und Mitgefühl beiseite lassen müssten bei ihrer Suche nach der Wahrheit. Sparlings Feinde behaupteten, dass dies etwas war, was er selbst sich nicht extra einreden musste, weil er jegliches Mitleid und Mitgefühl bereits in frühester Jugend aus seinem Charakter getilgt hatte.

John Sparling verteidigte nie, und Miles Lambert klagte nie an. Sie waren absolute Gegenpole, aber dennoch schätzten sie sich merkwürdigerweise gegenseitig. Man hätte beinahe sagen können, dass sie Freunde waren, obgleich sie sich nie außerhalb des Gerichtsgebäudes trafen, wo sie ihre Tage in unermüdlichem Kampf über das Schicksal ihrer Mitmenschen verbrachten.

Auch wenn Sparling es nicht gerne hörte, beschrieben ihn manche recht treffend als ein Instrument der Justiz. Sein Kredo war, dass jeder die Konsequenzen seiner Handlungen tragen musste – erst recht die Frau eines Kabinettministers. Sparling freute sich seit Wochen auf diesen Prozess, aber ebenso sein Gegenspieler. Für Miles Lambert ging es beim Strafrecht weniger um Gerechtigkeit als ums Gewinnen. Das war etwas, was beide Männer gemeinsam hatten. Sie hassten es beide zu verlieren.

»Also Miles, Sie haben Granger bekommen«, sagte Sparling. »Ihre Ladyschaft wird erfreut gewesen sein.« Seine Unterlippe hob sich ein wenig, was der Andeutung eines Lächelns gleichkam.

»Darüber habe ich mit ihr noch nicht geredet«, erwiderte Miles Lambert, während er energisch den Zucker in seiner Kaffeetasse umrührte. »Aber es stimmt schon, ich wollte lieber den alten Granger als den einen oder anderen vergreisten Richter aus dem ersten Stock. Die Verteidigung wird es mit einer strengen aber gerechten Verhandlungsführung zu tun bekommen.« Er hätte sich gern vier Löffel Zucker in seine Tasse gerührt, aber sein Arzt hatte ihm strenge Vorschriften hinsichtlich Kaffee und Zucker erteilt, nachdem Miles vor zwei Jahren einen leichten Herzinfarkt erlitten hatte. Der Ratschlag, den Stress durch Reduzierung seiner Fälle abzubauen, war dagegen auf taube Ohren gestoßen.

»Ihm wird Ihre Klientin gefallen, nehme ich an«, sagte Sparling. »Old Granger hatte immer etwas übrig für die Damen, nicht wahr?«

Granger war als fairer Richter mit einer leichten Vorliebe für die Verteidigung bekannt. Miles war insgeheim hocherfreut, dass er ihn bekommen hatte, obgleich es nicht ratsam war, sich damit zu brüsten.

»Es ist nicht der Richter, auf den es ankommt«, sagte er diplomatisch. »Es sind die Geschworenen.«

»Wahrscheinlich setzen Sie auch auf einige priapische Geschworene, nehme ich an.«

Miles lächelte breit, war aber dennoch leicht überrascht. Es entsprach nicht gerade John Sparlings Art, sich so zynisch über eine gesetzliche Regelung zu äußern. Er musste sich über irgendetwas Sorgen machen. Miles nahm sich vor, herausfinden, was das war.

»Sie scheinen sich mehr, als gesundheitlich zuträglich ist, mit sexuellen Problemen zu beschäftigen, wenn Sie mir diese Bemerkung nicht verübeln, John«, neckte Miles ihn. »Jedenfalls mehr als gesundheitlich zuträglich für einen Donnerstagmorgen.«

»Machen Sie sich nicht lächerlich, Miles. Haben Sie die zusätzlichen Zeugenaussagen erhalten?«

Aus Miles Lächeln wurde ein Grinsen. Es war die Rückkehr der Mörder zum Tatort vergangene Woche, die seinem

Gegenüber unter die Haut gegangen war. Es war einfach zu gut, um wahr zu sein.

»Ja. Ich habe sie Freitagabend per Fax erhalten. Der Polizisten am Tatort, die nachfolgenden Untersuchungen des omnipräsenten Sergeant Hearns. Und die des Jungen natürlich. Ihres Hauptzeugen.«

»Mein Hauptzeuge.«

»Unbestätigt bisher.«

»In Ordnung, Miles. Wir überlassen es den Geschworenen, sich ihre Meinung hierzu zu bilden.«

»O ja. Den lüsternen Geschworenen.«

Sparling zeigte erneut die Andeutung eines Lächelns. Er sah demonstrativ nachsichtig aus.

»Ja, die priapischen Geschworenen«, sagte er. »Aber ich habe Sie nicht nach ihnen gefragt.«

»Nein«, bestätigte Miles. »Sie möchten über die Aussagen sprechen, obgleich ich mir keinen Grund vorstellen kann, weswegen. Ich habe sie bekommen. Sie haben sie bekommen. Sie rufen diese Zeugen auf. Was gibt es sonst noch zu diskutieren?«

»Ich möchte den Jungen ganz zum Schluss aufrufen. Hearns sagt, dass er Zeit braucht, um das, was letzten Mittwoch passiert ist, zu verarbeiten.«

»Wenn es passiert ist.«

»In Ordnung, Miles. Ich habe die polizeiliche Aussage auch gelesen, wissen Sie.«

»Keine Spur irgendeines Eindringlings. Keiner hat das Auto kommen sehen. Keiner hat das Auto wegfahren sehen.«

»Es ist am Abend passiert. Der Ort war menschenleer.«

Sparling klang trotzig, was Miles umso mehr herausforderte, seinen Gegner anzustacheln.

»Sie haben keinerlei forensischen Beweis. Geben Sie es zu, John.«

»Ich gebe es zu. Aber die Anklage behauptet nach wie vor, dass Thomas Robinson die Wahrheit sagt, und es besteht kein Anlass, das zu ändern.«

»Vielleicht nicht. Aber ich schätze, dass Sie auch gut ohne seine neuesten Ergüsse zurechtgekommen wären. Lonny und Rosie. Ich frage mich, in welchem Traum die ihm erschienen sind. Er sieht zu viel fern.«

»Nicht, als sie zum Haus gefahren sind, da hat er nicht fern gesehen.«

»Nein. Sehr passend.«

Miles trank seinen Kaffee aus und setzte seine Perücke auf. Er genoss sein vorgerichtliches Geplänkel mit John Sparling noch mehr als gewöhnlich. Der schlaue alte Staatsanwalt würde nie zugeben, dass er unglücklich über einen Fall war, aber Miles hätte gutes Geld gewettet, dass die neuesten Aussagen Ende der vergangenen Woche nicht gerade willkommen geheißen worden waren in Sparlings Büro. Die Anklage der Krone stützte sich sowieso schon zu sehr auf die unbewiesene Aussage des jungen Thomas. Diese neueste Entwicklung macht den Prozess erst recht kopflastig, dachte Miles und streichelte zufrieden seinen Bauch.

Auf jeden Fall hatte die Verteidigung durch diese neuen Zeugenaussagen mehr zu gewinnen als zu verlieren. Er hatte Samstagmorgen mit Lady Greta konferiert und sich von ihr versichern lassen, dass sie niemanden namens Lonny oder Rosie kannte und dass sie niemandem etwas über das Versteck im Haus der Vier Winde erzählt hatte.

»Ich gehe jetzt zu meiner Klientin«, sagte Miles und erhob sich. »Ich werde mich mit ihr beraten, aber ich kann mir keine Einwände von unserer Seite vorstellen, dass Sie den Jungen als letzten Zeugen aufrufen. Stellen Sie lieber sicher, dass er auch kommt. Eine Aussage zu Protokoll zu geben ist eine Sache, sie vor Gericht zu bezeugen eine andere.«

Miles verschwand mit wehender Perücke und Robe, bevor John Sparling sich auch nur eine passende Antwort ausdenken konnte.

Peter und Greta warteten vor dem Gerichtssaal 9 zusammen mit Peters Anwalt, Patrick Sullivan, einem gut aussehenden Iren, der Liam Neeson täuschend ähnlich sah. Patrick und Peter hatten gemeinsam die Universität besucht, und es war eine Selbstverständlichkeit für ihn, Peter dann und wann anwaltlich zu unterstützen.

Die Arbeit hatte mehr und mehr seiner Zeit beansprucht, seit Peter Minister geworden war, und Gretas Prozess hatte endgültig einen Fulltimejob daraus gemacht.

Patrick war kein Strafrechtler, aber er hatte Peter und seine Frau in den alptraumhaften Tagen nach Gretas erster Verhaftung nach Kräften unterstützt. Er hatte ihnen den Eindruck vermittelt, dass er wahrhaftig auf ihrer Seite stand, dass er ihnen glaubte, und genau das war es, wonach Peter sich mehr als alles andere verzehrte.

Greta hatte sich wenig überraschend in ihr Schneckenhaus zurückgezogen, als die Polizei anfing, Thomas' Beschuldigungen ihr gegenüber zu untersuchen, und Patrick schien ihr einiges an Selbstvertrauen zurückzugeben. Später, als Greta angeklagt wurde, hatte Peter Patrick gebeten, einen Spitzenanwalt für Strafprozesse zu suchen, der den Fall übernehmen würde. Es schien, als hätte er diese Aufgabe auf bewundernswerte Weise gelöst. Jeder, mit dem Peter sprach, stimmte ihm zu, dass Miles Lambert einer der besten seines Gewerbes war.

»Ich habe Peter noch einmal darauf hingewiesen, dass er nicht im Gerichtssaal sein darf während der Verhandlung«, sagte Patrick.

»Das ist richtig«, bestätigte Miles. »Erst, wenn Sie Ihre Zeugenaussage machen. Aber Patrick hat mir versichert, dass er die meiste Zeit anwesend sein wird, sodass Greta nicht allein ist. Es besteht kein Grund zur Beunruhigung.«

Er lächelte ermutigend. Sie hatten diesen Punkt schon mehrfach angesprochen, aber es war besser, ihn lieber einmal zu viel als zu wenig zu besprechen. Er hatte schon mit Zeugen zu tun gehabt, die deswegen ihre Aussage nicht machen durften, weil sie die Verhandlung im Gerichtssaal verfolgt hatten.

»Wie geht es Ihnen, Greta?«, fragte er besorgt. Eines Mordes angeklagt zu sein war für jeden eine schreckliche Erfahrung, und Miles wusste, dass das Warten auf den Prozessbeginn der schlimmste Teil des Ganzen war.

»Ganz gut, nehme ich an. Es ist allerdings nicht leicht. Ich habe mich gefühlt wie auf dem Präsentierteller, als wir aus dem Wagen gestiegen sind.« Gretas Stimme zitterte leicht, und Peter nahm ihre Hand und drückte sie. Nicht bei seiner Frau sein zu dürfen, um die Torturen im Gerichtssaal mit ihr zu teilen, war beinahe mehr, als er ertragen konnte.

»Ich weiß«, sagte Miles. »Es tut mir Leid. Aber sehen Sie, Sie dürfen nie das Wichtigste vergessen, dass Sie nämlich erst frühestens Mitte nächster Woche etwas sagen müssen. Wahrscheinlich sogar erst Ende nächster Woche. Die Anklage muss eine Menge Zeugen befragen, und sie werden Thomas als letzten aufrufen. Sie führen ins Feld, dass er Zeit braucht, um über das hinwegzukommen, was letzten Mittwoch passiert ist.«

»Nichts ist passiert«, intervenierte Peter. »Er hat es erfunden wie alles andere auch. Er kann einfach nicht damit aufhören. Muss unbedingt unser und sein Leben ruinieren.«

»Ist schon gut, Peter«, sagte Greta. »Nicht jetzt.« Sie zog viel Unterstützung aus Peters Zorn auf seinen Sohn, aber dies war nicht der richtige Moment, um die Kontrolle zu verlieren.

»Ist das ein Problem?«, fragte sie. »Dass Thomas der Letzte sein wird?«

»Nein, das denke ich nicht«, erwiderte Miles. »Es wird die Geschworenen davon überzeugen, wie wenig der Staatsanwalt ohne ihn hat.«

»Ja. Ja, das verstehe ich.«

Greta lächelte, aber dadurch wurde die Anspannung in ihrem Gesicht nur noch sichtbarer. Sie sieht perfekt aus, dachte Miles. Sie würde in den nicht lüsternen Geschworenen mütterliche und väterliche Gefühle wachrufen, wenn sie ihre Augen mit diesem kleinen weißen Taschentuch betupfte, das sie in ihrer Handtasche bei sich hatte.

»Das war die Gerichtsdienerin«, sagte Patrick, der einen Blick in den Gerichtssaal geworfen hatte und nun das momentane Schweigen unterbrach. »Wir werden nach drinnen gebeten.«

»Ich werde mittags hier auf dich warten, Greta«, sagte Peter. »Ich liebe dich.«

»Ich liebe dich auch«, erwiderte Greta, als sie sich umdrehte, um ihren Anwälten durch die aufschwingende Tür des Gerichtssaales zu folgen.

»Alles wird gut«, fügte er hinzu. »Du wirst es sehen.« Aber sie antwortete nicht. Die Türen schlossen sich hinter ihr, und er konnte ihr nicht folgen.

6. Kapitel

Das Erste, was Greta bewusst wurde, als sie den Gerichtssaal betrat, war das plötzlich einsetzende Schweigen der vielen Stimmen. Die Bankreihen links im Saal waren gerammelt voll mit denselben Reportern, die sie draußen umzingelt hatten. Es gab kein Entrinnen vor ihnen, obgleich die Kameras und Aufnahmegeräte nicht eingesetzt werden durften.

Vor ihrem Eintreten war der Gerichtssaal nichts weiter als ein Raum wie jeder andere gewesen, aber jetzt spürte man den Beginn eines Dramas, die Spannung vor dem ersten Akt. Der gesamte Saal war hell erleuchtet, denn dies war ein von der Außenwelt abgekapselter Ort. Es gab keine Fenster, und die schalldichten Wände waren leer bis auf das riesige Löwen- und Einhorn-Emblem hinter dem leeren Richterstuhl.

Miles Lambert blieb neben der Anklagebank stehen. Das war eine abgeteilte Empore im hinteren Bereich des Gerichtssaals mit einem Geländer aus dunklem Holz darum, auf der Greta schon einmal gesessen hatte, als sie im Frühling vor Gericht stand und sich nicht schuldig bekannte. Jetzt beugte sich eine Sicherheitsbeamtin mit kurzen schwarzen Haaren und teigigem Gesicht hinunter, um die niedrige Zugangstür zu öffnen. Sie trat beiseite, damit Greta auf der Anklagebank Platz nehmen konnte. Der Riegel der Tür schloss sich hinter ihr.

»Patrick wird genau darauf achten, ob Sie irgendetwas brauchen«, sagte Miles in beruhigendem Ton. »Haben Sie genug Papier und Stifte? Sie können mir eine Notiz zukommen lassen, wenn Ihnen etwas Wichtiges einfällt, obgleich ich bezweifle, dass wir heute Morgen noch zu etwas anderem kommen als dem Eröffnungsplädoyer der Staatsanwaltschaft. Und das muss Sie nicht beunruhigen. Es ist keine Beweisaufnahme.«

Greta nickte und biss sich auf die Unterlippe. Als ob Papier ihr helfen könnte. Bei all den Menschen, die sie anstarrten, und den Fremden, die über ihr Schicksal entschieden.

»Wir mussten die Geschworenen ziemlich schnell benennen. Denken Sie daran, sie nicht direkt anzusehen. Das schätzen sie nicht. Aber lassen Sie sie umgekehrt Sie anschauen. Es wird ein oder zwei Minuten sehr unangenehm werden, wenn die Fotos der Leiche herumgereicht werden. Ich kann Sparling nicht daran hindern, sie zu zeigen, aber es wird nicht lange dauern. Der Richter wird darauf achten. Granger ist in Ordnung. Wir hätten es sehr viel schlechter treffen können.«

Greta lächelte matt. Sie war Miles Lambert dankbar für den Versuch, ihr die Dinge zu erleichtern.

Die Sicherheitsbeamtin tippte Greta auf die Schulter und unterbrach die Unterhaltung.

»Sie müssen sich einer polizeilichen Durchsuchung stellen. Das ist Vorschrift.«

»Aber habe ich das nicht gerade eben getan?«

»Nein, ich muss Sie durchsuchen. Ihre Tasche überprüfen.«

»Oh, in Ordnung«, sagte Greta und übergab ihr die Handtasche zur Inspektion. Aber das war noch nicht alles.

»Bitte hier entlang«, sagte die Frau und nahm dieses Mal Gretas Arm, als sie sie durch eine Tür führte, die seitlich der Holzeinfassung angebracht war und zu einem kleinen Warteraum führte. Die einstmals weißen Wände waren mit obszönen Wörtern bekritzelt und mit Zeichnungen von Vergewaltigern und Mördern, die gegen ihr Schicksal wüteten. Greta dachte, wie seltsam es war, dass sich ein derartiger Ort nur wenige Meter entfernt vom pompösen und prächtigen Richterstuhl befand. Aber weder die Graffiti noch der Uringeruch, der aus einer Kabine mit einem Waschbecken und einer brillenlose Toilette in der Ecke des Raumes drang, störte Greta ernsthaft. Sie kannte Schlimmeres.

Es war die Treppe in der hintersten Ecke, die ihr einen Schauer übers Rückgrat laufen ließ. Sie konnte von ihrem Standort neben der Tür zum Gerichtssaal nicht mehr als die ersten drei Stufen erkennen, aber das reichte, um zu sehen, dass sie nach unten und nicht nach oben führten. Hinunter zu den Zellen, aus denen es kein Entkommen gab. Ein Wort, ein einziges kleines Wort von den Geschworenen, und sie würde diese Treppe nach unten stolpern mit Bewachern, die sie an ihren Ellbogen hielten. Greta hatte das Gefühl, als hätte sie ihren eigenen Tod vor Augen, bevor er tatsächlich eintrat. Plötzlich überfiel sie eine Welle von Übelkeit, und sie musste sich auf eine Bank an der Längsseite des Raumes setzen, als wäre sie gerade niedergeboxt worden.

»Kommen Sie schon«, sagte die Sicherheitsbeamtin, Ungeduld in ihrer Stimme. »Sie können noch den ganzen Tag während der Verhandlung auf ihrem Hinterteil sitzen. Aber jetzt muss ich Sie durchsuchen. Das ist Vorschrift.«

Greta blieb starr aufrecht stehen, während die Hände der Frau ihren Körper abtasteten. Schultern, Brüste, Bauch, Oberschenkel; jede Berührung gab Greta das Gefühl, dass dieses System ihr seine Überlegenheit zeigen wollte. Seine Unpersönlichkeit. Sie hielt ihren Blick beharrlich auf die weißgetünchte Decke gerichtet, bis die Durchsuchung vorbei war, verbot ihren Augen, auch nur einmal in die Ecke mit der Treppe zu wandern.

»In Ordnung, Sie sind sauber«, sagte die Frau und hielt ihr die Tür zur Empore mit der Anklagebank wieder auf.

Zurück im Gerichtssaal, atmete Greta tief durch. Sie zog ihr Taschentuch hervor und hielt es sich unter die Nase. Der zarte Duft des Chanel Parfums gestattete ihr, sich das kühle Interieur ihres Salons zu Hause vor Augen zu halten. Den Kronleuchter und die prachtvollen Vorhänge. Mit einer ungeheuren Willensanstrengung verbannte sie den Warteraum und die nach unten führende Treppe aus ihrem Bewusstsein. Dann öffnete sie die Augen wieder, fuhr sich mit den Fingern durch ihr perfekt frisiertes schwarzes Haar und lehnte sich zurück auf ihrem Stuhl, während sie nach und nach ihre Umgebung wahrnahm.

Die Reporter hatten wieder damit begonnen, sich zu unterhalten, und vor ihr legten die Anwälte schwere Ordner und Gesetzestexte auf den langen Tisch, an dem sie arbeiteten. Zu Miles Linker hörte ein großer, vornehm aussehender Mann mit einer Perücke und Robe dem Polizeibeamten Detective Sergeant Hearns zu.

Sie gaben ein seltsames Paar ab, dachte Greta. Hearns in seinem schlecht sitzenden Anzug mit breiter Krawatte musste sich beinahe auf Zehenspitzen stellen, um mit dem Anwalt, der sich leicht nach links vorbeugte, zu flüstern.

Greta konnte das Profil des Anwalts sehen, das lange, hagere Gesicht und die schmale Nase. Das musste der Mann sein, von dem Miles ihr erzählt hatte, John Sparling, der Staatsanwalt.

Wie gewöhnlich wedelte Hearns mit seinen derben Wurstfingern, um das Gesagte zu unterstreichen. Greta erinnerte sich dieser irritierenden Angewohnheit von der Vernehmung her, der sie sich unterziehen musste, bevor sie angeklagt wurde.

»Ich beschuldige Sie, Madam, dass Sie der Kopf hinter dieser Verschwörung sind«, hatte er damals gesagt.

»Die éminence grise, Mr. Hearns?«, hatte Greta, sich in Sarkasmus flüchtend, gefragt.

»Traktieren Sie mich nicht mit Fremdwörtern, Madam«, hatte er entgegnet. Er hatte sie immer mit Madam tituliert; nie Greta oder Miss Grahame. Vielleicht war das etwas, was man ihm auf der Polizeischule beigebracht hatte. Fragetechniken für angehende Detectives.

»Dies ist eine sehr ernsthafte Beschuldigung, Madam. Eine Lady ist tot, und ich gehe davon aus, dass Sie dafür verantwortlich sind.«

»Und ich gehe davon aus, dass Sie zu viele Kriminalromane gelesen haben.«

Und so war es weitergegangen. Stunde um Stunde auf der schmuddeligen Polizeiwache in Ipswich. Wenigstens musste sie sich nicht alle Vernehmungen wieder anhören. Miles hatte sich mit der Staatsanwaltschaft darauf geeinigt, dass nach dem Verlesen der Anklageschrift den Geschworenen eine Zusammenfassung vorgetragen wurde.

Greta zwang ihre Gedanken, sich der Gegenwart zuzuwenden. Hearns war fertig mit dem, was er Sparling mitteilen wollte, und als der Anwalt sich wieder seinen Papieren zuwandte, begegneten seine Augen für eine Sekunde Gretas. Sie konnte seinen Ausdruck nicht deuten. Er war distanziert aber wissend, kühl aber durchdringend. Ein Schauder überlief sie.

Ein lautes Klopfen an einer verschlossenen Tür rechts vom Richterstuhl brachte jedermann im Saal dazu, sich zu erheben. Gleich danach öffnete sich die Tür, und Seine Ehren Richter Granger betrat schwungvoll den Saal, ihm voran die Gerichtsdienerin. Der Richter war ein alter Herr, der nur noch ein oder zwei Jahre hatte bis zu seiner Pensionierung, aber dennoch hielt er sich so gerade wie ein Ladestock. Seine Perücke hatte er sich tief ins Gesicht gezogen über ein Paar buschige Augenbrauen. Sein Gesicht war stark zerfurcht und die Wangen eingesunken, aber seine klaren grauen Augen erzählten eine andere Geschichte. Sie wirkten, als gehörten sie zu einem viel jüngeren Mann, als sie blitzschnell alles und jeden im Saal in sich aufnahmen, bevor er seine Robe raffte und sich schwer auf dem Stuhl mit der hohen Rückenlehne niedersinken ließ. Allgemeines Stuhlgeschiebe war zu hören, als es ihm jeder im Saal, inklusive Greta, gleichtat, aber ihr wurde nur einen kurzen Moment gestattet, Platz zu behalten.

Der Protokollführer, ebenfalls mit Perücke und Robe, erhob sich.

»Die Angeklagte möge sich erheben.«

Greta befolgte die Anweisung.

»Sind Sie Lady Greta Robinson?«

»Das bin ich.«

Greta gab sich Mühe, laut und vernehmlich zu sprechen, aber die Wörter, die von ihren Lippen kamen, klangen flach und von weit her. Nicht im entferntesten, wie sie wollte, dass sie klangen. Sie musste sich daran erinnern, was ihr Sprachlehrer ihr beigebracht hatte, bevor sie in den Süden des Landes gezogen war. »Projektion«, nannte er es. Sie hatte diesem Teil des Unterrichts nicht so viel Aufmerksamkeit geschenkt, weil sie darauf fokussiert war, ihren Akzent zu verändern – die schwerfälligen nördlichen Vokale durch die Aussprache der herrschenden britischen Klasse zu ersetzen.

Der Richter hatte jedenfalls ihre Antwort verstanden. Er warf ihr eine Andeutung von Lächeln zu und bedeutete ihr mit einer Handbewegung, wieder Platz zu nehmen.

»Setzen Sie sich, Lady Robinson. Setzen Sie sich.« Seine Stimme war überraschend hoch, und sein beinahe femininer Tonfall wurde noch durch die Höflichkeit unterstrichen, für die er bekannt war. Lautstärke und Grobheiten gehörten nicht zum Sprachgebrauch von Richter Granger im Gerichtssaal.

»Bitte, Mr. Sparling.«

Der Staatsanwalt erhob sich langsam. »Ja, Mylord.«

»Wie sieht es mit Kaution aus?«

»Es wurde keine gestellt unter der Bedingung, dass die Beklagte ihren Wohnort nicht verlässt und ihrer Meldepflicht nachkommt, Mylord.«

»Meldepflicht, Mr. Sparling?«

»Ja. Jeden Mittwoch und Samstag auf der Polizeiwache in Chelsea.«

»Nun, ich denke, dass wir nicht mehr daran festhalten müssen, jetzt, wo der Prozess begonnen hat. Es reicht vollkommen, wenn die Angeklagte ihren Wohnort nicht verlässt.«

»Selbstverständlich, Mylord.«

»Also, es gibt noch eine weitere Angelegenheit, die ich mit Ihnen beiden in diesem Stadium erörtern möchte, meine Herren. Ich habe mir diese Fotografien angesehen.«

»Vom Haus, Mylord?«, fragte Sparling. »Oder vom Opfer?«

»Von dem Opfer. Es sind fünf, glaube ich. Auf denen diese entsetzlichen Wunden zu sehen sind. Ich für mein Teil sehe nicht die geringste Veranlassung, sie Lady Annes Sohn zu zeigen. Die gerichtsmedizinischen Beweise sind unstrittig, wie ich es sehe. Tod trat ein als Resultat zweier Schusswunden, eine in die Schulter und eine in den Kopf, und der zweite Schuss wurde aus nächster Nähe abgegeben.«

»Das ist korrekt, Mylord«, stimmte Sparling ihm zu. »Diese Fotografien werden den Geschworenen während meiner heutigen Anklageeröffnung vorgelegt, aber die Krone wird sie nicht Thomas Robinson zeigen, der absprachegemäß der letzte Zeuge sein wird.«

»Oh, warum das, Mr. Sparling? Er müsste doch Ihr erster Zeuge sein.«

»Normalerweise ja, Mylord, aber die Krone möchte ihm gern so viel Zeit wie möglich geben, um sich von den Vorfällen des 5. Juli zu erholen. Ihre Lordschaft haben die neuesten Zeugenaussagen gesehen?«

»Ja, das habe ich. Gut, ich schätze, dass das unter diesen Umständen vernünftig ist. Also, Mr. Lambert, wegen dieser Fotografien.«

»Ich werde sie Thomas Robinson nicht vorlegen, Mylord«, sagte Miles Lambert, der sich von seinem Stuhl erhob und dabei den Tisch einige Zentimeter vorschob, um seinem beträchtlichen Bauch genügend Platz einzuräumen.

»Das ist eine Ermessensfrage, die Euer Ehren entscheiden

muss«, fügte Miles hinzu, »und das sollte vielleicht besser geschehen, bevor Detective Sergeant Hearns seine Aussage macht.«

»Ja, Mr. Lambert, ich stimme Ihnen zu. Sehen wir zu, dass wir vorankommen. Miss Hooks, wir sind jetzt bereit für die Geschworenen.«

Diese Instruktion galt der Gerichtsdienerin, einer kleinen Frau, nicht mal einen Meter fünfzig groß. Sie betrachtete die Welt misstrauisch durch eine riesengroße schwarzgerahmte Brille mit dicken Gläsern, die beinahe ihr halbes verkniffenes kleines Gesicht bedeckte. Ihre schwarze Robe schleifte auf dem Boden, und Greta fürchtete einen Moment lang, dass sie darüber stolpern würde, da sie sich so schnell, wie ihre kurzen Beine sie trugen, zu der Tür am anderen Ende des Gerichtssaals bewegte, hinter der die Geschworenen warteten.

Das Seltsamste an den Geschworenen war, dass sie ihr nicht seltsam vorkamen, befand Greta, als jeder der zwölf nacheinander aufstand und schwor, dass er oder sie sein Urteil nach bestem Wissen und Gewissen aufgrund der vorliegenden Beweise fällen würde.

Hier standen ihre Richter. Eine bunt gemischte Sammlung von Männern und Frauen, die per Zufallslos aus der Bevölkerung der Hauptstadt ausgewählt worden waren. Ein Inder mit Turban und ein weiterer ohne. Ein Italiener in einem teuren Anzug, der ihr, wie sie aus den Augenwinkeln beobachten konnte, bewundernde Blicke zuwarf. Zwei Damen mittleren Alters mit aufgedonnerten Frisuren und beträchtlicher Oberweite, die einen jungen Mann in einem verknitterten T-Shirt mit einer Abbildung von Kurt Cobain vorne drauf einrahmten. Eine junge Asiatin mit einer dünnen Stimme, die ihren Eid zweimal schwören musste, weil sie beim ersten Mal niemand verstanden hatte. Vier weitere Männer unscheinbaren Aussehens, die hoffentlich Gretas schönes Gesicht im Gedächtnis behielten, wenn sie ihr Urteil fällen mussten; und schließlich eine Frau in den Vierzigern, die genauso aussah, wie Margaret Thatcher in dem Alter ausgesehen haben mochte, wenn sie kurzes schwarzes Haar gehabt und einen Hosenanzug getragen hätte. Sie sprach den Eid mit einer entschlossenen Stimme, die jeden im Gerichtssaal dazu brachte, sich gerade aufzurichten, während sie die Bibel hoch hielt wie ein Präsident am Tag seiner Amtseinsetzung.

Die Namen der anderen Geschworenen waren unbemerkt an ihr vorübergegangen, aber diesen merkte sich Greta, als er von der Gerichtsdienerin verlesen wurde: Dorothy Jones. Greta fand nichts an ihr Dorothy-artig, wie sie einen schwarzen Stift aus ihrer fest umklammerten Handtasche zog und mit ihm drohend auf den Tisch vor sich klopfte.

Im Parkett des Gerichtssaals kräuselten sich John Sparlings dünne Lippen zu einem leichten Lächeln. Hier war eine Geschworene, die keine Mühe haben würde, seinen Instruktionen zu folgen, jegliches Mitleid und Mitgefühl beiseite zu lassen auf der Suche nach der Wahrheit. Sie würde wie ein Hund auf der Fährte eines verwundeten Fuchses sein, wenn es darauf ankam.

Zu Sparlings Linker rutschte Miles Lambert auf seinem Stuhl hin und her, als der Inder mit dem Turban aufstand und vereidigt wurde. Der Anblick der Frau in dem Hosenanzug gefiel ihm ganz und gar nicht. Der Rest schien in Ordnung zu sein, und er hatte mit acht Männern und vier Frauen bekommen, was er wollte, aber dieser Margaret-Thatcher-Verschnitt würde zweifellos versuchen, das Zepter in die Hand zu nehmen und sich als Sprecherin wählen lassen, bevor der Tag um war.

Miles kannte diesen Typ, und er dachte wehmütig an die guten alten Zeiten, als die Verteidigung noch das Recht hatte, bis zu drei Geschworene abzulehnen ohne besondere Begründung. Heutzutage konnte man nichts dergleichen ernsthaft versuchen, es sei denn, die Geschworenen kannten die Angeklagte oder einen der Zeugen. In dieser Beziehung fand Miles das amerikanische Rechtssystem entschieden besser. Nichts hätte er lieber getan, als diese Jones ins Kreuzverhör zu nehmen über ihre Ansichten und Vorurteile, aber das würde nicht stattfinden, und sie war schließlich nur eine von zwölf. Vielleicht würden die Männer ja rebellieren und den Jungen mit dem miesen T-Shirt zum Sprecher wählen.

»Alle Geschworenen sind vereidigt, Euer Ehren«, sagte die Gerichtsdienerin mit der schrillen Stimme derjenigen, die mit der ständigen Furcht durchs Leben gehen, dass man möglicherweise überhört werden könnte.

Die Geschworenen nahmen auf ihren Sitzen Platz und blickten den Richter erwartungsvoll an, aber es war der Protokollführer, der ihre Aufmerksamkeit auf sich lenkte. Er stand auf und hielt ein Blatt Papier in der Hand.

»Die Angeklagte möge sich erheben.«

Es war das zweite Mal, dass der Protokollführer diese Worte gesprochen hatte. Das dritte Mal würde er es tun, damit sie das Urteil der Geschworenen entgegennähme.

Greta erhob sich und hielt sich aufrecht, indem sie ihre Hände auf das Messinggeländer der Anklageempore stützte.

»Meine Damen und Herren Geschworene, die Angeklagte wird laut Anklageerhebung 211 des Jahres 2000 eines Punktes beschuldigt: Dass sie zwischen einem unbekannten Datum und dem 31. Mai 1999 mit unbekannten Personen konspiriert hat, um Lady Anne Robinson zu ermorden. Zu dieser Beschuldigung hat sie sich nicht schuldig erklärt, und nachdem Sie die Zeugenaussagen gehört haben, ist es Ihre Aufgabe zu sagen, ob sie schuldig oder nicht schuldig ist.«

Schuldig oder nicht schuldig. Schuldig oder nicht schuldig. Schuldig oder nicht schuldig. Greta hielt sich krampfhaft am Geländer fest, als der Gerichtssaal plötzlich vor ihren Augen verschwamm und die Wörter in ihrem Kopf widerhallten. Ihr Prozess hatte begonnen.

7. Kapitel

Richter Granger gestattete sich einen Blick über die beiden Reihen der Geschworenen, die noch unruhig auf ihren Plätzen herumrückten und damit beschäftigt waren, sich mit den Gepflogenheiten eines Gerichtssaals vertraut zu machen und vom Stress der Vereidigung zu erholen.

Gott allein weiß, was für kleinliche Vorurteile sie mit in den Prozess gebracht haben, dachte der alte Richter. Mit was für einer rosaroten Brille sie die Beweise betrachten würden. Er war froh darüber, sich die Diskussionen nicht anhören zu müssen, die sie in ihrem Geschworenenraum führen würden, weil das nur seinen Wunsch verstärkt hätte, einzugreifen. Und er hatte im Laufe der Jahre gelernt, dass der beste Weg, einen fairen Prozess zu führen, der war, so wenig wie möglich einzugreifen. Geschworene waren nicht unfehlbar, aber sie waren besser als Anwälte oder Staatsbeamte, und man musste ihnen erlauben, zu ihrem eigenen Urteil zu kommen.

Der Richter wandte seinen Kopf dem Staatsanwalt zu und nickte kaum wahrnehmbar.

John Sparling erhob sich langsam und ordnete seine Robe.

»Guten Morgen, meine Damen und Herren Geschworene. Ich möchte damit beginnen, mich Ihnen vorzustellen. Ich bin John Sparling, und ich vertrete die Anklage in diesem

Prozess, und zu meiner Rechten befindet sich Miles Lambert, der die Angeklagte verteidigen wird. Sie sitzt auf der Anklagebank.«

Sparling legte eine Pause nach dem Wort *Anklagebank* ein, das er mit besonderer Betonung ausgesprochen hatte, als wollte er damit implizieren, dass das genau der Ort war, wo diese Frau hingehörte.

»Meine Damen und Herren Geschworene, ich beginne jetzt damit, den Prozess zu eröffnen, und das hat nichts mit Schlössern und Türen zu tun.« Sparling lachte leise und erntete ein entsprechendes Echo von einigen der Geschworenen. Er wusste, wie wichtig es war, den Kontakt zu den Geschworenen herzustellen, und er machte nie den Fehler, sie von oben herab zu behandeln, sondern behandelte sie stattdessen mit gleich bleibender Höflichkeit. »Nein, die Eröffnung ist dazu gedacht, Ihnen zu helfen.«

Miles Lambert schnitt eine Grimasse. Sparling benutzte immer diesen Trick, sich als Assistent der Geschworenen zu stilisieren, der ihnen dabei helfen sollte, zu dem einzig möglichen Urteil zu gelangen: schuldig im Sinne der Anklage.

»Sie soll Ihnen helfen, die Beweise richtig zu deuten, indem sie Ihnen einen Rahmen bietet, in dem Sie sie betrachten können. Dies ist besonders notwendig, weil der wichtigste Zeuge der Krone seine Aussage als Letzter machen wird.«

Sparling erklärte nicht, warum. Er erzählte den Geschworenen nicht, dass Thomas Robinson zu traumatisiert war, um heute vor Gericht zu erscheinen. Stattdessen erweckte er den Eindruck, als wäre das die Entscheidung der Krone, nämlich das Beste bis zum Schluss aufzuheben.

»Und deshalb, meine Damen und Herren Geschworene, lassen Sie mich Ihnen darlegen, um was es in diesem Prozess geht. Es geht um ein altes Haus und die Menschen, die darin lebten. Das Haus der Vier Winde wurde im sechzehnten Jahrhundert erbaut und ist berühmt für seine Rosengärten und eine geschnitzte, geschwungene Treppe, die von der Eingangshalle ins erste Stockwerk führt. Diese Treppe ist wichtig, und ich werde später darauf zurückkommen.

Das Haus liegt außerhalb eines Fischerstädtchens namens Flyte an der Küste von Suffolk. Die Familie Sackville hat hier seit Generationen gelebt. Lady Anne Sackville wurde in dem Haus geboren, und ihre Mutter hatte keine weiteren Kinder. Um ungefähr halb zehn am Abend des 31. Mai letzten Jahres wurde sie in dem Haus von zwei Männern ermordet, die bis zum heutigen Tage nicht identifiziert werden konnten. Die Jagd nach ihnen hält noch an.

Lady Anne heiratete Peter Robinson. Sie mögen von ihm gehört haben, meine Damen und Herren Geschworene. Er ist heute Sir Peter Robinson, und er ist der Verteidigungsminister der gegenwärtigen Regierung. Sie hatten einen Sohn, Thomas, der jetzt sechzehn Jahre alt ist. Sie werden nächste Woche mehr von ihm hören.

Sir Peter hatte eine persönliche Assistentin, die die Angeklagte ist. Sie ist inzwischen seine zweite Frau, und die Krone ist der Ansicht, dass das Teil dessen ist, was sie hoffte zu erreichen, als sie in eine Verschwörung einwilligte, Lady Anne Robinson zu ermorden.

Es ist offensichtlich, dass Sir Peter stark abhängig wurde von der Hilfe der Angeklagten, und er ließ sich von ihr begleiten während seiner Wochenendbesuche im Haus der Vier Winde. Ich überlasse es den Zeugen, Ihnen zu beschreiben, wie sich die Beziehung zwischen den Familienmitgliedern und der Angeklagten in den letzten beiden Jahren entwickelte, aber man kann wohl mit Fug und Recht behaupten, dass im Frühjahr 1999 die Angeklagte und Lady Anne gewiss keine Freundinnen waren.

Ich komme jetzt zum Tag des Mordes. Den 31. Mai 1999. Die Haushälterin, Mrs. Martin, verließ das Haus um fünf Uhr, da sie zu ihrer Schwester in Woodbridge wollte. Sie besuchte sie fast jeden Montag, aber dieses Mal saß Thomas neben ihr im Wagen. Mrs. Martin wollte ihn im Haus eines Freundes in Flyte absetzen, wo er übernachten sollte. Sie werden die Zeugenaussage der Mutter dieses Freundes hören, dass es die Angeklagte war, die dieses Arrangement getroffen hat. Das war noch nie zuvor der Fall gewesen, meine Damen und Herren Geschworene, und nach Ansicht der Krone ist das von höchster Signifikanz. Es zeigt, dass die Angeklagte den Wunsch hatte, dass Lady Anne sich am späten Abend allein im Haus aufhielt.

Bevor sie fuhr, überprüfte Mrs. Martin, ob alle Fenster und Türen im Haus geschlossen waren, und ebenfalls, ob das Ost- und Westtor und die Tür in der Nordmauer verschlossen waren. Das verstand sie als ihre Pflicht, und davon wich sie auch am Nachmittag des 31. Mai nicht ab.«

Sparling machte eine Pause und trank einen Schluck Wasser. Er schien zu zögern, dann nahm er von dem Tisch vor sich einige Dokumente zur Hand, als hätte er einen Entschluss gefasst.

»Ich habe von Türen und Toren gesprochen, und bevor ich fortfahre, muss ich Ihnen die Anlage des Hauses und des Grundstücks erläutern. Es gibt Fotografien und einen Plan.«

Wieder pausierte Sparling, während die kleine Gerichtsdienerin mit der bodenlangen Robe die Kopien an die Geschworenen verteilte. Seine Eröffnung lief gut. Sparling konnte das sehen. Die Augen aller Geschworenen waren auf ihn gerichtet. Er hatte ihre ungeteilte Aufmerksamkeit.

»Sie sehen einen Kompass in der Ecke des Planes, meine Damen und Herren Geschworene. Im Osten des Hauses liegt die See, und im Westen verläuft die Hauptstraße, die die beiden Küstenstädte Flyte und Carmouth verbindet. Im Süden grenzt ein anderer Besitz an, und im Norden befindet sich ein unbefestigter Pfad, der von der Hauptstraße hinunter zum Strand führt entlang der Nordmauer des Besitzes, und genau hier haben die beiden Mörder gegen halb zehn Uhr an diesem Abend ihren Wagen geparkt. Es gab Reifenspuren auf diesem Weg, die von einem Auto stammen, das mit hoher Geschwindigkeit gewendet hat.

Sie parkten ihren Wagen und betraten das Grundstück dann durch die Tür in der Nordmauer, die unverschlossen war. Die Polizei fand Fußspuren auf beiden Seiten der Tür, aber keine Anzeichen dafür, dass die Tür gewaltsam geöffnet oder das Schloss aufgebrochen wurde. Sie war um halb zehn unverschlossen, aber um fünf Uhr hatte Mrs. Martin sie noch verschlossen. Die Krone vertritt die Ansicht, dass die Angeklagte sie aufgeschlossen hat, bevor sie um halb acht zusammen mit Sir Peter Robinson das Haus verließ, um nach London zu fahren, wo Sir Peter am nächsten Morgen an einer Regierungssitzung teilnehmen sollte.

Bitte wenden Sie sich jetzt den Fotografien zu, meine Damen und Herren Geschworene. Sie können die Straße und die Tür auf den ersten beiden Fotos sehen, und dann gibt es Bilder von dem Grundstück des Hauses. Achten Sie bitte auf den großen Rasen, den die Mörder überqueren mussten, um von der Nordmauer aus zum Haus zu gelangen.«

Greta saß auf der Anklagebank und musste wohl oder übel Sparlings Ausführungen lauschen. Sie konnte sehen, wie die Geschworenen an jedem einzelnen Wort, das von den Lippen des widerlichen Staatsanwalts kam, hingen, während er langsam die Szenerie entfaltete und die Charaktere zeichnete. Alle hatten Namen, natürlich, alle außer ihr. Sie war die Angeklagte.

Und jetzt gab es Fotos, die man betrachten konnte. Sie sollten den Geschworenen helfen, sich vorzustellen, wie der Schauplatz wirklich aussah; aber die kleinen Polizeifotos fingen nichts von der Wirklichkeit ein, fand Greta. Die Realität des Mordes vielleicht, aber nichts von der verwunschenen Schönheit des Hauses der Vier Winde. Die bleiverglasten Fenster in den alten von Tausenden von Nordseestürmen verwitterten Mauern. Die Symmetrie der sechs uralten Eiben, die Wache stehen vor der Auffahrt, und die großzügigen Rasenflächen, die unter den Ulmen schimmern. All das umringt von der hohen Steinmauer, bewachsen mit alten Flechten und Moosen.

Greta rief sich die Tore in der Mauer vor Augen, die beide eine Inschrift in verblassten Goldbuchstaben aus dem frühen neunzehnten Jahrhundert trugen. Hinter Lady Annes Rosengärten rechts vom Haus war »der Südwind«, und die Öffnung, die auf den Pfad führte, war »der Nordwind«. Greta hatte die Südtür nie geöffnet gesehen. Im Laufe der Jahre war sie halb verschwunden unter einer üppig wuchernden Kletterrose, die im Sommer strahlend weiße Blüten trug. Die Nordtür jedoch war in ständigem Gebrauch, da sie zu dem am häufigsten benutzen Pfad vom Haus zum Strand führte. Sie wurde mit einem großen Schlüssel geöffnet, der an einem Nagel im Flur hing, und Greta erinnerte sich sehr gut, welchen Part der alte Schlüssel in den Spielen spielte, die ein junger Thomas so liebte, als sie vor mehr als drei Jahren das erste Mal mit Peter das Haus besuchte. Es war der einzige Schlüssel des Schlosses, und wenn sie morgens aus ihrem Schlafzimmer hinunter in die Halle kam, hatte Greta sich mehr als einmal bei der Frage ertappt, wie es wohl wäre, die Herrin des Hauses der Vier Winde zu sein.

»Die beiden Killer überquerten den Rasen und stoppten vor dem Fenster des Arbeitszimmers.« Sparling hatte die Vorführung der Außenfotografien beendet und resümierte jetzt die Mordnacht.

»›Verdammt‹, sagte einer von ihnen. ›Sie sind alle zu, verdammte Scheiße.‹

Er sagte das, weil er erwartet hatte, dass wenigstens eins der Fenster offen wäre. Sie werden sich daran erinnern, dass Mrs. Martin die Fenster überprüfte, bevor sie um fünf Uhr ging, und sie waren verschlossen, aber als Thomas unerwartet nach Hause kam um halb neun, stellte er fest, dass das Fenster, das zum Nordrasen führte, offen stand. Er schloss es, bevor er nach oben in sein Schlafzimmer ging. Die Krone hält es für erwiesen, dass es die Angeklagte war, die das Fenster geöffnet hat.

Thomas Robinson kam nach Hause, weil er herausgefunden hatte, dass es die Angeklagte war, die die Verabredung für ihn getroffen hatte, die Nacht bei seinem Freund in Flyte zu verbringen, und er hatte seine Mutter telefonisch nicht erreichen können. Bei seiner Rückkehr fand er sie schlafend vor, und laut gerichtsmedizinischer Untersuchung hatte Lady Anne eine Schlaftablette eingenommen an dem Abend.

Ihr Sohn weckte sie nicht, sondern ging in sein Schlafzimmer am Ende des Flures, von dem aus er auf den Nordrasen blicken konnte.

Er hatte sein Licht gelöscht, schlief aber noch nicht, als er einen Wagen kommen und auf dem Pfad parken hörte. Er trat ans Fenster, sah zwei Personen, die den Rasen überquerten und vor dem Fenster des Arbeitszimmers stehen blieben, direkt unterhalb von Thomas' Standort. Das war der Moment, wo Thomas diese wichtige Äußerung von einem der beiden Männer hörte: ›Verdammt. Sie sind alle zu, verdammte Scheiße.‹

Üble Worte, meine Damen und Herren Geschworene. Üble Worte und übles Spiel.

Innerhalb von Sekunden schlugen die Männer das Arbeitszimmerfenster ein. Es ist sehr wahrscheinlich, dass der Griff einer Pistole zu diesem Zweck benutzt wurde. Einer von ihnen beugte sich hinein und öffnete den Fensterriegel. Entweder zu diesem Zeitpunkt oder als sie ins Arbeitszimmer kletterten, schnitt sich einer der Männer leicht an dem zerbrochenen Glas, und das wenige Blut, das auf der Fensterbank gefunden wurde, reichte aus für eine DNA-Analyse. Unglücklicherweise konnte bisher leider kein passendes Profil in den landesweiten Polizeiarchiven gefunden werden.

Sobald sie drinnen waren, gingen die beiden Männer durch das Arbeitszimmer in die große Eingangshalle. Sie können den Grundriss des Erdgeschosses auf dem Plan sehen, meine werten Geschworenen. Zu diesem Zeitpunkt war Thomas ins Schlafzimmer seiner Mutter gelaufen und hatte sie wachgerüttelt. Es war seine Idee, zu dem Versteck zu gehen, das sich an der Spitze der Vordertreppe befindet, und er zog seine Mutter mit sich. Sie trug ein langes weißes Nachthemd und keine Hausschuhe.

Dieses Versteck ist beinahe so alt wie das Haus selbst, meine Damen und Herren Geschworene, und Sie können es auf den Fotografien sehen. Es war vorgesehen für katholische Priester, die sich im sechzehnten Jahrhundert vor der protestantischen Regierung verstecken mussten, und es ist so klug wie einfach, wie die besten dieser Priesterlöcher sind. Am Kopf der Treppe befindet sich ein großer Bücherschrank, der sich um seine eigene Achse dreht, sobald ein bestimmtes Buch gedrückt wird. Dahinter befindet sich ein Hebel, der den Mechanismus in Gang setzt.

Thomas und seine Mutter hörten das zerbrechende Glas und die Männer, die sich unten bewegten. Sie hatten den Bücherschrank gerade erreicht, als die Männer in die Halle kamen. Die Männer hörten die Bewegungen oben auf der Treppe, als Thomas den Bücherschrank öffnete, und sie leuchteten mit ihren Taschenlampen hinauf. Er hörte einen von ihnen rufen: ›Da ist sie. Sie ist da oben. Sieh nur, sie ist da oben.‹ Und dann spürte er, wie sich der Bücherschrank hinter ihm schloss und er allein war in dem Versteck. Seine Mutter hatte ihn eingeschlossen, um sein Leben zu retten. Sie wusste, dass sie gesehen worden waren, aber sie wusste auch, dass ihr Sohn bereits im Versteck war, und hoffte, dass keiner gesehen hatte, wie der Bücherschrank sich schloss. Sie hatte Recht. Sie hatte ihren Sohn gerettet, aber sich selber konnte sie nicht retten.

Sie schossen zweimal auf sie. Die erste Kugel wurde unten vom Flur aus abgefeuert und traf sie in der Schulter, als sie vor dem Bücherschrank stand. Sie fiel schreiend zu Boden, und dann kam einer der beiden Männer nach oben und schoss erneut auf sie. Er schoss sie in den Kopf und tötete sie, während ihr Sohn nur gut drei Meter entfernt war. Weniger als die Entfernung von mir zu Ihnen, meine Damen und Herren Geschworene.«

Sparling legte erneut eine Pause ein. Er hatte sein Ziel erreicht. Er konnte den Zorn in den Augen der Geschworenen erkennen. Überraschung und Entsetzen, aber vor allem Zorn. Jetzt war der Zeitpunkt gekommen, ihnen den Rest der Fotos zu präsentieren.

»Hier liegt die ermordete Frau auf dem Teppich, und der Bücherschrank befindet sich hinter ihr. Thomas war unsichtbar dahinter. Und hier ist die gewundene Treppe, die vom Flur nach oben führt. Ein Schuss wurde von dort abgefeuert, und ein weiterer aus kürzester Entfernung am Kopf der Treppe. Sie können die Wunden erkennen. Diese Männer waren gekommen, um zu töten. Dies war kein Raubüberfall, der schief gelaufen war. Sie waren gekommen, um zu töten *und* zu rauben. Und wer hatte sie gesandt, meine Damen und Herren Geschworene? Wer hatte sie gesandt? Das ist die Frage.«

Sparling pausierte und gestattete sich, seinen Blick langsam von einem Geschworenen zum nächsten gleiten zu lassen. Die Antwort, so schien er zu suggerieren, sitzt zu ihrer Linken. Sitzt auf der Anklagebank mit gebeugtem Kopf, weil sie Ihnen nicht in die Augen sehen möchte.

Der Richter blickte auf und räusperte sich. Sparling überschritt die Grenzen einer Eröffnungsansprache. Es wurde Zeit, einzugreifen.

»Ja, Mr. Sparling«, sagte er und legte eine gewisse Irritation in seine Stimme.

»Ja, Mylord. Es tut mir Leid«, sagte der Staatsanwalt, als er das Album mit den Fotos sichtlich zögernd schloss.

Der Moment war vorüber, aber es war genauso unerfreulich gewesen, wie Miles Lambert Greta vorgewarnt hatte. Die Fotos waren schlimm. Sie wusste das. Es machte Leute wütend, diese ganze Schönheit zerstört durch Bleikugeln vor sich zu sehen. Das Heim überfallen. Der Junge versteckt im Dunkeln nur wenige Meter entfernt von seiner Mutter. Es waren heilige Prinzipien, die hier überschritten waren, und jemand musste dafür bezahlen. Das war das Problem. Miles hatte es ihr gesagt. Das Bedürfnis, jemanden dafür zur Verantwortung zu ziehen. Anders seien die Fotografien nicht zu ertragen.

»Sie ließen sie dort liegen, meine Damen und Herren Geschworene, gingen in ihr Schlafzimmer und plünderten es. Sie ließen sich Zeit, weil sie glaubten, dass sie allein im Haus seien. Sie brachen den kleinen Safe auf, der sich hinter dem Porträt von Lady Annes Großmutter befand, und stahlen den Schmuck, den Lady Anne dort aufbewahrte. Ketten, Ringe und Armbänder von enormem Wert. Erbstücke, die seit Generationen innerhalb Lady Annes Familie, den Sackvilles, weitergegeben wurden, mehr als vierhundert Jahre alt, so alt wie das Haus der Vier Winde selber.

Dann gingen sie, traten über den Körper von Lady Anne, und stiegen die Treppe hinab. Es befindet sich ein Spion in der Wand des Verstecks, und Thomas konnte die Gesichter der beiden Männer im Profil erkennen. Einer von ihnen hatte einen Pferdeschwanz und eine Narbe hinter seinem rechten Kieferknochen. Thomas hatte sechs Wochen vorher in London bei der Angeklagten einen Mann mit einem Pferdeschwanz und einer gleichen Narbe gesehen, und er glaubt, dass die beiden Männer ein und derselbe sind, obgleich er den Mann in London nur für kurze Zeit und nur von hinten sah. Es wird an Ihnen sein, diesen Beweis zu gewichten, wenn Sie die Aussage von Thomas Robinson hören, meine Damen und Herren Geschworene.

Wie auch immer, zwei weitere Angelegenheiten sind von Bedeutung hinsichtlich des Mannes mit der Narbe. Erstens: Weder er noch sein Begleiter trugen Masken. Sie trugen Handschuhe, aber keine Masken, und die Krone ist der Ansicht, dass sie das nur deswegen nicht taten, weil es ihnen gleichgültig war, ob Lady Anne sie sehen würde oder nicht. Ihre Absicht war, sie zu töten, und Tote können nichts mehr sagen. Sie können keine Zeugenaussage mehr machen oder an einer Gegenüberstellung teilnehmen.

Zweitens: Thomas sah, wie sich der Mann mit der Narbe einen Moment außerhalb seiner Sichtweite bückte, als er vom Schlafzimmer zur Treppe ging. Thomas konnte den Körper seiner Mutter nicht sehen, aber er wusste, wohin sie gefallen war, und als der Mann sich wieder aufrichtete, konnte Thomas sehen, dass er etwas in seine Tasche steckte. Er konnte ein Glitzern von Gold sehen, meine Damen und Herren Geschworene.

Dieses Glitzern von Gold ist von großer Bedeutung. Die Krone behauptet, dass es ein Medaillon war, das der Mann mit der Narbe der toten Frau vom Hals gerissen hat, wodurch er eine Abschürfung hinterlassen hat. Dieses Medaillon gelangte später in den Besitz der Angeklagten, werte Geschworene. In ihren Schreibtisch im Haus ihres Ehemannes in London.«

Die Geschworenen wandten sich um zu Greta, und unwillentlich biss sie sich auf die Lippe. Dieses verdammte Medaillon, dachte sie. Hier sitzen zu müssen, ausgestellt wie ein Tier im Zoo wegen eines Schmuckstücks. Sie beschloss, ihre

Ohren vor dem Rest von Sparlings Rede zu verschließen. Das hatte ihr Miles halb im Scherz vorgeschlagen, als sie den Prozess am Samstag in seinem Büro durchgegangen waren.

»Es sind nicht die Beweisstücke, Greta. Es sind die Zeugenaussagen, um die wir uns Sorgen machen müssen. Überlassen Sie den alten Sparling mir.«

Sie hätte seinen Ratschlag befolgen sollen.

»Die Anklage hat das erste Wort, meine Liebe, aber wir haben das letzte. Vergessen Sie das nie. Wir haben das letzte Wort.«

Greta lächelte. Sie hatte sehr viel Vertrauen zu Miles.

8. Kapitel

Knapp hundert Kilometer ostwärts vom Old Bailey stand der Junge, der eine so prominente Rolle in John Sparlings Verlesung der Anklage gespielt hatte, am Fenster seines Schlafzimmers im Haus der Vier Winde und blickte hinaus über die weite Fläche des Nordrasens. Es war ein strahlender Sommertag, und die Sonne schien durch die Zweige der Ulmen und erzeugte ein fantastisches Schattenspiel auf dem frisch gemähten Gras.

Hundert Meter weiter befand sich das geschlossene Nordtor des Besitzes, das abgeschlossen war. Thomas schauderte, als er es betrachtete, obgleich es warm, ja sogar heiß war in seinem Zimmer. Wie so häufig in den vergangenen Monaten, konnte Thomas nichts dagegen machen, dass seine Gedanken zurückgingen zum letzten Sommer, zu der Nacht, in der seine Mutter ermordet wurde.

Thomas stellte sich vor, wie der Mann mit der Narbe und sein Handlanger im Dunkeln den Pfad hochfuhren. Der Handlanger wird am Steuer gesessen haben, dachte Thomas, und der andere gab ihm mit seiner weichen, grausamen Stimme Anweisungen. Nachdem sie die unverschlossene Tür in der Mauer aufgestoßen hatten, stellte Thomas sich vor, dass sie einen Moment gezögert hatten, dass der eine Mann seine Narbe befingerte, die von seinem Kieferknochen bis hinters Ohr verlief, und seinen Blick über das Haus schweifen ließ, das in dem blassen Mondlicht gut sichtbar war. In Thomas' Vorstellung war er in diesem Moment wie eine Katze, die die Hilflosigkeit dessen genoss, was sie im Begriff war zu zerstören, bevor er mit seiner harten, metallischen Pistole in der Tasche den Rasen überquerte. Er wusste, wohin er wollte, und nichts würde ihn von seinem Vorhaben abbringen.

So wie schon tausendmal zuvor, flogen Thomas' Gedanken zurück zu seiner Mutter, die so friedlich in ihrem Bett geschlafen hatte, beschienen vom Mondschein, der durch die halb zugezogenen Vorhänge fiel. Sie schlief in demselben Zimmer, in dem schon ihre Eltern geschlafen hatten. Wo ihr Vater gestorben war mit dem Blick auf das Porträt seiner Frau vor sich an der Wand. Wo Thomas selbst oft geschlafen hatte, wenn ihn die Suffolk Stürme zu seiner Mutter getrieben hatten, neben der er in den frühen Morgenstunden Schutz und Trost gesucht hatte. Leben und Liebe und Tod über Generationen von Sackvilles hinweg, bis Greta kam.

Kaum jemand hatte den Raum seit Lady Annes Tod betreten. Sir Peter kam nie, und nur Jane Martin wischte dort einmal pro Woche Staub, und sie blieb nie lange im Zimmer. Sie war bisher noch nicht in der Lage gewesen, Lady Annes Kleidung wegzuräumen. Die Kleider hingen immer noch in den Schränken, als ob nichts geschehen sei.

Thomas blieb, versuchte aber, Distanz zu halten. Er war von Anfang an entschlossen gewesen, im Haus der Vier Winde zu bleiben. Er war der Erbe seiner Mutter. Zu gehen wäre einer Niederlage gleichgekommen, und er ehrte ihr Andenken durch sein Ausharren, aber das hatte seinen Preis. Wo auch immer er hinging, wurde er an sie erinnert. Er versuchte, es sich dadurch leichter zu machen, dass er die Vordertreppe und das Schlafzimmer seiner Mutter mied, aber sehr häufig stand er, wie auch jetzt, vor seinem eigenen Zimmer und blickte hinüber zu der geschlossenen Tür am Ende des Flures und erinnerte sich an den Fehler, den er gemacht hatte.

Wieder und wieder hatte er es in Gedanken durchgespielt. Er hatte sie so stark schütteln müssen, um sie aufzuwecken, und sie hatten so wenig Zeit. Er konnte die Männer unten hören. Vielleicht, wenn er schneller gewesen wäre oder sie dazu gebracht hätte, vor ihm zu gehen, hätte sie das Versteck erreichen können, und der Mann mit der Narbe hätte sie nie gesehen, nie erschießen, ihm nie wegnehmen können. Sie in ein schwarzes, feuchtes Loch auf dem Friedhof von Flyte befördern können.

Plötzlich wurde Thomas von einer heftigen Übelkeit erfasst. Seine Beine knickten ein, und er schaffte es mit Müh und Not, ins Badezimmer zu kommen, bevor er sich übergab. Er kniete auf den Fliesen und umschlang das kalte Porzellan des Toilettenbeckens. Er würgte wieder und wieder, bis nichts mehr in ihm war.

Zurück in seinem Schlafzimmer versuchte Thomas, an etwas Erfreuliches zu denken. Das Problem war, dass es in der Vergangenheit immer seine Mutter gewesen war, und ihr Tod hatte alles zerstört. Es unerträglich gemacht. Er sah erneut aus dem Fenster und versuchte, den Nordrasen wieder für sich zu reklamieren. Er war früher immer über diesen Rasen zum Nordtor gegangen mit Barton an seiner Seite, beinahe jeden Morgen seiner Ferien, so weit er sich erinnern konnte. Er ging barfuss über den Rasen, der Labrador trottete hinter ihm her, und sie hinterließen auf ihrem Weg zum

Strand Fußspuren auf dem von Tautropfen glänzenden Rasen. Dort hatte Thomas immer ein Stück Treibholz genommen und es so hoch und weit wie möglich geschleudert, und der Hund war mit weiten Sätzen über den Sand gejagt und ins Meer gesprungen und hatte es jedes Mal wunderbarerweise aus den Klauen der Wellen errettet und seinem Herrn zu Füßen gelegt.

Abends gab es immer das gleiche Ritual. Das Wort *Schlafenszeit*, auch wenn Lady Anne es noch so sanft aussprach, verwandelte Barton regelmäßig in einen Wolf. Er begann, gefährlich zu heulen und Thomas die Treppen zu seinem Zimmer hoch zu schubsen. Proteste nützten nichts. Das Grollen würde sich nur verdoppeln und sich sogar in Knurren verwandeln, bis Thomas seine Tür erreicht hatte, wo der Hund auf das Bett sprang und sich zufrieden zusammenrollte.

Thomas liebte den Labrador leidenschaftlich, und Barton liebte ihn. Die beiden waren nahezu unzertrennlich. Wenn Thomas seine Geschichten schrieb, wie er abgeschnitten von der Außenwelt auf einer verlassenen Insel lebte, stellte er sich niemals vor, allein zu sein. Barton war da und leistete ihm Gesellschaft, beschützte ihn vor wilden Tieren, die versuchten, ihr Lager nach Einbruch der Dunkelheit anzugreifen. Wenn Thomas ein Ritter der Tafelrunde war, ausstaffiert mit Helm und Brustpanzer, die Jane Martin ihm zum zehnten Geburtstag geschenkt hatte, dann war Barton an seiner Seite als sein schwarzes Ross, geschmückt für das Turnier mit einem der schönsten seidenen Taschentücher von Lady Anne.

Die Zeit verstrich, und Barton wurde älter. Er fing nicht mehr jedes Mal die Stöcke, die Thomas in die Wellen warf.

Der Hund blieb am Ufer stehen und sah verwirrt aus, wenn die Flut seine Trophäe wegtrug, und der schlanke schwarze Schwanz, der immer in Bewegung war und vor Lebensfreude wedelte, hing jetzt still herunter. Thomas legte seinen Arm um Bartons warmen Hals und erzählte es seiner Mutter.

Der Tierarzt in Flyte hörte Bartons Herz ab und schüttelte leicht den Kopf.

»Es schlägt nur noch schwach. Gib ihm diese Tabletten und sorg dafür, dass er sich nicht überanstrengt. Er ist jetzt ein alter Junge, Thomas. Beinahe neunzig nach unseren Jahren.«

Beinahe neunzig? Barton war doch keine neunzig. Er war drei Jahre jünger als Thomas. »Aber Hunde leben nicht so lange, Darling«, sagte Lady Anne im Wagen auf dem Nachhauseweg. »Wir müssen sie genießen, solange wir es können.«

Zwei Monate später schaffte Barton es nicht mehr, die Treppe hochzugehen. Thomas trug den alten Hund nach oben in sein Zimmer. Er schlief die ganze Nacht auf seinem Bett, aber kurz vor der Morgendämmerung begann das Tier zu wimmern, und Thomas holte seine Mutter.

Am Morgen wurde es nicht besser mit Barton, und sie riefen den Tierarzt.

»Es ist nicht fair gegenüber Barton, ihn länger leiden zu lassen«, sagte Lady Anne ihrem Sohn. »Er hat innere Schmerzen. Du kannst es sehen.«

»Aber ich möchte nicht, dass er stirbt.« Thomas weinte und legte den Arm um den Hals des alten Hundes.

Barton blickte seinen Herrn an und versuchte, aufzustehen, aber die Anstrengung war zu viel, und er legte den Kopf wieder auf den Boden.

»Er vertraut uns. Vertraut darauf, dass wir ihm helfen. Du musst das verstehen, Tom.« Und Thomas verstand. Liebe äußerte sich in beide Richtungen.

Er küsste den Hund und hielt seine Pfote, während der Tierarzt die Spritze vorbereitete. Und dann war alles ganz schnell vorüber. Es war etwas, was Thomas nie vergaß: die dünne Trennlinie zwischen Leben und Tod.

Er und seine Mutter begruben Barton im Garten unter der alten Ulme, die neben dem Nordtor stand, sodass Thomas das Grab von seinem Schlafzimmerfenster aus sehen konnte. Sie hielten sich bei den Händen und sprachen ein Gebet, dankten Gott für Bartons Leben, und am nächsten Tag fertigte Thomas ein Holzkreuz an, auf dem Bartons Name und die Daten standen, und grub es tief in der Erde ein.

Lady Anne hatte überlegt, einen jungen Hund anzuschaffen, bevor Barton starb, damit Thomas bereits einen neuen Hund hatte, wenn Barton nicht mehr da wäre. Aber sie hatte sich dagegen entschieden. Es wäre nicht fair gewesen, wenn der alte Hund mit ansehen müsste, wie der junge Hund herum sprang, während er seine Stärke verloren hatte und nicht mehr um Thomas' Aufmerksamkeit konkurrieren konnte.

Lady Anne wollte ihrem Sohn genug Zeit geben, um seinen Freund zu trauern. Thomas und sie pflückten Blumen an den Wiesenrändern und legten sie auf Bartons Grab, aber Lady Anne wurde sehr schnell klar, dass diese Spaziergänge die Dinge nur verschlimmerten. Thomas vergaß, was geschehen war, und erwartete jedes Mal, dass Barton über die Dünen zu ihm gerannt kam, bis ihm wieder schmerzhaft bewusst wurde, dass der Labrador für immer gegangen war und nichts auf der Welt ihn zurückbringen könnte.

Nach zwei Wochen beschloss Lady Anne, dass es Zeit war zu handeln. Das Frühstück war vorüber, und Thomas saß auf der Vordertreppe und beobachtete, wie die Sonne ein Muster auf den Flurteppich malte, wie sie durch die Eiben schien. Eine Taschenbuchausgabe von *Robinson Crusoe* lag aufgeschlagen neben ihm, aber in Wahrheit hatte er seit Bartons Tod keine Zeile gelesen. Die See war ruhig, und als Thomas über den Rasen blickte zum Eingangstor und den Häusern jenseits des Tors, überkam ihn eine ungeheure Trostlosigkeit. Es schien, als könne er nirgends hingehen und nichts tun auf der ganzen Welt.

Die Stimme seiner Mutter, die ihm von oben etwas zurief, riss ihn aus seiner Lethargie.

»Komm schon, Tom, wir müssen packen.«

»Packen. Warum?«

»Weil wir nach London fahren. Heute Nachmittag. Alles ist bereits arrangiert.«

»London. Warum fahren wir nach London?«

»Um Urlaub zu machen, Tom. Weil du einen Tapetenwechsel brauchst. Damit du wieder ein bisschen Farbe ins Gesicht bekommst und nicht länger als das Gespenst von Carmouth herumläufst.«

»Ich sehe nicht aus wie das Gespenst von Carmouth. Das war eine Frau, die ihren Mann mit einem Fleischermesser getötet hat, und ich bin ein –«

»Du bist ein vierzehn Jahre alter Junge, der eine schreckliche Zeit gehabt hat und nicht weiß, was er mit sich anfangen soll.«

»Aber Mum, du hasst London doch. Das erzählst du

jedenfalls Dad immer, wenn er möchte, dass du ihn begleitest.«

»Ich fahre nicht in erster Linie wegen Dad nach London. Ich fahre, um dort Zeit mit dir zu verbringen.«

»Und Dad?«

»Er hat versprochen, sich einige Zeit für uns zu nehmen. Er weiß, dass du im Moment eine schlimme Zeit durchmachst. Deshalb hat er dir ja auch diesen Brief geschrieben.«

»Einen Brief kann man das nicht gerade nennen. Fünf Zeilen. ›Es tut mir Leid, das mit Barton zu hören. Hier sind zehn Pfund. Kauf dir etwas im Laden.‹«

»Er hat sehr viel zu tun, Darling. Er meinte es gut.«

»Nein, meinte er nicht. Er wäre letztes Wochenende gekommen, wenn es ihm wirklich etwas ausgemacht hätte.«

»Er konnte nicht kommen. Er musste zu einer Konferenz. Das weißt du doch.«

»Was ich weiß, ist: dass er sich nichts aus mir macht. Oder aus dir.«

»Das ist nicht wahr, Thomas.«

»Doch. Er verbringt seine ganze Zeit mit Greta. Mit der grünäugigen Greta.«

»Sie ist seine persönliche Assistentin, Tom. Und die Tatsache, dass sie grüne Augen hat, hat nicht das Geringste damit zu tun. Sie ist sehr gut in ihrem Job, und wir müssen versuchen, sie um deines Vater willen zu mögen.«

»Alles ist nur Vaters wegen. Nichts ist für uns«, erwiderte Thomas und wurde sichtbar wütend. Er kickte sein Buch zur Seite, ging nach draußen und blieb auf der obersten Treppe stehen, die hinunter zur Auffahrt führte.

Er fühlte, wie seine Mutter sich ihm von hinten näherte, aber er drehte sich nicht um, nicht einmal, als sie neben ihm stehen blieb. Er kämpfte darum, die Tränen zurückzuhalten, und ballte seine Hände zu Fäusten.

Lady Anne machte sich Sorgen um ihren Sohn, als sie neben ihm zwischen den Eiben stand. Er war so unbeugsam und starr, als er versuchte, seine Gefühle von Wut und Kummer unter Kontrolle zu bringen, die ihn zu überwältigen drohten. Sie musste an die alte Buche neben dem Südtor denken, die der große Sturm im Januar zerbrochen hatte, als die Fischer in der Bucht ertrunken waren. Sie war zu starr gewesen, anders als die Eiben, die sich im Wind bogen.

Peter war in der Nacht hier gewesen. Mit Greta. Sie hatten Gracie Marsh hinunter zum Hafen gefahren. Lady Anne mochte Greta nicht. Sie hatte sich ihre Meinung schon gebildet, bevor ihr Sohn die Frau dabei ertappte, wie sie ihre Kleider anprobierte. Sie hatte gesehen, wie Greta alle beobachtete, sich in ihre Leben einzuschmeicheln versuchte, aber Anne hatte sich zurückgehalten, weil Greta nichts Falsches tat und klar war, dass Peter sie bei seiner Arbeit dringend brauchte.

Anne hätte schwören können, dass Greta ihren Akzent abgelegt hatte, und sie wurde das Gefühl nicht los, dass das Mädchen sie beobachtete, um sie imitieren zu können. Manchmal hatte sie sogar den Eindruck, als würde Greta versuchen, genau wie sie zu werden.

»Sie ist keine von uns«, hatte sie sich in einem schwachen Moment nicht zurückhalten können, ihrem Mann zu sagen, aber sie hatte seine Beschuldigung, dass das Snobismus sei, akzeptiert. Versöhnlichkeit war ein elementarer Bestandteil von Lady Annes Lebensart, und sie hatte sich gezwungen, für Peters Erklärung, warum Greta ihre Kleider anprobiert hatte, Verständnis zu zeigen. Sie war reich und Greta nicht, und wenn sie netter zu ihr gewesen wäre, dann hätte Greta sich vielleicht getraut, sie zu fragen, ob sie ihr ein oder zwei Kleider ausleihen würde.

Thomas sah es natürlich nicht so. Es hatte schon etwas Ironisches, wenn man bedachte, wie viel Mühe sich Greta gegeben hatte, um ihn auf ihre Seite zu ziehen. All diese Bücher, die sie über Suffolk gelesen hatte – Lady Anne wusste wirklich nicht, wie sie die Zeit dafür fand. Und es schien ihr, als wäre noch etwas passiert in ihrem Schlafzimmer, als Thomas Greta beim Anprobieren ihrer Kleider entdeckt hatte, aber es gab keinen Grund, ihren Sohn danach zu fragen. Es war schwer genug für ihn gewesen, ihr die Sache mit den Kleidern zu erzählen.

»Lass uns nicht von Greta oder deinem Vater reden, Tom. Ich weiß, dass die Dinge im Moment nicht leicht sind, insbesondere nach dem, was mit Barton passiert ist, aber du solltest nicht versuchen, sie noch schlimmer zu machen. Du bist nicht der Einzige, der Barton vermisst. Jane liebte ihn und ich auch. Was wir beide brauchen, ist ein Ortswechsel. London wird uns gut tun.«

In der Stimme seiner Mutter lag etwas Flehentliches, dem Thomas nicht widerstehen konnte. Er liebte seine Mutter und konnte es nicht ertragen, ihr Ärger oder Kummer zu bereiten. Das würde nur zu einer dieser schrecklichen Migränen führen. Die langen Nachmittage, an denen seine Mutter mit einem Waschlappen über ihrem Gesicht auf ihrem Bett lag und vor Schmerzen stöhnte, waren die schlimmsten Tage seiner Kindheit. Hinterher fühlte sie sich immer mehrere Tage ganz schwach, saß im Morgenrock in ihrem Schaukelstuhl neben der Küchentür und trank Pfefferminztee, den Tante Jane ihr in ihrem speziellen Teetopf zubereitete.

»Ja, Mum. Ich bin albern. Ich würde sehr gern mit dir fahren. Ich gehe jetzt packen.«

»Jane hat deine Hemden gewaschen. Sie sind im Wäschezimmer. Und du musst auch deinen Blazer einpacken für das Theater.«

»Das Theater? Was werden wir uns ansehen?«

»*Macbeth.* Im Globe. Ich habe Karten für Donnerstagabend. Nur du und ich.«

»*Macbeth!* O Mummy, ich liebe dich! Das wollte ich schon immer sehen.« Thomas rannte die Treppe hoch, nahm zwei Stufen gleichzeitig und eilte in sein Zimmer, um fertig zu werden.

Lady Anne lächelte. Was für ein seltsamer Junge er doch war! Es war das erste Mal seit zwei Wochen, dass sie ihn wieder richtig glücklich gesehen hatte, und was hatte diesen Wechsel verursacht? Eine Geschichte über Gespenster und blutrünstige Mörder, Betrug und Verrat.

Sie fuhren in dem Aston Martin mit heruntergeklapptem Verdeck. Es war ein schöner Wagen, den Lady Anne schon viele Jahre lang besaß. Die Werkstatt in Flyte, die den Rolls-Royce ihres Vaters gepflegt hatte, hatte sich auch um den glänzenden roten Sportwagen gekümmert, den er ihr zu ihrem einundzwanzigsten Geburtstag geschenkt hatte. Wenn sie ihn fuhr, fühlte sie sich wieder jung. Die vorbei fliegenden Felder und Heuhaufen vermittelten ihr das Gefühl, dass die Welt voller Möglichkeiten steckte. Sie war eine Närrin, dass sie sich und Thomas so lange im Haus eingeschlossen hatte.

Thomas war ebenfalls in Hochstimmung. Er liebte es, seine Mutter Auto fahren zu sehen. Ihre schönen Hände, die sich um die Speichen des sportlich kleinen Steuerrads geschlungen hatten; wie sie sich in ihrem braunen Ledersitz zurücklehnte und sich vom Wind das braune Haar über die Schultern wehen ließ. Sie trug ein weißes Sommerkleid mit einem Ausschnitt, und Thomas konnte ihr goldenes Lieblingsmedaillon sehen, das herzförmig geschnitten auf ihrer Brust ruhte und in der Sonne glitzerte. Sein Vater hatte es seiner Mutter an ihrem Hochzeitstag geschenkt mit einem Foto von ihnen beiden darin.

An ihrem Finger trug Lady Anne einen blauen quadratischen Saphirring. Den Stein hatte Thomas' Großvater kurz vor dem Ersten Weltkrieg aus Indien mitgebracht. Seit Generationen hielt sich das Familiengerücht, dass der alte Sir Stephen Sackville ihn seinem einheimischen Besitzer gestohlen hatte, der ihn und seine Nachkommen dafür verfluchte, aber niemand glaubte diese Geschichte. Der Edelstein schien so rein und geradezu magisch, und das Porträt von Sir Stephen, das im Salon des Hauses der Vier Winde hing, zeigte einen freundlichen alten Mann, betrübt durch den frühen Tod seiner Tochter, Lady Annes Mutter. Sie war erst vierzig gewesen, als sie nach einem Reitunfall starb, dasselbe Alter, das Anne jetzt hatte. Thomas hatte einige Male gesehen, wie sie vor ihrem Frisiertisch saß und das Porträt ihrer Mutter über dem Kamin betrachtete.

»Ich trage den Ring für dich«, sagte Lady Anne, die die Aufmerksamkeit spürte, die ihr Sohn dem Saphir schenkte. »Ich weiß, dass es dein Lieblingsring ist.«

»Großmutter trägt ihn auch auf dem Porträt, nicht wahr?«, fragte Thomas, der Familiengeschichten liebte. »Ich habe es mir gestern angesehen.«

»Ja, sie trug ihn immer. Ihr Vater hat ihn ihr zum einundzwanzigsten Geburtstag geschenkt. Es gibt diese alte Geschichte über ihn, von der ich dir erzählt habe. Dass er ihn aus Indien mitgebracht hat. Ich habe einen Brief darüber irgendwo. Ich muss ihn mal ausgraben. Der Saphir ist so unglaublich schön. Ihn zu tragen gibt mir das Gefühl, ihr nahe zu sein. Es ist dumm, ich weiß.«

»Nein, ist es nicht.«

»Du hast Recht. Ist es nicht.« Lady Anne lächelte angesichts der Gewissheit in der Stimme ihres Sohnes.

»Ich frage mich oft, wie sie wohl war, Tom«, fuhr sie nach einer Weile fort. »Mein Vater sagte immer, dass sie eine Person mit Wagemut war. Geriet immer wieder in Schwierigkeiten und häufte Schuldenberge auf, die der alte Sir Stephen bezahlen musste. Aber alle Welt vergab ihr, weil sie so schön und lebenslustig war. Und plötzlich war sie tot. Getötet ausgerechnet von einem Pferd.«

»Wie alt warst du, Mum?«

»Als es passierte? Fünf. Ich war gerade fünf geworden.«

»Es muss schrecklich gewesen sein. Wirklich schrecklich.« Thomas wünschte sich plötzlich, er hätte das Thema nicht auf seine Großmutter gebracht.

»Ich weiß es nicht, um ehrlich zu sein«, sagte Lady Anne. »Ich meine, ja, es muss mich total traumatisiert haben. Ich kann mich an nichts erinnern, außer an ein Bild, das nichts zu tun haben mag mit ihrem Tod; aber ich habe das Gefühl, dass es das doch hat. Ich sehe meinen Vater draußen auf der Vordertreppe sitzen. Ich kann mich nicht mehr daran erinnern, ob er weinte oder nicht, aber ich weiß, dass er nie woanders als auf einem Stuhl saß, und da saß er auf den Treppenstufen.«

»Auf der Vordertreppe?«

»Ja. Und viele Jahre lang konnte ich mich überhaupt an nichts von meiner Mutter erinnern. Ich konnte die alten Fotoalben betrachten, aber sie sagten mir nichts, und komischerweise war es das alte Gemälde, das du so magst, das mir das stärkste Gefühl einer Verbindung zu ihr gab. Es hing früher im Salon, und ich betrachtete es stundenlang, bis eines Tages meine Erinnerung zurückkehrte.

Ich war im Park und saß auf einer Schaukel. Es muss eine Art Kinderspielplatz gewesen sein, doch ich konnte nie herausfinden, wo es war, obgleich ich mich an einen Hain hoher Tannen in der Nähe erinnere. Wie auch immer, da ist jemand, der meine Schaukel stößt, und ich schaukle hoch, höher, so hoch in die Luft, dass ich meine kleinen Lacklederschuhe direkt über meinem Kopf sehen kann.«

»Aber wo ist deine Mutter?«, fragte Thomas.

»Sie stößt die Schaukel. Ich kann sie nicht sehen, aber ich weiß, dass sie es ist. Und deshalb bin ich so glücklich. So hoch geschaukelt zu werden und mich gleichzeitig so sicher zu fühlen, weil sie es ist, die mich schaukelt. Das ist meine Erinnerung an sie.«

Lady Anne hörte auf zu sprechen und wischte sich eine Träne aus ihrem Auge. Anders als viele Jungen seines Alters hatte Thomas Einfühlungsvermögen, und so beugte er sich zur Seite und küsste seine Mutter auf die feuchte Wange.

»Ich danke dir, Tom. Du bist ein guter Junge.«

Dies ärgerte Thomas, der sich mitnichten für einen Jungen hielt. Er rutschte unbehaglich auf seinem Sitz hin und her, aber Lady Anne schien es nicht zu bemerken. Sie war in Gedanken immer noch bei ihrer Mutter.

»Wie auch immer, nachdem mein Vater gestorben war

und ich mit Peter das große Zimmer bezogen hatte, nahm ich das Porträt mit nach oben und hängte es über den Kamin.«

»War der Safe bereits da?«, fragte Thomas wie nebenbei.

»Nein, das war die Idee von deinem Vater. Er wollte, dass ich den gesamten Schmuck in einem Bankschließfach aufbewahre, weil er viel zu wertvoll ist, um ihn einfach irgendwo herumliegen zu lassen. Du weißt ja, wie er ist. Praktisch denkend, ganz anders als ich.«

»Ja«, antwortete Thomas verständnisvoll. Praktische Veranlagung war das Kodewort seines Vaters dafür, was seiner Meinung nach seinem Sohn fehlte.

»Aber das wollte ich nicht. Was für ein Sinn liegt darin, schöne Dinge zu haben, wenn sie weggeschlossen werden und man sie nie sehen kann? Und so schlossen wir einen Kompromiss. Dein Vater ließ seinen großen, hässlichen Safe installieren, und ich hängte das Porträt deiner Großmutter darüber.«

»Die über den Schmuck wacht«, sagte Thomas.

»Ja, in gewisser Weise; aber für mich ist das Wichtigste daran, dass sie über dem Kamin hängt, dass ich sie jeden Morgen sehen kann, wenn ich aufwache. Das Bild gibt mir das Gefühl, ihr nahe zu sein.«

»Sie sieht komisch darauf aus, finde ich«, sagte Thomas und suchte nach dem richtigen Wort. »Nicht komisch im Sinne von seltsam oder lustig, aber irgendwie doch komisch. Als würde die ganze Welt sie nicht weiter kümmern, ausgenommen die Menschen, die sie liebte.«

»Ja, du hast Recht. Sie schien so frei zu sein. Anders als ich. Das kommt dabei heraus, wenn man seine Mutter früh verliert, nehme ich an.«

Lady Anne fing den ängstlichen Blick in den Augen ihres Sohnes auf, als sie den Aston Martin vor dem Haus in Chelsea parkte.

»Es tut mir Leid, Thomas. Ich weiß nicht, wo ich meine Gedanken hatte. Ich habe dich mit nach London genommen, um dich aufzuheitern, und die halbe Fahrt hierher über meine Mutter gesprochen. Wie schrecklich von mir.«

»Nein, ist es nicht. Ich hasse es einfach nur, wenn Menschen jung sterben. Das ist alles.«

»Nun ja, du musst dir um mich keine Sorgen machen. Ich bin quietschfidel.«

Lady Anne lächelte ihren Sohn an und wühlte in ihrer Handtasche nach dem Hausschlüssel. Während sie das tat, trat die Sonne hinter einem großen Gebäude in der Nähe hervor und beschien plötzlich ihren Saphirring. Der Edelstein glühte mitternachtsblau, und Thomas erschauerte im Sonnenschein.

9. Kapitel

Es war lange her, seit Thomas in dem Haus in der Nähe der King's Road gewesen war, und es machte ihm Spaß, die Treppen rauf und runter zu laufen und alle Türen aufzureißen.

Greta hatte ein Apartment im Souterrain, während das Erdgeschoss in Büroräume umgewandelt worden war, wo Sir Peter seine Regierungsgeschäfte erledigte und wichtige Konferenzen abhielt. All diese Räume waren jedoch gegenwärtig leer, weil weder Peter noch Greta zu Hause waren, sondern seinem Wahlkreis in den Midlands ihren wöchentlichen Besuch abstatteten. Sie wurden am kommenden Abend zurückerwartet.

Das Haus war hoch und schmal mit einem kleinen ummauerten Garten an der Rückseite. Sir Peter hatte es vor zwölf Jahren gekauft, bevor er zum ersten Mal ins Parlament gewählt wurde, und es war immer eher sein Zuhause gewesen im Gegensatz zu dem Haus der Vier Winde, das den Stempel von Lady Anne und ihren Sackville Vorfahren trug.

Die Räume waren exquisit aber sparsam möbliert, und sie enthielten so gut wie keine persönliche Note. Die beiden einzigen Fotografien im Haus waren ein Porträt von Lady Anne und eins von Thomas, beide standen in einem schweren Rahmen auf dem Bücherbord im Wohnzimmer. Die Bücher waren allesamt Biografien von Staatsmännern und wirtschaftswissenschaftliche und außenpolitische Abhandlungen. Thomas suchte vergeblich einen Roman auf den Borden.

Alles war sauber und ordentlich. Dekorative Objekte standen in exakten rechten Winkeln zu ihren Nachbarn, und die Kissen auf den Sesseln und Sofas waren aufgeschüttelt, als würde nie jemand dort sitzen. Thomas bemerkte, dass in jedem Zimmer – außer in seinem – eine Uhr stand.

Lady Anne ruhte sich nach der Fahrt ein wenig aus, und das hohe Haus fühlte sich kalt und unfreundlich an für Thomas. Er packte seinen Koffer aus und verteilte seine Kleidung über die Möbel in seinem Schlafzimmer, aber das half auch nicht, die unterschwellige Leere zu füllen. Es war ein Ort, dachte Thomas, wo man sterben konnte, und nichts würde passieren. Niemand würde es auch nur bemerken.

Draußen war alles anders. Es war ein warmer Frühlingstag in Chelsea, und die Jungen und die Schönen konkurrierten darum, sich Kleidungsstücke anzuziehen, die so viel Haut wie möglich enthüllten, jedenfalls mehr, als Thomas jemals für möglich gehalten hätte. Das alles erregte ihn und erzeugte eine Begierde, die ihm peinlich war in Gegenwart seiner Mutter, die ihn an dem Nachmittag mit zu Harrods zum Einkaufen genommen hatte.

Später aßen sie zu Abend auf der anderen Flussseite in einem kleinen französischen Restaurant mit Blick auf Big Ben und die Parlamentsgebäude. Thomas dachte an seinen Vater und war glücklich, dass er nicht zu Hause war. Was Greta betraf, waren seine Gefühle ambivalenter. Es verging kein Tag, an dem Thomas sich nicht an den Anblick ihrer Brüste erinnerte, als sie halbnackt im Schlafzimmer seiner Mutter gestanden und ihn zu sich heran gezogen hatte. Die Mädchen, die während des Nachmittags so nahe an ihm vorbeigegangen waren auf den Bürgersteigen, hatten die Erinnerung lebhafter als jemals zuvor werden lassen, und dennoch hasste er Greta beinahe im gleichen Moment. Er hatte beobachtet, wie sie seine Mutter und seinen Vater angesehen hatte, als wäre sie gierig auf etwas, was sie hatten, aber dann erinnerte er sich wieder an die Art, wie sie ihn angesehen hatte, als sie sagte: »Du starrst meine Brüste an, Thomas.« An die Art, wie sie lachte, als er es geleugnet hatte.

Zurück im Haus in Chelsea lag Thomas lange wach im Bett und lauschte den Stimmen der Passanten, die von Feierlichkeiten heimkehrten. Irgendwo spielte jemand David Grays *White Ladder*, und der Song erfüllte Thomas mit einer Sehnsucht nach Menschen und Orten, die er noch nicht kannte.

Gegen Mitternacht fiel er in einen unruhigen Schlaf. Er träumte, dass er wieder im Schlafzimmer seiner Mutter war und Greta in dem hohen Spiegel beobachtete, aber dieses Mal schien sie seine Gegenwart im Türeingang nicht zu bemerken. Sie stand da mit ihren Händen auf den Hüften und trug dasselbe zitronengelbe Seidenkleid seiner Mutter, das sie an dem Tag im vergangenen Oktober getragen hatte, aber jetzt hatte sich Greta einen dünnen, schwarzen Gürtel aus Schlangenleder, der zu ihrem rabenschwarzen Haar passte, umgebunden.

Langsam bewegten sich ihre Hände auf die Gürtelschnalle zu und öffneten sie. Sie hielt beide Enden einen Moment fest und ließ sie dann los. In Thomas' Traum fiel der Gürtel langsam zu Boden, aber er hörte ihn nicht aufprallen. Es war ein lautloser Traum, aber im Gegensatz zu seinen sonstigen Träumen war er voller Willen. Greta tat das, was sie tat, weil er es so wollte. Wenn er es nicht wollte, würde sie aufhören. Nein, mehr als das: sie wäre nicht einmal da.

Langsam glitten ihre Hände zu einem unsichtbaren Reißverschluss am Rücken des Kleides gleich unterhalb ihres Nackenansatzes. Sie hielt ihn in ihrem Finger und zog ihn, mit absichtlicher Verzögerung, langsam herunter. Er konnte die Bewegung so deutlich spüren, als würde er mit seiner Fingerspitze ihr Rückgrat entlang fahren, und er wusste, dass sie es nur tat, weil er ihr den Befehl dazu gab. Die Anstrengung brachte ihn ins Straucheln, und er hielt sich am Türrahmen fest, aber sie schien es nicht zu bemerken. Stattdessen befreite sie ihre Arme und trat vor dem Spiegel ganz aus dem Kleid. Es lag wie ein ausrangierter Haufen Stoff zwischen ihnen auf dem Boden.

Ihr Körper war makellos. Thomas konnte ihre Stärke fühlen, die Muskelspannung ihrer Oberschenkel unterhalb der Rundungen ihres Pos. Er stellte sich vor, wie er ihr mit seinen Händen langsam über die Innenseiten ihrer Schenkel fuhr, und wie als Antwort auf seine Gedanken öffnete Greta langsam ihre Beine und beugte sich dabei leicht vor.

In seinem Traum trat Thomas aus dem Schatten des Türeingangs und fiel auf die Knie. Nahezu blind tastete er sich vor, umklammerte Gretas nackten Oberkörper, zog sie an sich, und bald fanden seine Finger ihre harten Nippel, da sie sich hinkniete und ihm entgegenkam mit ihren Brüsten. Beinahe gleichzeitig fand seine Zunge die feuchte Weichheit zwischen ihren Beinen, und er wurde in eine dunkle, ungewollte Ekstase getrieben.

Thomas schmiss und wand sich auf dem Bett hin und her, warf die heiße Bettdecke dabei auf den Boden, aber er erwachte nicht. Der Traum ließ ihn nicht los. Er spürte Gretas Hände, die ihn zum Bett seiner Mutter zogen.

Er taumelte auf seine Füße und bettelte um Erlösung, aber als er auf dem Bett über ihr war und bereit, tief in sie einzudringen, fiel sein Blick nach unten und er sah den glühenden nachtblauen Saphirring seiner Mutter an Gretas Finger, und um ihren schönen Hals trug sie das goldene Medaillon seiner Mutter.

Er schrie laut auf im Schlaf und erwachte mit seinem Erguss, und danach lag er auf dem Bett wie ein Halbertrunkener, den man aus dem Meer gezogen hatte, während der Klang der Sirenen der Feuerwehrwagen, die am Haus vorbeifuhren, sich langsam entfernte.

Thomas stand auf und wusch sich im Waschbecken des Badezimmers im ersten Stockwerk. Er war überflutet von verwirrenden Gefühlen, Selbstekel und sexuelle Erregung kämpften miteinander um Vorrang. Er blickte an seinem Körper hinunter und fürchtete sich beinahe. Es war, als hätte er keine Kontrolle über dessen Funktion.

Seine innere Uhr war auf den gleich bleibenden Rhythmus von Flyte eingestellt. Jahr um Jahr änderte sich nichts, außer dem Wetter – bis Barton starb natürlich, weshalb seine Mutter ihn ja auch mit nach London genommen hatte, wo alles anders war. Die Mädchen auf den Straßen, die Musik nach Einsetzen der Dunkelheit, der Klang von Sirenen. Alles konnte hier geschehen, und Thomas fühlte sich plötzlich im Haus seines Vaters mit seinen anonymen Räumen und hohen Treppen wie im Gefängnis. Er hatte das dringende Bedürfnis, nach draußen zu gehen und einen Spaziergang zu machen, frische Luft zu atmen, und sei es auch nur für fünf Minuten.

Schnell kleidete er sich an und stieg die Treppen auf Zehenspitzen hinunter, um seine Mutter nicht aufzuwecken. Im Flur zeigte die große Wanduhr halb eins an, und Thomas war klar, dass er nicht länger als eine Stunde geschlafen haben konnte, bevor die Sirenen ihn aufgeweckt hatten.

Er öffnete die Vordertür und sah hinaus. Die Hauptstraße zu seiner Linken schien jetzt genauso verlassen zu sein wie die kleine Seitenstraße, in der das Haus seines Vaters stand. Es erklang keine Musik mehr, und fast alle Fenster, die er sehen konnte, lagen im Dunkeln. Nur ein oder zwei vorbeifahrende Wagen durchbrachen die Stille der Nacht.

Thomas atmete tief die kühle Nachtluft ein und ging dann die Eingangstreppe hinunter, schloss die Tür hinter sich. Das Haus lag nur wenige Meter entfernt von der Hauptstraße, und Thomas bog direkt in sie ein, machte sich auf den Weg zur Brücke über der Themse. Er hatte sie heute früh am Abend mit seiner Mutter auf der Rückfahrt vom Restaurant überquert. Sie war mit kleinen weißen Glühbirnen erleuchtet gewesen, und sie hatten auf der anderen Seite angehalten, um es sich in Ruhe anzusehen, weil es so schön aussah. Sie hieß Albert Bridge, nach dem Ehemann von Königin Victoria benannt, dem Prinzgemahl. Derjenige, der jung gestorben war und das Herz der Königin gebrochen hatte.

Aber Thomas kam nicht bis zum Fluss. Zwei junge Männer mit verkehrt herum aufgesetzten Baseballmützen tauchten plötzlich auf. Der eine ging mit einem Fuß im Rinnstein, und der andere rollte eine Bierdose über die schwarzen Gartenzäune vor den Häusern, sodass Thomas klar war, dass er zwischen ihnen durchgehen müsste. Er konnte nicht mehr umkehren, da er ihnen zu nahe war, und es war niemand anders in Sicht. Er beschleunigte seine Schritte, um es hinter sich zu bringen, aber kurz bevor er auf gleicher Höhe mit ihnen war, bewegten sich beide auf ihn zu und boxten ihn in die Schultern, sodass er beinahe die Balance verloren hätte.

Weiter passierte allerdings nichts. Hinter sich konnte Thomas hören, wie sie lachten, als sie die Straße hinunter weitergingen.

»Dummer kleiner Wichser«, sagte einer. »Haste sein blödes Gesicht gesehen?«

Thomas konnte nicht hören, was der andere antwortete. Er ging weiter langsam die Straße entlang und verfluchte innerlich seine Dummheit, so spät noch das Haus zu verlassen. Seine Mutter hatte ihn gebeten, vorsichtig zu sein, hatte ihm gesagt, dass London ein gefährlicher Ort sei, und sie hatte damit noch nicht einmal Spaziergänge in verlassenen Straßen nach Mitternacht gemeint. Er hoffte, dass das Geräusch der Bierdose auf dem Zaun sie nicht aufwecken würde, sodass sie möglicherweise in sein Zimmer gehen und herausfinden würde, dass er nicht da war, aber das Geräusch verhallte bald in der Ferne, und er fühlte sich sicher genug, umzukehren.

Er war beinahe schon wieder in der kleinen Seitenstraße, als er die beiden auf sich zukommen sah. Sie gingen immer noch, aber schneller, zielstrebiger als vorher, und Thomas suchte verzweifelt nach dem Hausschlüssel in seiner Hosentasche. Seine Mutter hatte ihm einen gegeben, als sie angekommen waren, und er war sicher, dass er ihn mitgenommen hatte, als er gegangen war.

Sie waren jetzt näher, und Thomas konnte ihre Gesichter sehen. Sie lachten, und der eine von ihnen boxte sich mit der Faust in die geöffnete Handfläche. Sie konnten ihn jetzt auch sehen, konnten seine Furcht spüren.

»Hast du dich verlaufen, du Wichser?«, sagte einer. »Komm rüber, und ich zeig dir, wo's lang geht.«

Der andere lachte.

»Haste Geld?«, fragte er. »Haste 'n Handy?«

Panik paralysierte Thomas einen Moment lang, als sie sich näherten, aber als der zweite Jugendliche sprach, spürte er, wie seine Stärke zurückkehrte.

Er rannte plötzlich rechts in die kleine Seitenstraße und stand zwei Sekunden später zitternd unter der Straßenlampe vor seinem Haus.

Er hatte keine Zeit zu verlieren, konnte hören, wie sie sich der Ecke näherten. Es war ohne Frage mehr als sinnlos, die Vordertreppe hoch zu laufen, wenn er keinen Schlüssel hatte, und die Schlägertypen würden ihn erwischen, wenn er die Seitenstraße entlangliefe. Sie waren drei oder vier Jahre älter als er und sehr viel schneller. Er ergriff die einzige Chance und rannte die Stufen, die zum Souterraineingang von Gretas Apartment führten, hinunter.

Er hatte schon vorher die Hausabfalleimer, die dort standen, bemerkt, aber als er zum Fuß der Treppe kam, konnte er sie nirgendwo sehen. Jemand hatte sie nachmittags weggeräumt. Eine Sekunde später sah er, wo sie jetzt standen. Sie standen vor dem offenen Eingang des Kellers neben dem Weg. Thomas huschte hinein und gab sich Mühe, keinen Lärm zu verursachen. Unter normalen Umständen hätte

Thomas nichts mehr gefürchtet, als in einen stockdunklen Keller zu kriechen, aber jetzt betrat er ihn ohne Zögern, war dankbar für die ihn umgebende Dunkelheit.

Es war keinen Augenblick zu früh. Die beiden Jugendlichen standen auf dem Weg direkt über seinem Kopf.

»Er ist in einem dieser verdammten Souterrains verschwunden«, sagte einer der beiden, derjenige, der Thomas zeigen wollte, wo's lang geht.

»Nein, ist er nicht«, sagte der andere. »Wir hätten gesehen, wenn er das getan hätte. Ich bin doch nicht so scheißblind wie du. Komm schon, wir kriegen ihn, wenn wir schnell sind.«

Thomas hörte, wie sie in die Seitenstraße liefen. Er wischte sich den Schweiß aus dem Gesicht mit seinem Hemdärmel und presste sich die Hand auf sein schmerzendes, rasendes Herz.

Er atmete tief durch und trat aus dem Keller, sodass er jetzt direkt vor dem Vorderfenster von Gretas Wohnung stand. Es war nur gut einen Meter entfernt. Die untere Hälfte des Fensters stand offen, ungefähr zwanzig Zentimeter. Es war tagsüber geschlossen, und die Vorhänge waren halb zugezogen gewesen, während sie jetzt geschlossen waren. Thomas nahm den Unterschied wahr, weil er nach dem Mittagessen im Keller gewesen war – zum Teil um das Haus gefahrlos zu erkunden, weil seine Mutter gesagt hatte, dass sein Vater und Greta bis zum nächsten Abend weg wären. Er hatte durch das Fenster geblickt und die Gasheizung und die beiden Sessel gesehen, und dahinter einen Tisch und einen Stuhl und einen Bücherschrank. Alles sauber und ordentlich. Er konnte nicht ins Zimmer blicken, aber er konnte Stimmen hören. Eine war zu leise, um etwas zu verstehen, aber die andere war ganz nah, und Thomas erkannte, dass es Gretas war.

»Du musst einfach Geduld bewahren. Das ist doch nicht so schwer.«

Thomas konnte nicht hören, ob die andere Stimme antwortete, aber einen Moment später sprach Greta erneut. Sie schien sich direkt hinter dem Vorhang aufzuhalten.

»Nein, du hörst mir zu. Du kannst noch ein wenig länger warten. Darüber waren wir uns doch einig.«

Wieder eine Pause, und dann erneut ihre Stimme. Dieses Mal war sie weiter entfernt.

»Verstehst du nicht, dass ich es noch nicht habe?«

Oder war es »ihn noch nicht«? Thomas war sich nicht sicher. Die Wörter waren undeutlich, und er verstand ihren Sinn nicht. Was erzählte sie da? Und wem? Warum war sie zu Hause, wenn sie doch angeblich mit seinem Vater bis zum kommenden Abend in den Midlands sein sollte?

Thomas stand vollkommen bewegungslos vor dem Fenster und ließ sich die unbeantworteten Fragen durch den Kopf gehen, und er wäre gut sichtbar gewesen für die beiden Jugendlichen, die wieder zurückkamen, wenn sie ihr Kommen nicht ungewollt angekündigt hätten. Sie unterhielten sich sogar noch lauter als vorher, als wollten sie damit ihrer Missachtung gegenüber der wohlhabenden Umgebung Ausdruck geben. Thomas hatte gerade genug Zeit, um sich wieder in den Keller zurückzuziehen, bevor sie vor dem Haus stehen blieben.

»Es ist nichts als blöde Zeitverschwendung«, sagte derjenige, der dafür war, die Straße abzusuchen. »Er sah sowieso nicht so aus, als hätte er irgendwas bei sich.« Aber sein Freund war anderer Meinung.

»Er sah für mich aus wie ein verdammtes reiches kleines Balg. Mit einem Portemonnaie voll mit Daddys Geld in der Hosentasche, und er ist in einem dieser Scheiß-Souterrains verschwunden. Ich hab ihn gesehen. Ich hab es dir schon mal gesagt!«

»In Ordnung. Und wenn schon. Wahrscheinlich wohnt er da.«

»Vielleicht. Aber ich wette, dass der kleine Scheißer sich versteckt hat. Sich wahrscheinlich immer noch versteckt. Er ist hier heruntergegangen oder nebenan.«

»Also, ich werd ihm nicht hinterher kriechen, verdammt noch mal. Wir landen sonst noch im Knast wegen Diebstahl.«

Thomas hörte die Fußschritte des einen, die sich Richtung Hauptstraße entfernten. Der andere Jugendliche stand immer noch an der Eingangspforte vor der Treppe.

»Wichser«, sagte er. »Verdammter feiger Wichser.« Er trat so heftig gegen die Pforte, dass sie an die Mauer dahinter schlug. Dann rannte er weg in die Nacht.

Thomas wartete einen Moment, bevor er wieder aus dem Keller kam und zur Treppe ging. Gerade in dem Moment wurde der Vorhang vor ihm weggezogen, und er duckte sich instinktiv unter dem Fenstersims, wo man ihn nicht sehen konnte.

Als er sich vorbeugte, rutschte ihm der Hausschlüssel aus seiner Hemdtasche und fiel mit einem lauten Klimpern auf den Betonboden. Thomas erstarrte in der Gewissheit, dass Greta oder wer sich auch immer auf der anderen Seite des Fensters befand, das gehört haben musste. Er überlegte, wie er seine Anwesenheit erklären konnte, wie er erklären konnte, dass er sich gebückt unter ihrem Fenstersims befand, aber er gab den Versuch auf. Er hatte gelauscht und konnte es nicht leugnen. Wie er ins Souterrain gekommen war und warum, war irrelevant.

Bald stellte sich allerdings heraus, dass weder Greta noch ihr Freund den Schlüssel fallen gehört hatten. Das Klimpern musste von dem lauteren Geräusch übertönt worden sein, dass beim Öffnen des Schiebefensters erzeugt worden war. Thomas konnte jetzt ihre Stimme nur wenige Zentimeter von seinem Ohr entfernt hören.

»Ich kann niemanden sehen, aber das heißt nichts. Es waren früher schon Einbrecher in dieser Gegend, und ich werde nicht zulassen, dass sie meinen Computer stehlen. Mrs. Piekfein wird nichts hören. Sie nimmt Schlaftabletten. Und der Junge schläft ganz oben im Haus.«

Wenn Greta sich weit genug aus dem Fenster gelehnt hätte, hätte sie Thomas berühren können, aber die Fenstergitter verhinderten das. Er war in Sicherheit, so lange sie nicht die Tür ihrer Wohnung öffnete, aber genau das schien sie, den Geräuschen nach zu urteilen, tun zu wollen.

Thomas hörte keine Antwort von der anderen Person in dem Raum, weil Greta im nächsten Moment das Fenster wieder zuzog. Es schien so, als bliebe nicht genug Zeit zu verschwinden, bevor die Tür sich öffnete, aber er musste es versuchen. Er griff sich den Schlüssel, drehte sich um und kroch die Treppen mit dem Rücken zur Wand hoch. Von unten war kein Laut zu hören.

Oben hatte er keine andere Wahl, als unter der vollen Beleuchtung der Straßenlampe vor das Haus zu laufen, sodass jeder, der aus dem Souterrainfenster geschaut hätte, ihn nicht hätte übersehen können. Aber als er anhielt, um mit zitternder Hand den Schlüssel ins Schlüsselloch zu stecken, konnte er immer noch keinen Laut hören. Es schien wie ein Wunder.

Thomas zog die Vordertür hinter sich zu und versuchte, im dunklen Flur seine Panik zu unterdrücken, die erneut seine Beine in Wackelpudding verwandelte. Hinterher wurde ihm klar, dass es dieser kurze Moment des Innehaltens war, der ihn vor der Entdeckung bewahrt hatte. Hätte er das Licht angemacht, wäre er verraten worden, aber so fügte es sich, dass Greta durch die Tür am Ende des Flurs kam und alles in unverdächtiger Dunkelheit vorfand, und während sie die Tür abschloss, hatte Thomas Zeit, in den Raum zu entkommen, den sie als Büro benutzte. Er lehnte die Tür hinter sich nur an.

Winzige rote Lämpchen blinkten an den Computern und den anderen Maschinen im Raum, aber sie gaben nicht genug Licht ab für Thomas; er fand kein besseres Versteck, als hinter den dicken Vorhang zu treten, der vor den hohen Fenstern hing. Er bewegte sich langsam, damit er nicht aus Versehen über irgendwelche Kabel stolperte oder gegen den runden Tisch in der Mitte des Raumes stieß, an den er sich noch von seiner nachmittäglichen Inspektionstour erinnerte.

Als er neben dem Vorhang stand, realisierte Thomas, dass er sich in seinem ganzen Leben noch nie so gefürchtet hatte. Natürlich hatte die Erfahrung mit den Jugendlichen ihn erschüttert, aber es waren Gretas befremdliche Worte, die unsichtbare zweite Person in der Souterrainwohnung und ihre nahe Präsenz, die ihn so in Angst versetzt hatten.

Da Thomas Fußschritte im Flur hören konnte, duckte er sich unter die Vorhänge und richtete sich dahinter vor einem der Vorderfenster auf. Auf der anderen Raumseite machte die Person, die die Fußtritte erzeugt hatte – es musste Greta sein –, das Licht an. Sie bewegte sich nicht, aber Thomas spürte, dass sie in der Tür stehen blieb und den Raum inspizierte. Ungewollt wendete er seinen Kopf ab, um auf die Straße zu sehen, und schlug sich im selben Moment die Hand vor den Mund, um ein aufsteigendes Keuchen zu unterdrücken. Da stand ein Mann unter der Straßenlampe mit dem Rücken zum Haus. Thomas wusste nicht, warum er sich absolut sicher war, dass das die Person war, mit der Greta sich vor zwei Minuten in ihrer Wohnung unterhalten hatte. Er wusste es einfach.

Der Mann trug enge blaue Jeans und ein weißes, kragenloses Hemd. Er trug auch einen Gürtel, einen breiten, schwarzen Gürtel, und Thomas hatte plötzlich die Vision, wie der Mann ihn von seinen schmalen Hüften schnallte und wie eine Peitsche über seinen Kopf schwang. Da war etwas an seinem Körper, seiner Haltung, das gefährlich aussah. Thomas konnte die Stärke seiner Muskeln erahnen, als er mit den Füßen auf und ab wippte, wie ein Boxer oder gar wie ein Tänzer. Er ahnte die Schnelligkeit des Mannes. Der Fremde trug sein schwarzes Haar in einem langen Pferdeschwanz. Ohne den Pferdeschwanz hätte Thomas nicht die Narbe sehen können, die hinter seinem rechten Kieferknochen bis zu seinem bulligen Nacken verlief.

Thomas hatte schreckliche Angst. Er wusste nicht, wie lange er dort so stand, Greta hinter ihm auf der anderen Seite der Vorhänge und der Mann vor ihm auf der Straße, der nur für einen Moment seinen Kopf zu drehen brauchte, um Thomas am Fenster zu sehen. In Wirklichkeit handelte es sich nur um einige Sekunden, bevor Greta das Licht wieder löschte und die Tür schloss, aber Thomas kam es vor wie eine Ewigkeit, in der er die Luft anhielt und mit allen Fasern seines Willens betete, dass sich der Mann mit der Narbe nicht umdrehte. Und er drehte sich nicht um. Er blieb unter der Straßenlaterne stehen. Blickte mehrere Male nach rechts die Hauptstraße hoch, aber er blickte sich kein einziges Mal zum Haus um. Nicht während Thomas am Fenster stand.

Als er hörte, dass sich die Souterraintür hinter Greta schloss, trat Thomas wieder ins Zimmer; der dicke Vorhang fiel hinter ihm wieder an Ort und Stelle und schloss die Straßenlaterne und den Mann unter ihr aus.

Langsam suchte er sich seinen Weg durch den dunklen Raum. Er streckte seine Arme vor sich aus, um Hindernisse zu ertasten, und spürte, wie seine Hände zitterten. Endlich konnte er das Sideboard fühlen, und er suchte sich sorgsam Schritt für Schritt seinen Weg hinaus auf den Flur.

Thomas hatte erst die halbe Treppe nach oben geschafft, als seine Beine unter ihm nachgaben, direkt vor dem Zimmer seiner Mutter. Er konnte sie sogar atmen hören, aber er ging nicht hinein. Vor noch nicht allzu langer Zeit wäre er neben ihr ins Bett gekrochen und hätte Trost gesucht vor den Suffolk Stürmen, aber jetzt hatte sich alles geändert. Dies war London, und er war nicht länger ein Junge, egal, ob Greta Grahame das Gegenteil behauptete.

Thomas wischte sich die Tränen aus den Augen und hielt sich am Geländer fest. Oben im Haus wusch er sich das Gesicht und legte sich dann ins Bett. Aber der Schlaf kam nicht, bevor die Glocken von der St. Luke's Kirche drei geschlagen hatten, und dann war er gestört durch Träume von Gesichtern am Fenster und Händen hinter Vorhängen.

10. Kapitel

Thomas wachte am nächsten Morgen um zehn Uhr im hellen Sonnenschein auf und wusste einen Moment lang nicht, wo er sich befand. Da waren keine Bäume, wie die, die vor seinem Schlafzimmer zu Hause in Flyte standen. Hier blickte er über die Dächer der benachbarten Häuser, und in der Ferne standen Türme und Turmspitzen. Durch das offene Fenster konnte er das endlose Geräusch des vorbeifahrenden Verkehrs hören. London war bereits seit Stunden wach.

Nach dem Frühstück machte er einen Spaziergang zum Fluss. Die Fußwege waren von Menschen überfüllt, und er musste zwei oder drei Minuten an der Uferstraße warten, bevor die Ampel den Auto- und Lkw-Strom stoppte und er die Straße überqueren konnte, um zur Albert Bridge zu kommen. Sie war tagsüber genauso schön, dachte Thomas, sogar ohne die blinkenden Lichter. Sie hatte goldene Bullaugen in ihren hellen weißen Seitenwänden und war von gebogenen Metallträgern überdacht. Thomas blieb in der Mitte der Brücke stehen, lehnte sich über die Brüstung und folgte der Linie goldenen Sonnenlichts, das auf dem Wasser glitzerte und seinen Blick gen Osten zog, in Richtung Westminster und den Tower von London, der nicht zu sehen war jenseits der nächsten Biegung des Flusses. Plötzlich war er ganz aufgeregt, in dieser großen Stadt zu sein, die sich in alle Richtungen vor ihm ausstreckte. Die Vorgänge der Nacht schienen in einem anderen Land stattgefunden zu haben. Kinder auf Fahrrädern überquerten die Brücke auf ihrem Weg in den Battersea Park, und es war schwer, sich vorzustellen, dass man sich fürchten konnte in diesen sonnenbeschienenen überfüllten Straßen.

Wieder zu Hause beugte Thomas sich über das Geländer und blickte nach unten ins Souterrain. Die Vorhänge der Vorderfenster von Gretas Apartment waren offen, und es gab kein Lebenszeichen. Nach ein oder zwei Minuten nahm er seinen Mut zusammen und ging vorsichtig die Stufen hinunter und schielte durch das Fenster. Alles war wieder so wie am gestrigen Nachmittag. Auf dem Tisch standen keine Gläser, kein Papier lag herum, nichts verriet, dass irgendjemand letzte Nacht hier gewesen war.

Lady Anne war aufgestanden, als er zurückkam. Sie schrieb Briefe an einem alten Eichenschreibtisch in einer Ecke des Wohnzimmers und sah lächelnd auf, als sie ihren Sohn bemerkte.

»Hallo, Tom. Wie hast du geschlafen?«

»Gut, nehme ich an.«

Thomas log, ohne groß darüber nachzudenken. Er hätte im letzten Herbst seiner Mutter nicht erzählen sollen, dass Greta ihre Kleider anprobiert hatte. Nichts Gutes war daraus erwachsen, und er würde nicht zugeben, dass er gelauscht hatte. Das Gleiche galt für den Ärger mit den beiden Jugendlichen, das war sein eigener Fehler gewesen, und er hatte nicht die Absicht, erneut in den frühen Morgenstunden die Straßen unsicher zu machen. Es gab keinen Grund, seine Mutter mit dem, was passiert war, zu beunruhigen, wo jetzt eh alles vorbei und erledigt war.

»Du nimmst es an?«, fragte Lady Anne zurück.

»Ja, ich habe gut geschlafen. Warum? Du nicht?«

»Doch, ich auch, aber ich habe ja meine Schlaftabletten. Ich habe nur gefragt, weil du tiefe Schatten unter deinen Augen hast.«

Thomas warf einen Blick in den Spiegel über dem Kamin. Seine Mutter hatte Recht. Er sah wie der Tod aus.

»Schlechte Träume, schätze ich«, sagte er und lachte etwas gequält.

»Erinnerst du dich an sie?«

»Nein.«

Dieses Mal log Thomas vorsätzlich. Er hatte keinesfalls vor, seiner Mutter einen detaillierten Bericht seines feuchten Traumes zu liefern, obgleich er das meiste davon in schillernden Farben vor Augen hatte.

»Hör auf, mich auszufragen, Mum«, fügte er sicherheitshalber hinzu.

»Tut mir Leid. Es ist nur, weil du so anders aussiehst. Schwarze Ringe unter deinen Augen und jetzt sind deine Wangen knallrot geworden. Bist du sicher, dass es dir gut geht?«

»Ja. Ganz sicher. Wenn du mich nicht in Ruhe lässt, gehe ich wieder.«

»Nein, tu das nicht. Ich habe einen Tisch reservieren lassen fürs Mittagessen. Ich mache mich gleich fertig.«

Thomas blieb in der Tür stehen mit seinen Händen tief in den Hosentaschen. Er sah verstört und missmutig aus.

»Komm her, Tom«, sagte Lady Anne entschuldigend. »Es tut mir Leid, wenn ich dich beleidigt habe. Schau mal, es gibt etwas, was ich dir zeigen möchte.«

Thomas schlurfte durch den Raum und blieb auf der anderen Seite des Schreibtisches stehen. Er hoffte, dass sie nicht einfach nur einen Vorwand gesucht hatte für ein weiteres Kreuzverhör.

»Mach nicht so ein Gesicht. Ich werde es dir nicht zeigen, wenn du nicht interessiert bist. Es ist ein Geheimnis.«

»Was für ein Geheimnis?«

»Möchtest du es nicht wissen?«

»Komm schon, Mum. Sag es mir. Jetzt musst du es mir zeigen.«

»In Ordnung. Aber du darfst es keinem anderen sagen. Dein Vater könnte ärgerlich werden, wenn er wüsste, dass ich es dir gesagt habe.«

»Mir was gesagt habe?«

»Das mit der Schublade. Komm hier herum, ich zeige dir, wie es funktioniert.«

Thomas beugte sich über die Schulter seiner Mutter, während sie in den Schreibtisch griff. Er sah, dass es in der mittleren Nische auf jeder Seite eine Reihe mit drei kleinen Schubladen gab, die so aussahen, als reichten sie bis an die Rückseite des Schreibtisches. Nun konnte Thomas beobachten, wie Lady Anne leicht die beiden Messingknöpfe auf der obersten Schublade auf jeder Seite drückte, und plötzlich öffnete sich die Rückseite der Nische und enthüllte ein kleines, leeres Fach.

»Aber da ist ja gar nichts drin«, sagte Thomas enttäuscht.

»Das ist auch nicht das Wichtigste, Dummerle. Es geht um den Mechanismus. Findest du ihn nicht raffiniert?«

»Doch, aber es sollte etwas darinnen sein. Es macht doch keinen Sinn, ein Geheimfach zu haben, wenn man nichts Geheimes darin aufbewahrt.«

»Nun ja, wir haben auch nichts im Priesterloch zu Hause. Jedenfalls nichts Geheimes.«

»Das ist etwas anderes. Es ist größer, und jeder kennt es.«

»Oh, nun ja, tut mir Leid, wenn ich dich enttäuscht habe. Ich persönlich bin eher froh, dass dein Vater keine verräterischen Sachen versteckt. Allerdings würde ich auch nicht annehmen, dass er sie hier verstecken würde, wenn er welche hätte. Er schien diesen Schreibtisch noch nie viel benutzt zu haben.«

»Wie lange hat er ihn schon?«

»Oh, ich weiß nicht. Er hatte ihn bereits, als wir uns kennen gelernt haben. Er hat ihn von seiner Mutter geerbt, denke ich. Er hat mir das Geheimfach vor Jahren gezeigt und mir das Versprechen abgenommen, keinem davon zu erzählen. Ich weiß nicht warum. Vielleicht wollte er einfach etwas Geheimnisvolles daraus machen. Wie auch immer, sag ihm bitte nicht, dass ich es dir gezeigt habe.«

»Das werde ich nicht«, versprach Thomas, dessen Stimmung sich bei dem Gedanken hob, dass seine Mutter ihm das Geheimfach gezeigt hatte, obgleich sein Vater das nicht wollte.

»Wann gehen wir?«

»In zehn Minuten. Ich habe ein Taxi bestellt. Wir sehen uns gleich unten. Ich mache mich nur eben fertig.«

Sie aßen zu Mittag in einem Restaurant in Covent Garden, unternahmen dann einen Spaziergang zum Westminster Pier und bestiegen einen Ausflugsdampfer, der zum Tower von London fuhr.

Thomas konnte seine Ungeduld kaum zügeln, während das Boot langsam durch den Fluss tuckerte. Er hatte zu Hause in seinem Schlafzimmer in Flyte ein Buch über den

Tower und fand, dass es sich dabei um das wundervollste Gebäude der ganzen Welt handelte. Als sie die London Bridge passierten, kamen die hohen Zinnen in Sichtweite.

»Da haben sie die Köpfe der verurteilten Gefangenen aufgespießt«, sagte Thomas und zeigte hinter sich. »Auf Spikes auf der London Bridge. Ich habe in meinem Buch darüber gelesen.«

»Gab es auch Abbildungen?«, fragte Lady Anne verschmitzt.

»Nein, natürlich nicht. Und es ist auch nicht dieselbe Brücke. Sie haben die alte den Amerikanern verkauft.«

Das Boot verlangsamte seine Fahrt noch mehr, und einige Passagiere bereiteten sich darauf vor, auszusteigen, aber Thomas hielt seine Mutter fest und blickte angestrengt über die Reling. Er wartete darauf, dass das Boot sein letztes Ziel passierte, den Höhepunkt der Fahrt.

»Da ist es!«, rief er plötzlich und zeigte hinüber zum Tower. »Sieh nur, Mum. Die Traitors Gate. Dorthin wurden die Gefangenen gebracht. Dieses Tor mussten sie passieren auf ihrem Weg zum Sterben.«

Lady Anne überlief gegen ihren Willen ein Schauder. Der Name des Tores war in die Steine über dem Fallgitter eingemeißelt, und der graue Fluss schwappte gegen die schwarzen Tore darunter. Kein Sonnenlicht fiel in diesen Eingang zum Tower.

»Gott, Thomas, du bist makaber«, sagte sie mit echter Betroffenheit in ihrer Stimme. Die Beschäftigung ihres Sohnes mit Düsternis und Tod machte ihr Sorgen. Es war etwas, worüber sie mit Peter sprechen musste. Anne wünschte sich nicht zum ersten Mal, dass die Vorstellungskraft ihres Sohnes weniger gut entwickelt wäre. Im Tower besichtigten sie alle Verliese und Hinrichtungsplätze, bevor sie sich anstellten und eine halbe Stunde warten mussten, um die Kronjuwelen zu sehen, aber als es dann soweit war, war Thomas merkwürdigerweise enttäuscht. Die großartigen Juwelen in ihren kugelsicheren Glasvitrinen hatten keine Bedeutung für ihn im Gegensatz zu dem hallenden steinernen Inneren des White Tower und des Bloody Tower, wo Thomas sich vorstellen konnte, wie die Gefangenen gelitten hatten.

Seine Mutter empfand das Gleiche. Auf jeden Fall, was die Juwelen betraf.

»Deshalb wollte ich nicht, dass dein Vater unseren Familienschmuck in einem Bankschließfach aufbewahrte«, sagte sie. »Genau wie ich dir gestern auf der Herfahrt erklärt habe. Wenn du etwas aus seiner Umgebung herausreißt, aus seiner Geschichte, dann verliert es seine Bedeutung. Jedenfalls für mich.«

Sie machten sich auf den Weg zum Ausgang.

Abends gingen sie ins Globe Theater und sahen *Macbeth*. Thomas war gefesselt. Er kannte die Geschichte, aber erst jetzt, unter dem offenen Nachthimmel, wurden die Charaktere richtig lebendig für ihn.

Als Macbeth den Hexen begegnete, die ihn als zukünftigen König feierten, war sich Thomas noch der Anwesenheit der anderen Zuschauer und seiner Mutter, die in einen Schal gehüllt neben ihm saß, bewusst. Aber bald vergaß er seine Umgebung, als Macbeth sich mit seiner Frau darüber stritt, ob König Duncan getötet werden sollte, während er in dem Gästeschlafzimmer ihres Schlosses schlief.

Thomas liebte Macbeth, den mutigen Hauptmann, der so wunderbar redete, und mit aller Willenskraft wünschte er sich, dass er den Mord nicht beginge, obgleich er wusste, dass Macbeth seinem Schicksal nicht entgehen konnte.

Schließlich war die Bühne nahezu stockdunkel, und Stille senkte sich über den Abend, als Macbeth in das Schlafgemach des Königs schlich und ihn erdolchte. Jetzt hasste Thomas Macbeth, und er hasste ihn noch mehr, als Macbeth alle, die ihm im Weg standen, ermordete. Dann kehrte schließlich König Duncans Sohn, Malcolm, zurück nach Schottland mit einer Armee, und Thomas' Herz wandte sich erneut dem Mörder zu, Macbeth, als er seinem eigenen Tod so mutig entgegensah.

Als das Stück mit einer Trompetenfanfare endete und die Charaktere wieder zu Schauspielern wurden, die sich vor ihrem laut applaudierenden Publikum verbeugten, war Thomas nahezu trunken von der gefühlsmäßigen Berg- und Talfahrt, die er zwei Stunden lang erlebt hatte.

»O Mum, war das nicht außergewöhnlich?«, sagte er plötzlich mit überschäumender Begeisterung, als sie im Taxi nach Hause fuhren.

»Ja, das war es wohl«, erwiderte Lady Anne kühl. *Macbeth* gehörte nicht gerade zu ihren Lieblingsstücken, und für einen einzigen Tag hatte sie wirklich genug Blut gesehen.

Zu Hause fanden sie Sir Peter und Greta vor, die oben im Wohnzimmer saßen mit Ordnern voller Papier auf ihrem Schoß und Rotweingläsern in den Händen. Für seinen Vater schien die Arbeit nie beendet zu sein, dachte Thomas, als er sich pflichtschuldig niederbeugte und seinen Vater auf die ihm zugewandte Wange küsste. Diese Begrüßung, so kam es Thomas immer vor, hatte nichts zu tun mit Zuneigung, sondern nur mit der Anerkennung des Familienstatus' seines Vaters. Sie hatte etwas quasi Militärisches an sich.

»Hattet ihr einen schönen Abend?«, fragte Sir Peter.

»Ja, wir haben *Macbeth* im Globe gesehen«, antwortete seine Frau. »Mir wurde ein wenig kalt zum Schluss, aber Thomas hat es genossen. Nicht wahr, Darling?«

Thomas nickte. Worte konnten diese wundervolle Erfahrung nicht beschreiben.

»Oh, Sie Glücklichen«, mischte sich Greta plötzlich leidenschaftlich in die Unterhaltung ein. »Das ist mein Lieblingsstück. Ich liebe Macbeth. Den Charakter, meine ich. Nicht einfach das Stück.«

»Wirklich?«, sagte Lady Anne frostig. Sie hatte bereits ihre Zweifel, ob der Tower von London und *Macbeth* das Richtige für Thomas' Unterhaltung gewesen waren, wo er sich doch bereits in einem derartig aufgewühlten Zustand befand. Das Letzte, was sie jetzt wollte, war eine klare Billigung von Macbeths mörderischen Qualitäten durch die persönliche Assistentin ihres Ehemannes.

Aber Greta ließ sich durch Lady Annes abweisenden Tonfall nicht abhalten.

»Ich erinnere mich noch, als ich das Stück zum ersten Mal gesehen habe. Es war auf der Universität, und ich hatte so etwas nie zuvor gesehen. Erinnern Sie sich noch an seine Zeilen, als er den imaginären Dolch in der Luft sieht, bevor er aufbricht, um den König zu töten?«

Greta hielt ihre Hand hoch, als würde sie eine Waffe ergreifen und begann zu rezitieren:

»Ist das ein Dolch, was ich vor mir erblicke,
Der Griff mir zugekehrt? Komm, lass dich packen –
Ich fass dich nicht, und doch seh ich dich immer.
Bist du, Unglücksbild, so fühlbar nicht
Der Hand, gleich wie dem Aug? Oder bist du nur
Ein Dolch der Einbildung, ein nichtig Blendwerk,
Das aus dem heißgequälten Hirn erwächst?«

Greta trug die Zeilen gut vor, vermittelte gut Macbeths letzte Zweifel, bevor er Duncan ermordet, und Thomas' Herz erwärmte sich für sie. Sie erschien ihm in diesem Moment wie eine Gleichgesinnte. Er hatte das Gefühl, sie in der Vergangenheit falsch eingeschätzt zu haben.

Auf Lady Anne, die ihre Irritation nicht verbergen konnte, hatte ihr Vortrag den gegenteiligen Effekt. Peter und Greta so vertraut nebeneinander im Wohnzimmer zu treffen hatte ihre gesamten unterdrückten Ressentiments wieder zutage gefördert, und jetzt hatte sie das dringende Bedürfnis, wild um sich zu schlagen, die grünäugige Greta an ihren Platz zu verweisen.

»Große Worte«, sagte sie in einem Tonfall, der implizierte, dass sie vom Gegenteil überzeugt war. »Sie klingen sehr gut, aber man kann sich nicht hinter ihnen verstecken. Macbeth tötete den König, der Gast in seinem eigenen Haus war. Erstach ihn kaltblütig mit einem wirklichen Dolch. Kann man sich überhaupt etwas Bösartigeres und Feigeres vorstellen?«

»Seine Frau hat ihn dazu getrieben«, sagte Greta. »Seine Frau und die Hexen.«

»Sie suchen nur Entschuldigungen. Er war ein blutdürstiger kleiner Mann, der genau das erhalten hat, was er verdiente.«

»Vielleicht, aber warum sympathisiert dann das Publikum am Ende mit ihm und nicht mit dem langweiligen Malcolm?«

Thomas hätte zu gern gesagt, wie sehr er Gretas Meinung war, aber er hütete seine Zunge. Er bekam instinktiv mit, dass es zwischen seiner Mutter und Greta um mehr ging als um zwei verschiedene Interpretationen von Shakespeare.

Es war Sir Peter, der intervenierte. Er schien nichts von dem unterschwelligen Groll seiner Frau zu spüren.

»Sie sind eine Revolutionärin, Greta«, sagte er. »Genau das sind Sie.« In seiner Stimme lag eine unüberhörbare Zuneigung, die Lady Anne nur noch mehr irritierte.

»Ich hoffe aufrichtig, dass sie es nicht ist«, sagte Lady Anne. »Ich halte nichts von Revolutionen. Der Mensch sollte wissen, wo er hingehört.«

Sofort bereute Lady Anne das Gesagte und hätte sich gern entschuldigt, ihre Worte zurückgenommen, aber etwas in ihrem Inneren hinderte sie daran. Es waren derselbe Groll, der vor drei Monaten im Haus der Vier Winde Besitz von ihr ergriffen hatte, in der Nacht, als der Fischer in der Bucht von Flyte ertrunken war und Peter Greta mit hinunter zum Hafen genommen hatte, um Christopher Marsh zu finden. Nicht sie, sondern Greta. Immer Greta.

Sie hatte damals beinahe das Gleiche gesagt, fiel ihr jetzt ein. Als ob die Worte »wissen, wo man hingehört«, sich in ihrem Bewusstsein geradezu in Lauerstellung befänden. Als wüsste sie, dass sie die geeigneten waren, um ihrer Feindin eine tiefe Wunde zuzufügen. Nach Gretas verkniffenem Gesicht zu urteilen, schien es Lady Anne, als wäre sie damit dieses Mal besonders erfolgreich gewesen.

Ein unbehagliches Schweigen setzte ein, das keiner zu durchbrechen in der Lage schien, bis Lady Anne wieder das Wort ergriff, dieses Mal sich an ihren Mann wendend: »Wie lief es in deinem Wahlkreis?«

»Ganz gut, obgleich ich Greta gern dabei gehabt hätte. Sie schafft es jedes Mal, dass ihr die schwierigsten Personen aus der Hand fressen.«

Lady Anne runzelte die Stirn. Ihr Ehemann hatte wie gewöhnlich einen Weg gefunden, seine persönliche Assistentin vor seiner Frau in Schutz zu nehmen.

»Ich dachte, ihr wäret zusammen gefahren.«

»Nein, Greta musste ihre Pläne ändern. Ihre Mutter fühlte sich nicht wohl, und deshalb musste sie nach Manchester fahren und über Nacht bleiben.«

»Das tut mir Leid, Greta«, sagte Lady Anne. »Geht es ihr wieder besser?« In ihrer Stimme lag echte Teilnahme. Sie hatte Schuldgefühle, dass sie so wild um sich geschlagen hatte.

»Ja, es geht ihr gut, vielen Dank«, sagte Greta. Sie hatte nicht lange gebraucht, um ihre Selbstbeherrschung zurück zu gewinnen. »Es war nur ihre Arthritis. Sie bekommt davon Depressionen, und ein Besuch heitert sie auf.«

»Da bin ich sicher«, sagte Lady Anne und erhob sich vom Sofa. »Also, ich gehe ins Bett; und du solltest das lieber auch tun, Thomas. Du hast morgen noch einen langen Tag vor dir, und du brauchst deinen Schlaf. Ich möchte nicht, dass du noch einmal so aussiehst wie heute Morgen.«

»Was stimmte nicht mit ihm heute Morgen?«, fragte Sir Peter.

»Große schwarze Ringe unter den Augen. Ich glaube, er hat keinen Augenblick geschlafen. War viel zu aufgeregt, in

London zu sein, nehme ich an. Komm schon, Thomas. Schlafenszeit.«

Thomas ging hinüber zu seinem Vater, gab ihm einen weiteren pflichtbewussten Kuss und zögerte leicht in der Mitte des Raumes. Er war sich unsicher, ob er Greta auch küssen sollte oder nicht.

Sie ergriff die Initiative, erhob sich von ihrem Sessel und ging hinüber zu ihm. Sie gab ihm einen warmen Kuss auf die Wange und ließ ihren Arm währenddessen auf seiner Schulter ruhen.

»Gute Nacht«, flüsterte sie, und als Thomas sich zum Gehen wandte, erneut aufgefordert von seiner Mutter, ihr zu folgen, fügte sie hinzu: »Ich freue mich, dass dir das Stück gefallen hat.«

Fünfzehn Minuten später lag Thomas im Bett, gefesselt von einem Tumult widerstreitender Gefühle.

Greta hatte gelogen, was ihren Aufenthaltsort vergangene Nacht betraf. Sie war nicht Hunderte von Kilometern entfernt gewesen und hatte sich um ihre kranke Mutter in Manchester gekümmert, wie sie behauptet hatte. Sie war unten in ihrem Apartment im Souterrain gewesen und hatte sich mit einem fremden Mann unterhalten, der einen Pferdeschwanz trug und eine Narbe bis zum Ohr hatte. Sie hatte ihm gesagt, er solle sich in Geduld fassen, noch ein wenig länger warten. Ein wenig länger warten worauf? Es gab so viele unbeantwortete Fragen. Wer war der Mann? Warum hatte Greta gelogen? Worauf wartete sie?

Thomas legte seine Hand auf seine Wange und fuhr mit den Fingerspitzen sanft über die Stelle, wo Gretas Lippen ihm einen Gute-Nacht-Kuss gegeben hatten. Er erinnerte sich daran, wie schön sie ausgesehen hatte, als sie diese Zeilen aus dem Theaterstück sprach, und dann überfiel ihn plötzlich wieder sein Traum.

11. Kapitel

Am nächsten Morgen wartete Thomas oben auf der Treppe, die hinunter zur Küche führte. Er bekam mit, dass sich seine Mutter mit seinem Vater unterhielt, der ganz offensichtlich gerade gehen wollte – Thomas konnte seinen Aktenkoffer im Flur sehen mit dem Regenmantel darüber –, und sein erster und natürlicher Instinkt war, seinem Vater nach Möglichkeit aus dem Weg zu gehen. Aber er wollte auch gern hören, worüber seine Eltern sich unterhielten – er wusste, dass sie über ihn sprachen, weil sie immer wieder seinen Namen sagten.

»Du musst mehr Zeit mit dem Jungen verbringen. Entweder das oder er braucht anderweitige Hilfe.« Thomas konnte die Besorgnis in der Stimme seiner Mutter erkennen.

»Das werde ich. Ich sagte es dir bereits.« Peter klang verärgert. »Ich nehme ihn heute mit, nicht wahr? Es ist ein Fehler von dir, ihn die ganze Zeit in Flyte festzuhalten. Er muss auf eine gute Schule. Das wird einen Erwachsenen aus ihm machen.«

»Er *ist* auf einer guten Schule. Wir haben das alles mehrfach diskutiert, Peter. Ich bin nicht deiner Meinung, was englische Internate betrifft. Das war ich nie und werde es nie sein. Sie bringen nur gefühlsmäßige Krüppel mit einem Hang zum Sadomasochismus hervor.«

»Aber ihn an deinem Schürzenzipfel festzubinden tut ihm genauso wenig gut, oder? Wir würden diese Diskussion nicht führen, wenn Thomas gefühlsmäßig keinerlei Probleme hätte.«

»Nein, das würden wir nicht. Aber er hat offensichtlich irgendeine Todesfixierung. Man muss kein Psychiater sein, um das zu sehen. Und sie hat sich sehr verschlimmert, seit sein Hund gestorben ist.«

»Hunde sterben nun einmal«, sagte Peter brutal. »Das gehört zum Großwerden.«

»Für dich vielleicht. Aber du hättest ihn gestern sehen sollen. Seine Fantasien sind total außer Kontrolle geraten. Ich meine, er hat ein außergewöhnlich umfangreiches Wissen über Hinrichtungen. Er könnte selber Touristenführungen durch den Tower von London übernehmen, ihnen erzählen, wie viele Axthiebe vonnöten waren, um Anne Boleyn den Kopf abzuschlagen, *und* was sie hinterher mit ihrem Kopf gemacht haben. Und dann *Macbeth* – es hat ihn förmlich vom Sessel gerissen.«

»Nun ja, das ist deine Schuld. Du hättest ihn nicht mit in dieses verdammte Theaterstück nehmen sollen, wenn er dieses Problem hat.«

»Ich weiß, dass ich das nicht hätte tun sollen. Aber er ist nicht wegen des Theaterstücks so wie er ist. Das weißt du auch, Peter.«

»In Ordnung, ich habe verstanden. Was möchtest du, dass ich deswegen unternehme?«

»Ich möchte, dass du mehr Zeit mit ihm verbringst. Führe ihn ein bisschen in die Welt ein.«

»Wie? Ihr seid die ganze Zeit in Suffolk, und ich versuche, ein Minister des Kabinetts zu sein.«

»Wir müssen uns eben beide stärker bemühen, das ist alles. Wir sind seine Eltern, weißt du. Ich werde öfter mit ihm nach London kommen, und dann kannst du ihn ausführen.«

»Okay, das ist ein Vorschlag. Wir beginnen gleich heute. Nachdem ich mit diesen Arabern fertig bin. Sie wollen einen Haufen Kampfflugzeuge kaufen, die sie dann gegen einander einsetzen können. Schicke ihn um zwölf zu mir. Bis dahin werde ich fertig sein.«

Thomas' Eltern traten in den Flur, und er duckte sich hinter dem Geländer. Als sie sich einen Abschiedskuss an der Vordertreppe gaben, sahen sie für einen Moment wie ein ganz normales Paar aus vor dem Beginn eines ganz normalen Arbeitstages und nicht wie zwei Menschen, die sich nur jedes zweite Wochenende sahen.

Nachdem sich die Tür geschlossen hatte, wartete Thomas noch ein oder zwei Minuten, bevor er zu seiner Mutter in der Küche ging.

»Du siehst besser aus, Tom«, sagte sie fröhlich. »Es ist großartig, was für Wunder eine durchgeschlafene Nacht bei einem müden Jungen bewirkt.«

»Ich schlafe gut. Wieso betonst du ständig, wie komisch ich bin?«, fragte er ärgerlich.

»Das tue ich doch gar nicht. Wie kommst du denn auf diese Idee?«

Thomas schwieg. Er hätte gern gewusst, was seine Mutter gemeint hatte mit ›anderweitige Hilfe‹, aber andererseits konnte er schlecht zugeben, gelauscht zu haben.

»Wo ist Dad?«, fragte er.

»Er musste früh weg, weil er einen Termin hatte. Aber er

wird trotzdem mit dir Mittag essen gehen und dich durchs Parlament führen.«

»O Gott, Mum, muss ich gehen?«

»Ja, natürlich musst du gehen. Sei nicht so gemein, Thomas. Du solltest stolz sein auf deinen Vater und das, was er erreicht hat.«

»Nun ja, er ist auch nicht stolz auf mich. Bei jeder Gelegenheit betont er, was für ein hoffnungsloser Fall ich bin, dass ich nicht Kricket spiele, dass ich nicht Rugby spiele. Wie kann ich das, wenn sie nicht mal in meiner Schule Rugby spielen?«

»Ich weiß. Er muss dich einfach besser kennen lernen, mehr Zeit mit dir verbringen. Deshalb freue ich mich ja so über heute. Du wirst ihn heute Mittag in der Lobby seines Büros treffen.«

»Was? In Whitehall? Brauche ich dafür einen Passierschein?«

»Nein, natürlich nicht. Du musst nur zur Rezeption gehen. Du brauchst später möglicherweise einen, nehme ich an, wenn er dich im Parlamentsgebäude herumführt, aber darum kümmert er sich selbstverständlich.«

»Glaubst du, dass wir den Premierminister zu sehen kriegen?«, fragte Thomas, der seine Lethargie abschüttelte, als ihm die volle Bedeutung der Führung langsam aufging.

»Das weiß ich nicht, aber natürlich musst du schick gekleidet sein für den Fall des Falles. Du kannst deinen blauen Blazer tragen und die Hosen, die wir gestern bei Harrods gekauft haben. Und nimm vorsichtshalber auch einen Regenmantel mit.«

Lady Anne ging zum Friseur und anschließend zu ihrer Schneiderin, sodass Thomas allein im Taxi saß, als er an Big Ben und dem Parlament vorbeifuhr. Seine Gefühle schlugen Purzelbäume. Er war immer noch gekränkt über die beleidigende Art und Weise, in der sein Vater heute Morgen über ihn gesprochen hatte, aber er war auch neugierig auf das, was er zu sehen bekommen würde. Nicht jeder Junge war der Sohn eines Ministers.

Als Thomas aus dem Taxi stieg vor dem hohen grauen steinernen viktorianischen Bürogebäude mit dem goldenen Schild seitlich der hohen Eingangstür, auf dem MINISTERIUM DER VERTEIDIGUNG stand, war er vor allem nervös. Er bekam beinahe keinen Ton heraus, als er sein Anliegen einem Portier zu erklären versuchte, der es scheinbar für einen Teil seines Anstellungsvertrages hielt, misstrauisch zu wirken, wenn er mit der Öffentlichkeit zu tun hatte, egal welchen Alters die Personen waren.

Thomas setzte sich auf eine Bank und wartete beinahe fünf Minuten, in denen ihm unter dem vernichtenden Blick des Portiers ganz flau wurde, bis Greta am Kopf einer mit einem roten Teppich ausgelegten Treppe auftauchte. Sie sah anders aus heute. In Flyte und auch am gestrigen Abend war sie zwanglos gekleidet gewesen, aber jetzt trug sie ein dunkelgraues Jackett über einer weißen Bluse. Das Material war weich und gut geschnitten und umschmeichelte höchst vorteilhaft ihre Figur, und der Saum des Rockes endete hoch über ihren Knien und gab ihre perfekt geformten, gebräunten Beine frei. Thomas' wurde einen Moment lang schwindelig, als er sich plötzlich intensiv an seinen Traum von Greta erinnerte.

Sie eilte die Treppe hinunter und trug einen Picknickkorb.

Sie stellte den Korb ab und küsste ihn auf die Wange, genau wie am vergangenen Abend, legte ihren Arm um seine Schulter, sodass er sekundenlang spürte, wie ihre Brüste seine Wange streiften.

»Haben Sie auch gut auf unseren jungen Gast aufgepasst, Mills?«, wandte sie sich an den alten Portier und tat so, als meinte sie es ernst. Dessen Antwort war nur ein Knurren. Nicht einmal Greta in einem knappen Rock schien sein misstrauisches Äußeres beeinflussen zu können.

»Mills der Griesgrämige, nennen wir ihn«, flüsterte Greta und bückte sich zu Thomas, um nicht gehört zu werden.

»Das kann ich gut verstehen«, flüsterte er zurück, aber seine Stimme war lauter als beabsichtigt, und er war sicher, dass Mills der Griesgrämige ihn gehört hatte. Er sah plötzlich ziemlich kriegerisch aus und griff betont grimmig nach einem Hefter auf seinem Schreibtisch.

»Schlechte Nachrichten, fürchte ich«, sagte Greta und ignorierte den kriegerischen Ausbruch hinter ihr. »Dein Vater kann leider nicht kommen. Es hat heute Morgen beinahe ein Desaster gegeben. Die Saudis drohen damit, einen wichtigen Verteidigungsvertrag zu annullieren.«

»Warum?«

»Das Übliche. Irgendjemand hat eine abfällige Bemerkung über ihr Regierungssystem gemacht. Ich muss sagen, es ist manchmal schon verdammt schwierig, vorzugeben, dass es vollkommen in Ordnung ist, Frauen wegen Ehebruchs zu steinigen und Menschen auf dem Marktplatz den Kopf abzuschlagen. Wie auch immer, es ist nicht seine Schuld, dass er nicht hier sein kann, und es tut ihm wirklich sehr Leid. Ich hoffe, du hast nichts dagegen, dass ich ihn vertrete.«

Während sie sprach, geleitete Greta Thomas aus dem Gebäude in ein Taxi, dass sie herangewinkt hatte, sobald sie auf die Straße getreten waren.

»Es ist zwar nicht weit, aber ich habe keine Lust, den Picknickkorb zu schleppen, wenn ich es vermeiden kann. Ich dachte, wir könnten ein Picknick am Fluss machen, nachdem wir das Parlamentsgebäude besichtigt haben.«

Thomas war gerührt. Seine Gefühle Greta gegenüber waren so verwirrend wie eh und je. Die evidente Antipathie zwischen ihr und seiner Mutter gab ihm das Gefühl, dass ein Tag, den er mit Greta verbringen würde, von seiner Mutter als Akt der Illoyalität betrachtet werden würde, aber welche Wahl blieb ihm? Sein Vater hatte ihn versetzt, und seine Mutter hatte ihren Tag anders verplant. Es war nett von Greta, sich die Zeit zu nehmen und ein Picknick mitzubringen. Sie hätte es nicht tun müssen. Thomas nahm es als Kompliment, und während er neben Greta im Taxi saß, begann seine Haut zu kribbeln, als er sich den Tag, der vor ihnen lag, vorstellte.

Es war gerade Osterpause, und das Parlament tagte nicht. Die langen grünen Lederbänke im Unterhaus interessierten Thomas nicht sonderlich, auch nicht, als Greta ihn auf die Regierungsbank hinwies und das Mikrofon, wo sein Vater stand, wenn er eine Erklärung abgab. Thomas fühlte sich von seinem Vater im Stich gelassen, aber gleichzeitig auch erleichtert, dass er den Tag nicht mit ihm verbringen musste. Er konnte sich gut vorstellen, wie langweilig es mit ihm gewesen wäre, während Greta hingegen gewagte Anekdoten über prominente Politiker zum Besten gab, die sie jedes Mal einleitete mit den Worten: »Kein Sterbenswörtchen darüber, oder ich bekomme schrecklichen Ärger mit deinem Vater.«

Die Sonne stand hoch am wolkenlosen Himmel, als sie das Parlamentsviertel kurz nach eins verließen, und sie gingen durch den Park und trugen gemeinsam den Picknickkorb. Auf dem Korb lag eine Decke, und Greta breitete sie auf dem Gras in der Nähe des Flusses aus.

»Wir sind gestern mit einem Ausflugsdampfer gefahren«, plauderte Thomas mit ihr, während Greta das Picknick auspackte. »Ich und meine Mutter. Wir sind von hier bis zum Tower gefahren. Bis hinter das Traitor's Gate.«

»Gott, das ist ein grässlicher Ort«, sagte Greta. »Ich bin dort nicht mehr gewesen, seit ich das erste Mal nach London kam.«

»Wieso grässlich?«

»Nun ja, womit soll ich beginnen? Die Prinzen im Tower. Anne Boleyn. Catherine Howard.«

«Ja, wir haben gesehen, wo sie hingerichtet wurden.«

»Von dem Bastard, Henry dem Achten. Der abscheulichste alte Mann der Geschichte. Heiratete schöne Mädchen, die dreimal jünger waren als er und ein Drittel seines Gewichts hatten, und wenn sie eine Affäre hatten, ließ er sie töten. Was hat er denn erwartet?«

»Aber das hatten sie gar nicht«, sagte Thomas eifrig. »Anne Boleyn jedenfalls nicht. Thomas Cromwell erzählte dem König, dass das so sei, aber sie hatte keine Affäre.« Henry VIII und seine sechs Frauen gehörten zu seinen bevorzugten historischen Figuren.

»Tja, es tut mir Leid, das zu hören. Ich weiß, was ich getan hätte, wenn ich mit diesem alten Bock verheiratet gewesen wäre.«

Thomas antwortete nicht. Gretas Erwähnung ihres eigenen Sexualtriebs beschleunigte seinen Herzschlag. Er spürte, wie er errötete, und wandte seinen Kopf ab.

»Na komm, reden wir nicht über Leute, die hingerichtet worden sind. Es ist ein viel zu schöner Tag für so etwas. Ich möchte nicht die Schuld dafür bekommen, dass du eine weitere schlaflose Nacht hast.«

»Was soll das heißen? Ich habe gut geschlafen.«

»Das war aber nicht die Ansicht deiner Mutter gestern Abend, Thomas. Sie hat gesagt, dass du dunkle Ringe unter den Augen hattest, sodass sie annehmen musste, du hättest überhaupt nicht geschlafen.«

»Oh, du meinst die Nacht davor.«

»Ja, das stimmt.«

Greta sah Thomas erwartungsvoll an. Sie hatte keine Fragen gestellt, aber er hatte trotzdem das Gefühl, als wartete sie auf eine Antwort. Als er ihr keine gab, verfolgte sie das Thema weiter.

»Es muss befremdlich sein in London nach dem ruhigen Flyte. Man braucht eine Weile, um sich daran zu gewöhnen, nicht wahr?«

»Ich schätze ja.«

»Der Verkehr kann sehr störend und laut sein. Sogar noch bis weit nach Mitternacht. Mich hält er auch oft wach.«

»Also, ich habe keine Probleme damit. Weder in der ersten noch die letzte Nacht. Ich weiß nicht, was meine Mutter da redet.«

Greta lächelte. Sie schien sich plötzlich sichtbar zu entspannen, und Thomas hatte das Gefühl, als hätte er ihr genau das gegeben, was sie wollte. Er wusste, dass er erfreut sein sollte; Gretas Verdacht zu erregen, dass er hinter ihr und ihrem mysteriösen Freund hinterher spioniert hatte, war das Letzte, was er wollte. Jedoch wallte in ihm gleichzeitig das alte Gefühl von Illoyalität auf. Er konnte nicht mehr mit Greta zusammen sein, ohne das Gefühl zu haben, dass er seine Mutter schlecht behandelte, und da waren auch noch andere Dinge, von denen er wusste, dass er sie nicht vergessen sollte. Wie der Mann mit der Narbe, und die Lüge, die sie seinen Eltern aufgetischt hatte gestern Abend, dass sie bei ihrer Mutter in Manchester gewesen sei.

Thomas wusste, dass er auf der Hut sein musste, aber es war schwer, da Greta so attraktiv war und sich so große Mühe gab, nett zu ihm zu sein.

»Ich habe Weißwein dabei«, sagte sie. »Ein kleiner Schluck wird dir nichts schaden, aber erzähl es nicht deinen Eltern.«

Dieses Geheimnis zu bewahren bedurfte keiner ausdrücklichen Bekräftigung. Die Plastiktasse aus Gretas ausgestreckter Hand entgegenzunehmen reichte durchaus, um Thomas zum Komplizen zu gewinnen, und der Alkohol brachte alles zum Leuchten in dem warmen Sonnenschein des Nachmittags.

»Gott, ich wünschte, ich trüge etwas Bequemeres«, sagte Greta, als sie ihr Jackett auszog und die beiden obersten Knöpfe ihrer Bluse öffnete. Sie hatte bereits ihre hochhackigen Schuhe weggekickt, als sie sich niedergelassen hatten.

»Im Picknickkorb war nicht genug Platz für Kissen. Ich kann leider dies Jackett nicht benutzen, ich brauche es bei der Arbeit. Hast du etwas dagegen, wenn ich deine Beine benutze? Als Kissen, meine ich.«

Thomas nickte. Er traute sich nicht zu sprechen, als Greta ihre Beine auf der Decke ausstreckte und ihren Kopf auf seinen Oberschenkel legte. Sie schloss die Augen und seufzte sichtlich zufrieden.

Thomas lag auf der Seite und hatte den Kopf auf den Ellbogen gestützt, und bald schmerzte sein Arm, aber er rührte sich nicht. Er konzentrierte seine ganze Aufmerksamkeit darauf, sein Atmen und seinen Herzschlag zu verlangsamen, und bewegte seinen anderen Arm, bis er über der Mähne ihres pechschwarzen Haares verharrte, die sich über seine beige Hosen ergoss, die seine Mutter ihm am Tag zuvor gekauft hatte.

Er zögerte, wie ihm schien, eine Ewigkeit mit seiner erhobenen Hand über Gretas Kopf, bis er schließlich begann, sanft ihr Haar zu streicheln. Nach einem Moment drehte sie ihren Kopf ein wenig, um sich noch mehr auf seine Beine zu legen, und als er hinunterblickte, konnte Thomas die Rundungen ihres Brustansatzes sehen. Er spürte, wie sein Penis hart wurde, aber er konnte nichts dagegen tun. Er war sicher, dass Greta seine Erregung bemerkt hatte. Sie rückte jedoch nicht beiseite, sondern ließ ihren Kopf, wo er war. Stattdessen öffnete sie ihre Augen und begann, mit einer sinnlichen, halbschläfrigen Stimme zu sprechen, die ihn noch mehr erregte.

»Du weißt, dass ich dich mag, Thomas. Immer schon. Du bist so anders als dein Vater, und dennoch erinnerst du mich auch an ihn.«

»Ich mag dich auch«, flüsterte Thomas.

»Dein Vater und ein Junge, den ich während der Schulzeit vor Jahren kannte«, grübelte Greta. »Du erinnerst mich auch an ihn.« Thomas wusste nicht, ob sie seine Erwiderung gehört hatte oder nicht. »Pierre hieß er. Hat immer Literatur zitiert; verrückte Geschichten erzählt. Sein Vater war aus

Frankreich und hasste Manchester. Vielleicht hatte Pierre es von ihm. Seine romantische Veranlagung, meine ich.«

»Was ist aus ihm geworden?«

»Aus Pierre? Er hat die Schule verlassen. Ist in den Süden gefahren. In London habe ich ihn aus den Augen verloren. Wir sind eine Weile in Kontakt geblieben, aber ich habe seit Jahren nichts von ihm gehört. Als wir das letzte Mal miteinander gesprochen haben, arbeitete er irgendwo in Frankreich. Ich weiß nicht, ob er da geblieben ist. Wahrscheinlich hat er eine Frau und zwei bis fünf Kinder inzwischen.«

Greta machte eine Pause. Ein Hauch von Verdruss hatte sich in ihre Stimme geschlichen, und eine Falte grub sich auf ihre Stirn zwischen die schwarzen Augenbrauen. Thomas versuchte vergeblich, sie wegzustreicheln mit seinem Handrücken.

»Sehe ich aus wie er?«, fragte er und versuchte, ihre Unterhaltung wieder in die intimen Bahnen zu lenken.

»Nicht wirklich«, sagte Greta gereizt, bevor sie mit weicherer Stimme fortfuhr: »Es tut mir Leid, Thomas. Das ist die Vergangenheit. Ich rede nicht gern darüber. Es ist nicht deine Schuld.«

Sie lächelte ihn an, aber der Zauber des Nachmittags war gebrochen. Big Ben schlug drei Uhr, und Greta richtete sich auf und setzte sich aufrecht hin.

»Komm jetzt«, sagte sie. »Es ist Zeit einzupacken. Wir müssen in zwanzig Minuten zu Hause sein.«

»Warum?«, fragte Thomas und schüttelte seinen Arm aus in dem vergeblichen Versuch, den Krampf loszuwerden, der sich jetzt zu einer schmerzhaften Attacke von tausend Stechnadeln entfaltete.

»Ich treffe deinen Vater dort. Auf dem Weg zu den nächsten Meetings. Hoffen wir, dass er das mit den Saudis regeln konnte.«

»Mit wem regeln?«

»Mit den Saudis. Die mit der islamischen Empfindlichkeit. Erinnerst du dich nicht mehr?«

Thomas antwortete nicht. Er erinnerte sich schwach an den Grund, den Greta ihm für die Abwesenheit seines Vaters genannt hatte, aber er schien ihm nicht wichtig zu sein. Sein Vater war immer abwesend, ließ ihn immer im Stich. Was zählte, war der Nachmittag mit Greta: die Sonne und der Weißwein, ihr Kopf, der auf seinem Oberschenkel ruhte, seine Hand in ihrem Haar, und jetzt sollte alles vorbei sein. Warum? Wegen seines Vaters und seiner blöden Arbeit. Thomas wünschte sich, dass er Greta nicht im Mindesten an seinen Vater erinnerte, aber vielleicht war das der Grund, warum sie ihn mochte. Er spürte, dass er nicht gewinnen konnte.

Sie standen nicht länger als eine Minute auf dem Bürgersteig, als ein Taxi vorfuhr. Greta schien sie wie Magneten anzuziehen, dachte Thomas bitter, als sie am Fluss entlang in die Stadt sausten Richtung Chelsea. Es gab kaum Verkehr, der sie aufgehalten hätte, und alle Ampeln schienen auf Grün zu schalten, sobald sie sich näherten.

Greta überprüfte, ob irgendwelche Anrufe auf ihrem Handy waren, als sie neben ihm hinten im Taxi saß, und Thomas hatte den Eindruck, dass sie bereits beim nächsten Teil ihres Tages war und ihn und ihr Picknick weit hinter sich gelassen hatte. Vielleicht würde es Wochen dauern, bis er Greta wieder sah. Sie und sein Vater waren über einen Monat nicht mehr in Flyte gewesen, und es konnte genauso lange dauern, bis sie wiederkämen; es gab auch immer noch die Möglichkeit, dass Greta überhaupt nicht mitkäme, bedachte man die Feindseligkeit, die Thomas' Mutter ihr gegenüber an den Tag legte.

Thomas war zu jung, um der heftigen Gefühle Herr werden zu können, die sich seiner bemächtigt hatten. Er war wie ein Boot, das sich im Sturm von seiner Verankerung gerissen hatte und jetzt steuerlos in unbekannten Gewässern trieb. Er vergaß seine Loyalität seiner Mutter und seinen Verdacht Greta gegenüber. Er wollte nur sagen, was er fühlte, bevor diese Zeit mit Greta vorüber war. Bevor das Taxi sie nach Hause gebracht hatte.

Wenigstens sprang die Ampel jetzt auf Rot. Sie waren an der Chelsea Bridge, und Thomas dachte: jetzt oder nie.

»Greta«, sagte er, und seine Stimme war nur ein Flüstern, im Gegensatz zu den starken Gefühlen, die ihn dazu gebracht hatten, das Schweigen zu brechen.

Greta hatte ihr Handy wieder in die Handtasche gesteckt und betrachtete halb wehmütig Thomas' Profil, als er ihren Namen aussprach.

»Ja, Thomas. Was ist?« Die süße Sinnlichkeit lag wieder in ihrer Stimme und gab ihm den Mut, fortzufahren.

»Du weißt, was ich von dir halte.«

»Was hältst du von mir, Thomas?«

»Ich halte dich für wunderschön.«

Greta hörte die Sehnsucht in Thomas' Stimme, und sie wusste nicht, was sie antworten sollte.

»Du bist sehr süß«, sagte sie etwas lahm.

»Nein, bin ich nicht«, sagte er plötzlich heftig: »Du bist wunderschön. Ich habe noch nie jemanden kennen gelernt, der so schön ist wie du.«

»Aber das wirst du noch, Thomas. Ich verspreche es dir, das wirst du.«

»Sag nicht so etwas«, erwiderte er. »Ich liebe dich, Greta. Kannst du das nicht sehen? Ich liebe dich. Nicht irgendjemand anderes. Dich.«

»Das darfst du nicht sagen, Thomas. Das ist nicht richtig.«

»Empfindest du denn gar nichts für mich?«

»Ich mag dich. Nein, mehr als das. Ich mag dich sogar sehr. Aber mehr darf nicht sein. Ich bin zu alt, Thomas. Zu alt für dich.«

Tränen traten dem Jungen in die Augen, und jetzt liefen sie ihm langsam über die Wangen. Greta legte ihm ihre Hand unters Kinn und drehte seinen halb widerstrebenden Kopf zu sich. Dann beugte sie sich vor und küsste ihn auf die Stirn.

»Weine nicht, Thomas«, sagte sie. »Verdirb nicht unseren wundervollen Tag.«

Thomas antwortete nicht. Es blieb ihm keine Zeit dafür. Das Taxi fuhr vor ihrem Haus vor, und er konnte seinen Vater sehen, der auf der Treppe ungeduldig darauf wartete, dass seine persönliche Assistentin ausstieg. Thomas blieb noch einen Moment sitzen, bevor er Greta auf den Bürgersteig folgte. In dem Augenblick wusste er nicht, ob er diese mysteriöse grünäugige Frau, von der er so besessen war, liebte oder hasste.

Als Thomas zum Haus hochblickte, konnte er seine Mutter hinter einem der hohen Fenster des Salons im ersten Stock stehen sehen, und er vergaß nie wieder den unendlich traurigen Blick auf ihrem Gesicht. Es war, als wüsste sie, dass sie nur noch weniger als zwei Monate zu leben hatte.

12. Kapitel

Und jetzt, mit Euer Ehren Erlaubnis, rufe ich meinen ersten Zeugen auf«, sagte John Sparling und wandte seine Aufmerksamkeit von den Geschworenen dem alten Richter zu, der fleißig eine Reihe farbiger Stifte anspitzte.

Sparling wusste, dass seine Eröffnung gut gelaufen war. Die Geschworenen waren ihm aufmerksam gefolgt und schienen gehörig empört zu sein über die Fotos vom Mordopfer. Jetzt war es Zeit, auf dieser Stimmung aufzubauen, und wer eignete sich besser dafür, als der Ermittler am Tatort? Detective Constable Butler würde die Geschworenen mit den entsetzlichen Umständen von Lady Annes Tod konfrontieren, und je länger die Geschworenen darüber nachdachten, desto stärker würde ihr Wunsch werden, einen Verantwortlichen dafür zu finden. Desto besser wären sie darauf vorbereitet, Sparlings Schlussfolgerungen zu folgen, die auf Indizienbeweisen und unbestätigten Zeugenaussagen beruhten, die alle gegen die Angeklagte sprachen.

Sparling zweifelte nicht daran, dass Lady Greta heimlich geplant hatte, die erste Frau ihres Ehemannes ermorden zu lassen, aber das zu beweisen war etwas ganz anderes, besonders wenn er es mit dem Old Lurid Lambert zu tun hatte. Er unterschätzte seinen Gegner nicht; der hatte im Laufe der

Jahre zu viele schuldige Angeklagte freigekämpft, als dass er sich einen solchen Leichtsinn gestattete.

Detective Butler betrat den Gerichtssaal in Begleitung der winzigen Gerichtsdienerin, die ihm voranging; jetzt beugte er sich im Zeugenstand zu ihr vor und las den Eid von einem Blatt Papier ab, das sie ihm vor den Solarplexus hielt.

Er musste knapp ein Meter neunzig groß sein. Detective Riese, dachte Greta, als sie den Tatortermittler musterte, und stellte sich vor, was für Rückenschmerzen er haben musste, wenn er jeden Fußboden und jede Nische nach winzigen Beweisstücken absuchte.

»Ich war um 22 Uhr 55 im Haus der Vier Winde, nachdem mich die beiden Beamten, die aufgrund des Notrufs 999 bereits am Tatort waren, alarmiert hatten«, sagte Detective Butler mit der unpersönlichen Stimme des professionellen Zeugen.

»Es besteht Einvernehmung darüber, meine Damen und Herren Geschworene, dass der Notruf von Thomas Robinson kam, und zwar vom Haus eines Nachbarn aus, Christopher Marsh«, unterbrach Sparling den Zeugen. »Er war dorthin gegangen, um Alarm zu schlagen.«

»Ja, das ist korrekt«, sagte Butler. »Die Beamten haben das Haus durch die offene Seitentür betreten, durch die Thomas Robinson es verlassen hatte. Sie waren über die Hintertreppe gekommen und haben die Leiche entdeckt, und sie haben hinterher alle Räume des Hauses durchsucht, um sicherzustellen, dass nicht noch irgendwelche Personen zugegen waren.«

»Irgendwelche Eindringlinge, meinen Sie?«

»Ja. Sie fanden niemand, und sie ließen den Tatort unangetastet. Ich konnte zu meiner Zufriedenheit feststellen, dass er sich bei meiner Ankunft noch in demselben Zustand befand, in dem er sich befunden hatte, als Thomas Robinson das Gebäude verlassen hatte, um Alarm zu schlagen.«

»Wieso musste er das tun?«

»Weil das Telefonkabel an der äußeren Hauswand neben der Seitentür durchgeschnitten war. Meiner Meinung nach wurde dazu eine Gartenschere benutzt, obgleich wir keine am Tatort finden konnten.«

»Was fanden sie außerdem?«

»Die Seitentür stand auf, wie ich bereits sagte. Auf der Innenseite steckte ein Schlüssel im Schlüsselloch, sodass alles dafür spricht, dass sie von innen geöffnet wurde. Links von diesem Seiteneingang befindet sich ein Arbeitszimmer mit zwei Fenstern, die zum Nordrasen führen.«

»Beziehen Sie bitte den Gebäudeplan mit ein, Detective Butler«, sagte Sparling. »Den Geschworenen liegen Kopien vor.«

»Vielen Dank, Sir. Eine der Scheiben des Fensters zur Linken war eingeschlagen worden.«

»Was wurde dazu benutzt?«

»Ich kann nur sagen, dass es ein stumpfer, harter Gegenstand mit einer glatten Oberfläche gewesen sein muss.«

»Könnte es der Handgriff einer Pistole gewesen sein?«

»Das wäre gut möglich. Das Fenster war offen, und ich fand etwas feuchte Erde und Geröll im Arbeitszimmer und im vorderen Flur, sodass man annehmen muss, dass die Eindringlinge durch das Arbeitszimmerfenster eingestiegen und dann durch diese Räume die Treppe hochgestiegen sind. Ich gehe davon aus, dass das auch ihr Weg aus dem Haus war, weil kein Schmutz auf der Hintertreppe gefunden wurde.«

»Die Leiche von Lady Anne wurde am Kopf der Vordertreppe gefunden?«, fragte Sparling.

»Ja, das ist richtig.«

»Sie können davon ausgehen, dass die Geschworenen bereits die entsprechenden Fotografien gesehen haben, Detective Butler.«

»Vielen Dank, Sir. Sie lag, wie bereits gezeigt, zwischen der obersten Treppenstufe und einem großen Bücherschrank, der gedreht war und ein Versteck dahinter enthüllte.«

»Auch dazu haben wir bereits Fotos gesehen. Haben Sie etwas entdeckt im Versteck?«

»Keine gerichtsmedizinischen Spuren, Sir, außer dass der Teppich direkt neben dem Bücherschrank Urinflecken aufwies. Es stellte sich heraus, dass sie mit einer Urinprobe von Thomas Robinson übereinstimmten.«

»Fanden Sie irgendwelche weiteren Spuren, die zur Identifikation der Mörder beitragen könnten?«

»Einen kleinen Blutfleck auf der Fensterbank des Arbeitszimmers, von dem eine DNA Analyse gemacht wurde, die aber zu keinem der Verdächtigen aus unseren Datenbanken passt. Ansonsten gibt es nur die Fußabdrücke der Eindringlinge und die Reifenspuren auf dem Weg, der gemeinhin als ›der Pfad‹ bezeichnet wird.«

»Dazu kommen wir später noch. Können Sie uns sagen, ob die Eindringlinge Handschuhe trugen?«

»Sie müssen welche getragen haben, Sir. Es gibt keinerlei Fingerabdrücke.«

»Vielen Dank, Detective Butler. Fahren Sie bitte fort.«

»Das Licht auf dem oberen Korridor und auf der hinteren Treppe war angeschaltet, und ebenfalls die Lampe neben dem Bett des großen Schlafzimmers. Mehr Licht gab es im ganzen Haus nicht. Der Stecker des Telefons neben dem Bett war herausgezogen, und das Schlafzimmer war auf den Kopf gestellt worden. Die anderen Räume des Hauses wiesen keinerlei Spuren von Durchsuchung auf. Wie ich bereits gesagt habe, gab es nur im Arbeitszimmer, in der Eingangshalle und im großen Schlafzimmer Gras- und Schmutzspuren.«

»Was genau meinen Sie mit dem Begriff *auf den Kopf gestellt*, Officer?«

»Alle Bilder waren von den Wänden genommen worden und lagen auf dem Fußboden. Das Glas in einigen von ihnen war zerbrochen. Alle Schubladen einer hohen Kommode, die zwischen den beiden Fenstern stand, waren herausgezogen, und ihr Inhalt lag verstreut im Zimmer.«

»Die Vorhänge?«

»Sie waren zugezogen, Sir. Es gab auch einen Safe über dem Kamin, und der war leer.«

»War er aufgebrochen worden?«

»Er war geöffnet worden, Sir. Es ist unmöglich zu sagen, ob die Person, die ihn geöffnet hat, die Kombination kannte oder nicht.«

»Vielen Dank. Ich möchte Ihnen jetzt einige Fragen zur Leiche der Ermordeten stellen.«

»Ich habe ihre Lage bereits beschrieben, Mr. Sparling.«

»Ja, ich weiß. Trotzdem ist es notwendig, dass Sie uns sagen, was Lady Anne trug. Für das Protokoll.«

»Sie trug ein weißes Nachthemd und keine Hausschuhe. Sie trug auch keine Unterwäsche.«

»Wie ist es mit Schmuck?«

»Sie trug nur ihren Ehering. Ansonsten keinerlei Schmuck. Und keine Uhr.«

»Und die Verletzungen?«

»Es gab zwei Schusswunden. Eine im Bereich der rechten Schulter. Die andere seitlich am Kopf.«

»Noch irgendwelche weiteren Verletzungen?«

»Es gab einen kleinen Kratzer links am Hals der Verstorbenen.«

»Vielen Dank. Wenden wir uns jetzt dem Besitz von außen zu. Können Sie uns aufklären über den Weg, den die Eindringlinge gewählt haben?«

»Ja. Kurz nach neun Uhr abends begann es an dem Abend zu regnen, und deswegen gab es Fußabdrücke der Eindringlinge am Nordtor und in gewissem Umfang auch auf dem Nordrasen, den sie überquert haben, um zum Haus zu gelangen.«

»Auf welcher Seite des Nordtors fanden Sie die Fußabdrücke?«

»Auf beiden Seiten. Es gab zwei verschiedene Fußabdrücke, sodass ich in der Lage war, festzustellen, dass es sich um zwei Eindringlinge handelte.«

»Was ist mit dem Nordtor selber?«

»Es handelt sich um eine Tür in der Mauer. Sie war zu, aber nicht verschlossen. Die Fußabdrücke im Türdurchgang lassen keinen Zweifel daran, dass die Eindringlinge durch die Tür gegangen und nicht über die Mauer geklettert sind, und sie sind auf demselben Weg wieder verschwunden.«

»Haben Sie das Schloss untersucht, Officer?«

»Ja. Es gab keine Anzeichen dafür, dass es mit Gewalt aufgebrochen wurde. Meiner Meinung nach wurde es mit einem Schlüssel aufgeschlossen. Es ist ein modernes Schloss und kann von draußen nicht aufgebrochen werden. Außerdem hätte der Versuch, das Schloss aufzubrechen, Kratzer im Schloss hinterlassen, und es wurden keine gefunden.«

»Ich verstehe«, sagte Sparling. »Sie haben vorhin Reifenspuren auf dem Pfad erwähnt. Erzählen Sie uns davon bitte.«

»Ja, Sir. Sie waren unverkennbar. Sie gehörten zum Typ, der gewöhnlich bei einem Wagen der Mercedes C-Klasse benutzt wird, und der Wagen hatte schnell gewendet auf dem Weg vor dem Nordtor, bevor er wegfuhr.«

»Waren noch weitere Eingänge zu dem Besitz offen?«

»Nur das Haupttor vor dem Haus. Thomas Robinson hatte es offen gelassen, als er hinüber zum Haus von Christopher Marsh gegangen war.«

»Um Alarm zu schlagen?«

»Ja, Sir.«

»Gut. Vielen Dank, Detective Butler. Bleiben Sie bitte noch im Zeugenstand, weil mein Freund hier möglicherweise noch einige Fragen an Sie hat.«

»Nur einige wenige, Officer«, sagte Miles Lambert und erhob sich langsam. »Nur einige wenige. Wir möchten Sie nicht unnötig von Ihren Pflichten abhalten.«

Butler antwortete nicht. Er hatte geschworen, die Wahrheit zu sagen, und das würde er auch tun. Er würde jedoch nicht so weit gehen, Freundlichkeiten mit dem Anwalt der Gegenseite auszutauschen. Er richtete seinen Blick auf einen Punkt knapp oberhalb von Miles Lamberts Kopf und wartete ab.

»Auf den Kopf gestellt, Officer. Das ist ein harter Ausdruck.«

»Ja, Sir.«

»Er impliziert, dass diejenigen, die das getan haben, nicht wussten, wonach sie suchen?«

»Das kann ich nicht sagen, Sir. Ich war nicht dabei.«

»Ja, Detective Butler, das stimmt«, unterbrach der Richter.

»Mr. Lambert, formulieren Sie bitte Ihre Fragen präzise. Keine Suggestivfragen bitte.«

»Verzeihen Sie, Mylord. Kommen wir zum Bett, Officer. Hatte jemand darin geschlafen?«

»Das in dem großen Schlafzimmer?«

»Ja, das in dem Raum, der auf den Kopf gestellt wurde, wie Sie es gerade eben ausgedrückt haben.«

»Ich würde sagen, dass jemand darin geschlafen hat. Ja.«

»Und was ist mit dem in Thomas Robinsons Zimmer?«

»Das machte eher den Eindruck, als hätte jemand darauf gelegen als darin geschlafen.«

»Ich verstehe. Kommen wir zum Nordtor des Grundstücks. Sie glauben, dass es mit einem Schlüssel geöffnet wurde.«

»Ja, Sir. Nach gründlicher Untersuchung des Schlosses bin ich dessen sicher.«

»Haben Sie den Schlüssel gefunden?«

»Ja. Er hing neben der Seitentür des Hauses. Zusammen mit verschiedenen anderen Schlüsseln.«

»Vielen Dank. Also, Sie haben Mr. Sparling vorhin gesagt, dass es an dem Abend kurz nach neun Uhr zu regnen begonnen hatte.«

»Ja, Sir. Es gab ein Gewitter. Es regnete ungefähr eine halbe Stunde lang.«

»Und der Regen hätte jegliche Fußspuren, die vorher da gewesen wären, weggewaschen?«

»Wo, Sir?«

»Auf dem Pfad und bei dem Nordtor und auf dem Rasen.«

»Ja, Sir.«

»Und wie war das Wetter, bevor es zu regnen begann?

War es warm oder kalt? Können Sie uns hierbei helfen, Detective Butler?«

»Es war ein warmer Abend. Ziemlich warm, wie mir erklärt wurde.«

»Erklärt von wem?«

»Von dem meteorologischen Institut. Der Bericht liegt in den Prozessakten.«

»Ja, er liegt mir vor. Sie haben uns erzählt, dass das Fenster im Arbeitszimmer zerbrochen wurde, aber was ist mit den anderen Fenstern des Hauses? Waren sie geöffnet?«

»Das im Zimmer des Jungen. In Thomas Robinsons Zimmer. Das stand etwas auf, aber an weitere kann ich mich nicht erinnern.«

»Vielen Dank. Nun, das ist alles, was ich Sie über die Nacht des 31. Mai fragen wollte. Jetzt allerdings möchte ich, dass wir uns ein wenig mehr als ein Jahr weiter bewegen. Zum letzten Mittwochabend. Dem 5. Juli.«

»Ja, Sir.« Butler wirkte gelassen. Er hatte diese Entwicklung vorausgesehen.

»Stimmt es, dass Sie letzten Mittwoch wieder zum Haus der Vier Winde gerufen wurden? Um Spuren zu sichern?«

»Ja, Sir. Ich wurde von Detective Sergeant Hearns gerufen, und ich blieb am Tatort bis kurz vor acht Uhr abends.«

»Wer war anwesend, als Sie eintrafen?«

»Thomas Robinson und zwei Beamte der Polizeiwache von Carmouth. Sergeant Hearns war ebenfalls anwesend.«

»Sie haben mit Thomas Robinson über das, was er sagte, was passiert ist, gesprochen?«

»Ja, Sir.«

»Geben Sie uns bitte wieder, was er Ihnen erzählt hat, Officer. Nur eine kurze Zusammenfassung.«

»Er sagte, er habe einen Wagen den Pfad hochfahren hören und zwei Männer gesehen, die das Grundstück durch das Nordtor betraten und den Rasen überquerten bis zur Eingangstür. Dass er sich versteckt habe in einer Bank in der Eingangshalle, während die Männer das Haus durchsuchten, und dass sie verschwunden seien, als sie die Polizeisirenen hörten. Thomas hatte die Polizei zuvor alarmiert, gleich nachdem er die Männer gesehen hatte.«

»Das hat er gesagt. Sie haben natürlich alle Orte abgesucht, Officer, an denen die Männer laut Aussage von Thomas Robinson gewesen sein sollten?«

»Ja, Sir.«

»Sie haben nach Hinweisen gesucht. Nach Spuren. Nach Fingerabdrücken, Blutspuren etcetera?«

»Das ist richtig.«

»Und haben Sie etwas dergleichen gefunden, Officer? Irgendetwas dergleichen?«

»Nein, Sir, das habe ich nicht.«

»Bei Ihrem Aufenthalt in dem Haus am 5. Juli fanden Sie nichts, was darauf hinwies, dass jemand eingedrungen ist. Stimmt das?«

»Nichts, was darauf hinwies, dass jemand es versucht hat, und nichts, was auf das Gegenteil hinwies.«

»Beschäftigen wir uns damit etwas länger. Beginnen wir mit draußen und arbeiten wir uns nach drinnen vor. Zunächst der Pfad. Fanden Sie irgendwelche Reifenabdrücke?«

»Nein, Sir. Aber in der Nacht hatte es nicht geregnet, was es tatsächlich schon seit einiger Zeit nicht mehr getan hatte, sodass ich auch nicht erwartet hätte, welche zu finden, es sei denn, dass der Wagen mit hoher Geschwindigkeit gefahren wäre oder gewendet hätte.«

»Wie in der Mordnacht. Aber dieses Mal sagte Thomas Robinson Ihnen, dass die Eindringlinge verschwunden seien, weil sie die Polizeisirene gehört haben. Dass sie aus dem Haus gerannt seien.«

»So habe ich es verstanden, Sir.«

»Ich verstehe. Und der nicht vorhandene Regen erklärt die nicht vorhandenen Fußspuren.«

»Das ist richtig, Sir. Solange sie nur den Pfad benutzten, würde ich nicht erwarten, Fußspuren zu entdecken.«

»Was sie in der Mordnacht nicht taten.«

»Es war damals dunkel, Sir. Dieses Mal war es noch hell, als ich eintraf.«

»Eine merkwürdige Zeit für einen Einbruch.«

»Beantworten Sie diese Frage nicht, Detective Butler«, unterbrach Richter Granger. »Unterlassen Sie Ihre Unterstellungen, Mr. Lambert. Ich habe Sie bereits einmal darauf hingewiesen.«

»Es tut mir Leid, Mylord. Jetzt zu der Tür in der Mauer, Officer. War sie offen oder verschlossen?«

»Sie war zu.«

»Verschlossen oder unverschlossen?«

»Verschlossen.«

»Kein Anzeichen dafür, dass versucht worden war, das Schloss aufzubrechen?«

»Nein, Sir.«

»Und wie sieht es mit der Eingangstür des Hauses aus?«

»Thomas Robinson hat uns erzählt, dass die Eindringlinge sie aufgelassen haben, als sie wegrannten, Sir.«

»Aber er hat auch gesagt, dass sie zuvor verschlossen war und dass die Eindringlinge einen Schlüssel benutzt haben, um sich Eintritt zu verschaffen. Richtig?«

»Ja, Sir.«

»Ich verstehe. Vielen Dank, Detective Constable Butler. Sie waren sehr hilfreich.«

Miles Lambert nahm schwer atmend wieder Platz und tupfte sich die Wangen mit einem purpurroten Taschentuch ab. Er war mit seiner Arbeit an diesem Nachmittag zufrieden. Wie erhofft, hatte ihm Butler genau das erzählen müssen, worauf es ihm – Miles – ankam. Es gab nicht den Hauch eines Beweises, dass Thomas an jenem Mittwochabend irgendwelche anderen Besucher als Butler selbst und seine Polizeikollegen gehabt hatte. Die Anklage hatte nichts als Thomas' eigene Aussage dafür, und Miles war zuversichtlich, dass sie nicht mehr viel wert wäre, wenn er erst einmal fertig war mit dem jungen Herrn Robinson. Miles rieb sich seine Wurstfinger. Langsam begann er, Gefallen an diesem Prozess zu finden.

Sparling jedoch sah eher noch missmutiger aus als gewöhnlich, als er aufstand, um seinen Zeugen erneut zu befragen.

»Nur noch eine weitere Frage, bevor Sie gehen, Detective Butler. Sie waren sich mit Mr. Lambert darüber einig, dass Sie alle Orte, an denen laut Thomas Robinson die Männer letzten Mittwoch gewesen waren, untersucht haben.«

»Das ist richtig.«

»Haben Sie auch die oberen Räume untersucht?«

»Ja. Das tat ich.«

»Und haben Sie etwas gefunden?«

»Das Bücherschrankversteck war offen, Sir. Wie in der Mordnacht.«

»Wie in der Mordnacht.« Sparling wiederholte den Satz langsam und lächelte dann den Polizisten von der Spurensicherung an.

»Vielen Dank, Detective Butler. Das ist alles. Keine weiteren Fragen.«

Sparling nahm wieder seinen Platz ein. Detective Constable Butler verließ den Zeugenstand, und wenig später schlossen sich die Schwingtüren des Gerichtssaals hinter ihm.

Richter Grangers helle graue Augen überflogen den Gerichtssaal, fielen auf die Geschworenen, auf Greta, die Anwälte und Miss Hooks, die neben dem Zeugenstand stand und auf weitere Anweisungen wartete.

»Ich denke, das reicht für heute, meine Herren«, sagte er. »Morgen um halb elf fahren wir fort.«

»Alle erheben sich von Ihren Plätzen«, kommandierte Miss Hooks mit ihrer schrillen Stimme, aber Miles Lambert war noch nicht ganz aufgestanden, als Richter Granger bereits seine Papiere zusammengerafft und durch die Tür links von seinem Stuhl entschwunden war.

13. Kapitel

Freitag wurde die Gerichtssitzung erst um halb zwölf eröffnet. Der indische Geschworene hatte ein nicht näher erläutertes Problem gehabt, das ihn daran hinderte, rechtzeitig zu erscheinen, aber er wirkte absolut gelassen, als er seinen Platz neben dem Ebenbild von Margaret Thatcher in der ersten Reihe einnahm. Mrs. Thatcher sah jedoch noch grimmiger aus.

Als erste Zeugin wurde Margaret Ball aufgerufen. Sie war mit dem Zug aus London angereist, und es wirkte so, als wäre sie das erste Mal von zu Hause fort. Es war sicherlich das erste Mal, dass sie in einem Gerichtssaal zugegen war. Sie blinzelte kurzsichtig und beantwortete die Fragen von John Sparling mit einer kaum hörbaren Stimme, was sofort zu einer Intervention des Richters führte.

»Sprechen Sie lauter, Mrs. Ball. Wir möchten alle hören, was Sie uns zu sagen haben. Ich weiß, dass es nicht leicht ist, aber sprechen Sie bitte lauter.«

Der Richter sprach freundlich, aber sein Drängen führte dazu, dass Mrs. Ball unfähig war, fortzufahren, und es gab eine kurze Unterbrechung, in der Miss Hooks die Zeugin mit einigen Gläsern Wasser und einem Taschentuch wieder beleben musste.

Schließlich, mit viel Soufflieren von Sparling, konnte sie

ihre Zeugenaussage machen. Sie war die Mutter von Edward Ball, der dieselbe Schule besuchte wie Thomas Robinson: St. George's in Carmouth. Sie war sehr glücklich darüber, dass ihr Eddy so einen netten Jungen wie Thomas zum Freund hatte. Ein oder zweimal hatte Eddy im Vier-Winde-Haus übernachtet, wie sie es nannte, und ja, Thomas hatte auch gelegentlich bei ihnen in Flyte übernachtet.

Sie erinnerte sich an einen Abend im späten Mai des vergangenen Jahres, als Thomas bei ihnen gewesen war. Wie könnte sie das vergessen? Das war die Nacht, in der diese verrückten Männer die arme Lady Anne ermordet hatten. Keiner in Flyte hatte seitdem wieder ruhig schlafen können. Es war schrecklich, wenn man nicht einmal in seinem eigenen Bett sicher sein konnte.

Es war Sir Peters persönliche Assistentin gewesen, die angerufen und am Tag zuvor die Verabredung getroffen hatte. Irgendwann am frühen Nachmittag. Mrs. Ball war sich dessen sicher. Sie hatte die Lady nie zuvor getroffen, aber sie hatte sich namentlich vorgestellt: Greta irgendwas. Wollte wissen, ob Thomas die Nacht bei ihnen verbringen könnte, und nein, sie hatte nichts davon erwähnt, dass sie im Auftrag von Lady Anne anriefe. Mrs. Ball nahm an, dass das der Fall war. Natürlich.

Es war Jane Martin, Lady Annes Haushälterin, die Thomas vorbeibrachte. Es muss zwischen fünf und sechs gewesen sein. Genauer könne sie das nicht sagen. Jane fuhr ihren eigenen Wagen. Einen dieser kleinen ausländischen. Ein Renault oder etwas in der Art.

Warum Thomas nach Haus gegangen war? Nun ja, er war beunruhigt, als er hörte, dass es diese Greta war, die die Verabredung getroffen hatte. Mrs. Ball hatte ihn gefragt, wer sie sei. So waren sie auf das Thema gekommen, und dann hatte Thomas seine Mutter angerufen, aber sie nahm nicht ab, obgleich er es endlos lange klingeln ließ. Er schien bestürzt zu sein, und deswegen bot Mrs. Ball ihm an, ihn nach Hause zu fahren. Sie könne nicht mehr sagen, wann sie dort eingetroffen seien, außer dass es deutlich nach acht Uhr gewesen sein muss, weil um die Zeit ihr Mann angerufen hatte, um ihr mitzuteilen, dass er später nach Hause käme.

Sie habe Thomas an der Vordertür abgesetzt, und ja, sie wisse, dass sie das nicht hätte tun sollen. Es sei kein einziger Tag vergangen seitdem, dass sie nicht darüber nachgedacht habe. Thomas habe einfach darauf bestanden. Sagte, dass seine Mutter bestimmt zu Hause sei und vielleicht den Telefonstecker herausgezogen habe in ihrem Schlafzimmer oder etwas Derartiges.

»War irgendwo Licht im Haus, als Sie Thomas absetzten?«, fragte Miles Lambert, der sich erhoben hatte, um sein Kreuzverhör zu beginnen, und Mrs. Ball mit einem sehr freundlichen Lächeln bedachte.

»Ich glaube nicht. Ich habe nicht richtig darauf geachtet, um ehrlich zu sein.«

»Und Sie sind sich nicht sicher, wie spät es war, außer dass es nach acht war?«

»Als mein Mann anrief. Das ist richtig.«

»Hat er angerufen, bevor oder nachdem Thomas seine Mutter telefonisch zu erreichen versuchte?«

»Oh, ich weiß nicht. Es ist schon so lange her.«

»Das ist schon in Ordnung, Mrs. Ball. Das ist verständlich. Sie können sich nicht an alle Details erinnern, aber Sie werden mir sicher mit Folgendem helfen können. Die Fahrt von Ihrem Haus zum Haus der Vier Winde dauert wie lange?«

»Ungefähr zehn bis fünfzehn Minuten. Im Dunkeln etwas länger. Dann fahre ich langsamer.«

»War es bereits dunkel, als Sie Thomas nach Hause fuhren?«

»Nein. Aber es dämmerte.«

»Regnete es?«

»Nein, ich glaube nicht.«

»Auf der Rückfahrt?«

»Nein.«

»Gut, nur noch eine weitere Frage, was diesen Abend betrifft, Mrs. Ball. Wie lange, würden Sie sagen, brauchten Sie nach Thomas' Anruf bei seiner Mutter, um ins Auto zu steigen und ihn nach Hause zu fahren?«

»Oh, ich weiß nicht. Ich kann mich nur schwer daran erinnern.«

»Versuchen Sie es, Mrs. Ball. Bitte versuchen Sie es.«

»Also, ich erinnere mich, dass wir darüber gesprochen haben. Warum sie nicht ans Telefon ging. Haben einige Vermutungen angestellt. Und ich weiß nicht; vielleicht hat dann mein Mann angerufen.«

»Um acht Uhr?«

»Ja.«

»Es können also gut zehn bis fünfzehn Minuten vergangen sein zwischen Thomas' Anruf bei seiner Mutter und Ihrer Abfahrt?«

Mrs. Ball antwortete nicht. Sie sah unsicher aus.

»Wäre das möglich, Mrs. Ball? Wir brauchen Ihre Antwort.«

»Ja, ich denke schon.«

»Vielen Dank, Mrs. Ball. Das ist alles.«

»Sind Sie sich sicher, was diese Abendspaziergänge betrifft, die Lady Anne gewöhnlich machte, Greta?«, fragte Miles Lambert.

Der Richter hatte den Geschworenen eine Kaffeepause gestattet, und Miles und Greta hatten sich in einen Aufenthaltsraum zurückgezogen, wo sie die Zeugenaussage diskutierten.

»Ja, sie ist immer hinunter an den Strand gegangen. Mit dem Hund. Es war so etwas wie ein Ritual.«

»Der Hund war doch tot.«

»Die Hunde«, korrigierte Greta.

»Sorry, ja, das habe ich vergessen«, sagte Miles. »An diesem Ort gab es mehrere Hundekatastrophen. Ohne Zweifel werden wir darüber in wenigen Minuten mehr zu hören bekommen von Mrs. Martin.«

»Diese vertrocknete alte Xanthippe«, sagte Greta.

»Ja, aber hoffen wir, dass sie uns hilft, was diese Spaziergänge angeht. Ich werde versuchen, sie zu überraschen. Die letzte Zeugin hat es hübsch vorbereitet, denke ich. Wahrscheinlich ist Thomas gegen halb neun nach Hause gekommen. Butler sagte, dass es erst nach neun angefangen hat zu regnen, und Mrs. Ball erinnert sich an überhaupt keinen Regen.«

»Was ist so gut daran, dass er um die Zeit nach Hause gekommen ist?«, fragte Greta. Miles Grübeleien hatten sie schon öfter frustriert, wenn sie nicht wusste, worauf er aus war.

»Das gibt uns die Zeit für Lady Annes Spaziergang in der schönen warmen Abendluft. Hinunter zum Strand und zurück.«

»Und dann hat sie bei ihrer Rückkehr vergessen, das

Nordtor abzuschließen«, ergänzte Greta aufgeregt. Jetzt verstand sie, worauf Miles hinaus wollte.

»Ja«, sagte Miles. »Und die gute Mrs. Ball war so großzügig, uns wenigstens dreißig Minuten zu schenken zwischen Thomas' Telefonanruf und seiner Ankunft im Haus. Das deckt sich mit dem, was ich den Geschworenen sagen werde. Sie konnte den Anruf nicht entgegennehmen, weil sie ihren Spaziergang machte, kurz nachdem Sie und Peter das Haus verlassen hatten um halb acht. Detective Butler hat uns bereits gesagt, dass es ein warmer Abend war, bevor es zu regnen begann, was übrigens auch erklärt, warum Sie das Fenster des Arbeitszimmers öffneten, Greta, und dann vergaßen, es vor ihrer Abfahrt wieder zu schließen. Wenn Thomas sein Schlafzimmerfenster öffnete, als er zurückkam, dann macht es Sinn, dass Sie drei Stunden vorher das Arbeitszimmerfenster geöffnet haben.

Wie auch immer, Lady Anne ging runter zum Strand, um die Wellen zu bewundern, und dann, während ihr Sohn mit der Ball-Familie darüber debattierte, was zu tun sei, kam sie durch das Nordtor zurück und vergaß, es wieder abzuschließen. Sie überquerte den Rasen und hing den Schlüssel neben der Seitentür auf. Dann ging sie nach oben ins Bett, nahm ihre Schlaftabletten, zog den Telefonstecker raus, damit sie nicht gestört würde, und schlief bereits fest, als Mrs. Ball draußen vorfuhr. Eine halbe Stunde später begann es zu regnen, und ihre Fußspuren wurden weggespült.«

Miles beendete seine lange Rede und putzte sich die Nase mit einem knallgelben Taschentuch. Er sah sehr zufrieden mit sich aus.

»Was ist mit dem Telefonanruf, den ich gemacht habe, um

Thomas' Besuch zu arrangieren?«, fragte Greta. »Ist das ein Problem?«

»Nein, das können *Sie* erklären, wenn die Zeit dafür gekommen ist. Lady Anne hat sie gebeten, anzurufen. Es bestand kein Grund, es gegenüber Mrs. Ball zu erwähnen. Nein, so weit so gut, meine Liebe. Mal sehen, wie wir mit Mrs. Martin klarkommen. Wie haben Sie sie genannt?«

»Eine vertrocknete alte Xanthippe«, sagte Greta und betonte jedes einzelne Wort.

»Nun, mal sehen, ob ich sie zähmen kann«, lächelte Miles.

Jane Martin trug ein schlichtes schwarzes Kleid und ein Paar vernünftige Lacklederschuhe für ihren Gerichtsauftritt. Ihre einzige Konzession an die weibliche Eitelkeit war ein Kamm aus Elfenbein, der ihr beinahe weißes Haar im Nacken zusammenhielt.

Miles Lambert dachte, dass sie über siebzig sein müsste, aber sie hatte sich erstaunlich gut gehalten für ihr Alter. Es war, als hätte sie viele Jahre gebraucht, um sich an ihr kantiges Gesicht zu gewöhnen, hätte sich jetzt aber damit ausgesöhnt. Jedenfalls unternahm sie keinen Versuch, um die vielen kleinen Falten, die es überzogen, zu verstecken. Sie sah nicht im Mindesten vertrocknet aus, fand er. Und ob sie eine Xanthippe war, würde er schon noch herausfinden.

Sie saß im Zeugenstand, ihre kleinen knochigen Händen über dem Schnappverschluss der schwarzen Handtasche, aber das minderte nicht im Geringsten die beeindruckende Präsenz, die sie im Gerichtssaal ausstrahlte. Im Verlauf des Morgens war Miles Lambert mehr und mehr von der Haltung der alten Haushälterin überrascht, von ihrer Weigerung, sich weder von dem Gericht noch seinem Vertreter einschüchtern zu lassen. Sie hielt das Kinn vorgereckt und machte allen klar, dass sie immer ihr Bestes gab.

Miles Lambert war insgeheim ziemlich beeindruckt von Mrs. Martin. Sie war nicht das, was er erwartet hatte. Sie hatte beinahe etwas Bewundernswertes an sich, und er fragte sich, ob er bei seinem Kreuzverhör eher milde oder aggressiv sein sollte. Milde könnte von den Geschworenen als Schwäche interpretiert werden, aber Aggressivität könnte ihm Sympathien verscherzen. Er hatte aber noch viel Zeit, die Haushälterin der Robinsons zu studieren, bevor er ihr Fragen stellen musste. John Sparling war an der Reihe.

»Wie lange kennen Sie die Angeklagte?«, fragte er, sobald Mrs. Martin vereidigt worden war und ihren Namen gesagt hatte.

»Ungefähr drei Jahre. Vielleicht ein wenig länger.«

»Wie würden Sie die Beziehung zwischen Ihrer früheren Arbeitgeberin, Lady Anne Robinson, und der Angeklagten in dieser Zeit beschreiben?«

»Zuerst als vernünftig, aber dann verschlimmerte sie sich. Am Ende würde ich sagen, dass sie sich gehasst haben.«

»Was führt Sie zu dieser Ansicht?«

»Dass sie sich gegenseitig hassten?«

»Ja.«

»Das, was passierte, als der kleine Hund starb. Was sie beide gesagt haben.«

»Ich verstehe, Mrs. Martin. Ich denke, wir brauchen ein bisschen mehr Hintergrundwissen. Über wessen Hund reden wir hier?«

»Über Thomas'. Mylady schenkte ihm den Hund zu seinem fünfzehnten Geburtstag, gleich nachdem sie aus London zurückkehrten. Der alte Labrador, Barton, war Anfang April gestorben, und Thomas hatte es das Herz gebrochen. Mattie sollte ihn aufheitern.«

»Mattie war der neue Hund?«

»Das ist richtig. Sie war ein süßes kleines Ding. Ein kleiner Highland Terrier mit einer feuchten schwarzen Nase. Steckte sie überall rein. Rannte ständig überall rum.«

»Vielen Dank, Mrs. Martin. Wir brauchen keine detaillierte Beschreibung des Hundes.« Sparling hatte es eilig, zum Kern der Geschichte zu kommen.

»Ich danke *Ihnen*, Sir, aber ich denke doch«, entgegnete die Haushälterin energisch und brachte mit Ausnahme von Sparling und der Geschworenen, die wie Mrs. Thatcher aussah, alle zum Lachen.

»Es war Matties Rumgewusel, das das Problem erzeugt hat«, fügte sie hinzu.

»Ich verstehe«, sagte Sparling mit der Andeutung eines Lächelns. »Erklären Sie es uns bitte.« Es hatte ihn nur einen Moment gekostet, seine Irritation hinunterzuschlucken und zu beschließen, Mrs. Martin es auf ihre eigene Weise erzählen zu lassen. Er war klug genug, sich nicht mit seiner eigenen Zeugin anzulegen, besonders wenn sie für den Fall so wichtig war wie diese.

»Mattie musste die ersten Wochen im Haus gehalten werden, bis sie trainiert war. Wenn sie nach draußen durfte, dann nur an der Leine. Jeder war gehalten zu überprüfen, dass sie eingeschlossen war, wenn man das Haus verließ.

Also, Sir Peter und Greta, die Angeklagte meine ich, waren seit über einem Monat nicht in Flyte gewesen. Sie kamen gewöhnlich zusammen, und Mylady war sehr enttäuscht, als Sir Peter nicht zu Thomas' Geburtstag am 30. April erschien. Wie auch immer, sie rief ihn an, und er versprach, am kommenden Wochenende heimzukehren.«

»Wie lange war Mattie zu dem Zeitpunkt im Haus?«, fragte Sparling.

»Erst eine gute Woche. Nun ja, sie kamen beide spät am Freitagabend. Alle waren bereits schlafen gegangen, und der kleine Hund lag auf Thomas' Bett. Am nächsten Morgen stand Sir Peter früh auf und fuhr mit dem Wagen weg.«

»Woher wissen Sie das?«, fragte der Richter.

»Ich weiß es, weil ich ihn darin zurückkommen sah. Ich putzte die vorderen Fenster des Salons, und ich hörte, wie er das Tor öffnete und davonfuhr. Mattie muss ihn auch gehört haben, weil sie an der Eingangstür war und das übliche Spektakel veranstaltete: Sie sprang hoch, bellte, kratzte und was weiß ich noch alles. Als Nächstes sah ich, dass Greta an der Vordertür war und das kleine Ding herausließ. Ich hatte keine Zeit, ihr zu sagen, dass sie das nicht tun soll. Tja, Sir Peter hätte den Hund auch nicht stoppen können, wenn er es versucht hätte. Sie lief schneller als ein Greyhound. Die Treppen runter und aus dem Tor raus. Es war einfach Pech, dass gerade ein Auto kam. Sie fahren heutzutage so schnell, und der kleine Hund hatte keine Chance.«

Mrs. Martin pausierte, um ihre Handtasche zu öffnen und ein weißes Spitzentaschentuch hervorzuholen, mit dem sie sich die Augen tupfte, obgleich nicht die Spur einer Träne zu sehen war. Die Geschworenen sahen einmütig ergriffen aus.

»Mr. Sparling«, sagte der Richter in strengem Ton. »Ich bin etwas betroffen, und ich bin sicher, dass Mr. Lambert es auch ist. Die Angeklagte wird nicht des Mordes an einem Highland Terrier beschuldigt, oder?«

»Nein, Mylord.«

»Und es gibt tatsächlich keine Zeugenaussage, wenn ich es richtig verstanden habe, die ihr unterstellt, gewusst zu haben, dass sie das Leben des Hundes gefährden würde, wenn sie ihn hinausließe. Das wollen Sie nicht beweisen, oder, Mr. Sparling?«

»Nein, Mylord. Gewiss nicht.«

»Gut. Nun, ich verstehe Ihren Wunsch, Mrs. Martin zu gestatten, die Dinge auf ihre Weise zu erzählen, aber stellen Sie bitte sicher, dass das auf korrekte Art und Weise geschieht.«

»Ja, Mylord. Also, Mrs. Martin, von wo kam die Angeklagte?«

»Sie war im Esszimmer, wo sie gefrühstückt hatte. Von mir aus gesehen auf der anderen Seite der Eingangshalle.«

»Vielen Dank. Was geschah als Nächstes?«

»Sir Peter brachte den Hund ins Haus. Sie war offensichtlich tot, das arme kleine Ding. Er legte sie auf die Bank im Flur.«

»Was ist das für eine Bank, Mrs. Martin?«

»Es ist eine alte schwarze Bank, die sich öffnen lässt. Auf der Vorderseite gibt es Schnitzereien. Sie ist im Haus so lange, wie ich es bin.«

»Ich verstehe. Fahren Sie bitte fort.«

»Also, in dem Moment kam Tom nach unten. Er war in einem schrecklichen Zustand. Er hatte den kleinen Hund erst eine gute Woche, und ihn so tot da liegen zu sehen war entsetzlich für ihn. Ich weiß noch, dass er ihre Seite streichelte, und dann hatte er Blut an seiner Hand. Es wäre besser gewesen, wenn Sir Peter ihn nicht mit ins Haus gebracht hätte, aber ich weiß nicht, was er sonst hätte tun sollen.

Wie auch immer, als Tom klar wurde, was passiert war, dass Greta den Hund hinausgelassen hatte, verlor er wirklich seine Beherrschung.«

»Wer hat es ihm gesagt?«, fragte Sparling.

»Ich. Er fragte, und ich sagte es ihm.«

»Ich verstehe. Und was tat Thomas, als er seine Beherrschung verlor, Mrs. Martin?«

»Er ging auf sie los. Auf Greta, meine ich. Ich weiß nicht, ob er sie geschlagen hat oder nicht, weil alles so schnell ging, aber ich weiß, dass sie ihn zurückstieß.«

»Wie hat sie ihn zurückgestoßen?«

»Vor die Brust. Mit beiden Händen. Er fiel auf die Bank und stieß den kleinen Hund auf den Boden. Das Ganze war wirklich schrecklich. Es gab jede Menge Weinen und Schreien.«

»Von wem?«

»Zunächst mal Tom, und dann fielen alle anderen mit ein. Mylady stand oben an der Treppe. Ich konnte sie von der Tür des Salons aus sehen, und als Greta Tom auf die Bank stieß, wurde sie, Mylady meine ich, wirklich wütend. Ich habe sie noch nie zuvor so gesehen, und ich kenne sie, seit sie ein kleines Mädchen war.«

»Was tat sie?«

»Sie rannte die Treppen hinunter, als stünde das Haus in Flammen, schrie, dass sie ihren Sohn in Ruhe lassen soll, und dann sagte sie Greta ihre Meinung. Womit sie ganz richtig lag, wenn Sie mich fragen.«

»Das hat Mr. Sparling aber nicht, Mrs. Martin«, sagte der Richter bestimmt. »Behalten Sie bitte Ihre Meinung über das Betragen von Leuten für sich. Erzählen Sie uns nur, was passierte.«

Mrs. Martin wandte sich ab vom Richter, bevor er noch seine Ermahnung an sie beendet hatte, und kräuselte ihre blassen Lippen. In ihren Augen lag ein trotziger Ausdruck, die Entschlossenheit, nicht zurückzuweichen.

»Berichten Sie uns bitte, was Lady Anne der Angeklagten sagte«, bat Sparling in besänftigendem Tonfall.

»Sie sagte ihr, dass sie gewöhnlich sei und dass sie nicht in das Haus gehöre.«

»Schimpfte sie?«

»Wer?«

»Lady Anne. Benutzte sie Schimpfwörter gegenüber der Angeklagten?«

»Mylady benutzte nie Schimpfwörter. Niemals. Nicht wie diese Greta.«

»Wir kommen gleich dazu, Mrs. Martin, aber Sie müssen uns alles in der richtigen Reihenfolge erzählen. Also, Sie haben uns erzählt, was Lady Anne der Angeklagten gesagt hat. Was passierte dann?«

»Nun, in dem Moment mischte Sir Peter sich ein. Er stellte sich zwischen Mylady und die Angeklagte und sagte Mylady, dass sie nicht auf diese Weise mit Greta reden solle. Dass sie unfair sei. Ich meine, ich konnte es kaum glauben. Er griff seine Frau an, als er sie hätte verteidigen müssen.«

»Mrs. Martin«, sagte der Richter. »Ich werde Sie nicht noch einmal verwarnen.«

Wieder schürzte die Haushälterin trotzig ihre Lippen, aber dieses Mal musste sie nicht aufgefordert werden, fortzufahren.

»Nun ja, das ist das, was Mylady ihm gesagt hat, es ist also nicht nur meine Meinung. Und was tat Sir Peter? Er drehte sich um und spazierte aus der Eingangstür. Wir bekamen ihn über eine Stunde nicht mehr zu Gesicht. Ich weiß nicht, wohin er gegangen ist.«

»Was ist mit den anderen in der Eingangshalle? Was taten sie?«, fragte Sparling.

»Mylady sagte Greta noch ein paar andere bittere Wahrheiten.«

»Was genau, Mrs. Martin?«, fragte Sparling, als die Haushälterin es nicht weiter ausführte.

»Ich kann mich nicht an alles erinnern, aber ich weiß, dass Mylady Greta beschuldigt hat, ihren Ehemann gegen sie gewendet und Thomas auf schlechte Gedanken gebracht zu haben. Sie hat ihr gesagt, sie sei giftig. Das war das Wort, das sie benutzt hatte. Giftig wie eine Schlange.«

»Ich verstehe. Hat die Angeklagte geantwortet, etwas darauf erwidert?«

»Nein, das war komisch. Sie hat überhaupt nichts gesagt. Erst als Mylady mit Thomas gegangen war und sie glaubte, allein zu sein.«

»Warum hat sie das geglaubt?«

»Weil ich mich in den Salon zurückgezogen habe, als die Streitereien begannen. Es gehörte sich nicht für mich, dabei zu sein und alles mitzubekommen.«

»Aber Sie haben etwas gehört, was die Angeklagte sagte, nachdem die anderen gegangen waren?«

»Ja. Sie stand immer noch in der Halle, und sie sagte ...«

Mrs. Martin hörte mitten im Satz auf, zögerte und blickte dann hoch zum Richter.

»Wollen Sie, dass ich alles Wort für Wort wiederhole?«, fragte sie. »Sie hat ganz gemeine Schimpfwörter benutzt, wie ich bereits erwähnt habe.«

»Ja, Mrs. Martin«, erwiderte der Richter. »Wort für Wort bitte.«

»Also, sie nannte Mylady eine ›blöde, eingebildete Ziege‹, und dann sagte sie: ›Diese verdammte Runde ging an dich, Mrs. Piekfein. Aber wart's nur ab.‹ Das waren ihre exakten Worte. Und sie sprach mit diesem harten, rauen Akzent, den ich vorher nie bei ihr gehört habe. Es war, als spräche sie durch ihre Zähne. Als hätte sich ihr wahrer Charakter gezeigt.«

»Mrs. Martin, ich habe Sie wieder und wieder daran ermahnt, uns nur das zu erzählen, was sie gesehen und gehört haben, und nicht das, was Sie über das Gehörte und Gesagte gedacht haben«, sagte der Richter. »Ihre Weigerung, sich meinen Anweisungen zu fügen, wird bald einen negativen Einfluss auf die Objektivität dieses Prozesses haben. Ich werde diese Verhandlung etwas früher als ursprünglich beabsichtigt bis nach dem Mittagessen vertagen, damit Sie über das, was ich gesagt habe, nachdenken können, und wenn wir fortfahren, hätte ich gern Ihre Versicherung, dass Sie sich an meine Bitte halten. Sehr gut. Wir sehen uns wieder um zwei Uhr.«

Richter Granger hatte den Gerichtssaal schon verlassen, bevor Mrs. Martin auch nur die geringste Chance einer Antwort gehabt hätte, wenn ihr danach gewesen wäre.

14. Kapitel

Greta verließ das Gerichtsgebäude durch einen Seitenausgang und ging zum Blackfriars Pier. Peter musste zu einer unvermeidlichen Sitzung, und sie war froh, allein zu sein, obgleich sie an ihren Ehemann denken musste, als sie in das graue Wasser starrte, das gegen die Plattform schwappte, wo sie saß. Es war nicht das Meer, aber der Fluss erinnerte sie wieder an den Morgen des vergangenen Sommers, als sie ihrem Arbeitgeber, der er damals noch war, zum Strand von Flyte gefolgt war.

Sie war aus der Vordertür gerannt und hatte nur den Wunsch, so viel Raum wie möglich zwischen sich und den toten Hund, der da in der Eingangshalle lag, zu legen. Sie muss an dieser sauertöpfigen alten Xanthippe Jane Martin vorbeigelaufen sein, ohne zu merken, dass sie im Salon gewesen war.

Draußen hatte sie sich nach rechts gewandt – Gott weiß warum! – und bekam ihn gerade noch zu sehen, als er durch das Nordtor auf den Pfad ging. Dasselbe Tor, mit dem Miles sich so intensiv beschäftigte. Und sie war ihm gefolgt. Wieder wusste sie nicht, warum. Sie tat es einfach. Durch das Tor und den Pfad hinunter zum Strand. Sie ging zu ihm, als er am Wasserrand stand und Steine in die See warf.

Er sah so traurig und durcheinander aus, und als er sprach,

kam seine Stimme nur stoßweise und überschlug sich, als gehörte sie zu jemand anderem. Sie ähnelte überhaupt nicht Peters.

»Es tut mir Leid, was sie gesagt hat, Greta. Wirklich. Sie hätte das nie zu Ihnen sagen dürfen.«

»Ist schon gut. Es ist mir egal. Ich werde es überleben.« Sie war nervös und sagte das Erste, was ihr in den Sinn kam.

»Ich weiß nicht, was schief läuft mit dieser Familie«, sagte er nach einer Weile. »Es hängt irgendwie mit diesem Ort zusammen. Ich bin hier nie glücklich gewesen und werde es nie sein. Es ist so verdammt einsam und trostlos, und diese See ist so grausam. Erinnern Sie sich noch an den Fischer, der damals tot auf der Erde lag am Hafen? Und dann dieser Hund heute?«

»Das ist ein Zufall.«

»Nein, man gehört entweder hierher oder nicht. Das war es doch, was sie Ihnen heute gesagt hat, nicht wahr? Aber sie hätte genauso gut von mir sprechen können. Mein Leben spielt sich in der Stadt ab, wo ich die Dinge verstehe und sie kontrollieren kann. Dieser Ort weist mich ab.«

»Nichts weist sie ab, Peter. Nichts.« Sie sagte es, als wäre es ein Glaubensgrundsatz.

»Aber Sie irren sich«, erwiderte er mit gleicher Gewissheit. »Dieses Haus tut es, und dennoch liebt Annie es so sehr. Mehr als alles andere auf der Welt, glaube ich, außer Thomas. Ich denke, es liegt ihr im Blut. Ich habe es versucht, Gott weiß, ich habe alles versucht. Lange Spaziergänge in der Marsch, bin auf dem Fluss gesegelt, habe im Hafen gefröstelt, aber jedes Mal, wenn ich hierher gekommen bin, habe ich mich fremder gefühlt in meinem Stadtanzug und mit meinem städtischen Verstand. Nehmen wir heute beispielsweise. Ich bin nach Flyte gefahren, sobald ich aufgewacht bin, um eine Zeitung zu kaufen. Bin zurückgekommen und habe den verdammten Hund getötet.«

»Es ist einfach nur Pech, Peter, das ist alles«, versuchte Greta ihn zu besänftigen.

»Nein, es ist mehr als das. Ich gehöre nicht hierher. Ich schätze, deswegen möchte ich, dass Thomas auf eine andere Schule geht, weil ich nicht das Gefühl habe, dass er mein Sohn ist, so lange er hier lebt.«

»Er ist ein guter Junge. Er fürchtet sich nur ein wenig vor Ihnen.«

»Ich weiß. Sie sind immer so einfühlsam, Greta. Das schätze ich so an Ihnen. Sie verstehen mich. Niemand sonst scheint mich zu verstehen.«

»Sie können sich auf mich verlassen, Peter. Das wissen Sie.«

Peter antwortete nicht, und Greta wusste nicht, ob er ihre leise Antwort durch das Geräusch der Brandung gehört hatte. Aber sie sagte nichts mehr. Nach einer kleinen Weile ließ sie ihn am Ufer stehen und ging über den Pfad zurück zum Haus, um seiner Familie gegenüberzutreten.

Der Suffolk Himmel über ihr war grau und bedeckt. Wie heute, dachte Greta, als sie umdrehte und den Fluss hinter sich ließ.

Als sie die Fleet Street auf ihrem Weg zurück zum Gericht überquerte, wischte sich Greta den Regen, der inzwischen fiel, aus dem Gesicht. Aber es waren auch Tränen in ihren Augen. Sie weinte nicht um sich, sondern um Peters angeknackste Seele, die er ihr zum ersten Mal enthüllt hatte an diesem Strand im vergangenen Jahr. Sie betrachtete es als ein kostbares Geschenk, dass dieser extrem zurückhaltende

Mann sich ihr geöffnet hatte. Und jetzt war er vollständig von ihr abhängig. Anne war nicht mehr, und Thomas hatte sich wie ein giftiges Reptil gegen seinen Vater gerichtet. Sie musste diesen verrückten Prozess gewinnen. Um Peters willen genauso wie um ihretwillen.

Gretas Leben war nicht leicht gewesen, und das Gefühl, von Peter gebraucht zu werden, hatte ihrem Leben einen Sinn gegeben, den sie noch nie zuvor gefühlt hatte. Sie fühlte sich dadurch stark und ganz, und sie war mit neuer Entschlossenheit erfüllt. Greta ballte die Fäuste, ging mit hoch erhobenem Kopf an den Reportern vorbei in den Gerichtssaal und nahm ihren Platz auf der Anklagebank ein.

Weniger als fünf Minuten später war die alte Haushälterin wieder im Zeugenstand mit ihrer Handtasche auf den Knien.

»Sind Sie bereit, fortzufahren, Mrs. Martin?«, fragte der Richter und blickte von seinem Stuhl aus auf sie hinunter.

»Das bin ich.«

»Auf der Basis, die ich vor dem Mittagessen klargestellt habe?«

Mrs. Martin antwortete mit einem kurzen Nicken.

Sie wird ihre Lippen nicht mehr lange verschlossen halten, dachte Miles Lambert. Nicht wenn ich es verhindern kann.

Aber John Sparling hatte noch viele Fragen.

»Also, Mrs. Martin, ich möchte jetzt zu dem Tag des Mordes kommen, zum 31. Mai letzten Jahres. Wo waren Sie an dem Nachmittag?«

»Ich war bis kurz nach fünf im Haus, bis ich mit Thomas in meinem Wagen weggefahren bin.«

»Wohin wollten Sie?«

»Zu meiner Schwester in Woodbridge. Ich fahre montags abends oft hin und bleibe über Nacht. Dienstag ist mein freier Tag.«

»Wollte Thomas ebenfalls dorthin?«

»Nein. Ich setzte ihn beim Haus eines Freundes aus Flyte ab. Er wollte dort übernachten.«

»Hatten Sie mit dieser Verabredung irgendetwas zu tun?«

»Nein. Greta sagte mir, dass Mrs. Ball, die Mutter von Thomas' Freund, sie angerufen und Thomas eingeladen habe. Ich bot ihm an, ihn hinzufahren.«

»Haben Sie das mit Lady Anne besprochen?«

»Nein. Ich nahm selbstverständlich an, dass sie davon wusste.«

»Was taten Sie, bevor Sie das Haus mit Thomas verlassen haben?«

»Was ich immer tue. Ich überprüfte die Türen und Fenster, um sicher zu sein, dass alles geschlossen war.«

»Welche Türen?«

»Die Türen im Haus und auch die Tür in der Nordmauer. Ich habe auch das Osttor überprüft, und dann bin ich aus dem Westtor gefahren und habe es hinter mir abgeschlossen.«

»Damit bleibt noch das Tor in der Südmauer. Was ist damit?«

»Das wird so gut wie nie benutzt. Das ist bewachsen mit Lady Annes Rosen. Ich überprüfe nie das Südtor.«

»Ich verstehe. Erzählen Sie uns jetzt von dem Nordtor.«

»Habe ich bereits. Ich habe es verschlossen, bevor ich gefahren bin, und ich legte den Schlüssel hinter die Tür, so wie immer. Als ich ging, waren alle Türen des Hauses verschlossen, bis auf die Eingangstür. Die ließ ich unverschlossen.«

»Was ist mit den Fenstern?«

»Sie waren alle geschlossen. Oben und unten. Außer im Salon, wo sich Mylady und Sir Peter aufhielten.«

»Wo war die Angeklagte?«

»Im Arbeitszimmer, hat am Computer gearbeitet.«

»Was ist mit den Fenstern im Arbeitszimmer?«

»Die waren geschlossen.«

»Gehen wir ein Stück weiter, Mrs. Martin. Können Sie uns sagen, um wie viel Uhr Sie bei den Balls eintrafen?«

»Etwas vor halb sechs. Ich erinnere mich, dass Thomas sich den ganzen Weg dorthin darüber beschwert hat, dass er lieber zu Hause geblieben wäre. Mylady hatte wieder ihre Kopfschmerzen, und ich glaube, er wollte lieber bei ihr sein.«

»Aber Sie sagten, als Sie wegfuhren, waren Lady Anne und Sir Peter im Salon?«

»Das stimmt. Sie lag auf dem Sofa. Sie tat das manchmal lieber, als sich ins Bett zu legen, und ich nehme an, dass sie die Zeit mit Sir Peter verbringen wollte, bevor er wegfuhr.«

»Wann fuhr er?«

»Später am Abend. Mit Greta. Er musste zurück nach London zu irgendeiner geschäftlichen Verabredung früh am nächsten Morgen.«

»Vielen Dank, Mrs. Martin. Ich möchte mich jetzt einem anderen Gegenstand zuwenden. Sie waren vertraut mit Lady Annes Schmuck?«

»Ja. Ich habe über dreißig Jahre auf den Schmuck geachtet. Ich kannte jeden Stein in jeder Kette, und jetzt ist alles verschwunden. Smaragde, Rubine und Diamanten. Schöne Dinge.«

Die harte Stimme der Haushälterin nahm einen geradezu

zärtlichen Tonfall an, als sie sich an den Schmuck erinnerte, und Miles Lambert sah plötzlich die alte Dame vor sich, wie sie die Armbänder und Ketten durch ihre knochigen Finger gleiten ließ und sich die blassen Lippen leckte angesichts der funkelnden Steine.

»Und Sie haben diese Liste der Gegenstände, die in der Mordnacht aus Lady Annes Schlafzimmersafe entwendet wurden, angefertigt.«

Sparling gab Miss Hooks ein Dokument, die es der Zeugin weiterreichte. Die Haushälterin las es nicht gleich, sondern öffnete erst ihre Handtasche und holte eine kleine, schwarz gerahmte Lesebrille heraus. Nachdem sie sie aufgesetzt hatte, ließ sie das Brillenetui zuschnappen und auch das Schloss ihrer Handtasche. Schnapp, schnapp. Miles fand, dass diese beiden kompromisslosen Geräusche einen Ausdruck von Zufriedenheit auf das Gesicht der alten Dame gezaubert hatten. Dann hielt sie sich die Auflistung des Schmucks dicht vor ihre Nase und ließ ihren dünnen Zeigefinger von Zeile zu Zeile wandern.

»Alles da?«, fragte John Sparling ein wenig ungeduldig.

»Ja, das ist meine Liste«, sagte Mrs. Martin entschieden. »Schöne Dinge waren das. Ich erinnere mich noch daran, dass Mylady das Rubinhalsband trug, als sie zu ihrem ersten Ball ging. Es war ein Ball im St. James Palace, und sie sah wunderschön aus. Ihr goldbraunes Haar hochgesteckt und Diamanthänger an den Ohren –«

»Vielen Dank, Mrs. Martin«, unterbrach Sparling. »Ich möchte nicht unhöflich sein, aber wir müssen weiterkommen. Es besteht Einvernehmen über diese Liste, Mylord, und ich habe für die Geschworenen Kopien vorbereitet zusammen mit einer Schätzung der Versicherung, was den

Wert betrifft. Wie Sie sehen, beläuft sich der Nettowert der gestohlenen Stücke auf mehr als zwei Millionen Pfund.«

»Ja, sehr gut, Mr. Sparling«, sagte Richter Granger und überging das nur mühsam unterdrückte Raunen des Erstaunens einiger Geschworener. »Sie können den Geschworenen übergeben werden.«

Mrs. Martin behielt ihre Brille auf, während Miss Hooks die Papiere an die Geschworenen verteilte. Sie starrte John Sparling über ihre Brillengläser hinweg an, als sähe sie ihn das erste Mal richtig und würde erstmalig registrieren, was für ein unangenehmer Vertreter der Gattung Mensch er war. Sie würde bestimmt nicht so schnell seine letzte Unterbrechung vergessen.

Sparling jedoch war unverzagt.

»Es besteht ebenfalls Einvernehmen darüber, dass keins dieser aufgeführten Stücke wieder gefunden wurde, mit einer Ausnahme«, fuhr er fort. »Das ist dieses goldene Medaillon, Beweismittel Nummer dreizehn: Ich möchte, dass Sie es sich jetzt bitte ansehen, Mrs. Martin. Erkennen Sie es?«

»Ja, Sir Peter hat es Mylady nach ihrer Trauung geschenkt. Es befindet sich ein Bild der beiden darin.«

»Wann haben Sie dieses Medaillon zuletzt gesehen, Mrs. Martin?«

»Nun ja, ich weiß es nicht mehr ganz genau, aber ich glaube, dass Mylady es an dem Tag, an dem sie gestorben ist, getragen hat. Sie trug eine Bluse, und deswegen konnte ich das Medaillon nicht sehen, aber ich erinnere mich, dass ich die Goldkette an ihrem Hals bemerkt habe, als wir zu Mittag aßen. Sie mochte das Medaillon sehr gern. Sie hat es sehr oft getragen.«

»Vielen Dank, Mrs. Martin. Ich habe keine weiteren Fragen.«

Miles Lambert erhob sich, zupfte seine Robe über seinen Schultern zurecht und lächelte seine Widersacherin an. Als Antwort darauf wandte ihm Mrs. Martin ihren Kopf mit einer Bewegung zu, die Miles an einen Panzerkommandeur erinnerte, der seine Waffe auf einen neuen Feind einjustierte, der in Sicht kam.

»Mrs. Martin, zuerst möchte ich Sie nach den abendlichen Spaziergehgewohnheiten ihrer Arbeitgeberin fragen.«

»Wonach?«

»Nicht wonach, sondern wohin und wann war meine Frage. Sie ging gern spazieren, nicht wahr?«

»Ja, das tat sie. Jeden Tag ging sie spazieren. Daran ist nichts Falsches.« Die Haushälterin mochte solche Fragen nicht; sie wusste nicht, wohin sie führten.

»Daran ist absolut nichts Falsches, weit entfernt davon«, sagte Miles, der so wenig wie möglich spazieren ging, trotz der Anweisungen seines Arztes. »Spaziergänge kann man sicher sehr genießen an einem so schönen Ort wie an der Küste Suffolks«, fuhr er grübelnd fort. »Lady Anne muss es geliebt haben, an warmen Sommerabenden noch aus dem Haus zu gehen. Ist das richtig, Mrs. Martin?«

»Ich nehme es an.«

»Und Lady Anne ging gewöhnlich hinunter zum Strand, nicht wahr?«

»Das ist richtig.«

»Durch das Nordtor und den Pfad hinunter. Ich nehme an, dass sie manchmal vergessen hat, das Tor abzuschließen, wenn sie zurückkam. Ist das möglich, Mrs. Martin? An besonders schönen Abenden?«

»Oh, ich verstehe, worauf Sie hinauswollen. Sie unterstellen, dass Mylady die Tür unverschlossen gelassen hat für diese Männer. Nun, das können Sie vergessen; das hat sie nicht.«

»Aber Sie wissen es nicht, nicht wahr, Mrs. Martin? Sie waren bereits weggefahren. Kurz nach fünf Uhr. Das haben Sie Mr. Sparling jedenfalls gesagt.«

Miles sprach schnell, hatte seine vorherige scheinbare Trägheit wie eine unbequeme Maske abgeworfen und fuhr fort, ohne der Haushälterin Zeit für eine Antwort zu lassen.

»Ich möchte noch einmal auf das zurückkommen, was Sie uns vor dem Mittagessen erzählt haben, Mrs. Martin. Zu den Vorgängen, die dem Tod dieses unglücklichen Hundes gefolgt sind. Also, lassen Sie es uns ganz klar stellen. Sie behaupten nicht, dass meine Klientin gewusst hat, dass der Hund im Haus gehalten werden musste.«

»Ich behaupte weder das eine noch das andere. Ich habe es ihr nicht gesagt. Ich habe mich so wenig wie möglich mit ihr unterhalten.«

»Mr. Lambert, wir sind das bereits durchgegangen«, ermahnte der Richter.

»Ja, Mylord. Ich wollte die Dinge nur klarstellen. Also, Sie sagen, dass Thomas meine Klientin angegriffen hat. Das heißt doch, dass sie nur das Nötigste zu ihrer Verteidigung unternommen hat, als sie ihn zurückgestoßen hat.«

»Er war nur ein Junge. Sie hätte ihn gar nicht anrühren sollen.«

»Aber welche Wahl hatte sie, wenn er sie angriff?«

Die Haushälterin wandte ihre Aufmerksamkeit ausschließlich der Decke zu und dachte gar nicht daran, zu antworten.

»Nun ja, ich soll wohl annehmen, dass Sie keine Antwort darauf wissen, Mrs. Martin. Vielleicht stimmen Sie mir ja zu, dass meine Klientin eine bemerkenswerte Selbstbeherrschung an den Tag legte, als Lady Anne hinunter kam und sie angriff. Schließlich hatte sie nichts Falsches getan.«

»Doch. Sie hatte dafür gesorgt, dass der kleine Hund getötet wurde, und hinter dem Rücken von Mylady Dinge gesagt, bei denen sich mir die Haare sträubten. Das nenne ich nicht Selbstbeherrschung.«

»Sie hat es nicht gesagt, Mrs. Martin. Sie hat nichts dergleichen gesagt.«

»Das hat sie doch. Gott ist mein Zeuge, dass sie das getan hat.«

Mrs. Martin schrie beinahe, und ihre Hand umklammerte das hölzerne Geländer des Zeugenstandes vor ihr. Die schwarze Handtasche war mit einem dumpfen Geräusch zu Boden geplumpst.

Miles Lambert lächelte.

»Sie glauben, meine Klientin hat sich strafbar gemacht, nicht wahr, Mrs. Martin?«

Die alte Dame fixierte jetzt den Anwalt der Verteidigung direkt. Sie nickte einmal kurz.

»Sie hassen sie deswegen, ist das so?«

»Ja.«

»Sie haben sie immer gehasst, nicht wahr?«

»Nein, ich hasse sie für das, was sie getan hat.«

»Sie verhielt sich wie Ihre Vorgesetzte, nicht wahr? Sie waren die ganzen Jahre die Haushälterin gewesen, und dann kam sie und behandelte Sie wie eine Dienerin. Das hat Sie wütend gemacht, nicht wahr?«

»Nein, das hat mich nicht überrascht. Sie war einfach wie

viele dieser jungen Leute heutzutage. Sie werden nicht mehr dazu erzogen, die Älteren zu respektieren, so wie wir.«

»Schlecht erzogen und eingebildet. Ist das richtig, Mrs. Martin?«

»Wenn Sie es sagen«, meinte die alte Frau. Sie versuchte sichtlich, ihre Gefühle im Zaum zu halten.

»Es geht nicht darum, was ich sage, es kommt darauf an, was Sie sagen. Sie mochten auch nicht die Art und Weise, wie sie versuchte, Ihnen Thomas zu entziehen. So ist es doch, nicht wahr?«

»Er durchschaute sie letztendlich. Er brauchte dazu nur etwas länger.«

»Sie hassten sie von Anfang an«, beharrte Miles und ließ der Zeugin keine Zeit zum Nachdenken, und dieses Mal konnte die alte Frau seiner Provokation nicht widerstehen.

»Sie ist Gift!«, rief sie.

»Sie möchten, dass sie verurteilt wird, nicht wahr?«

»Ich möchte Gerechtigkeit. Für Mylady. Für Thomas.«

»Um jeden Preis. Sie würden alles dafür tun, um das zu erreichen, nicht wahr, Mrs. Martin?«

»Ich weiß nicht, wovon Sie reden.«

»Doch, das wissen Sie. Ich rede von falscher Zeugenaussage. Meine Klientin hat nie gesagt: ›Diese verdammte Runde ging an dich, Mrs. Piekfein.‹ Sie hat das nie gesagt.«

»Doch, das hat sie. Sie hätte es nicht gesagt, hätte sie gewusst, dass ich da war, aber sie hat es getan. Ganz schön dumm von ihr.«

Die alte Frau spuckte Miles diese letzten Worte förmlich ins Gesicht, der mit einem sehr freundlichen Lächeln darauf antwortete.

»Nun gut, Mrs. Martin, es tut mir Leid zu sehen, dass Sie

sich so aufregen. Fahren wir fort und versuchen, etwas mehr Licht auf das Geschehene zu werfen. Also, wohin ging meine Klientin nach dieser kleinen Rede, die Sie gehalten hat, wie Sie behaupten?«

»Aus der Vordertür. Denselben Weg, den Sir Peter gegangen war.«

»Ich verstehe. Und wann und wo sahen Sie sie wieder?«

»Etwas später war sie im Arbeitszimmer.«

»Wie viel später?«

»Später am Morgen. Mehr kann ich nicht sagen. Sie muss zur Seitentür hereingekommen sein. Ich war in der Küche auf der anderen Seite der Eingangshalle, als ich bemerkte, dass sie zurück war.«

»Wodurch bemerkten Sie, dass sich meine Klientin wieder im Arbeitszimmer befand, Mrs. Martin?«

»Weil Mylady dort hineinging, um mit ihr zu sprechen. Sie hatte Thomas mitgenommen, und sie wollte sich wieder versöhnen. So war sie, Mylady: zu gut für den Rest der Welt, aber sie hätte es nicht tun sollen, wenn Sie mich fragen. Sie hätte diese Greta aus dem Haus verweisen sollen.«

»Ich verstehe. Und haben Sie Lady Anne diesen Ratschlag gegeben, Mrs. Martin?«

»Nein, natürlich nicht. Das hätte mir nicht zugestanden. Aber ich erzählte ihr, was diese Greta gesagt hatte.«

»In der Eingangshalle?«

»Ja.«

»Und das war, bevor Lady Anne in das Arbeitszimmer ging, um sich wieder mit meiner Klientin zu versöhnen.«

»Ja.«

»Ist das nicht ziemlich ungewöhnlich, Mrs. Martin?«

»Was?«

»Sie sagten Lady Anne, dass meine Klientin sie gerade eine ›blöde, eingebildete Ziege‹ genannt hat, und Lady Anne marschiert direkt ins Arbeitszimmer, um sich mit ihr zu versöhnen. Das macht doch keinen Sinn, oder?«

»Sie kannten eben Mylady nicht.«

»Es macht keinen Sinn, weil es nicht wahr ist, Mrs. Martin. Sie lügen schon wieder.«

Die alte Haushälterin wurde weiß vor Wut, aber statt dass sie sie an Miles ausließ, drehte sie sich um und sah den Richter an.

»Hören Sie, Euer Ehren, oder wie immer Sie sich nennen mögen, ich möchte, dass Sie ihm verbieten, so mit mir zu reden«, sagte sie. »Sie haben mich zurechtgewiesen, jetzt tun Sie das auch bei ihm.«

»Mrs. Martin, es tut mir Leid, dass Sie das Gefühl haben, dass Mr. Lambert Sie rüde behandelt, weil ich nicht denke, dass das seine Absicht ist«, erwiderte der Richter. »Er muss Ihnen den Fall darlegen und Ihre Zeugenaussage überprüfen, und genau das macht er. Beantworten Sie also bitte seine Fragen.«

»Vielen Dank, Mylord«, sagte Miles. »Also, Mrs. Martin, ich wüsste gern, was im Arbeitszimmer geschah. Haben Sie irgendetwas gehört?«

»Ja, habe ich.«

»Dann müssen Sie in den Flur gegangen sein.«

»Das kann sein.«

»Um zu lauschen. Nun, ich bin sicher, dass das etwas ganz Natürliches ist. Sie sagen, dass Lady Anne sich versöhnen wollte. Heißt das, dass sie sich bei meiner Klientin entschuldigt hat?«

»Ja. Ich wollte es kaum glauben. Es war diese Greta, die

sich hätte entschuldigen müssen. Sie hätte ihr zu Füßen fallen müssen.«

»Und hat meine Klientin die Entschuldigung von Lady Anne akzeptiert?«

»Natürlich. Sie muss es für ihren Glückstag gehalten haben. Sie wollte nicht das Haus verlassen müssen.«

»Und so haben sie ihren Streit beigelegt und waren wieder Freundinnen. Ja?«

»Nein, das waren sie gewiss nicht. Mylady entschuldigte sich, weil sie das für richtig hielt, nicht weil sie Greta mochte. Sie mochte sie genauso wenig wie ich. Und Greta hasste Mylady. Ich habe es an ihren Blicken bemerkt. *Und* ich habe gehört, wie sie im Flur auf sie geschimpft hat.«

»Das Thema hatten wir bereits, Mrs. Martin«, sagte Miles. »Können Sie jetzt bitte fortfahren und uns von Thomas berichten?«

»Was soll ich berichten?«

»Haben er und Greta sich im Arbeitszimmer über irgendetwas unterhalten?«

»O ja. Sie sagte, wie Leid es ihr tue, dass sie den Hund herausgelassen hat. Wahrscheinlich stimmte das sogar. Sie war immer hinter Thomas her. Mylady hatte das Gefühl, dass Greta ihn ihr entfremden wollte. Allerdings war die Chance dazu sehr gering.«

»Und wie reagierte Thomas auf Gretas Entschuldigung?«

»Er war sehr durcheinander, aber er schien nicht mehr so wütend auf sie zu sein wie vorher. Er mochte Greta, bis er herausfand, was für eine Person sie wirklich war. Teenager können manchmal blind sein.«

»Wir überlassen es den Geschworenen, das zu beurteilen«, sagte Miles und blätterte in seinen Notizen. »Jetzt möchte ich mit Ihnen über dieses Medaillon reden. Lady Anne schätzte es sehr. War das so?«

»Ja, es war eins ihrer Lieblingsstücke.«

»Und würden Sie mir zustimmen, dass sie es getragen hat, als sie am Donnerstag vor ihrem Tod zur Blumenausstellung in Chelsea nach London gefahren ist?«

»Möglicherweise.«

»Sie haben ihr beim Packen geholfen, nicht wahr?«

»Ja.«

»Und das Medaillon war im Koffer?«

Die alte Frau antwortete nicht.

»Kommen Sie, Mrs. Martin. Lady Anne nahm Schmuck mit nach London, nicht wahr? Sie halfen ihr, ihn auszuwählen, war es nicht so?«

»Ja.«

»Und das Medaillon war eins der ausgewählten Stücke.«

Wieder keine Antwort.

»War es so, Mrs. Martin?« Miles hatte seine Stimme eindringlich erhoben, und schließlich gab die Haushälterin nach.

»Ja, sie nahm es mit, aber sie brachte es wieder mit zurück.«

»Woher wissen Sie das?«

»Weil sie es an dem Tag, an dem sie gestorben ist, getragen hat. Ich sagte es bereits.«

»Sie sahen nur eine goldene Kette. Das hätte auch die Kette eines anderen Schmuckstücks gewesen sein können.«

»Ich glaube nicht.«

»Und Sie haben dieses Stück Gold vor heute nie erwähnt, nicht wahr? Es taucht nicht in Ihrer Zeugenaussage auf.«

»Ich wusste nicht, dass es wichtig war, als ich die Aussage machte. Das war, bevor Tom das Medaillon gefunden hat.«

»Sie haben also keine Aussage gemacht, seit er es gefunden hat? Und deswegen können wir zweifellos davon ausgehen, dass Sie der Polizei nie davon erzählt haben.«

»Ich wusste nicht, dass ich das hätte tun müssen.«

»Das Medaillon wurde vor mehr als neun Monaten gefunden, Mrs. Martin. Sie hätten alle Zeit der Welt gehabt, sich dazu zu äußern, und dennoch haben Sie bis heute damit gewartet. Ist der Grund dafür nicht der, dass Sie erst kürzlich daran dachten? An einem dieser langen Abende, die sie mit Thomas Robinson unten an der Küste verbringen, und wo sie nichts anderes zu tun haben, als über diesen Prozess zu sprechen.«

»Ich habe viel zu tun. Ich kümmere mich seit Lady Annes Tod ganz allein um das Haus.«

»Haben Sie mit Thomas über das Medaillon gesprochen, Mrs. Martin?«

»Das mag schon sein.«

»Natürlich haben Sie das, und deshalb kommen Sie jetzt mit dieser Geschichte, nicht wahr? Weil er Ihnen gesagt hat, wie wichtig es ist, dass jemand anders aussagt, dass er oder sie das Medaillon bei Lady Anne gesehen hat, nachdem sie aus London zurück war. Stimmt das nicht, Mrs. Martin?«

»Ich weiß nicht, wovon Sie reden.«

»Sie wissen nicht, wovon ich rede. Ich verstehe. Nun, lassen Sie mich eine generelle Frage über den Schmuck stellen. Lady Anne sprach gern über ihre Sammlung, nicht wahr?«

»Sie war stolz darauf, ja.«

»Und sie machte kein Geheimnis daraus, dass sie den Schmuck im Haus aufbewahrte. Es war allgemein bekannt unter den Menschen, die sie kannten, nicht wahr?«

»Es war ihr bekannt«, sagte die alte Dame und zeigte auf Greta auf der Anklagebank. »Greta wusste es. Deshalb hat sie diese Männer geschickt.«

»In Ordnung, Mrs. Martin. Reden wir darüber. Wenden wir uns dem Tag der Ermordung zu. Sie behaupten, dass meine Klientin Ihnen gesagt hat, dass Mrs. Ball Thomas eingeladen hat, bei ihnen zu übernachten.«

»Das ist richtig.«

»Wann hat sie Ihnen das gesagt?«

»Einen Tag vorher, denke ich – am Sonntag, es sei denn, es war am Morgen des Tages, als es passierte. Ich bin mir nicht ganz sicher.«

»Sie sind sich nicht ganz sicher. Und erinnern Sie sich, wo Sie waren, als diese Unterhaltung stattfand?«

»Nein. Es ist mehr als ein Jahr her inzwischen.«

»Das stimmt. Sie erinnern sich nicht mehr, wo oder wann Sie mit meiner Klientin gesprochen haben, wie können Sie sich also so sicher daran erinnern, was sie gesagt hat?«

»Ich weiß, was sie gesagt hat.«

»Aber warum sollten Sie sich daran erinnern, Mrs. Martin? Bedeutsam für Sie war sicher nicht die Frage, wer auf die Idee gekommen war, dass Thomas bei Edward übernachten sollte, sondern nur, dass Sie Thomas hinfahren konnten.«

»Wer hat denn die Verabredung getroffen, wenn es nicht Mrs. Ball war?«, drehte die Haushälterin den Spieß um.

»Lady Anne bat Greta, Mrs. Ball anzurufen. Greta hat Ihnen das nicht erzählt, weil sie keinen Grund dafür sah. Sie hat Ihnen schlicht nur von dem Arrangement erzählt.«

»Mylady hätte Greta nie gebeten, Mrs. Ball anzurufen. Sie hätte mich gebeten.«

»Aber Sie waren Sonntagnachmittag nicht im Haus, nicht

wahr, Mrs. Martin? Sie waren außer Haus und standen nicht zur Verfügung.«

»Was hat Sonntagnachmittag damit zu tun?«

»Weil das der Augenblick war, in dem der Anruf getätigt wurde. Mrs. Ball hat uns das erzählt.« Miles Stimme ließ erkennen, dass er das Gefühl hatte, diese spezielle Auseinandersetzung gewonnen zu haben.

»Kommen wir jetzt zu Montagnachmittag. Sie sagen, dass Sie alle Türen und Fenster überprüft haben, bevor Sie das Haus verließen.«

»Alle bis auf die Tür in der Südmauer.«

»Mir geht es um die in der Nordmauer. Sind Sie ganz sicher, dass sie verschlossen war?«

»Ganz sicher. Ich weiß ganz genau, dass ich über den Rasen gegangen bin und den Schlüssel herumgedreht habe.«

»Ich verstehe. Und was ist mit den Fenstern?«

»Alle geschlossen außer denen im Salon.«

»Und das schließt auch das Fenster in Thomas' Schlafzimmer ein?«

»Ja. Alle.«

»Es war ein warmer Nachmittag, nicht wahr, Mrs. Martin? Deshalb hatten Sir Peter und Lady Anne die Fenster im Salon geöffnet.«

»Ich nehme es an. Es war ein Sommertag.«

»Ja. Und jetzt noch eine letzte Frage dazu, Mrs. Martin. Wir wissen, dass Lady Anne abends eine Schlaftablette einnahm. Das war normal für sie, nicht wahr?«

»Ja. Sie hatte immer Schwierigkeiten, einzuschlafen, die Arme. Schon als junges Mädchen.«

»Vielen Dank. Und als Letztes, Mrs. Martin, möchte ich Sie befragen zu dem, was vor neun Tagen im Haus der Vier

Winde geschehen ist. Am Mittwochabend, den 5. Juli, um präzise zu sein.«

»Was soll damit sein?« Die alte Frau guckte plötzlich argwöhnisch und misstrauisch.

»Sie verließen das Haus gegen sechs Uhr, um zum Frauenverein in Flyte zu gehen. Stimmt das?«

»Ja. Ungefähr um die Zeit.«

»Bevor Sie gingen, haben Sie die Türen und Tore überprüft, nehme ich an. Alle bis auf die in der Südmauer.«

»Ja.«

»Und die Tür in der Nordmauer, war die verschlossen?«

»Ja, war sie.«

»Sie sind sich dessen so sicher, wie Sie es sind, was die Mordnacht betrifft?«

»Ja.«

»Was ist mit den Haustüren? Waren sie auch verschlossen?«

»Ja, waren sie. Tom hatte die Schlüssel, wenn er sie hätte öffnen wollen.«

»Und als Sie zurückkamen vom Frauenverein, war das Haus voller Polizeibeamter?«

»Ja, es waren vier. Haben überall herumgestöbert, alles auf den Kopf gestellt. Diese Männer waren wiedergekommen. Das hat Tom mir gesagt.«

»Aha, ja, es sei denn, er hat es sich ausgedacht.«

Miles Lambert nahm abrupt auf seinem Stuhl Platz und ließ die alte Haushälterin im Zeugenstand auf dem Trockenen sitzen.

15. Kapitel

Wie lief es, Schatz?«, fragte Peter.

Er saß mit Greta im Fond des Daimlers. Der Chauffeur John fuhr sie vom Gericht nach Hause. London glitt sanft an den getönten Scheiben des Wagens vorüber.

»Es lief ganz gut, glaube ich«, antwortete sie. Ihre Stimme klang müde und kam von weither, obgleich sie neben ihrem Ehemann saß und sich an seine Schulter lehnte. Sie klang so verstört wie die Stimme eines heimgekehrten Frontsoldaten, dachte er.

Peter spürte, wie die Wut wie bereits tausendmal zuvor in ihm hochstieg, ihm die Kehle zuschnürte, und wie das Blut in seinen Schläfen pochte. Er gewöhnte sich nicht an die Ungerechtigkeit, die Unfairness, und er rang um Selbstkontrolle. Er sprach erst wieder, nachdem sich seine geballten Fäuste gelockert hatten und er sicher war, seine Stimme im Griff zu haben. Seine Frau brauchte jetzt Ruhe und Frieden.

»Welche Zeugen haben heute ausgesagt?«, fragte er.

»Dieser Polizeibeamte, dann Mrs. Ball aus Flyte und Jane Martin. Es ist unglaublich, wie diese Frau mich hasst. Es ist, als wäre sie erst zufrieden, wenn sie mich an einem Baum erhängt sieht. An einem hohen Baum.«

»Sag nicht so etwas.«

»Sie zeigte unaufhörlich mit dem Finger auf mich. Fixierte mich. Sagte, ich sei Gift. Derartige Dinge.«

»Ich hätte sie bereits vor Jahren entlassen sollen. Es war nur so, dass ich nicht wusste, wer sich um Thomas kümmern sollte.«

»Es ist nicht nur sie. Ich fühle mich wie ein eingesperrtes Tier dort. Ein eingesperrtes Tier, das jeder schlecht behandeln darf.«

»Ich wünschte, ich könnte bei dir sein. Vielleicht sollte ich mit Miles darüber reden.«

»Nein«, sagte Greta, und ihre Stimme war plötzlich sehr bestimmt. »Ich möchte nicht, dass du dir anhören musst, was sie sagen, und wir müssen tun, was Miles uns sagt. Er ist gut, weißt du. Er hat es geschafft, dass Tante Jane genau so übel aussieht, wie sie ist.«

»Nun, das ist immerhin etwas«, sagte Peter. Er ergriff ihre zarte Hand und streichelte sanft ihren Handrücken mit seinen Fingerspitzen, fuhr ihr über die zarten Knöchel ihres Handgelenks. Das hatte er früher oft bei Anne getan, bevor sie sich auseinander gelebt hatten.

»Was ist mit den anderen Zeugen? Wie ist Miles mit denen zurechtgekommen?«

»Gut. Er hat es so dargestellt, dass es sehr gut möglich ist, dass Anne einen Strandspaziergang gemacht hat, nachdem wir gefahren sind, und dann die Tür nach ihrer Rückkehr unverschlossen gelassen hat.«

»Welche Tür?«

»Die in der Nordmauer. Es wäre vor Thomas' Rückkehr und bevor sie zu Bett gegangen ist, genug Zeit dafür geblieben. Sie hätte draußen sein können, als er angerufen hat.«

»Nun, das hört sich gut an«, sagte er und versuchte, ermutigend zu klingen, auch wenn er sich ganz anders fühlte.

Nicht zum ersten Mal war sich Peter eines kleinen bohrenden Zweifels bewusst. Er erinnerte sich an Anne, die auf dem Sofa im Salon lag, das Gesicht vor Schmerz verzogen. Sie wirkte nicht so, als wollte sie noch einen Spaziergang machen, aber vielleicht hatte sie ja gedacht, dass die frische Luft ihr gut tun würde. Peter verbannte seine momentane Unsicherheit, ohne weiter darüber nachzugrübeln.

»Ich brauche Sie heute nicht mehr, John«, sagte er zu dem Chauffeur, als er seiner Frau beim Aussteigen behilflich war. »Lady Greta und ich werden heute Abend zu Hause bleiben.«

»Sehr gut, Sir«, antwortete der Chauffeur und berührte leicht seine Schirmmütze. Peter konnte seiner ausdruckslosen Miene nichts entnehmen. Vielleicht sah er sich bereits nach einem neuen Job um. Skandale waren nicht gut für Männer in hohen Positionen.

Später, als sie bereits im Bett lagen, konnte Peter nicht einschlafen. Greta hatte sich von ihm weggedreht, ihre Knie beinahe bis zum Magen hochgezogen. Sie schlief bereits seit Wochen in dieser embryonalen Stellung, und er konnte die Anspannung an ihrem Rücken erkennen, auch ohne sie zu berühren. Manchmal schrie sie im Schlaf unverständliche Wörter und Namen, und er war überrascht, wie wenig er tatsächlich von seiner Frau wusste. Sie schien keine wirklichen Freunde zu haben oder Verwandte; nur die halb behinderte Mutter in Manchester, die sie alle paar Wochen besuchte. Gretas Alleinsein auf der Welt brachte Peter noch nachdrücklicher dazu, sich schützend vor sie zu stellen, als er es sonst möglicherweise getan hätte. Der Prozess vermittelte ihm das Gefühl, sie im Stich zu lassen, obgleich er wusste, dass er nichts dagegen unternehmen konnte. Er verglich die Art und Weise, wie Greta ihm über die Jahre geholfen hatte, mit seiner Unfähigkeit, ihr jetzt zu helfen.

Er schloss die Augen und rief sich ins Gedächtnis, wie sie für ihn da gewesen war, als Anne starb. Es war ungefähr zur gleichen Zeit gewesen – elf Uhr abends –, als das Telefon neben dem Bett geklingelt hatte und er rangegangen war und sich verschlafen die Nachrichten anhörte, die sein Leben zu einem Trümmerhaufen machten. Dasselbe Telefon stand jetzt weniger als einen Meter von seiner ausgestreckten Hand entfernt, blass und still in der Dämmerung.

Es war Hearns, der angerufen hatte. Er muss im Salon gestanden haben, wo Peter noch vor nur vier Stunden mit seiner Frau gesessen hatte.

»Sie wissen nicht, wer ich bin, Sir. Ich bin Detective Sergeant Hearns von der Polizei von Ipswich. Ich fürchte, ich habe sehr schlechte Nachrichten für Sie. Es geht um Ihre Frau ...«

Peter konnte sich immer noch an den genauen Wortlaut erinnern, den Hearns gewählt hatte. Es war, als hätte sich ein Kassettenrekorder in Peters Kopf eingeschaltet, als er das Telefon abgenommen hatte. Er konnte sich auch noch genauestens an Hearns Tonfall erinnern. Der aufdringliche, nachdrückliche Tonfall, den er später so gut kennen lernen sollte, als der Polizist sein Netz um Greta schlang, obgleich er es nicht ohne Thomas hätte zuziehen können. Nichts wäre geschehen ohne Thomas, dachte sein Vater verbittert.

Ungläubigkeit war das Erste, was ihn bei Hearns Nachricht überfallen hatte. Peter erinnerte sich, wie die Nachricht ihm vollkommen unwirklich erschienen war. Keinerlei Gewalt gab es in seinem ordentlichen Schlafzimmer, wo er in seinem sauberen Pyjama stand. Es gab keine Schreie oder Gebrüll auf der ruhigen Straße unter ihm. Alles war normal, und dennoch war dieses Entsetzliche 150 Kilometer entfernt geschehen. Es hätte keinen Anruf gegeben, wenn das nicht der Fall gewesen wäre. Er rief im Haus der Vier Winde an, und ein Polizist antwortete. Ein weiterer Polizist. Peter legte den Telefonhörer auf und spürte, wie Panik in ihm aufstieg, langsam seine Beine hoch kroch und sich in seiner Brust ausbreitete, als die Nachricht in seinen Verstand einsickerte, sich gegenüber dem schwächlichen Versuch, das Entsetzliche schlicht zu leugnen, durchsetzte.

Peter setzte sich auf das Bettende. Er weinte nicht, aber sein Oberkörper zitterte heftig. Als er sich gegen dieses Beben wehrte, überfiel ihn ein Gedanke. Der Gedanke an Greta. Er brauchte Hilfe, er durfte nicht allein sein. Er griff wieder zum Telefon und wählte ihre Nummer.

»Bitte legen Sie nicht auf. Der Teilnehmer weiß, dass Sie anrufen«, hatte die mechanische Stimme einmal, zweimal, dreimal gesagt. Er legte den Hörer auf, und das Beben setzte wieder ein. Zwei Minuten später rief sie ihn zurück.

Danach war alles nur noch verschwommen. Er erinnerte sich nicht mehr, sich angezogen zu haben, oder an vieles von dem, was er Greta gesagt hatte, oder an ihre Reaktion darauf. Er erinnerte sich allerdings, dass ihre Leitung besetzt gewesen war, und er fragte sich nicht zum ersten Mal, mit wem sie so spät in der Nacht noch telefoniert hatte.

Sie hatte den Range Rover vor dem Haus geparkt und darauf bestanden zu fahren. Sie hatten wohl überhaupt nicht darüber diskutiert, ob sie mitfahren sollte oder nicht; er hatte es einfach vorausgesetzt.

Im letzten Moment war er noch einmal ausgestiegen und zurück ins Haus gegangen und eine Minute später mit einer halbvollen Flasche Whisky zurückgekommen. Sie war beinahe leer, als sie durch Carmouth fuhren um Viertel vor zwei. Die kleine Küstenstadt war verlassen, aber in der Polizeiwache war Licht.

Ein uniformierter Polizist mit einer Taschenlampe stand vor dem Vordertor vom Haus der Vier Winde. Die Taschenlampe hätte er nicht gebraucht. Das Haus war hell erleuchtet, und Peter konnte sehen, dass auch Scheinwerfer installiert waren zu seiner Linken am Nordtor und über dem Nordrasen. Männer in weißen Overalls bewegten sich überall.

All dies nahm er allerdings nur aus der Entfernung wahr, durch die Torgitter, denn Greta und er waren aufgefordert worden, vor dem Tor zu warten. Sie saßen schweigend da, blickten hinüber zu dem Haus, und die alten Eiben standen davor wie Wächter. Nutzlose Wächter im Endeffekt, dachte Peter bitter.

Zwei Minuten vergingen, und er stieg aus, um dem Polizeibeamten Vorhaltungen zu machen.

»Es tut mir Leid, Sir. Ich habe Anweisung, niemanden durchzulassen. Ich habe Detective Sergeant Hearns gesagt, dass Sie hier sind. Es wird nicht mehr lange dauern.«

Peter war zu erschöpft, um wütend zu werden. Es war nur ein junger Mann, der seinen Job machte.

»Wo ist meine Frau? Können Sie mir das sagen?«, fragte er und versuchte, mit der Stimme zu sprechen, die er gewöhnlich im Dienst benutzte, die Stimme eines Mannes, der es gewohnt war, sich durchzusetzen.

»Wir haben sie weggeschafft, Sir. Sie ist jetzt in Rowston. Sie können Sie heute Nacht noch sehen, wenn Sie es wünschen. Ich kann Sie anmelden.«

Sergeant Hearns trat aus der Dunkelheit hinter dem Tor. Er trug einen billigen Anzug, der ihm zu eng war. Peter bemerkte nicht nur den vom Gürtel eingeschnürten Bauch, sondern auch den Schweiß, den seine in dem Polyesteroberhemd eingeschnürten Oberarme absonderten und einen feuchten Händedruck erzeugten. Der Schweiß übertrug sich auf Peters Hände, als sie sich begrüßten, und er musste sich zusammenreißen, um sich nicht die Handflächen an seiner Hose abzuwischen.

»Es tut mir Leid, dass wir uns unter solchen bedauerlichen Umständen kennen lernen«, fuhr Hearns in derselben leisen aber aufdringlichen Stimme fort, die bereits zu diesem Zeitpunkt Peters eh schon überstrapazierte Nerven reizte. Er hatte so viele Fragen – er quoll geradezu über vor Fragen –, aber der Detective schien ihn nicht zu Wort kommen lassen zu wollen.

Sie gingen hinüber zu der offenen Beifahrertür des Range Rover, und Peter war bewusst, dass Hearns seinen Alkoholatem registrierte und ihn mit der leeren Whiskyflasche am Boden des Wagens verband. Verbindungen herstellen, Beobachtungen notieren, Eindrücke registrieren, Unterhaltungen in irgendwelchen dunklen Ecken führen, um das alles später auf der Polizeiwache oder in irgendeinem ordentlichen kleinen Haus am Rand von Ipswich, das Sergeant Hearns Zuhause nannte, zu durchdenken.

»Hallo, ich bin Detective Sergeant Hearns von der Polizei von Ipswich«, sagte er und streckte Greta seine feuchte Hand über den leeren Beifahrersitz entgegen.

Sie ergriff sie, sie hatte keine andere Wahl, und er hielt sie fest, bis sie ihm ihren Namen genannt und ihre Beziehung zu Peter erklärt hatte. Er hob leicht seine dichtenAugenbrauen und betrachtete sie einen Moment lang mit einem rätselhaften Blick, als würde er sich fragen, warum ein Verteidigungsminister seine attraktive persönliche Assistentin mit zum Tatort brachte, wo seine Frau ermordet worden war. Dann schenkte er ihr ein trauriges Lächeln, das zwei Reihen gelber Zähne entblößte, und wandte sich wieder zu Peter um.

»Ich bin sicher, dass Sie Ihren Sohn sehen möchten. Er ist bei Mr. und Mrs. Marsh auf der anderen Straßenseite. Sie waren sehr nett. Er ist zu ihnen gelaufen, um Alarm zu schlagen, nachdem die ...« Hearns zögerte, suchte nach dem passenden Wort. »Männer verschwunden waren. Er hat ein ziemliches Martyrium hinter sich, fürchte ich. Er war versteckt, verstehen Sie, als sie Lady Anne umbrachten. Sehr unerfreulich.«

Peter versuchte, diese neue entsetzliche Information zu verdauen, als er durch ein plötzliches Keuchen im Wagen abgelenkt wurde. Greta hatte es ausgestoßen. Alle Farbe war aus ihrem Gesicht gewichen, und ihre Augen standen weit offen und hatten einen furchtsamen Ausdruck.

»O mein Gott, ist er in Ordnung?«, rief sie aus. »Haben sie ihn verletzt?«

»Sie?«, wiederholte Hearns und machte aus dem Wort eine Frage.

»Die Mörder. Sie sagten eben Männer, sodass ich annahm, es handelt sich um mehr als einen.«

»Aha«, sagte Sergeant Hearns. Gretas Erklärung machte Sinn. Interessant war nur, dass sie meinte, eine geben zu müssen.

»Nein, ich freue mich, Ihnen sagen zu können, dass es

Thomas körperlich gut geht«, fügte er hinzu. »Die Männer wussten nicht, wo er war. Er blieb versteckt, während sie das Schlafzimmer durchsuchten. Sie entwendeten den gesamten Schmuck Ihrer Frau, fürchte ich. Über seinen seelischen Zustand kann ich selbstverständlich nichts sagen. Wollen wir gehen?«

Hearns richtete seine Einladung an Sir Peter, aber Greta wartete gar nicht erst auf eine Extraeinladung. Sie öffnete die Tür des Range Rover und hatte den Detective und ihren Arbeitgeber eingeholt, als sie die Straße halb überquert hatten.

»Ich weiß, dass es eine böse Zeit ist, Sir«, sagte Hearns gerade, »aber vielleicht können Sie mir trotzdem bei einigen Fragen helfen. Nur damit die Spurensicherung an den richtigen Stellen sucht.«

»Natürlich, aber machen Sie schnell«, sagte Sir Peter und verlangsamte seine Schritte nicht auf die Geschwindigkeit des Detectives. »Ich möchte meinen Sohn sehen.«

»Es geht um die Tür in der Wand, Sir. Die, die zu dem kleinen Weg führt.«

»Dem Pfad.«

»Genau. War sie Ihrer Meinung nach verschlossen, als sie gefahren sind?«

»Ja, Mrs. Martin hätte sie abgeschlossen. Ich habe sie nicht benutzt, nachdem sie weg war. Wie ist es mit Ihnen, Greta?«

»Ich auch nicht.«

»Vielen Dank, Sir. Nur noch eine Frage. Die Fenster im Arbeitszimmer. Haben Sie vielleicht eins offen gelassen, bevor Sie das Haus verlassen haben?«

»Nein, ich war im Salon mit meiner Frau. Warum?«

»Nur, weil Ihr Sohn uns erzählt hat, dass eins von ihnen offen stand, als er gegen halb neun nach Hause kam.«

»Ich war es nicht. Es hätte Greta gewesen sein können. Sie hat in dem Zimmer gearbeitet. Warten Sie, ich frage sie.«

Greta war vorausgegangen, und Peter beschleunigte seine Schritte, um sie zu erreichen. Sie war schon kurz vor der Haustür der Marshs angelangt.

»Greta, haben Sie das Arbeitszimmerfenster offen gelassen, bevor wir gefahren sind? Der Detective möchte es wissen.«

Sie drehte sich zu ihm um. Sie sah schrecklich aus. Als hätte sie das volle Ausmaß der Tragödie erst jetzt richtig begriffen. Der Detective stellte mit seiner aufdringlichen Stimme, die Peter so an die Nerven ging, die Frage noch einmal.

»Können Sie uns helfen, Miss Grahame?«, fragte er.

Sie sah betroffen aus, wusste nicht, was sie sagen sollte, und dann, nach anfänglichem Zögern, stieß sie hervor: »Ich weiß es nicht. Es ist möglich. Es war ein warmer Abend.«

»Das war es gewiss, Madam«, sagte Hearns und trat hinter sie, um an die Tür zu klopfen. »Ein schöner Sommerabend.«

Der Detective wartete nicht, bis die Tür geöffnet wurde, sondern drehte sich wieder zu ihnen um. Jetzt wandte er sich an Peter.

»Ich gehe zurück in Ihr Haus, Sir Peter. Wir sind noch dabei, alle Spuren zu sichern, aber kommen Sie bitte und fragen am Tor nach mir, wenn Sie hier fertig sind. Ich kann das Krankenhaus in Rowston vorher anrufen, wie ich schon sagte. Es tut mir sehr Leid, Sir Peter. Wirklich sehr Leid.«

Peter trat durch die geöffnete Tür des Cottages, aber er nahm den Mann, der ihn begrüßte, kaum wahr. Christopher Marsh trug einen Morgenrock und gab unverständliche Beileidsäußerungen von sich. Nichts hatte ihn und seine Frau auf die folgende Entwicklung vorbereiten können, nachdem sie vor vier Stunden durch ein lautes Klopfen an der Tür geweckt worden waren und Thomas weinend und schreiend auf der Treppe vorgefunden hatten.

Peter ging an seinem Nachbarn vorbei und beugte den Kopf, um ihn sich nicht an dem niedrigen Sturz der Wohnzimmertür zu stoßen.

Thomas saß auf dem Sofa neben Grace. Sie hatte ihm eine Decke um die Schultern gewickelt, obgleich es nicht kalt war, und er hielt einen Teebecher in seinen zitternden Händen. Er stand unsicher auf, gleich nachdem sein Vater eingetreten war, und verschüttete die Hälfte seines Tees auf den Kaminvorleger zu seinen Füßen.

»Tom, es tut mir so Leid«, sagte Peter, unterbrach sich aber mitten im Satz, als wäre ihm plötzlich bewusst geworden, wie unzulänglich diese Worte diesen bedeutsamen Moment in ihrem Leben beschrieben. Er wollte laufen, die drei Meter, die ihn von seinem Sohn trennten, überwinden und den Jungen in die Arme nehmen, aber etwas hielt ihn zurück. Es war, als würden sie sich nicht gut genug kennen.

Und es blieb auch keine Zeit mehr dazu. Greta tauchte hinter Peter auf. Ihr fehlte die englische Distanziertheit ihres Arbeitgebers, und sie machte mit ausgestreckten Händen einen Schritt auf Thomas zu.

»O Tom, Tom!«, rief sie, und in ihren grünen Augen standen Tränen.

Er trat zurück, fiel beinahe auf das Sofa hinter ihm, trat dann aber sofort wieder einen Schritt vor und warf seinen Becher nach Greta. Wenn er nicht das Gleichgewicht verloren hätte, hätte er sie vielleicht getroffen. Zweifellos war das seine Absicht gewesen. Aber so zerbrach der Becher in tausend Stücke, als er gegen den Kamin krachte, und alles, was

Greta traf, war etwas warmer Tee, der sie bespritzte, als der Becher über sie hinweg flog.

Peter reagierte sofort, eilte vor und stellte sich zwischen Greta und seinen Sohn, genau wie er es vor wenigen Wochen bei Greta und seiner Frau getan hatte. Auf Gewalt zu reagieren bereitete ihm kein Problem; es waren die Gefühle, die er nicht zeigen konnte.

»Schaff sie hier raus! Schaff sie hier raus!«, schrie Thomas wieder und wieder seinem Vater ins Gesicht. Peter hatte das Gefühl, er würde erst aufhören, wenn seine Lungen geplatzt waren, hätte Greta sich nicht rückwärts zur Tür bewegt, wo sie sich an Christopher Marsh vorbeidrückte.

»Es tut mir Leid, Miss Grahame«, sagte Christopher und folgte ihr hinaus bis zur Vordertreppe. »Der Junge ist nicht er selber. Er wird darüber hinweg kommen.«

»Nein, das wird er nicht«, murmelte sie, zog sich ihren Mantel enger um die Schultern und wandte ihr bleiches Gesicht ab, als sie auf die Straße ging. »Nein, das wird er nicht.«

Als Greta weg war, fiel Thomas wieder zurück auf das Sofa und ließ seinen Vater stehen. Grace war zum Kamin gegangen und sammelte einige Stücke des Teebechers auf. Sie mochte Thomas, den sie ihr Leben lang kannte, sehr, aber trotz ihrer Sorge um den Jungen hatte sie den sehnlichen Wunsch, dass all diese Leute gehen würden. Sie war von Natur aus eine schüchterne Frau, und dieser plötzliche heftige Ausbruch des Jungen hatte sie entsetzt. Außerdem war sie müde; es war beinahe halb drei morgens.

»Warum hast du das getan, Thomas?« Der volle Name seines Sohnes kam Peter viel leichter über die Lippen als das liebevolle Tom, das er bei Betreten des Zimmers benutzt hatte. Er wiederholte seine Frage, als der Junge nicht antwortete. »Was hat Greta damit zu tun? Sie ist nur hier, um zu helfen.«

»Sie hat den Mann geschickt. Er hat meine Mutter getötet.«

»Welcher Mann?«

»Er hat eine Narbe. Ich sah ihn durch das Loch in der Wand.«

»Welcher Wand?«

»Die Wand im Bücherschrank, als er Mummy umbrachte. Als du in London warst mit *ihr*.«

»Ja, Thomas. Ein Mann hat deine Mutter getötet. Ich weiß nicht, was ich dir sagen soll. Ich wünschte, es wäre nicht wahr. Ich wünschte, ich wäre hier gewesen, bei ihr und bei dir, aber ich war es nicht. Ich verstehe nur nicht, was das mit Greta zu tun hat.«

Thomas holte tief Luft und blickte dann hoch zu seinem Vater. Es war, als bliebe ihm nur noch die Zeit für eine letzte Anstrengung, sich zu verständigen, bevor er wieder in dem schwarzen Morast versank, in den er gestoßen worden war.

»Ich habe den Mann mit der Narbe schon einmal gesehen. In London bei Greta in der ersten Nacht, als ich mit Mummy angekommen war. Greta hat gelogen. Sie sagte, dass sie bei ihrer Mutter war, aber das stimmt nicht. Sie war mit diesem Mann zusammen. Ich hörte, wie sie sich unterhielten im Souterrain. Sie sagte ihm, dass er warten soll.«

»Hast du sie zusammen gesehen? Greta und diesen Mann mit einer Narbe?«

»Er stand auf der Straße, als sie hoch kam. Er hätte mich gesehen, wenn er sich umgedreht hätte, aber er hat es nicht getan. Ich habe ihn aber gesehen.«

»Von hinten?«

»Ja. Ich konnte die Narbe sehen. Und heute Abend hat sie die Verabredung arrangiert, dass ich bei Edward über Nacht bleibe, damit Mummy allein war, und dann hat sie das Fenster offen gelassen. Sie muss es gewesen sein.«

Thomas' Stimme war kurz davor zu brechen, lag irgendwo zwischen Weinen und Schreien, als er ›Mummy‹ sagte, und er sprach hastig weiter..

»Hast du all das dem Detective gesagt?«, fragte Peter.

»Nein, habe ich nicht. Ich habe mit niemandem außer Christy und Grace gesprochen.«

»Er war vollkommen aus der Fassung, Sir Peter«, sagte Christopher Marsh, der wieder hereingekommen war. »Der Detective kam vor ein paar Stunden und wollte wissen, wie die Männer ins Haus gekommen sind. Master Thomas sagte mir, dass er das Fenster im Arbeitszimmer geschlossen hat, und ich habe ihm das und die anderen notwendigen Einzelheiten mitgeteilt. Sergeant Hearns wollte sicherstellen, dass die Polizei an den richtigen Stellen die Spuren sichert. Jedenfalls hat er das gesagt.«

»Vielen Dank, Christy. Sie und Grace waren uns gute Freunde heute Nacht. Thomas, ich gehe jetzt und spreche mit Greta über das, was du mir mitgeteilt hast. Du wartest hier und versuchst, dich wieder in den Griff zu bekommen«, fügte Peter hinzu, als er hinausging.

Er fand Greta, die in dem Range Rover saß. Sie hatte ihn weiter oben an der Straße geparkt, sodass er nicht mehr unter der Laterne direkt vor dem Eingangstor des Hauses der Vier Winde stand.

»Ich muss mit Ihnen sprechen, Greta«, sagte er. Sie saßen beide in der Dunkelheit, und er empfand die leere Whiskyflasche unter seinem Fuß wie einen Vorwurf. Er brauchte jetzt dringender als je zuvor einen klaren Kopf.

»Thomas sagt, dass er den Mann erkannt hat, der heute Abend ins Haus gekommen ist. Der Mann, der Anne erschossen hat. Er sagt, dass er Sie mit ihm in London gesehen hat.« Peter sprach mit einer monotonen Stimme, heftete seinen Blick auf die dunkle Straße vor ihm.

»Er irrt sich. Es ist nicht wahr, Peter. Er muss sich getäuscht haben. Sie kennen mich.«

Peter fühlte den Druck von Gretas Hand auf seinem Arm, aber er stählte sich innerlich, um fortzufahren.

»Hören Sie, Greta. Ich muss Sie danach fragen. Versuchen Sie bitte, mir zu helfen.«

»Wie kann ich Ihnen helfen? Er ist verrückt. Sie haben ihn doch gesehen.«

»In Ordnung, dann helfen Sie mir hierbei. Thomas sagt, dass er Sie in der ersten Nacht, als er mit seiner Mutter nach London gekommen war, gesehen hat. Ich war in meinem Wahlkreis, und Sie mussten zu Ihrer Mutter fahren. Ist das wahr, Greta? Waren Sie in Manchester, oder waren Sie in London? Ich muss es wissen.«

Schweigen herrschte im Wagen. Peter saß ganz ruhig und wartete auf Gretas Antwort. Als sie schließlich sprach, war ihre Stimme sanft und traurig, beinahe bedauernd.

»Ja, Peter, ich habe gelogen. Ich wollte es vor Ihnen geheim halten, aber ich hätte es nicht tun sollen. Das ist mir jetzt klar.«

»Was wollten Sie geheim halten?«

Peter drehte sich, um Greta anzusehen, aber sie hielt ihre Augen weiterhin in die Dunkelheit gerichtet.

»Als ich in Manchester zur Schule ging, hatte ich ... keinen guten Umgang. Ich war damals nicht die, die ich heute bin. Ich hatte jahrelang bei meinen Eltern gelebt, und ich sehnte mich nach Aufregung. Ich wollte Dinge ausprobieren, wollte sehen, wie sie sich entwickelten. Ich habe etwas getan, was ich nicht hätte tun sollen, etwas, für das ich mich heute schäme.«

»Was war das?«

»Ich möchte es Ihnen nicht erzählen, Peter. Sie würden mich nicht länger respektieren, wenn ich es tue, und das könnte ich nicht ertragen.«

»Das ist verrückt, Greta. Ich würde Ihnen doch nicht meinen Rücken zukehren für etwas, was in der Vergangenheit geschehen ist, bevor Sie mich kannten. Für was halten Sie mich?«

»Für einen guten Mann. Sie sind ein guter Mann, Peter. Ich behaupte nicht, dass Sie sich von mir abwenden würden; es ist nur so, dass Sie mich nicht mehr mögen würden. Sie wissen nicht, wie wichtig Sie mir sind.«

Peter wollte schon nachgeben. Er war müde und halb betrunken, und er sehnte sich nach Schlaf, nach etwas Zeit, in der er den Schmerz in seinem Inneren verarbeiten könnte. Er saß unter seinen Rippen, versuchte, sich Bahn zu brechen. Aber er konnte nicht schwach werden: nicht nach dem, was Thomas gesagt hatte. Nicht mit seiner Frau, die tot war, die in einem Leichensaal des Krankenhauses unter einem weißen Laken lag. Getrocknetes Blut und das kalte, gnadenlose Licht der Leichenhalle; der Glanz des Skalpells des Pathologen und das Blitzlicht des Fotografen, der um die Ecke lauerte für die Beweisaufnahme: all diese Bilder und noch mehr blitzten vor Peters Augen auf.

»Sie müssen es mir sagen, Greta. Meine Frau ist tot, und ich muss es wissen.«

»Sie wissen ja nicht, worum Sie mich bitten.«

Peter spürte Gretas Anspannung. Ihre Fingerknöchel waren schneeweiß, so fest umklammerte sie das Steuerrad.

»Nein, das weiß ich nicht, aber Sie müssen es mir trotzdem sagen. War es etwas Kriminelles?«

»Ja.«

»Könnte es etwas zu tun haben mit dem, was heute Abend hier geschehen ist?«

»Nein!« Gretas Stimme klang wie ein Pistolenschuss. »Wofür halten Sie mich?«

»Ich meine damit nicht, dass Sie den Mann geschickt haben. Nur, dass er über Sie von dem Haus und dem Schmuck erfahren haben könnte. Das ist alles.«

»Wie können Sie das denken? Ich habe mit niemandem über den Schmuck gesprochen, und außerdem kenne ich niemanden, der so etwas tun würde.«

»Mit wem waren Sie also zusammen in London? Thomas sagte, dass er gehört hat, wie Sie sich mit einem Mann in Ihrer Wohnung unterhalten haben. Spät am Abend.«

»Er erpresst mich. Ich zahle ihm seit Jahren Geld. Ich habe mich mit ihm getroffen, weil er mehr Geld wollte. Ich hätte es nicht tun sollen, das ist mir jetzt klar.«

»Mit was erpresst er Sie? Sie müssen es mir sagen, Greta.«

»Mit dem, was passiert ist, nachdem ich die Schule verlassen habe. Er ist der Einzige, der davon weiß.«

»Wovon weiß?«

»Wenn ich es Ihnen erzähle, bin ich in Ihrer Gewalt. Möchten Sie das, Peter? Wollen Sie diese Verantwortung übernehmen?«

Greta redete, als würde sie ihren letzten Trumpf ausspielen, ihren letzten Versuch wagen, aber Peter war jetzt schon zu weit gegangen, um noch aufhören zu können.

»Ich muss es wissen. Es bleibt mir keine andere Wahl.«

»In Ordnung«, sagte Greta. Ihre Stimme war dumpf, und sie ließ sich in dem Autositz zurückfallen. Jegliche Kraft schien aus ihr gewichen zu sein.

»Ich sage es Ihnen, aber nur, wenn Sie versprechen, nichts zu unternehmen, sondern es für sich behalten.«

Peter schwieg und dachte an seine Frau, wie sie vor nur acht Stunden noch auf dem Sofa gelegen hatte. Sie trug ihre Hausschuhe, erinnerte er sich. Kleine goldene Hausschuhe, die aussahen wie Tanzschuhe. Er hatte ihr keinen richtigen Kuss zum Abschied gegeben.

Er fühlte Gretas Hand auf seinem Arm und ihren Atem auf seiner Wange, die ganze Person forderte seine Komplizenschaft.

»Wenn es nichts zu tun hat mit Anne, dann verspreche ich es«, sagte er. »Sie müssen mir das versichern.«

»In Ordnung, das ist fair«, sagte sie und ließ ihn los. »Es ist wirklich ganz einfach. Wie die meisten schlechten Dinge, nehme ich an. Ich habe Drogen genommen. Damals taten es alle. Ich wurde sogar einmal verurteilt deswegen. Ich konnte es mir nicht leisten, genug zu kaufen, und deswegen habe ich auch welche verkauft. Nur ein paar Mal, aber das reichte. Ich verkaufte irgendwelche Pillen einem Mädchen, und sie starb. Ich wusste nicht, dass sie schlecht waren. Ich schwöre, dass ich es nicht wusste.«

In Gretas Stimme lag große Bitterkeit, und sie sprach schnell, ließ Peter keine Zeit für eine Erwiderung.

»Dieser Mann war bei ihr. Er hatte danach das Gefühl, einen Anspruch auf mich zu haben.«

»Einen Anspruch?«

»Er wollte mich. Sexuell.«

»Und was haben Sie getan?«

»Ich habe ihn ein paar Mal gelassen. Es war nur Sex, und ich dachte, es spielt keine Rolle, aber dann wurde mir klar, dass das nicht stimmte.«

»Wodurch?«

»Weil das Mädchen starb. Und ich nicht. Ich hörte auf, Drogen zu nehmen, und wachte wieder auf.«

»Und was passierte dann?«

»Ich verweigerte mich ihm seitdem. Wir stritten uns, aber er schien es schließlich zu akzeptieren. Er nahm stattdessen Geld, und dann hörte ich eine Weile nichts mehr von ihm. Bis vor kurzem. Er hatte das Foto in der Zeitung gesehen, wie wir beide aus einem Restaurant in London kommen, und er wollte mehr Geld, sehr viel mehr. Ich musste ihm etwas geben. Ich hatte keine Wahl. Er bedrohte mich damit, zur Polizei zu gehen. Er sagte, er würde es auch Ihnen sagen.«

»Bastard«, sagte Peter. »*Sie* hätten es mir sagen sollen, Greta.«

»Nein, das wollte ich nicht. Ich wollte nicht, dass Sie es wissen. Ich verabredete mich mit ihm in meiner Wohnung, als ich sicher sein konnte, dass Sie weg waren. Ich wusste nicht, dass Anne und Thomas kommen wollten. Erst als es zu spät war, zu spät, um ihm abzusagen. Ich zeigte ihm, was ich verdiente – Lohnstreifen und alles. Ich sagte ihm, dass ich die Summe, die er verlangte, nicht bezahlen kann, und dann wollte er mich wieder berühren. Ich weiß nicht, was ihn dazu trieb; vielleicht, dass ich jetzt die persönliche Assistentin eines Ministers und in Ihrem Haus war, aber es fing alles wieder von vorn an bei ihm.«

»Und hat er?« Peter brachte diese Frage kaum heraus. In ihm tobten zu viele widerstreitende Gefühle. Die Trauer und die Schuld und jetzt die Wut auf diesen unbekannten Erpresser, der Greta begrapschte in seinem Haus. Unter seiner Wut lag noch ein weiteres uneingestandenes Gefühl, das Peter ergriffen hatte: sexuelle Eifersucht. Er konnte es in seinen Lenden spüren.

»Hat er was?«

»Hatte er Sex mit Ihnen?«

Peter stieß diese Wörter hervor. Sein Herz schlug schmerzhaft in seinem Brustkorb, und sein erschöpfter Verstand wurde mit Bildern überschwemmt, die er nicht abwehren konnte. Seine Frau tot, Greta nackt, und dieser Mann über ihr. Er wollte sie in Besitz nehmen, wollte ihre vollen Brüste mit seinen Händen umhüllen. Er empfand sie als etwas Lebendes, während um ihn herum nur Tod und Leere herrschte. In der frühen Dunkelheit des Morgens wehte eine kalte Briese vom Meer herüber.

»Nein, ich ließ ihn nicht«, sagte sie. »Er fürchtet sich vor mir, wenn ich wütend werde. Es ist seltsam; es ist, als wollte er mich immer so weit treiben, und dann macht er einen Rückzieher.«

Peter seufzte. Der Druck auf seiner Brust ließ ein wenig nach, und Thomas' Beschuldigungen waren wie weggeweht.

»Greta, ich habe das begriffen mit diesem Mann und warum Sie ihn eingeladen haben. Aber Thomas sagt, dass er gehört hat, wie sie dem Mann sagten, dass er warten soll, und wenn Sie über Geld gesprochen haben, ergibt das einen Sinn. Aber das war noch nicht alles, was Thomas mir erzählt hat. Er behauptete, er hätte den Mann wieder erkannt, der heute

Abend hier gewesen ist und Anne ermordet hat. Meine Frau ermordet hat, Greta.«

»Das ist nicht derselbe Mann. Ich schwöre, dass er es nicht ist. Er weiß nichts über dieses Haus, und sogar, wenn er etwas wüsste, würde er so etwas nicht tun. Er ist ein Stinktier, aber kein Mörder.«

»Thomas sagt, dass er ihn auf der Straße gesehen hat, als Sie ins Haus kamen.«

»Er hat ihn also nicht zusammen mit mir gesehen?«

»Nein.«

»Nun, es könnte ebenso gut ein Fußgänger gewesen sein, oder nicht?«

»Der um Mitternacht vor dem Haus steht?«

»Warum nicht? Hat er zum Haus geschaut?«

»Nein, Thomas sagt nein. Der Mann hatte ihm den Rücken zugewandt.«

»Wie kann er dann sicher sein, dass es derselbe Mann war?«

»Ich weiß es nicht. Er sagte, er hat eine Narbe.«

In Peters Stimme lag jetzt Zweifel, und Greta nutzte das zu ihrem Vorteil.

»Das reicht nicht. Sie wissen, dass das nicht reicht, Peter. Wie auch immer, der Mann, der in meiner Wohnung war, hatte keine Narbe. Thomas hat zu viel Vorstellungskraft, das ist das Problem. Er hat mich bei einer Lüge ertappt und den Mann auf der Straße gesehen, den Rücken eines Mannes auf der Straße, sollte ich lieber sagen. Nach Einsetzen der Dunkelheit. Und jetzt ist er halb verrückt vor Schock und Kummer und hat beschlossen, dass es sich um denselben Mann handelt, weil er mich beschuldigen möchte für das, was passiert ist.«

»Warum sollte er das wollen?«

»Weil er weiß, dass Anne und ich uns nie verstanden haben. Weil er sich schuldig fühlt, dass er mich mag, obgleich seine Mutter es nicht wollte. Weil er jemand anders als sich selber die Schuld dafür geben muss.«

»Wie meinen Sie das? Wie kann Thomas die Schuld daran haben?«

»Hat er nicht. Natürlich nicht. Er hat nur das Gefühl, dass er sie hat. Er fühlt sich wahrscheinlich schuldig, weil er da war, und Sie fühlen sich schuldig, weil Sie nicht da waren.«

Das klang plausibel. Peter wollte, dass es plausibel klang, und deswegen war es auch so. Wie damals, als Greta Annes Kleider anprobiert hatte. Er hatte mit ihr darüber gesprochen und sich ihr hinterher näher gefühlt. Er fühlte sich für sie verantwortlich, und er hatte nicht vergessen, was sie ihm am Strand gesagt hatte. Es gab niemand anders auf der Welt, der ihn liebte, ihn verstand, so wie Greta es tat, jetzt, wo Annie tot war.

Anne war tot. Die Worte kamen Peter ungebeten in den Sinn. Er hatte versucht, sie abzuwehren, aber jetzt stellte er sich plötzlich der schrecklichen Realität dessen, was geschehen war. Sie war nicht länger auf der Welt. Ihr Leben war nicht so glücklich gewesen, wie es hätte sein sollen, weil er sie ihm Stich gelassen hatte. Seine Karriere und sein Londoner Leben vorgezogen hatte. Nicht der Vater für Thomas gewesen war, den sie sich gewünscht hatte. Nicht der Ehemann, den sie verdient hätte.

Peter wusste nicht, wie er mit all dem fertig werden sollte. Er brauchte Kraft, er brauchte Hilfe, er brauchte Greta.

Wie als Antwort auf seine unausgesprochenen Gedanken

beugte sie sich vor und küsste ihn schlicht auf die Wange, auf der bereits die ersten Bartstoppeln wuchsen.

»Gehen Sie und reden Sie mit Thomas«, sagte sie. »Er braucht Sie. Ich warte hier auf Sie.«

16. Kapitel

In der Morgendämmerung trafen sie in Rowston ein. Es war die Stunde, in der sich das Dunkel des Himmels von Minute zu Minute leicht veränderte, und die Vögel hatten mit ihrem Gezwitscher begonnen. Peter fühlte sich fiebrig und drehte die Scheibe herunter, um die kalte Morgenluft in den Wagen zu lassen. Greta fuhr schweigend, starrte in den neuen Tag, der sie für immer von Flyte entfernte.

In Peters Kopf schwirrten Stimmen umher, aufgeregte Stimmen von gestern und heute, die alle auf einmal auf ihn einredeten. Thomas, der schrie: »Schaff sie hier raus!«, und Greta, die ihm ihre Geheimnisse aus der Vergangenheit zuflüsterte, die überhaupt keinen Bezug zu der heutigen Greta zu haben schienen. Die aufreizende, aufdringliche Stimme von Sergeant Hearns: »Lassen Sie uns bitte wissen, wo wir Sie beide erreichen können«, mit der Betonung auf »beide«, die gerade das Quantum an Unterstellung enthielt, ohne direkt beleidigend zu sein. Dann wieder Thomas' Stimme, als er zurückgegangen war in das Cottage der Marsh'. Keine Anschuldigungen dieses Mal. Nur Schreie, schreckliche Schreie, bis der Junge schließlich eingeschlafen und Jane Martin aus Woodbridge eingetroffen war, um sich um ihn zu kümmern. Peter wünschte, die Familie Marsh hätte sie früher angerufen; der Junge brauchte jemanden, der ihm vertraut war, aber er konnte sie deswegen nicht kritisieren. Christy und Grace hatten sich wie gute Nachbarn verhalten, wie die besten.

Da war noch eine andere leise Stimme, die um Gehör bat, die Peter immer noch aus seinem Bewusstsein verbannte. Er würde sie noch früh genug wieder hören.

Am Ende der Straße tauchte das Rowston Krankenhaus auf: ein Gebäude aus Edelstahl und Glas, das in den ersten Sonnenstrahlen des Junitages glitzerte wie ein Fremdkörper. Vor dem Eingang wartete ein Polizeiauto. Es war bereits alles arrangiert für die erste Zeremonie um die Tote: die Identifikation der Leiche.

»Möchten Sie, dass ich Sie begleite?«, fragte Greta.

»Nein«, schrie er beinahe. Anne und Greta mussten auseinander gehalten werden, das war ihm vollkommen klar. Er brauchte Greta mehr als je zuvor, aber außerhalb dieses Schreckens, irgendwo weit entfernt, wo er hingehen könnte, wenn es vorbei war. Sie würde mit dem Zug zurück nach London fahren und dort auf ihn warten, während er im Krankenhaus tat, was getan werden musste.

»Es tut mir Leid, Greta«, fügte er nach einer Weile hinzu und sprach jetzt weich, beinahe zärtlich. »Sie haben mir mehr geholfen, als ich sagen kann, aber dies ist etwas, was ich allein erledigen muss.«

Im Krankenhaus folgte er den schweren Dienstschuhen des Polizisten, die ein Muster auf dem Linoleumflur hinterließen. Sie gingen ein Dutzend Mal nach rechts und nach links, geführt von schwarzen Zeichen auf weißen Wänden, und schließlich kamen sie zu einer Flügeltür, die nicht aufschwang wie die anderen. An diesem Tor der modernen Unterwelt musste man anklopfen.

Während sie warteten, bemerkte Peter, dass die Türflügel unten ganz abgeschürft waren. Zweifellos durch Krankenhauspersonal, die sie oft aufstießen, um Tote hinein zu schieben. Sie könnte einen neuen Anstrich vertragen, dachte Peter unmotiviert, kurz bevor sie geöffnet wurde.

Es wurde keine Schublade aus einem mit Stahlfächern versehenen hohen Schrank gezogen, und es gab keine Reihe von Stahltischen, die sie passieren mussten, während der Arzt sie abzählte, bis sie die richtige Nummer gefunden hatten. Stattdessen wurde er in einen Raum geführt, an dem PRIVAT stand, in dem ein Landschaftsaquarell an der Wand hing und eine Vase mit Nelken auf dem Fensterbrett stand. Peter fragte sich, ob sie echt waren, aber er berührte sie nicht, um es herauszufinden.

»Es wird nur einen Moment dauern, Sir«, versicherte der Polizist. »Nur die Identifikation, und dann können Sie mit Ihrer Frau allein sein.«

In der Stimme des Mannes lag eine Freundlichkeit, für die Peter ihm dankbar war. Er war dankbar dafür, dass er die Leiche unter dem weißen Laken als seine Frau bezeichnet hatte und nicht als ›die Verstorbene‹ oder irgendeinen anderen unpersönlichen medizinischen Begriff benutzt hatte, und als der Leichenhauswärter das Tuch zurückzog, hatte er keine Schwierigkeiten damit, sie zu identifizieren. Die zweite Kugel hatte ihren Schaden an der Seite des Kopfes angerichtet, nicht vorn.

Es war Anne, aber er hatte nicht im Mindesten das Gefühl, dass sie da war. Es war ihre Abwesenheit, die schmerzte. Ihr toter Körper machte ihm das bewusst. Er hätte gern gesagt, dass es ihm Leid tue, es gerne wieder gutgemacht, aber Anne war nicht hier, um seine Beichte zu hören, ihm seine Sünden zu vergeben. Sie war dorthin gegangen, wohin er ihr nicht folgen konnte, und hatte ihn zurückgelassen mit diesem leeren Gesicht, dessen Ausdruck er nicht deuten konnte. Es lag Furcht darin, aber auch noch etwas anderes; es sah beinahe wie Freude aus.

Peter war untröstlich. Er dachte an die viele Zeit, die er in London verbracht hatte, an die sanfte Annäherung, mit der sie so oft am Telefon mit ihm gesprochen hatte, und an die Art und Weise, wie sie am Abend zuvor vom Sofa aus zu ihm hochgeblickt und ihn, als er gehen wollte, gefragt hatte: »Musst du schon so bald gehen, Peter? Mir kommt es vor, als seiest du gerade erst gekommen.«

Das war es, was sie gesagt hatte. Er konnte sich nicht daran erinnern, ob er geantwortet hatte, ob er mehr getan hatte, als sie flüchtig auf die Wange zu küssen, bevor er nach oben gegangen war, um zu packen.

Gleich nachdem er sich hinabgebeugt und der kühlen Stirn seiner toten Frau einen letzten rituellen Kuss gegeben, gleich nachdem er sich von ihr abgewandt hatte, überfiel eine ungebetene Erinnerung sein betäubtes Hirn. Er dachte daran zurück als Annes letztes Geschenk an ihn und versuchte, es sich später immer wieder ins Gedächtnis zu rufen.

Es war ein Sommermorgen genau wie dieser gewesen, an den er sich erinnerte, nur war es inzwischen fünfzehn Jahre her: Er erwachte in ihrem Bett zu Hause. Thomas war zwei oder drei Monate alt, und Peter hatte die Nacht bei ihm gewacht. Das Baby hatte nicht aufgehört zu schreien, und er war mit ihm stundenlang oben auf dem Flur auf- und abgegangen und hatte ihm alberne Lieder vorgesungen, an die er sich noch aus seiner Kinderzeit erinnerte. Am Morgen hatte er seine Arme nach Anne ausgestreckt und festgestellt, dass sie nicht mehr da war, obgleich ihr Bett noch warm war. Thomas' Kinderbettchen stand neben ihrem.

Peter hatte die Augen geöffnet und ins Sonnenlicht geblinzelt, das durch das offene Fenster in den Raum flutete. Nach Osten hin lag die See, und die blauen Wellen mit den weißen Schaumkronen brachen sich an dem sandigen Strand unter dem Haus, und im Süden bogen sich Annies Rosen, massenhaft Rosenstöcke, die im Garten wuchsen oder die alte Grenzmauer hochkletterten, der Sonne entgegen.

Am Südfenster standen Peters Frau und sein Sohn und blickten hinaus. Thomas' Haar war lockig und golden, und seine Wangen dick und rosig und rund über einem Kinn mit einem Grübchen darin. Seine unglaublich winzigen Finger verfingen sich in den langen, braunen Haaren seiner Mutter, und er schien vor Entzücken zu gurgeln, als sie ihn hoch ans Licht hielt. Peter lächelte seinen Sohn an, und gerade in dem Moment drehte Anne sich mit leuchtenden blauen Augen zu ihm um.

»O Peter«, sagte sie. »Ich bin so glücklich. Ich kann dir gar nicht sagen, wie glücklich ich bin.«

Peter setzte Greta am Bahnhof ab und sah zu, wie der erste Morgenzug sie von ihm entfernte. Dann fuhr er den Range Rover langsam zurück nach Flyte und nahm ein Zimmer im Anchor Inn. Er war erschöpfter als je zuvor in seinem Leben, und er fiel aufs Bett, ohne sich vorher auszuziehen, und schlief bis nachmittags.

Er wachte auf, weil das Telefon klingelte. Es hörte auf und

klingelte erneut, immer wieder, bis er schließlich antwortete. Es war Thomas, aber seine Stimme klang anders. Es lag eine verzweifelte Entschlossenheit in ihr, die Peter unbekannt war.

»Ich muss mit dir reden, Dad. Tante Jane auch.«

»Wo bist du? Geht es dir gut?«

»Wir sind in Woodbridge. In Marys Haus.«

»In wessen Haus?«

»Von Tante Janes Schwester. Die Adresse ist Harbour Street 28. Kommst du?«

»Ja, natürlich. Ich bin froh, dass Jane dich mitgenommen hat. Ich hätte selbst daran denken sollen.« Dann, als Peter schon den Hörer auflegen wollte, erklang noch einmal Thomas' Stimme.

»Ist sie weg, Dad? Du musst allein kommen. Ich kann mich sonst nicht mit dir treffen.«

»Mach dir keine Gedanken, ich bin allein«, sagte Peter und legte auf. Er hatte nur die Wahrheit gesagt; er hatte sich noch nie so allein gefühlt wie in diesem Moment.

»Was wirst du tun, Dad?«

»Tun was?«

»Mit Greta. Sie hat meine Mutter umgebracht.«

»Nein, das hat sie nicht. Sie hat nichts damit zu tun, Thomas. Du hast dich darauf irgendwie fixiert, und das ist für keinen von uns gut.«

Sie saßen im Vorderzimmer des kleinen Hauses in der Harbour Street umgeben von Nippes, der sich im Laufe eines ganzen Lebens angesammelt hatte. Sammeltassen und Flaschenschiffe konkurrierten mit Porzellankatzen und

Stoffhunden. Mary hatte für Peter, Thomas und Jane Tee mit Milch zubereitet und sie allein gelassen an dem schweren Esstisch aus Eichenholz – Jane und Thomas auf einer Seite und Peter auf der anderen.

Ein Teil von Peter realisierte, dass dies alles falsch war. Er sollte derjenige sein, der den Arm um seinen Sohn legte, nicht die alte Haushälterin, aber Thomas' Obsession, was Greta betraf, trennte sie, und Peter fühlte sich dagegen machtlos.

»In Ordnung, Dad, hör zu, was Tante Jane dir zu sagen hat«, begann Thomas, der seine Ungeduld nur schwer im Zaum hielt.

»Sie hat böse Dinge über Mylady gesagt, Sir Peter«, eröffnete ihm die Haushälterin.

»Wann?«

»An dem Tag, als der kleine Hund gestorben ist. Nachdem Sie das Haus verlassen hatten. Sie sagte, dass sie das Mylady heimzahlen würde.«

»Viele Menschen haben böse Dinge an dem Tag geäußert. Das Entscheidende ist, dass es jedem hinterher Leid getan hat. Stimmt das nicht, Thomas?«

»Sie hat das Fenster offen gelassen, und ich habe gehört, wie einer der Männer bemerkte, dass alle zu seien«, sagte Thomas und überging die Frage seines Vaters.

»Sie hat das Fenster irrtümlich offen gelassen. So etwas passiert leicht an einem warmen Abend wie dem gestrigen. Warum hätte sie zugeben sollen, es auf gelassen zu haben, wenn sie es mit Absicht getan hat?«

»Weil sie da noch nicht wusste, dass ich ihn wieder erkennen würde.«

»Jemand, den du von hinten auf der Straße um Mitternacht gesehen hast. Sie hätte nicht lügen sollen, Thomas, aber sie hatte ihre Gründe.«

»Warum hat sie dann die Verabredung für mich getroffen, bei Edward zu übernachten? Was ist damit?«

»Ich weiß es nicht, Thomas. Ich habe nicht auf alles eine Antwort. Ich bin aber sicher, dass du falsch liegst. Ich kenne Greta, und auf so etwas würde sie sich niemals einlassen.«

»Doch, das hat sie. Du weißt, dass sie das hat. Du beschützt sie bloß, weil du mit ihr bumst.«

Thomas stieß seinen Stuhl heftig zurück und beugte sich über den Tisch, wehrte Jane Martins hilflose Versuche, ihn zurückzuhalten, ab.

»Du bumst sie, und meine Mutter ist ihretwegen tot. Ich hasse dich, ich hasse dich, ich hasse dich!«

Thomas' Stimme überschlug sich und wurde zu einem hysterischen Schreien, das plötzlich abriss, als sein Vater sich über den Tisch beugte und ihn hart mit seinem Handrücken auf die Wange schlug.

Peter erhob sich und blickte seinem Sohn in die Augen. Thomas hielt sich die Hand über die Wange, aber sein Vater konnte die Wut in seinen Augen sehen. Es war die Art Wut, aus der lebenslanger Hass geboren wird.

»Es tut mir Leid, Thomas«, sagte er. »Ich wünschte, ich hätte das nicht getan, aber du hättest das nicht zu mir sagen sollen. Es ist deine Entscheidung, was du der Polizei erzählst, aber überleg es dir vorher. Du könntest es möglicherweise bereuen.«

Peter ging langsam zur Tür, blieb aber einen Augenblick dort stehen und zögerte. Sein Sohn und Mrs. Martin schwiegen, und er hatte das Gefühl, dass ihm keine andere Wahl blieb, als zu gehen. Bliebe er, würde das seinen Sohn nur noch mehr aufbringen. Also drehte er sich ohne ein weiteres Wort um und ging aus dem Haus.

Draußen saß er im Range Rover, warf einen Blick auf die bewegungslosen Netzvorhänge vor den Frontfenstern des kleinen Hauses. Er brannte darauf, wieder aus dem Auto zu steigen und den Weg zurück zur Eingangstür zu gehen, aber er tat es nicht. Stattdessen startete er nach einigen Minuten den Motor und fuhr langsam weg. Es gab keinen Weg zurück.

Vier Tage vergingen, bevor die Polizei der Familie gestattete, zurückzukehren ins Haus der Vier Winde. Sir Peter blieb in dem Hotel in Flyte und kümmerte sich um die Beerdigung, und Tante Jane fand, es wäre besser für sie und Thomas, bei ihrer Schwester in Woodbridge zu bleiben, aber er bestand darauf, so schnell wie möglich heimzukehren. Das Haus der Vier Winde war das Leben seiner Mutter gewesen, und durch ihre Gärten zu spazieren gab ihm das Gefühl, als sei sie immer noch auf der Welt.

Er saß auf einer alten Bank in der Sonne, blickte durch einen Vorhang weißer Rosen hoch zu dem Schlafzimmerfenster seiner Mutter und stellte sich vor, dass sie jeden Moment erschiene und ihn hereinriefe. Im Halbdunkel zurück zum Haus zu trotten brachte den ganzen Schmerz erneut zurück, aber die Momente im Garten, wenn er seiner Mutter so nah zu sein schien, waren ein Teil dessen, was ihn aufrecht hielt. Der Rest war der Gedanke an Rache: das Bedürfnis, die Verantwortlichen für ihre Tat bezahlen zu lassen. Er wusste, was seine Mutter über Greta gedacht hatte; Tante Jane saß beinahe jeden Abend mit ihm in der Küche und erzählte ihm alles, was seine Mutter gesagt hatte. Lady Anne hatte sich oft an der Schulter der alten Haushälterin ausgeweint, und es war ihr kaum bewusst gewesen, dass all ihre frustrierten und ablehnenden Äußerungen der alten Freundin aus ihrer Kindheit getreulich im Gedächtnis blieben.

Thomas schämte sich jetzt, wenn er sich seiner Träume über Greta erinnerte. Er bedauerte bitterlich seine Liebeserklärung, die er ihr im Taxi gemacht hatte, verband sie in seiner Erinnerung mit der Trauer im Gesicht seiner Mutter, als sie ihn aus dem Fenster im ersten Stock des Hauses seines Vaters in London angesehen hatte.

Nachts im Bett dachte er daran, Greta umzubringen, ihr ein Messer in die Brust zu stoßen, aber dann erinnerte er sich wieder an seine Mutter, die in einer Pfütze roten, klebrigen Blutes am Kopf der Treppe lag und deren Augen ins Leere blickten. Es gab noch eine andere Möglichkeit, Greta bezahlen zu lassen – einen saubereren Weg, den Weg, den seine Mutter gewollt hätte. Thomas erinnerte sich an das Brennen in seinem Gesicht, das von der Hand seines Vaters herrührte, und er fällte seine Entscheidung.

Früh am nächsten Morgen rief er die Polizei an und traf eine Verabredung mit Sergeant Hearns, nachmittags vorbeizukommen und seine Aussage aufzunehmen. Er musste es vor der morgigen Beerdigung seiner Mutter hinter sich bringen.

Es regnete am Morgen der Beerdigung. Die Tropfen fielen schwer auf die Köpfe der Trauerversammlung, die sich um das frisch geschaufelte Grab in der Ecke des Friedhofes in Flyte versammelt hatte.

Thomas saß in der Kirche zwischen seinem Vater und Tante Jane. Er hatte genauso wenig den Wunsch, die Zerwürfnisse innerhalb der Familie publik zu machen, wie sein Vater, aber am Grab wich er vor dem schützenden Arm seines Vaters zurück und griff stattdessen nach der Hand von Tante Jane.

Der nasse Schmutz klebte an Thomas' blank geputzten Schuhen, und sein regennasses Haar saß wie angeklatscht an seinem Kopf. Er wischte sich den Regen aus den Augen und fragte sich, warum er nicht weinte. Tante Jane weinte auch nicht. Die alte Frau biss sich auf die Lippe und starrte wütend in den bewölkten Himmel, sah aus wie ein Veteran, der wieder in den Krieg ziehen wollte. Thomas liebte die alte Haushälterin; jetzt, wo seine Mutter nicht mehr da war, war sie die einzige Person auf der ganzen weiten Welt, der er wirklich vertraute.

Thomas hielt seinen Blick abgewandt von seinem Vater und versuchte, nicht in das obszöne Loch im Boden zu blicken, in das die Männer vom Beerdigungsinstitut den Körper seiner Mutter versenkt hatten. Er konnte den Regen hören, der auf den hölzernen Sargdeckel plätscherte, und die Stimme des Pfarrers, die lauter war als zuvor, sich anstrengte, das Donnergrollen im Himmel zu übertönen.

»Der Mensch, vom Weibe geboren, lebt kurze Zeit und ist voll Unruhe, geht auf wie eine Blume und fällt ab ...«

Ja, dachte Thomas. Das waren die richtigen Worte. Seine Mutter war nie glücklich gewesen. Wie hätte sie es sein können, wo sein Vater sie verlassen hatte? Und sie hat nicht lange genug gelebt. Sie war abgeschnitten worden wie eine ihrer Rosen, als sie am schönsten war, am lebendigsten, die beste Frau der Welt.

Thomas begann plötzlich zu weinen, nicht nur um sich, sondern auch um seine Mutter. Für das, was man ihr genommen hatte. Sie würde nie wieder einen Sommer erleben; sie würde nie wissen, was aus ihm wurde.

»O du heiliger und barmherziger Gott, verlasse uns nicht in Not und bitterer Pein«, betete der Pfarrer, aber die erhabenen Worte kamen Thomas hohl vor. Seine Mutter war für immer und ewig tot. Das bedeutete diese Beerdigung. Sie würde nie wieder leben. Er würde nie wieder sehen, wie ein Lächeln ihr Gesicht erleuchtete, wenn er den Raum betrat; nie wieder die liebevolle Geste spüren, mit der sie ihm sein langes Haar aus der Stirn strich und die noch aus seinen Kindertagen stammte. Thomas wusste nicht, warum er noch auf der Welt war, wenn sie es nicht mehr sein konnte. Wie konnte er leben, wenn sie nicht mehr lebte?

»O heiliger und barmherziger Heiland, der du Richter bist auf ewig, führe uns nicht in Versuchung in unsrer Todesstunde, dass wir nicht fallen von dir.«

Thomas dachte oft an die letzte Stunde seiner Mutter, und wie so häufig in letzter Zeit erinnerte er sich an ihren allerletzten gemeinsamen Moment oben auf der Treppe. Er hatte auf die Bücher gedrückt, und das Versteck hatte sich geöffnet. Er hatte die Stimmen von unten gehört und das Licht der Taschenlampen gesehen. Er war vorwärts gestolpert, hinein in die Dunkelheit des Priesterlochs, und hatte das Nachthemd seiner Mutter, das er mit seiner Hand umklammert hielt, losgelassen. Er rief sich diese Szene wieder und wieder ins Gedächtnis, aber dennoch konnte er nicht sagen, ob er es losgelassen oder sie es weggezogen hatte. Er wusste nur, dass er, als er sich in der Dunkelheit nach ihr umgedreht hatte, gespürt hatte, wie sich der Bücherschrank hinter ihm schloss. Sie musste vor den Büchern gestanden und die Regale wieder gerichtet haben, als der erste Schuss sie traf und sie zu Boden gestürzt war. Aber bis dahin hatte sie ihr Ziel erreicht. Sie war in dem Bewusstsein gestorben, dass er versteckt war.

Ihre letzte Tat war, sein Leben zu retten, und plötzlich begriff Thomas, was das bedeutete. Er musste weiterleben, weil sie ihn gerettet hatte. Er war nicht von ihr getrennt, weil er genau wusste, was ihr Wunsch war. Sie lag nicht verschlossen in dieser dunkelbraunen Kiste auf dem Boden, auf die sein Vater in diesem Moment gerade Blumen zum Abschied warf. Sie lebte weiter in ihm. Es war nicht »Erde zu Erde, Asche zu Asche, Staub zu Staub«. Er würde dafür sorgen, dass es das nicht war.

Thomas blickte sich um. Die Gräber von Generationen von Sackvilles und ihrer Diener erstreckten sich bis hinüber zur alten Natursteinkirche, hinter den Stumpf der großen Kastanie, die von dem Sturm von 1989 umgerissen worden war. Einige der moosbedeckten Gräber waren so tief eingesunken, dass man nicht einmal mehr den Namen des Sackville, dessen Knochen unter dem Gras vermoderten, entziffern konnte.

Die Kirche und der Friedhof waren seit 350 Jahren unverändert. Hier lagen dieselben Männer und Frauen, die lauthals gebrüllt hatten während ihrer Taufe und voller Lebensfreude waren, als sie ihre Namen in das ledergebundene Heiratsregister eingetragen hatten, das jetzt in der Kirchen-Sakristei verstaubte. Im achtzehnten und neunzehnten Jahrhundert waren die Pfarrer zwischen den Gräbern über denselben Kiesweg geschritten und hatten dieselben Worte aus dem Gebetbuch der anglikanischen Kirche zitiert.

Thomas wurde sich plötzlich zutiefst der Bedeutung all der Toten bewusst, die um ihn herum lagen. Menschen, die durch die alten, engen Gassen von Flyte gewandert waren und gegen dieselbe grausame See gekämpft hatten. Sackvilles, die das Haus der Vier Winde übernommen und es unbeschädigt der nächsten Generation weitervererbt hatten. Thomas' Vater war ein Fremder für diese alle, aber er, Thomas, war unzertrennlich mit dem Vergangenen und dem, was noch kommen würde, verbunden. Er betrachtete die freundlichen, mitleidigen Gesichter seiner Nachbarn; Männer und Frauen, die er sein Leben lang gekannt hatte, und er lächelte sie unter Tränen an. Er war nicht allein, und wie als Antwort auf seine Gedanken, verlangsamte sich der Regen, hörte ganz auf, und die Sonne schien durch eine Wolkenlücke.

17. Kapitel

Nach der Beerdigung stand Peter unter dem Porträt seines Schwiegervaters im Esszimmer des Hauses der Vier Winde und sprach abwechselnd mit allen Freunden, Nachbarn und entfernten Verwandten, die gekommen waren, um Lady Anne ihre letzte Ehre zu erweisen.

Sein politisches Training hatte ihn hervorragend auf die Bewältigung derartiger Anlässe vorbereitet. Er erinnerte sich an den Namen jedes Einzelnen, sprach mit jedem gerade lange genug und nahm ihr Beileid mit gerade der richtigen Prise von Dankbarkeit entgegen.

Die ganze Zeit allerdings, in der er Konversation betrieb, suchte er seinen Sohn. Thomas war nach der Beerdigung verschwunden, und keiner, nicht einmal Jane Martin, schien zu wissen, wohin er gegangen war. Peter war sich nur zu deutlich bewusst, wie der Junge sich am Grab aus seiner Umarmung befreit hatte, und er wollte versuchen, den Riss zwischen ihnen zu kitten, bevor er wieder zurück nach London musste.

Kein Tag verging, an dem Peter nicht bedauerte, dass er seinen Sohn geschlagen hatte, obgleich er sich selbst gut genug kannte, um zu wissen, dass er gar keine andere Wahl gehabt hatte. Thomas hatte ihn zu sehr provoziert mit den schrecklichen Dingen, die er gesagt hatte.

Die meisten der Gäste waren bereits gegangen, als Jane Martin Peter sagte, dass Greta ihn am Telefon sprechen wollte. Er entschuldigte sich höflich bei dem Hafenmeister von Flyte, mit dem er sich gerade unterhielt, nahm sein Glas Rotwein und ging hinüber ins Arbeitszimmer, wo er aus dem kürzlich reparierten Fenster blickte, als er den Telefonhörer aufnahm.

»Hallo Greta«, sagte er, aber es kam keine Antwort. Nur ein Stimmengewirr, aus dem er die Stimme eines Betrunkenen heraushören konnte, der schrie, dass er nach Hause wolle.

»Greta!«, rief er ins Telefon. Er spürte, dass etwas nicht stimmte, obgleich er keine Ahnung hatte, was das sein konnte.

Er hörte ihre Stimme, als er schon auflegen und versuchen wollte, zurückzurufen.

»Peter, Gott sei Dank, Sie sind da. Man hat mich verhaftet.«

Peter ließ sein Weinglas fallen. Es zerbrach nicht, aber der Rotwein verbreitete sich auf dem hellen Teppich, und Peter wandte sich ab. Es sah zu sehr wie Blut aus.

»Wo sind Sie?«, fragte er.

»Ich bin in Ipswich bei diesem Hearns. Sie haben mich von London hierher gebracht.«

»Ist alles in Ordnung mit Ihnen?«

»Ich weiß nicht. Es gibt einen Anwalt hier. Thomas hat ausgesagt, dass ich diese Männer geschickt habe, um Anne zu töten. Ich verstehe nicht, wie er ihnen das erzählen konnte, Peter. Nicht nach all der Zeit, die wir zusammen verbracht haben.«

»Greta, ich komme. Ich hole Sie da raus. Ich verspreche es.«

»Beeilen Sie sich, Peter. Bitte.«

Als er den Hörer auflegte, sah Peter seinen Sohn durch das Nordtor kommen und über den Rasen zum Haus gehen. Peter rannte hinaus, um ihn abzufangen. Sie trafen unter einer alten Ulme aufeinander, und Peter zog seinen Sohn hinter den Baum, damit sie vom Esszimmerfenster aus nicht gesehen werden konnten.

»Was ist los, Dad?« Thomas war alarmiert. Sein Vater atmete schwer und hielt ihn immer noch am Aufschlag seines Jacketts fest.

»Wo warst du?« Das war nicht die Frage, die Peter stellen wollte, aber er brauchte Zeit, um die richtigen Worte zu finden.

»Ich bin zum Strand gegangen. Ich habe versucht, das alles irgendwie zu verstehen. Du kannst mir dabei helfen, Dad.«

»Dir helfen?« Peter lachte schroff. Seine Stimme war weinselig. Er hatte zu viel getrunken auf der Trauerfeier oder wie immer man diese trostlose Versammlung da drinnen nennen mochte. Er trank jeden Tag und jeden Abend zu viel, um mit allem fertig zu werden, während sein Sohn einfach zu diesem aufdringlichen Polizisten gerannt war und ihm ein Messer in den Rücken gestoßen hatte.

»Dir helfen, nach dem, was du mir angetan hast!«

»Wie bitte, Dad?«

Thomas klang jetzt ängstlich. Sein Vater hatte ihn mit beiden Händen am Revers ergriffen und schüttelte ihn, als er sprach.

Abrupt ließ Peter ihn los. Es war, als hätte man einen elektrischen Draht in seinem Inneren gekappt.

»Man hat Greta verhaftet. Genau wie du es wolltest. Du hast bekommen, was du wolltest, Thomas.«

»Es geht nicht darum, was ich will, Dad. Es geht darum, was richtig ist. Dieser Mann war bei ihr in London. Ich weiß, dass er es war.«

»Es macht keinen Sinn, darüber mit dir zu streiten, Thomas. Du hast deinen eigenen Weg beschritten, und ich kann dir nicht folgen. Ich denke nur, dass ich etwas Besseres von dir verdient hätte. Das ist alles.«

»O Dad.« Thomas begann zu weinen. Der Sinn all dessen, was er sich in seinem Inneren am Grab und am Strand zusammengeklaubt hatte, begann abzubröckeln.

»Es tut mir Leid, Thomas. Vielleicht hättest du mit deinen Enthüllungen bis nach der Beerdigung deiner Mutter warten sollen.«

Peter wusste, dass er grausam war. Irgendwo tief drinnen war ihm schwach bewusst, dass es das Verkehrteste überhaupt war, mit seinem fünfzehnjährigen Sohn am Tag der Beerdigung seiner Mutter so zu sprechen, aber vordringlich musste er an Greta denken, die sich auf der Polizeiwache zwischen all den Betrunkenen und Wüstlingen befand. Auf dem Rücksitz eines Polizeiwagens, den ganzen Weg von London nach Ipswich, neben sich den schwitzenden Hearns auf den fleckigen Autositzen, und jetzt in einer Zelle, wo sie sich schlecht fühlte und Angst hatte.

»Es ist die Wahrheit, Dad. Warum kannst du mir nicht glauben?«, bat Thomas seinen Vater unter Tränen.

»Weil es nicht wahr ist. Es ist eine Wahnvorstellung. Du bist krank vor Wahnvorstellungen, und du lässt unschuldige Menschen dafür bezahlen.« Peters Stimme war wieder bestimmt. »Ich muss jetzt gehen, Thomas.«

»Wohin?«

»Wohin glaubst du wohl? Auf die Polizeiwache in Ipswich, um Greta dort herauszuholen, und dann nehme ich sie mit zurück nach London.«

»Wann sehe ich dich wieder, Dad?«

»Das weiß ich nicht. Ich muss wieder zurück an die Arbeit. Jane wird hier sein, um für dich zu sorgen, und dann sehen wir weiter. Du musst auf eine gute Schule und etwas lernen. Das ist meine Meinung.«

Thomas wandte sich ab. Sinnlos, mit diesem Mann zu reden, der ihn so wenig verstand. Genauso wenig, wie sein Vater seine Mutter verstanden hatte.

Thomas ging langsam zum Haus. Seine Schultern waren eingesunken und sein Rücken gebeugt, als trüge er eine Last, die viel zu schwer war für sein Alter.

»Reiß dich zusammen, Thomas«, rief sein Vater ihm hinterher. »Es sind immer noch Leute im Haus.«

Peter fuhr schnell und überprüfte in seinem Rückspiegel, ob ihm auch keiner der Reporter folgte, die am Tor gewartet hatten. Die Straße war leer, und als er Carmouth hinter sich gelassen und die Scheiben heruntergedreht hatte, versuchte er, das Geschehene zu verstehen.

Vor allem hatte er ein Schuldgefühl gegenüber Greta, dass er sie in London allein gelassen hatte. Sie hatte ihm angeboten, zur Beerdigung zu kommen, aber er hatte sie nicht dabei haben wollen. Er wollte keine weiteren Konflikte mit Thomas, nach dem, was in Woodbridge passiert war, aber er hätte dies hier kommen sehen müssen. Sein Sohn hatte an jenem Nachmittag seltsam verrückt gewirkt, was ihn hätte warnen müssen, obgleich er offensichtlich nichts hätte tun können, nachdem Thomas sich einmal entschlossen hatte, mit dem

Finger auf Greta zu zeigen. Die Ungerechtigkeit musste ihren Weg nehmen, genau wie die Gerechtigkeit. Abgesehen davon hätte er möglicherweise da sein können, als sie sie verhafteten; er hätte eventuell früher auf der Wache sein, ihr einen guten Anwalt besorgen können. Sie brauchte einen fähigen Juristen, der sie vor Hearns mit seinen bohrenden Fragen und schmutzigen Unterstellungen beschützte.

Greta wurde immer noch vernommen, als er zur Wache kam. Er lief auf und ab im vorderen Raum, beobachtet von einem ausdruckslos blickenden uniformierten Constable hinter dem Schreibtisch.

»Wie lange wird es noch dauern, bevor ich mit Sergeant Hearns sprechen kann?«, hatte er wieder und wieder gefragt, nur um die immer gleiche Antwort zu bekommen.

»Er weiß, dass Sie hier sind, Sir. Er weiß, dass Sie hier sind.«

Es war nach sechs Uhr, und Peter überlegte, ob er zu dem am nächsten gelegenen Pub gehen und einen Whisky trinken sollte, als Hearns erschien.

»Es tut mir Leid, dass ich Sie warten ließ, Sir Peter.«

»Nein, es tut Ihnen nicht Leid«, konterte Peter unhöflich. »Hätten Sie nicht bis nach der Beerdigung warten können?«

»Ich fürchte nein. Wir müssen schnell handeln, weil sonst die Beweise vernichtet werden könnten.«

»Von wem?«

Sergeant Hearns antwortete nur durch leichtes Heben seiner zottigen grauen Augenbrauen. Er sah aus, als trüge er denselben Anzug und dieselbe Krawatte wie in der Mordnacht.

»Darf ich Ihnen eine Frage stellen, Sir Peter?«, sagte er nach einer Weile. »Warum sind Sie so wütend auf uns, dass wir diese Ermittlung führen? Es ist *Ihre* Frau, die ermordet wurde. Ich hätte angenommen, dass es Ihr Wunsch sei, dass wir den Täter finden.«

»Den richtigen Täter. Ich möchte nicht, dass Sie falschen Spuren nachjagen. Meine Assistentin verfolgen.«

»Sie ist nicht verfolgt worden, Sir Peter. Sie ist verhört worden.«

Hearns' einstudierte Höflichkeit machte Peter eher noch wütender.

»Dazu haben Sie kein Recht!«, explodierte er. »Sie hat nichts Falsches getan.«

»Dann müssen Sie auch nichts befürchten«, sagte der Detective. »Es kommt mir seltsam vor, dass Sie sich so darüber aufregen, dass wir Miss Grahame vernehmen, Sir Peter. Ich hoffe, dass Sie nichts vor uns zu verbergen haben. Das wäre nicht vernünftig.«

»Was zur Hölle meinen Sie damit? Wie können Sie es wagen, so mit mir zu reden! Wissen Sie, wer ich bin?«

Peter spürte, wie er die Beherrschung verlor, aber sein Zorn schien an Hearns' Gleichmut abzuprallen.

»Sie sind ein wichtiger Minister in der Regierung Ihrer Majestät, und um ehrlich zu Ihnen zu sein, ich glaube nicht, dass wir jemals einen Minister auf dieser Polizeiwache hatten. Wir haben selten so wichtigen Besuch in diesen Breiten. Ich sollte Sie darum bitten, sich in unserem Gästebuch einzutragen, bevor Sie gehen.«

Peter war sprachlos. Hearns hatte zweifellos ein beträchtliches Talent, beleidigend zu sein und gleichzeitig den gegenteiligen Anschein zu erwecken.

»Tatsache ist, Sir Peter, dass es keine Rolle spielt, wer Sie sind. Sie könnten der Premierminister sein, aber das würde mich nicht daran hindern, meinen Job zu tun. Es gibt Beweise, die gegen Ihre Assistentin sprechen, und es ist meine Pflicht, das zu untersuchen.«

»Was für Beweise? Eine lächerliche Identifikation und ein Fenster, das aus Versehen offen gelassen wurde. Daraus versuchen Sie, einen Fall zu konstruieren, während Sie gut daran täten, sich auf die Suche nach den wirklichen Mördern zu begeben.«

»Ich versuche, sie zu fangen, Sir Peter, und ich werde weder Ihnen noch irgendjemand anderem gestatten, mir dabei im Weg zu sein.«

»Machen Sie sich nicht lächerlich. Ich möchte Greta jetzt mit nach Hause nehmen. Sind Sie fertig mit ihr?«

»Ja, beinahe. Es gibt noch einige Formalitäten zu erledigen. Es wird nicht lange dauern.«

»Sie verhaften Sie also nicht. Das habe ich mir gedacht. Sie verhaften Sie nicht, weil Sie keinerlei Beweise haben.«

»Es gibt Beweise, Sir Peter, aber gegenwärtig wird sie nicht verhaftet.«

Hearns lächelte, als wäre er sehr zufrieden mit seiner knappen Antwort, und erneut durfte Peter die gelblichen Zähne des Detectives bewundern.

»Ich werde dafür sorgen, dass Miss Grahame in wenigen Minuten bei Ihnen ist«, sagte er.

Greta schlief auf der Rückfahrt nach London. Peter fuhr schnell und betrachtete wiederholt ihr Profil. Die glatte weiche Haut ihres Gesichts und das gepflegte schwarze Haar, das hinter ihr zartes Ohr gekämmt war, ließen sein Herz schneller schlagen. Er bemerkte erst jetzt, wie sehr er sie vermisst hatte. Er war entschlossen, sie vor der feindlichen Welt zu beschützen, egal was es kosten mochte.

In Chelsea wartete er oben am Treppengeländer, während sie ins Souterrain ging und die Wohnung aufschloss. Eine Minute später hörte er sie schreien. In der Wohnung waren überall Schubladen herausgezogen worden, und Papiere lagen am Boden verstreut. Jeder Schrank, jede einzelne Nische war durchsucht worden.

»Sie müssen weitergemacht haben, nachdem Hearns mich mit nach Ipswich genommen hat«, sagte sie.

»O Greta, ich wünschte, ich könnte etwas tun«, sagte er. »Ich fühle mich so verantwortlich. Ich wollte nicht, dass Ihre Rückkehr sich so abspielt.«

»Sie tun ja etwas. Sie sind hier.«

Sie waren in der Küche, und Greta räumte auf, ordnete ihre Sachen, setzte die Kaffeemaschine ingang und brachte Peter ein Glas und eine Flasche Whisky.

»Nehmen Sie auch einen, Greta«, forderte er sie auf. »Sie fühlen sich dann besser.«

»Nein, ich würde mich schlechter fühlen«, lachte sie plötzlich. »Kaffee reicht mir, und ich esse auch etwas Toast. Ich habe nichts angerührt in dieser schmutzigen Polizeiwache.«

»War es so schlimm?«

»Es war erbärmlich. Voll menschlichen Elends, wie solche Orte eben sind. Sie schließen einen in eine Zelle und geben einem einen Vorgeschmack, der einen weich machen soll, bevor sie mit ihren Fragen beginnen.«

»Ich bin nie in einer gewesen.«

»Natürlich nicht, Peter. Sie haben nicht meine reiche Vergangenheit. Verzeihung, *arm* wäre ein passenderes Wort.«

Gretas Stimme war schroff und so bitter, wie Peter es noch nie zuvor gehört hatte.

»Was kommt als Nächstes, Greta?«

»Oh, sie haben mir einen Termin genannt, wann ich wieder erscheinen muss. Ich muss mich der Polizei zur Verfügung halten, wie sie es nennen. Aber es wird nichts dabei herauskommen. Sie greifen nach Strohhalmen.«

»Ich weiß. Das habe ich Thomas auch gesagt.«

»Sie machen es seinetwegen. Sie wissen das, nicht wahr, Peter? Er ist so davon überzeugt, dass ich dahinter stecke, dass er Hearns auch überzeugt hat. Und das Beste ist, dass er nicht einmal das Gesicht des Mannes gesehen hat, mit dem ich zusammen gewesen sein soll. Gott, ich wünschte, ich hätte nicht gelogen. Jetzt ist es natürlich zu spät.«

»Machen Sie sich keine Vorwürfe, Greta. Ich verstehe, warum Sie es getan haben. Was hat die Polizei noch in der Hand?«

»Das Fenster, das ich vergessen habe zu schließen. Die Verabredung mit Mrs. Ball, um die Anne mich gebeten hat, und jetzt haben sie auch noch die entzückende Tante Jane, die bezeugt, wie ich in der Eingangshalle Selbstgespräche geführt und über Lady Anne gesagt haben soll, ›diese verdammte Runde ging an dich‹. ›Mrs. Piekfein‹ soll ich sie genannt haben.«

»Jane hat mir irgendwas in der Art erzählt. Es war einen Tag, nachdem es passiert ist, und ich bin nach Woodbridge gefahren, um mit ihr und Thomas zu reden. Alle sind wütend geworden.«

»Nun, ich weiß, warum sie das gesagt hat. Um Thomas den Rücken zu stärken, weil das sein Problem ist, um es vorsichtig auszudrücken.«

»Sie meinen, sie lügt?«

»Natürlich lügt sie. Sie hat mich immer gehasst.«

»Ich werde sie entlassen.«

»Nein, tun Sie das nicht. Das macht alles nur noch schlimmer.«

»Sie haben Recht. Ich kann Thomas auch nicht sich selbst überlassen.«

»Sich selbst überlassen?«

»Ich kann ihn jetzt nicht um mich haben. Nicht nach dem, was er mir gesagt hat. Nicht nach dem, was er getan hat.«

»Was hat er Ihnen gesagt?«

»Er sagte, ich würde Sie nur beschützen, weil wir, weil wir ...« Peter errötete und sah beiseite, schenkte sich einen weiteren Whisky ein.

Greta setzte sich neben ihn und nahm seine andere Hand in ihre, verschränkte ihre Finger mit seinen.

»Sehen Sie mich an, Peter«, sagte sie. »Genau deshalb tut Thomas es. Ich wollte es Ihnen nicht sagen, aber die Dinge haben sich zu weit entwickelt. Sie müssen es wissen.«

Sie saß ganz nah bei ihm, und er war fasziniert von ihren glitzernden grünen Augen.

»Er wollte mich, Peter. Er sagte mir, ich sei schön und er liebe mich.«

»Wann? Was ist passiert?«

Panik überfiel Peter, als hätte sie ihm plötzlich ein Messer an die Kehle gesetzt.

»Es war in dem Taxi auf dem Weg zurück, nach unserem Picknick im Park. An dem Tag, an dem Sie keine Zeit hatten, wissen Sie noch?«

»Was ist passiert?«

»Nichts. Was glauben Sie, was passiert sein soll? Er war

vierzehn, und ich siebenundzwanzig. Ich sagte ihm, dass er sehr süß sei, aber dies alles nicht richtig. Was hätte ich schon anderes sagen können?«

»Nichts. Sie haben das Richtige gesagt. Er muss verrückt gewesen sein.«

»Er ist ein Teenager, der nie eine Freundin gehabt hat. Er denkt pro Minute dreimal an Sex, wie alle anderen Jungen in seinem Alter.«

»Ich habe es nicht getan.«

»Darum geht es nicht. Der Grund, warum ich Ihnen all das erzähle, ist, dass Sie verstehen, warum er mich drankriegen will. Ich habe ihn zurückgewiesen, und er muss mich dafür hassen. Dann glaubt er auch noch, dass ich Sex mit Ihnen habe, und hasst mich deswegen erst recht, weil ich Sie ihm weggenommen habe und weil er eifersüchtig ist. Dann wird seine Mutter ermordet, und er fühlt sich schuldig, dass er mich begehrt hat, obgleich ich nicht gerade Lady Annes Liebling war. Es ist ein giftiges Gebräu.«

»Hat er sie angefasst, Greta?«

Der Gedanke, dass sein Sohn, dass irgendjemand Greta berührte, übermannte Peter. Er war plötzlich krank vor Eifersucht.

»Natürlich nicht, Peter. Machen Sie sich nicht lächerlich.«

»Ich möchte nicht, dass irgendjemand Sie anfasst.«

»Das wird auch nicht geschehen.«

Sie lächelte, streckte ihre Hand aus und berührte seine Wange. Ihre roten Lippen waren leicht geöffnet, und er konnte ihre Zungenspitze zwischen ihren perfekten kleinen weißen Zähnen sehen.

Er nahm ihre Hand und küsste sie. Es sollte eine sanfte

Berührung sein, aber stattdessen war sie hungrig, und sein Atem kam keuchend und stoßweise.

Sie erhob sich, und einen Moment lang glaubte er, sie würde gehen, aber sie ging nicht. Stattdessen nahm sie seine andere Hand, befreite sie von dem Whiskyglas und führte sie nach oben, bis sie auf ihrer Brust lag.

Sie blickte mit halb geschlossenen Augen verträumt an die Wand, als er ihre Brust mit seiner Hand umschloss und mit seinen Fingerspitzen über ihre aufgerichtete Brustwarze streichelte, die er durch den dünnen Stoff ihres Kleides ertastete.

Sie griff nach ihrem Reißverschluss am Rücken, schnitt eine Grimasse, als sie ihn nicht erreichen konnte, sprach aber kein Wort. Stattdessen griff sie nach seiner anderen Hand, führte sie an ihren Rücken und drückte sich an seinen Körper, während sie seine Hand an die richtige Stelle leitete.

Einen Augenblick später hatte er es geschafft. Er zog den Reißverschluss herunter und spürte plötzlich ihren nackten Rücken. Er schob die Träger ihres Büstenhalters beiseite und konnte die Knochen ihrer Schulterblätter fühlen, und weiter unten, eine Sekunde später, die Einkerbung, die Spalte oberhalb ihres Pos.

Als Peters Hände weiter nach unten glitten, warf Greta ihren Kopf zurück und keuchte. Das schwarze Kleid glitt von ihrem Oberkörper, und sein Gesicht zwängte sich in die weiche Mitte ihrer Brüste. Er öffnete den Mund und suchte mit seiner Zunge ihre Brustwarze. Sie war hart und geschwollen zwischen seinen Zähnen, und er umfasste ihre Brüste mit beiden Händen, spürte ihre weiche Fülle unter seinen Fingern, ihr Gewicht in seinen Handflächen.

Aber sie blieb nicht still stehen. Stattdessen streifte sie

sich ihr Kleid über die Hüften und schüttelte es ganz ab, als sie sich breitbeinig über ihn setzte auf einem Sessel. Er umfasste ihre straffen Pobacken, damit er tief in sie eindringen konnte.

Später liebten sie sich in Gretas Bett, ignorierten das Chaos des durchsuchten Zimmers. Er bewegte sich langsam in ihr mit weit geöffneten Augen, damit er jede Facette ihrer Nacktheit aufnehmen konnte; die rosa Brustwarzen, die Spalte zwischen ihren hohen Brüsten, die vollen schwarzen Schamhaare.

»Ich liebe dich, Greta«, flüsterte er, und sie lächelte.

»Er liebt mich, er liebt mich nicht«, sagte sie, als sie sich vor und zurück bewegte über ihm, aber er wusste, dass die Zeit der Wahl, wenn es je eine Wahl für ihn gegeben hatte, vorüber war.

Sechs Stunden zuvor hatte er mit angesehen, wie seine Frau in die feuchte Erde gesenkt wurde, und jetzt hatte er bereits das zweite Mal Sex mit seiner Assistentin. Er ekelte sich vor sich selbst; er konnte den Whisky in seinem Atem riechen und den Schweiß auf seinem Körper, aber gleichzeitig jubilierte er. Greta war schöner als in seinen kühnsten Fantasien.

Um halb zwei klingelte das Telefon. Nur einmal, aber es reichte, um Peter aufzuwecken. Er hatte in der letzten Woche sowieso schlecht geschlafen. Der Whisky hatte ihn schlaflos gemacht, und jede Störung unterbrach seine unruhigen Träume.

Er lag auf der Seite zum Fenster hin und lauschte Gretas geflüsterter Unterhaltung.

»Weißt du, wie spät es ist?«, sagte sie wütend, und einen Moment später fügte sie hinzu: »Warte, ich gehe in ein anderes Zimmer. Ich rufe dich zurück.«

Er bekam mit, dass sie aus dem Bett aufstand und einen Morgenmantel anzog. Sie ging in den Flur und schaltete das Licht an, und dann kehrte sie zurück und blickte ihn eine Weile an. Er behielt die Augen geschlossen und atmete gleichmäßig. Er wusste nicht, warum er das tat. Es war beinahe so, als hielte er es für ein Gebot der Höflichkeit, vorzugeben zu schlafen.

Sie zog die Tür hinter sich zu, ohne sie ganz zu schließen, und er setzte sich auf in der Dunkelheit und fragte sich, wer Greta wohl mitten in der Nacht anrief. Er dachte an den Erpresser, von dem Greta ihm in der Mordnacht erzählt hatte. War er zurückgekommen? Vielleicht wollte er mehr Geld. Das war das, was gewöhnlich passierte. Es war jetzt nicht mehr nur Gretas Problem, wurde Peter klar. Es war auch seins. Peter musste Greta versichern, dass sie auf ihn zählen konnte. Er suchte auf dem Fußboden nach seinen Sachen und zog seine Hosen und sein Hemd an. Dann ging er entschlossen über den Flur zu der Tür am anderen Ende und hielt ein, die Hand auf der Klinke. Gretas Stimme war zu hören auf der anderen Seite der Tür, und Peter fühlte sich plötzlich wie ein Eindringling, ginge er einfach so hinein. Er wusste, dass er zurück ins Bett gehen sollte, aber ihre Worte ließen ihn wie angewurzelt stehen bleiben.

»Hör zu, lass mich in Ruhe.« Greta klang wütend, genau wie vorhin im Schlafzimmer.

Eine Pause, dann wieder ihre Stimme, lauter dieses Mal: »Nenn mich nicht so. Ich bin nicht deine Greta Rose. Nicht mehr.«

Wieder eine Pause und dann: »Du hast bekommen, was wir vereinbart haben. Du hast alles. Lass mich jetzt zufrieden.«

Peter kam sich wie ein Spion vor. Er musste entweder einen Schritt vor oder zurück machen, und er entschied sich für Ersteres. Er musste wissen, was das alles bedeutete.

Als er die Tür öffnete, konnte er gerade noch ihre letzten Worte hören, bevor sie den Hörer auflegte.

»Ich habe dich genauso in der Hand wie du mich. Vergiss das nicht.«

Greta sah schockiert aus, als sie Peter in der Tür stehen sah.

»Ich dachte, du würdest schlafen«, stammelte sie.

»Habe ich auch. Ich habe gehört, dass du aufgestanden bist. Wer hat dich angerufen. War es dieser Mann?«

»Ja, ja, er war es. Er wird nicht wieder anrufen.«

»Warum nicht?«

»Weil ich etwas gegen ihn in der Hand habe. Ich habe ihn dazu gezwungen, als er das Geld holte. Du hast gehört, was ich gesagt habe.«

»Was hast du in der Hand?«

»Das möchte ich dir nicht sagen, Peter. Du brauchst es nicht zu wissen. Reicht es nicht, wenn ich dir sage, dass er aufhören wird?«

Greta streckte ihre Arme nach Peter aus, und ihr Morgenrock öffnete sich und enthüllte ihren Körper. Aber er blieb an der Tür stehen. Er runzelte beunruhigt die Stirn.

»›Ich bin nicht deine Greta Rose.‹ Was bedeutet das, Greta? Ich muss wissen, was es bedeutet.«

»Du hast vor der Tür gelauscht, Peter. Du hast mir nachspioniert.«

Peter überhörte die Beschuldigung. Er brauchte eine Antwort.

»Sag mir, was es bedeutet, Greta.«

»Es bedeutet nichts. Greta Rose ist mein Name, das ist alles. In Manchester nannte mich jeder so. Rose war meine Großmutter. Ich weiß nicht, woher die Greta stammt. Es sei denn, sie meinten Greta Garbo, aber ihre Blütezeit war ein bisschen vor der Zeit meiner Mutter, denke ich.«

Greta lächelte, aber Peter war immer noch nicht zufrieden.

»Ich habe nie gehört, dass jemand dich Greta Rose genannt hat.«

»Weil ich die Rose gestrichen habe aus meinem Namen, nachdem ich weggezogen war aus Manchester. Ich wollte eine saubere Trennung von diesem Leben, einen Neubeginn. Ich habe es dir bereits erzählt.«

»Warum hast du gesagt, du bist nicht *seine* Greta Rose?«

»Weil ich es nicht bin. Du weißt, was ich dir erzählt habe. Er will mich. Er hat es versucht, als er dieses letzte Mal hier war, aber ich habe ihn nicht gelassen.«

Peter verschwamm alles vor den Augen. Der Gedanke, dass dieser Fremde seine Hände auf Greta legen würde, hatte den gleichen verwirrenden Effekt auf ihn wie vor einer Woche, als sie ihm von dem Erpresser erzählt hatte. Außer dass jetzt der Anblick von Gretas nacktem Körper und seine eigene Erfahrung von nur wenigen Stunden zuvor seine Wut und seine Lust noch verdoppelten.

Greta sah die Wirkung ihrer Worte und beeilte sich, ihren Vorteil auszunutzen.

»Vielleicht hätte ich ihn lassen sollen. Es wäre leichter gewesen.«

»Nein.« Peter schrie das Wort beinahe, als er zu Greta ging und ihre Hände fest ergriff.

»Ich tat es deinetwegen nicht«, sagte sie sanft, als er ihr den Morgenmantel von den Schultern riss, mit ihr zu Boden sank und nur wenige Sekunden später tief in sie eindrang.

Dieses Mal kam er beinahe sofort und blieb erschöpft auf ihr liegen, den Kopf auf ihrer Brust. Sie hatte sich ein Kissen unter den Kopf gezogen und lag nackt auf dem Teppich, unternahm keinen Versuch, sich zu bedecken. Sie starrte träumerisch an die Decke mit einem versonnenen Ausdruck in ihren grünen Augen. Ein Lächeln umspielte ihre roten Lippen, als sie das dichte schwarze Haar ihres Liebhabers streichelte.

18. Kapitel

Der nächste Zeuge, Mylord, ist Matthew Barne.«

»Barne oder Barnes?«

»Barne, Mylord«, sagte John Sparling. »Ohne das *S*.«

Es war Montagmorgen, und der Gerichtssaal war wieder gut besucht. Die für die Presse reservierten Bänke waren gedrängt voll, und es lag gespannte Erwartung in der Luft. Alle Geschworenen waren äußerst aufmerksam, und Greta bemerkte, dass der Margaret Thatcher-Verschnitt den Platz in der größtmöglichsten Nähe zum Richter eingenommen hatte, den, den der Sprecher der Geschworenen einnehmen würde, wenn es Zeit war, das Urteil zu verkünden. Es sah so aus, als sei es dieses Mal eine Sprecherin.

Matthew Barne kam in Begleitung seiner Mutter, die in der Nähe des Zeugenstandes Platz nahm, während ihr Sohn vereidigt wurde.

Er hatte rote Haare und Sommersprossen und hellblaue Augen, die von Person zu Person huschten, als er stotternd den Eid von dem Schild ablas, das Miss Hooks ihm vor die Nase hielt.

Er trug einen zweireihigen Anzug, der den Eindruck erweckte, als sei er extra für diesen Anlass gekauft worden, und der dicke Knoten seiner Schulkrawatte saß über einem Hemdkragen, der eine Nummer zu klein wirkte für seinen kräftigen Hals. Er sah aus, als hätte man ihn wie ein Geschenk verpackt, und sein Unwohlsein war an der Art, wie er Fragen beantwortete, ablesbar. Er sprach abgehackt und redete manchmal zu viel und manchmal zu wenig, sodass seine Zuhörer nur zeitweise einen ungefähren Eindruck seiner Persönlichkeit vermittelt bekamen. Er strich sich unaufhörlich den Pony aus der Stirn in einer gewohnheitsmäßigen Geste, die Greta an Thomas erinnerte.

»Wie alt bist du, Matthew?«, fragte der Richter.

»Sechzehn, Sir.«

»Ich glaube, es wäre dir angenehmer, wenn Mr. Sparling und Mr. Lambert dich Matthew nennen statt das formelle Mr. Barne zu benutzen. Würdest du das vorziehen, Matthew?«

»Ja, Sir.«

»Und ich schlage vor, dass du Platz nimmst, um deine Zeugenaussage zu machen. Es ist nicht leicht für jemand in deinem Alter, vor Gericht auszusagen, und du solltest mir sagen, wenn ich etwas tun kann, um es dir weniger schwer zu machen.«

»Vielen Dank, Sir.«

Matthew zwang sich ein Lächeln ab, als er sich hinsetzte, und wandte seinen zugeschnürten Hals John Sparling zu. »Matthew, kennst du Thomas Robinson?«, fragte der Staatsanwalt.

»Ja, ich kenne ihn. Er geht mit mir zur Schule.«

»Welche Schule ist das, Matthew?«

»Die Carstow Schule, Sir. Sie ist in Surrey.«

»Wie lange kennst du Thomas?«

»Seit letzten September. Wir haben zusammen angefangen.«

»Erzähl uns von eurer Beziehung.«

»Er ist mein bester Freund. Alle anderen Jungen unserer Klasse waren bereits seit zwei Jahren dort, als wir in die Schule kamen, und deswegen hat uns das irgendwie verbunden, wenn Sie wissen, was ich meine.«

»Ich verstehe. Also, warst du jemals in der St. Mary's Terrace Nr. 5 in Chelsea, London?«

»Ist das da, wo Toms Vater wohnt?«

»Ja. Bist du dort gewesen?«

»Ja. Ja, bin ich.«

Matthew klang plötzlich sehr nervös und blickte hinüber zu Richter Granger, schluckte sichtlich, als er das tat. Der Richter tat sein Bestes, ihn zu beruhigen.

»Beantworte einfach die Fragen, Matthew«, sagte er freundlich. »Du hast nichts zu befürchten. Trink einen Schluck Wasser, wenn du möchtest.«

»Vielen Dank, Mylord«, sagte Sparling. »Also, Matthew, wann bist du im Haus von Sir Peter Robinson gewesen?«

»Gegen Ende Oktober letztes Jahr. Es war an einem Wochenende. An einem Sonnabend.«

»Wer war bei dir?«

»Ich war mit Tom da. Es war seine Idee.«

»Ich verstehe. Erzähl uns jetzt in deinen eigenen Worten, Matthew, was hinter dieser Idee steckte. Warum seid ihr ins Haus gegangen?«

»Weil die Freundin von Toms Dad ihre Sachen dort hat. Tom hatte am Wochenende zuvor in der Zeitung gelesen, dass sein Dad wegen irgendwelcher politischen Dinge nach Paris musste, und Tom sagte, dass die Freundin seines Dads ihn überall hin begleitet, weil sie auch seine Assistentin ist.«

»Warum war es wichtig, dass sein Dad und dessen Freundin abwesend waren?«

»Damit Tom ihre Sachen durchsuchen konnte. Er denkt, dass sie hinter dem Mord an seiner Mutter steckt, und er wollte etwas finden, um das zu beweisen. Weil ihm das die Polizei gesagt hatte. Dass sie mehr Beweise brauchten.«

Miles Lambert fing den Blick von Richter Granger auf, mit dem er Matthew während seiner Aussage beobachtete, und jetzt beugte sich der Richter vor und sprach mit dem Staatsanwalt, bevor der seine nächste Frage formulieren konnte.

»Ich weiß, dass es schwierig ist, Mr. Sparling, aber versuchen Sie bitte, alles zu unterbinden, was auf Hörensagen beruht. Thomas Robinson kann uns seine Motive mitteilen, wenn er seine Zeugenaussage macht. Wir brauchen dafür nicht Matthew, der es für ihn erledigt.«

»Nein, Mylord«, sagte Sparling. »Ich habe verstanden, was du gesagt hast, Matthew, sag uns jetzt bitte, um welche Uhrzeit ihr zum Haus gegangen seid.«

»Es war nachmittags. Ungefähr halb fünf. Tom besaß einen Schlüssel für die Vordertür, aber er hat zuerst geklingelt. Wir haben abgewartet, ob jemand antwortet, aber es war keiner da. Er wiederholte das Gleiche unten im Souterrain. Als wir dann drinnen waren, war da eine Tür, die nach unten in den Flur führt, und durch die ist er gegangen.«

»Wie?«

»Da war ein Schlüssel in der Tür. Er war eine ganze Weile dort unten.«

»Und wo bist du geblieben?«

»Oben. Von dem Flur ging ein Raum ab, in dem ganz viel

Computerzeug stand, und da habe ich mich hingesetzt. Ich habe nichts angerührt.«

»Was geschah als Nächstes?«

»Tom kam zurück, und dann haben wir die Sachen in dem Computerraum untersucht.«

»Was für Sachen?«

»Er hat in die Schubladen geguckt und den Computer angeschaltet und die Dateien geprüft. Er hat allerdings nichts gefunden. Wir waren Ewigkeiten da, und ich wollte gehen, aber er sagte, dass wir noch nach oben müssten. Er sagte, dass sein Dad und seine Assistentin zusammenlebten und dass sie deswegen persönliche Dinge im Schlafzimmer hätte.«

»Mr. Sparling«, warnte der Richter.

»Ja, Mylord. Matthew, versuche bitte, bei dem zu bleiben, was passiert ist, und erzähl uns nicht, was Thomas gesagt hat. Okay?«

»Ja, Sir.«

»Gut, nun sag uns, was oben passiert ist. Bist du mit zum Schlafzimmer gegangen?«

»Ja, aber ich bin an der Tür stehen geblieben, während Tom hineinging. Sie hatte Sachen dort, genau wie Tom vermutete, aber er fand nichts, was mit seiner Mutter zu tun hatte in ihrer Kleidung oder ihren Schubladen oder so, und deswegen gingen wir wieder runter. Tom war furchtbar sauer. Er war frustriert darüber, nichts gefunden zu haben, wo er doch die ganze Fahrt über davon geredet hatte, wie er Greta zu fassen kriegen würde. Er –«

»Ja, Matthew«, unterbrach Sparling. »Wir müssen uns auf das, was im Haus passiert, konzentrieren. Du sagtest, dass ihr wieder hinuntergegangen seid. Erzähl uns, was als Nächstes passierte.«

»Also, wir waren ein Stockwerk über den Computern. Auf dem Gang. Und da stand eine Tür offen, die zu diesem großen Zimmer führte.«

»Dem Salon?«

»Ich nehme es an. Wie auch immer, Tom sah diesen alten Schreibtisch in der Ecke und sagte, dass seine Mutter ihn benutzt hatte, wenn sie in London war, und dass er dieses tolle Geheimfach hat. Und da hat er das Medaillon gefunden.«

»Hat er es dir gezeigt? Hast du es aus der Nähe gesehen?«

»Ja, Sir. Es war aus Gold mit einer Kette, und da war eine kleine Fotografie drin. Tom sagte, dass es seine Eltern seien. Auf der Fotografie, meine ich.«

»Danke, Matthew. Ich möchte dir jetzt eins unserer Beweisstücke zeigen. Es ist die Nummer dreizehn, Mylord. Erkennst du es wieder, Matthew?«

»Es sieht genauso aus. Ja, ich würde sagen, das ist dasselbe wie das, das Tom gefunden hat.«

»Danke. Und jetzt, Matthew, erzähl uns bitte, was passierte, nachdem Tom das Medaillon gefunden hatte.«

»Er war sehr aufgeregt. Hat alles Mögliche gesagt. Ich schätze, dass wir deswegen nicht mitbekommen haben, dass unten die Tür geöffnet wurde. Wir haben nichts gehört, bis sie auf der Treppe war.«

»Wer? Wer war auf der Treppe?«

»Greta. Sie ... sie ist da drüben.« Matthew zeigte zur Anklagebank, wo Greta sich vorbeugte und ihn aufmerksam beobachtete.

»Was geschah dann?«

»Tom stand in der Tür, und ich glaube, dass sie ihn zuerst gesehen hat. Sie war wirklich wütend, schrie ihn an und benutzte wirklich ganz böse Schimpfwörter.«

»Es ist notwendig, dass du alles wiedergibst, was sie gesagt hat, Matthew«, sagte Sparling mit väterlicher Stimme. »Ich weiß, dass es nicht einfach ist, aber wir müssen es wissen, auch wenn es schlimme Wörter sind.«

»Sie nannte Tom einen verdammten kleinen Schleicher. Das weiß ich genau. Es war zum Fürchten. Tom ging rückwärts und riss mich beinahe um dabei. Ich stand hinter ihm. Tom hielt dieses Medaillon vor ihr hoch und sagte: ›Sieh, was ich gefunden habe‹ oder irgendwas in der Art. Er war auch richtig wütend. Sie schrien sich gegenseitig an.«

»Was schrie Greta, Matthew? Hilf uns bitte.«

»Sie sagte: ›Gib mir das. Das ist meins.‹ Das hat sie gesagt. Sie grapschte danach, aber sie griff daneben. Tom zog es weg, und dann stieß er sie zurück. Ich weiß nicht, was sie als Nächstes vorhatte. Wollte ihn wohl kratzen oder so was, schätze ich.«

»Was geschah, als er sie zurückstieß, Matthew? Wo war sie dann?«

»Sie lag am Boden, und Tom stand über ihr und schrie sie an.«

»Was schrie er?«

Matthews Stirn furchte sich bei der Anstrengung, sich an den genauen Wortlaut zu erinnern.

»Er sagte: ›Nein, ist es nicht. Es gehört meiner Mutter. Dieser Bastard hat es ihr weggenommen und dir gegeben. Er hat es dir gegeben.‹ Und gleich danach kam Toms Dad.«

»Sir Peter. Was tat er?«

»Er war schrecklich wütend. Was wirklich nicht sehr verwunderlich ist. Ich meine, wir hätten nicht da sein dürfen, und dann lag seine Freundin da auf dem Boden und Tom schrie sie an.«

»Schrie Thomas, als sein Vater ins Zimmer kam?«

»Das weiß ich nicht mehr. Es ging alles so schnell. Tom trat zurück, als sein Dad hereinkam. Daran erinnere ich mich noch, und dann half sein Dad Greta hoch und führte sie zum Sofa. Sie weinte. Ich weiß nicht, ob sie sich verletzt hat, als Tom sie weggestoßen hat.«

»Ja, ich verstehe. Fahr fort, Matthew. Was passierte dann?«

»Toms Dad fragte Greta, was passiert sei, und sie sagte, dass Tom sie gestoßen hat. Er hätte sie angegriffen, und dann sah es einen Augenblick lang so aus, als ob dieser Kerl Tom schlagen wollte. Ich weiß von Tom, dass er es schon vorher getan hat. Er ballte seine Fäuste und ging auf Tom zu, und dann zeigte Tom seinem Dad das Medaillon. Er hielt es hoch, als sei es eine Art Zauber-Talisman oder so, und sagte seinem Dad, wo er es her hatte. Er meinte, Greta müsse es von dem Mann haben, der seine Mutter ermordet hat.«

Matthews Worte waren zunächst stockend gekommen, aber jetzt sprach er hastig, seine Sätze überschlugen sich nahezu, und schließlich schien er vollständig die Kontrolle über den Schwall von Worten zu verlieren, der aus seinem Mund stürzte.

»In Ordnung, Matthew, ich denke, dass wir alle das verstanden haben«, sagte Sparling, »aber bitte versuche jetzt, etwas langsamer zu sprechen; beruhige dich ein wenig; nimm dir Zeit. Also, wie reagierte Greta auf das, was Thomas gesagt hat?«

»Zuerst gar nicht. Sie weinte, aber dann sagte sie, dass es nicht stimmen würde; dass sie das Medaillon einen oder zwei Tage, bevor Toms Mutter erschossen wurde, gefunden hat und dass sie es in dem Geheimfach sicher aufbewahren wollte. Und dann fing Tom an, ihr all diese Fragen zu stellen, und sie antwortete auch. Es war, als hätte sie gemerkt, dass sie irgendeine Erklärung geben musste.«

»Wem?«

»Das weiß ich nicht. Tom und auch Toms Dad, nehme ich an. Tom war allerdings derjenige, der Fragen stellte.«

»Okay. Dann erzähle uns bitte, was gesagt wurde, Matthew.«

»Tom fragte sie, was sie im Badezimmer ganz oben im Haus gesucht hätte, wo sie doch im Erdgeschoss arbeitet, wo all die Computer stehen; und sie sagte, dass die Putzfrau in der unteren Toilette war und sie deshalb nach oben gehen musste. Dann sagte Tom, dass das Souterrain näher gewesen wäre. So ging es hin und her, und dann fragte er sie, warum sie es in das Geheimfach im Schreibtisch gelegt hätte. Greta sagte irgendwas davon, dass es Annes Schreibtisch und deswegen der richtige Platz gewesen sei, etwas in der Art.«

»Fragte Thomas' Vater, Sir Peter, irgendetwas?«

»Ja, er wollte wissen, warum Greta ihm das Medaillon nicht gegeben hatte, und sie meinte, sie hätte ihn nicht aufregen wollen, und dann hätte sie es vergessen. Sie schien auf alles eine Antwort zu haben.«

Während einer kleinen Pause beschäftigte sich John Sparling mit seinen Notizen. Miles Lambert drehte sich zu seiner Klientin um und lächelte ihr zu. Der Schlusskommentar des Zeugen war ein Geschenk gewesen.

»Wurde noch etwas gesagt, Matthew?«, fragte Sparling.

»Toms Dad schien Greta zu glauben, und er wurde wirklich wütend auf Tom und auf mich auch. Es war ziemlich beängstigend. Er sagte, wir sollten verschwinden und zurück zur Schule gehen, sonst würde er die Polizei rufen.«

»Ja, Matthew, aber gab es noch irgendwas, was gesagt wurde, bevor Sir Peter sich an euch wandte? Hast du auch nichts vergessen?«

Matthew sah ratlos aus, und Sparling versuchte es erneut.

»Was geschah mit dem Medaillon, Matthew?«, fragte er.

»O ja, Tom zeigte es noch einmal seinem Vater und wiederholte, was Greta dazu gesagt hatte, bevor sein Dad gekommen war.«

»Was war das?«

»Dass es ihrs sei. Sie leugnete, es gesagt zu haben, obgleich ich weiß, dass sie es tat. Ich habe es gehört.«

»Ja, Matthew. Also, du hast gesagt, dass Sir Peter euch aufgefordert hat zu verschwinden. Hast du das getan?«

»Und ob. Ich rannte die Treppen so schnell runter, dass ich fast gestolpert wäre. Tom schloss draußen zu mir auf. Er rannte nicht so wie ich. Ich hatte wirklich Angst, dass sein Dad meinen Eltern schreiben und dafür sorgen würde, dass ich von der Schule fliege oder so, aber es passierte nichts. Erst als die Polizei mich sprechen wollte.«

»Wann war das?«

»Einige Tage später. Es war Mr. Hearns, und er sagte, dass ich es sehr gut gemacht hätte, was das Gegenteil von dem war, was ich zu hören erwartet hatte. Es war sehr merkwürdig.«

Matthew schluckte und musste dann lächeln, als er sich daran erinnerte. Das Lächeln veränderte sein Gesicht und machte ihn plötzlich attraktiv, sodass er nicht länger ein nervöser Schuljunge mit einem schlecht sitzenden Anzug war, sondern eher eine gestandene Person, die eine seltsame Geschichte zu erzählen hatte. Einige der Geschworenen lächelten ebenfalls, und Sparling erkannte instinktiv, dass er den

Höhepunkt seiner Zeugenbefragung erreicht hatte. Und am Höhepunkt musste man Schluss machen, wusste Sparling.

»Vielen Dank, Matthew«, sagte er und setzte sich mit einem Ausdruck in seinem gewöhnlich trübseligen Gesicht, der einem Lächeln ziemlich nahe kam.

»Ich denke, wir machen an dieser Stelle eine zehnminütige Pause«, sagte Richter Granger, bevor Miles Lambert sich erheben konnte. »Du kannst dir einen Moment die Beine vertreten, Matthew, und die Geschworenen können eine Tasse Kaffee trinken.«

Im Richterzimmer setzte sich Granger in einen bequemen Sessel, von dem aus er die Skyline von London überblicken konnte, und nahm einen tiefen Zug aus seiner filterlosen Zigarette. Der Raum füllte sich mit blauem Qualm, sodass Miss Hooks wie aus einer Wolke aufzutauchen schien, als sie mit seinem Morgenkaffee das Zimmer betrat.

»Alles in Ordnung, Miss Hooks?«, fragte er wie immer, nachdem der Kaffee sicher bei ihm gelandet war. Der Richter wurde nie seine Befürchtung los, dass Miss Hooks im entscheidenden Moment über ihre bodenlange Robe stolpern und sich der siedendheiße Kaffee über ihn ergießen würde, aber es war nie geschehen bisher.

»Ja, Euer Ehren. Die Geschworenen sind in ihrem Raum«, erwiderte Miss Hooks, wie sie es immer tat, bis auf den denkwürdigen Tag vor zwei Jahren, als ein junger Geschworener Miss Hooks entwischt und mitten im Prozess aus dem Gebäude entkommen war.

Miss Hooks war ein Gewohnheitstier, und für Richter Granger gehörte sie ebenso zum Gerichtssaal wie die Perücken und Roben der Anwälte und die alte Uhr, die über dem Kopf der Angeklagten hing. Er hatte nie eine bedeutsame Unterhaltung mit ihr geführt, und wenn er überhaupt einen Gedanken daran verschwendete, dann nahm er an, dass ihr Interesse an den Zeugen in dem Moment endete, wo sie sie zum Zeugenstand geführt und vereidigt hatte. Alles weitere gehörte nicht in ihre Abteilung. Der alte Richter ging davon aus, dass sie, wäre die Todesstrafe immer noch in Kraft, ihre Aufgabe, ihm das schwarze Barett zu reichen, ebenso ordentlich erledigen würde. Sie hätte wahrscheinlich ein kleines Bügeleisen parat, mit dem sie das Barett schön bügeln würde, bevor das Todesurteil gefällt wurde.

Richter Granger war nicht gläubig, aber er dankte Gott dennoch dafür, dass er niemals ein Todesurteil fällen musste. Es gab immer mal wieder Fälle, wo er sich nicht sicher war. Wie dieser beispielsweise. Sie war ein merkwürdiger Vogel, diese Lady Greta Robinson. Er saß ihr jetzt seit zwei Tagen gegenüber und achtete sorgfältig darauf, ihr nicht in die glitzernden grünen Augen zu sehen, und er wusste immer noch nicht, was er von ihr halten sollte. Sie war offensichtlich ebenso hübsch wie clever, und sie hatte nichts gemein mit den gewöhnlich teilnahmslosen Angeklagten, die auf ihrem Sitz hin und her rutschten, während unverständliche juristische Streitereien vor ihnen ausgefochten wurden. Der Richter hatte beobachtet, wie sie ihr Notizbuch auf den Knien hielt, jeden Zeugen aufmerksam beobachtete und dann und wann Miles Lambert einen Zettel zukommen ließ. Er schien offensichtlich an ihre Unschuld zu glauben.

John Sparling präsentierte die Zeugenaussagen Stück für Stück, als ergäben sie eine lückenlose Beweiskette, aber dem Richter kamen sie nicht so vor. Ein unverschlossenes Tor und ein offenes Fenster. Das Opfer selber hätte das Tor offen gelassen haben können, und das Fenster war möglicherweise überhaupt nicht von Bedeutung. Die Angeklagte hatte schließlich zugegeben, dass sie es auf gelassen hatte, und es war ein Sommerabend gewesen. Was noch? Einige zornige Worte, gemurmelt in der Eingangshalle; eine Identifikation von hinten, und jetzt dieses Medaillon. Hätte diese clevere junge Dame wirklich eine so gefährliche Trophäe behalten? Und wofür brauchte sie eine Trophäe, wenn sie den Ehemann und das Geld bekommen hatte? So viel schien von diesem Jungen, diesem Thomas, abzuhängen. Es war gewiss ungewöhnlich, dass der Kronzeuge der Anklage als Letzter aussagen sollte, aber natürlich gab es einen Grund dafür. Sparling sagte, dass der Junge traumatisiert sei durch die Rückkehr der Killer eine Woche, bevor der Prozess begann. Wenn das der Fall war, dann wäre Trauma ein zu mildes Wort für das, was der Junge erlebt hatte. Aber war es wirklich geschehen? Was stand noch in der Zeugenaussage? Der Mörder hatte ihn im Haus gesucht, ihn aber nicht gefunden, weil er sich in einer Bank versteckt hatte, sodass dieser »Rosie« wieder abgehauen war, aber nicht bevor er den Namen der Angeklagten, Greta, erwähnt hatte. Dieses erneute Auftauchen passte irgendwie zu gut; da stimmte etwas nicht.

Der Richter suchte eine andere Position auf seinem Sessel, streckte seine langen Beine aus und genoss die letzten Züge seiner Zigarette. Es gab Gerüchte, dass das Gerichtsgebäude bald zu einer rauchfreien Zone erklärt würde, allerdings wäre er bis dahin sicher in Pension, auf die sich Mrs. Sybil Granger in Richmond-upon-Thames bereits freute. Sie hatte vor langer Zeit unmissverständlich klar gemacht, was ihr vorschwebte. Ihr üblicher Jahresurlaub in Bournemouth würde zu einer ständigen Einrichtung werden. Sie hatten schließlich so viele Freunde dort, und der Richter könnte ein wenig Golf spielen und dem einen oder anderen Club beitreten. Er könnte das nicht ablehnen nach all den Jahren, die er seine Frau gezwungen hatte, in London zu bleiben, und als er steif aufstand und sich wieder die Perücke auf seine Glatze setzte, ging ihm der Gedanke durch den Kopf, dass es für ihn das Beste wäre, wenn er sterben würde. Der Tod oder Bournemouth? Es war eine schwierige Wahl.

Wie auch immer, gerade jetzt durfte er nicht an Tod denken. Old Lurid hatte einen verschlagenen Ausdruck im Gesicht gehabt gegen Ende der Zeugenaussage dieses Jungen. Vielleicht hatte er etwas im Ärmel. Richter Granger näherte sich der Tür des Gerichtssaals mit beinahe federnden Schritten.

»Matthew, bist du bereit, fortzufahren?«, fragte Miles Lambert teilnahmsvoll.

»Mir geht es gut.« Matthew klang jetzt zuversichtlicher, so als hätte er sich an den Gerichtssaal und die Anwälte mit ihren Perücken gewöhnt.

»Gut. Ich möchte dir etwas aus deiner Zeugenaussage vorlesen, damit du die Gelegenheit bekommst, noch einmal darüber nachzudenken. Du hast Mr. Sparling gesagt, dass Thomas Robinson das Medaillon vor Greta hochhielt und gesagt hat: ›Sieh, was ich gefunden habe‹, und dass sich beide angeschrien haben. Erinnerst du dich daran?«

»Ja.«

»Gut. Dann fragte Mr. Sparling dich, was Greta geschrieen hat, und nach deiner Aussage hat sie gesagt: ›Gib mir das. Es ist meins.‹ Erinnerst du dich, uns das gesagt zu haben?«

»Ja, habe ich.«

»Aber hat sie das wirklich gesagt, Matthew? Bist du sicher, dass du das richtig verstanden hast?«

»Ja, ich bin sicher.«

»Ich verstehe. Nun, warum hast du das nicht Sir Peter bestätigt, als er dich fragte, ob sie das gesagt hat?«

Matthew schluckte, schwieg aber. Er war jetzt wieder nervös.

»Komm schon, Matthew. Du weißt, wovon ich rede. Du hast ausgesagt, dass Thomas seinem Vater das Medaillon zeigte und ihm gegenüber wiederholte, was Greta darüber gesagt hat, und dass sie das geleugnet hat. Du weißt doch noch, dass du uns das erzählt hast, nicht wahr, Matthew? Mr. Sparling war so darum bemüht, dass du dich an diesen Teil deiner Aussage erinnerst.«

»Ja, ich weiß.«

»Gut. Die Sache ist nämlich die, dass du uns nicht erzählt hast, was Sir Peter danach gesagt hat. Ich kritisiere dich nicht, Matthew. Mr. Sparling hat dich das nicht gefragt.«

»Wie lautet die Frage, Mr. Lambert?«, fragte der Richter, der unruhig geworden war.

»Die Frage ist folgende, Mylord. Hat Sir Peter dich gefragt, ob Greta das gesagt hat? Ja oder nein, Matthew.«

»Ja. Ja, hat er.«

»Und was hast du geantwortet?«

»Ich habe nichts geantwortet. Ich bin die Treppen herunter gerannt. Ich habe das schon gesagt. Ich hatte Angst.«

»Aber heute hast du keine Angst?«

»Wie meinen Sie das?«

»Nur, dass du bereit warst, den Geschworenen heute etwas zu erzählen, wozu du vor neun Monaten bei Sir Peter Robinson nicht bereit warst.«

»Ich hatte Angst vor neun Monaten. Er war wirklich wütend. Ich dachte, er würde Tom schlagen. Er hat es schon mal getan.«

»Du sagtest vorhin, dass du nicht verwundert warst, dass er wütend war, Matthew.«

»Nein, war ich nicht.«

»Weil du ohne Erlaubnis sein Haus betreten und seine privaten Ordner und Papier durchsucht hast?«

»Habe ich nicht. Tom hat das getan.«

»Er durchsuchte auch Gretas gesamte Garderobe, nicht wahr? Du hast ihm dabei von der Tür aus zugesehen, ich denke, das waren deine Worte.«

»Ja. Ich wollte gehen.«

»Hat er auch ihre Unterwäsche durchsucht, Matthew?«

»Ich denke schon.«

»Ich verstehe. Es war nicht das erste Mal, dass du und Thomas Robinson so etwas taten, stimmt das nicht, Matthew?«

»Ich bin noch nie vorher da gewesen. Ich schwöre es.«

»Das ist nicht das, was ich gemeint habe, Matthew, und du weißt das. Es war nicht nur euer Tag in London, der dich befürchten ließ, von der Schule verwiesen zu werden, nicht wahr? Ihr beide hattet bereits in Carstow Schwierigkeiten. Ist das nicht so, Matthew?«

Die blassblauen Augen des Jungen waren weiter auf Miles Lambert gerichtet, aber er gab keine Antwort. Das Auf und Ab seines Adamsapfels, während er wiederholt schluckte, zeigte, wie besorgt er war.

»In Ordnung, Matthew, ich werde dir auf die Sprünge helfen. Du hast uns erzählt, dass du gemeinsam mit Thomas Robinson zur selben Zeit im September letzten Jahres in Carstow angefangen hast, als ihr fünfzehn Jahre alt wart. Ja?«

Matthew Barne nickte.

»Und jeder andere in eurer Klasse war bereits seit zwei Jahren da, sodass du und Thomas so etwas wie Außenseiter wart. War das schwierig, Matthew?«

»Ein bisschen.«

»Haben die anderen Jungen euch in ihren Kreis aufgenommen?«

»Zuerst nicht. Nein.«

»Nein. Sie verlangten, dass ihr euch erst beweisen müsst, ihren Respekt verdienen müsst. Ist das richtig, Matthew?«

»Etwas in der Art.«

»Eine Mutprobe. Ist das das richtige Wort dafür?«

Der Junge nickte.

»Worin bestand die Mutprobe, Matthew?«

»In das Zimmer des Schuldirektors zu gehen und etwas mitzunehmen. Es allen anderen zu zeigen und wieder zurückzulegen.«

»Und dieses Etwas war ein Briefbeschwerer, nicht wahr, Matthew? Ein ziemlich großer.«

»Beantworte das noch nicht, Matthew«, unterbrach der Richter. »Was ist die Quelle für all diese Informationen, Mr. Lambert?«

»Ein Brief vom Schuldirektor an Thomas Robinsons Vater nach dem Vorfall, Mylord. Ich kann den Beweis dafür später nachreichen, falls der Zeuge mir nicht zustimmt.«

»Wofür ist das relevant?«

»Es ist relevant für die Glaubwürdigkeit des Zeugen, Mylord.«

»Sehr gut, aber lassen Sie uns nicht zu weit ausufern, Mr. Lambert, und behalten Sie bitte das Alter des Zeugen im Auge. Ich werde nicht zulassen, dass er eingeschüchtert wird.«

»Das ist nicht meine Absicht, Mylord.«

»In Ordnung, aber vergessen Sie es nicht. Keine Ausschweifungen, bitte. Also Matthew, Mr. Lambert hat dich nach einem Briefbeschwerer gefragt.«

»Ja, es war ein Briefbeschwerer«, sagte der Junge.

»Hast du ihn genommen, Matthew?«, fragte Miles.

»Nein, ich war es nicht. Es war Tom.«

»Ich verstehe. Das gleiche Arrangement wie in London. Was hast du gemacht?«

»Ich stand draußen, während er hineinging, und dann kam die Sekretärin des Direktors vorbei und fragte mich, was ich da tue.«

»Das war Mrs. Bradshaw?«

Matthew nickte. Er hatte aufgehört zu schlucken und sprach wieder schnell, als ob er sich das, was passiert war, von der Seele reden und es so schnell wie möglich hinter sich bringen wollte.

»Sie wollte wissen, was ich da mache, und ich sagte ihr, dass ich auf Old Lofty wartete.«

»Wer ist Old Lofty?«

»Sorry. Der Schuldirektor. Es ist nur ein Spitzname.«

»Sein richtiger Name ist Mr. Lofthouse. Ist das richtig?«

»Ja. Und er ist auch groß, so ...« Matthew lachte nervös und beendete seinen Satz nicht.

»Du hast also gelogen, als du Mrs. Bradshaw sagtest, dass du auf den Direktor warten würdest. Stimmst du mir da zu?«

Der Junge nickte.

»Das ist ein Ja, oder, Matthew? Für das Protokoll. Das Tonband registriert nicht, wenn du nur nickst.«

»Ja.«

»Ich danke dir. Und was hat Mrs. Bradshaw getan, als du ihr diese Lüge erzählt hast?«

»Sie hat mir nicht geglaubt. Warum, weiß ich nicht.«

»Vielleicht weil du kein guter Lügner bist, Matthew.«

»Mr. Lambert«, sagte der Richter ärgerlich. »Ich habe Sie bereits verwarnt. Lassen Sie den Zeugen seine Aussage machen, ohne ihn zu unterbrechen. Fahr fort, Matthew. Erzähl uns, was Mrs. Bradshaw getan hat.«

»Sie ging ins Arbeitszimmer und entdeckte Tom dort, und dann hat sie den Direktor gerufen, und er befahl uns, unsere Taschen zu leeren, und so fand er den Briefbeschwerer. Tom hatte ihn in seiner Tasche.«

»Er hatte ihn gestohlen. Nicht wahr?«, fragte Miles.

»Wir hätten ihn später zurückgebracht. Ich sagte es Ihnen bereits«, verteidigte sich Matthew. »Lofty hat uns geglaubt. Deshalb hat er nur unseren Eltern geschrieben und uns nicht der Schule verwiesen oder etwas in der Art. Er war wirklich ziemlich anständig.«

»Ja, das war er sicherlich«, sagte Miles. »Also, ich habe nur noch wenige weitere Fragen, Matthew, und die erste ist diese: Hast du mit Thomas Robinson über deine Zeugenaussage gesprochen?«

»Wir haben über den Prozess gesprochen in der Schule. Jeder hat das.«

»Habt ihr darüber gesprochen, was jeder Einzelne im Salon geäußert hat? Greta und Thomas und Sir Peter?«

»Ich denke schon.«

»Wort für Wort?«

»Nicht Wort für Wort. Nein.«

»Was ist mit dem, was Greta gesagt haben soll: ›Gib mir das. Es ist meins.‹ Habt ihr darüber gesprochen?«

»Ich weiß es nicht. Vielleicht.«

»Vielleicht«, wiederholte Miles grübelnd, und dann stürzte er sich plötzlich aus allen Rohren feuernd auf Matthew Barne. »Nicht vielleicht, Matthew. Definitiv. Greta hat das niemals gesagt. Thomas Robinson hat dich gedrängt, diese Aussage zu machen, und du hast es getan, obgleich du weißt, dass sie unwahr ist. Du lügst, Matthew. Das behaupte ich. Du lügst die Geschworenen an.«

»Nein, das tue ich nicht. Ich schwöre, dass ich es nicht tue«, stammelte Matthew mit Tränen in den Augen, aber Miles Lambert hatte sich bereits mit einem zufriedenen Ausdruck in seinem roten Gesicht hingesetzt.

19. Kapitel

Police Constable Hughes war in voller Uniform vor Gericht erschienen, bis auf seine Polizeimütze, die er während seiner Zeugenvernehmung fortwährend in der Hand drehte, als würde ihm dadurch irgendeine Inspiration zuteil.

John Sparling hatte nur wenige Fragen, und bald war sein Gegner an der Reihe. Miles Lambert versuchte, den Polizisten aus Carmouth mit einer ersten beruhigenden Frage zu lockern: »Gehe ich recht in der Annahme, dass Sie am 5. Juli als erster Beamte im Haus der Vier Winde eintrafen?«

»Ja, Sir. Es hatte einen Notruf von dem Bewohner, Thomas Robinson, gegeben. Police Constable Jones und ich gingen dem nach. Wir waren die am nächsten gelegene Fahrbereitschaft zu dem Zeitpunkt.«

»Haben Sie die genaue Zeit des Notrufs festgehalten?«

»Ja. Wie im Computerausdruck notiert, erreichte er uns um sieben-null-sechs abends.«

»Ich danke Ihnen. Wer von Ihnen fuhr?«

»Ich.«

»Es war ein Polizeiwagen?«

»Ja.«

»Und haben Sie die Sirene angeschaltet?«

»Ja, Sir. Es handelte sich um einen Notruf.«

»Ich verstehe. Wo haben Sie geparkt?«

»Anfangs vor dem Vordertor, Sir. Es war verschlossen, und deshalb stieg ich aus und drückte den Summer an der Mauer. Thomas Robinson antwortete, und ich identifizierte mich als Polizeibeamter. Dann drückte er den Türöffner, und das Tor öffnete sich. Es funktioniert mit Fernbedienung.«

»Was hat Thomas Robinson gesagt, als er antwortete?«

»Er fragte nur, wer ich sei. Das ist alles, Sir. Dann öffnete er das Tor.«

»Ohne weitere Fragen zu stellen?«

»Das ist richtig.«

»Officer, konnten Sie die Eingangstür des Hauses sehen, als Sie vor dem Tor standen?«

»Nein, Sir. Ich konnte sie erst sehen, als ich hinein fuhr und den Wagen davor parkte, vorher nicht.«

»Stand die Eingangstür des Hauses offen oder war sie verschlossen, als sie sie das erste Mal sahen?«

»Sie stand offen. Thomas Robinson stand oben auf der Treppe, ungefähr vier oder fünf Meter entfernt von der Tür, als ich ihn zuerst sah. Es gibt da sechs recht große Bäume vor dem Haus, und er stand zwischen den ersten beiden davon. Er schien ziemlich außer sich zu sein, Sir.«

»Weinte er?«

»Nein. Aber er war aufgeregt.«

»Was wurde gesprochen?«

»Officer Jones und ich stiegen aus dem Wagen, und ich fragte ihn, was passiert sei.«

»Wie hat Thomas Ihre Frage beantwortet?«

»Er sagte uns, dass zwei Männer durch die Eingangstür ins Haus eingedrungen sind und dass er einen von ihnen aus der Nacht, in der seine Mutter ermordet worden war, wieder erkannt hätte. Er sagte, dass er gesehen habe, wie sie sich über einen Pfad dem Haus näherten, und er wies in die Richtung. Es war ein großer Rasen auf der Nordseite des Hauses.«

»Ja, wie Sie sehen, sind der Pfad und das Haus auf dem Plan, den die Gerichtsdienerin Ihnen jetzt vorlegt.«

»Ja, Sir. Thomas sagte, dass die Eindringlinge nur wenige Augenblicke zuvor durch die Eingangstür verschwunden waren.«

»Was taten Sie, nachdem Sie diese Information erhalten hatten, Officer?«

»Officer Jones blieb bei Thomas, und ich fuhr zum Pfad. Ich fuhr bis zu dem Tor in der Nordmauer des Grundstücks, aber es gab keine Spur von den Eindringlingen.«

»Haben Sie versucht, das Tor zu öffnen?«

»Ja. Es war verschlossen, Sir.«

»Haben Sie irgendwelche Fußabdrücke gesehen?«

»Nein. Es hatte nicht geregnet, und ich konnte nicht erwarten, zu dieser Jahreszeit irgendwelche Fußabdrücke zu finden.«

»Haben Sie irgendwelche anderen Spuren der Eindringlinge entdeckt?«

»Nein, aber ich habe den Ort nicht sorgfältig untersucht, Sir. Ich habe das der Spurensicherung überlassen. Detective Constable Butler traf ungefähr eine Stunde nach uns ein.«

»Ich verstehe. Was taten Sie, nachdem Sie das Tor am Pfad überprüft hatten?«

»Ich ging wieder zu Officer Jones. Er war zurück ins Haus gegangen, und Thomas Robinson zeigte ihm eine alte schwarze Bank in der Eingangshalle, wo er sich, wie er sagte, vor den Eindringlingen versteckt hatte.«

»Sie haben auch den Schlüssel zur Eingangstür gesehen, nicht wahr?«

»Ja, Sir. Thomas zeigte ihn mir.«

»Haben Sie ihn danach befragt?«

»Ja. Er hing an einem Haken in der Halle. Thomas sagte, dass die Eindringlinge die Tür mittels eines Schlüssels geöffnet und dass sie denselben Weg für ihren Rückzug genommen hatten, als sie unsere Sirene hörten.«

»Ich danke Ihnen, Mr. Hughes. Ich habe keine weiteren Fragen.«

»Irgendwelche zusätzlichen Fragen, Mr. Sparling?«, fragte der Richter.

»Nur eine, Mylord. Officer, Sie sagten, dass Sie vor dem Vordertor geparkt haben. Konnten Sie den Ausgang am Pfad erkennen von dort aus?«

»Nein, Sir. Das Tor liegt ein wenig zurückgesetzt vom Weg, und zwischen der Mauer und der Einbuchtung befindet sich eine Reihe Bäume. Wir hatten keine Sicht von unserem Standort aus, Sir.«

»Ich danke Ihnen, Officer. Das ist alles.«

Police Constable Hughes setzte seine Dienstmütze auf und machte sich auf den Weg nach draußen, zurück nach Carmouth und in die Vergessenheit.

Der Tag schleppte sich weiter dahin. Um eins gingen alle Mittag essen. John Sparling war nicht hungrig, pickte aber als Konzession an die Tageszeit in der Rechtsanwaltskantine im oberen Stockwerk an einem grünen Salat, den er mit einem Glas Mineralwasser hinunterspülte.

Miles Lambert jedoch spazierte um die nächste Ecke zu

einem kleinen italienischen Restaurant, wo Dino immer einen Ecktisch für ihn reserviert hielt. Ein Glas schweren Rotweins und ein Teller von Dinos hausgemachter Lasagne stärkten ihn für den Nachmittag. Hinterher bestellte er sich einen süßen türkischen Mokka und lehnte sich rundherum befriedigt in seinem Stuhl zurück.

Miles war sehr zufrieden mit dem bisherigen Verlauf des Prozesses. Die Anklage würde dem Kreuzverhör nicht standhalten, und er konnte es kaum erwarten, sich ihren Hauptzeugen vorzuknöpfen. Es war offensichtlich, dass Thomas die alte Haushälterin und seinen Schulfreund dazu gebracht hatte, sich hinter seine Geschichte zu stellen. Und er hatte auch ›Lonny‹ und ›Rosie‹ erfunden, für die es nicht das Fitzelchen eines Beweises jenseits seiner Aussage gab.

Miles wusste, dass er sich auf seine Klientin verlassen konnte, eine oskarpreisverdächtige Vorstellung im Zeugenstand zu liefern, wenn sie an der Reihe war. Er glaubte von Tag zu Tag mehr an einen Freispruch und war davon überzeugt, dass es auch das richtige Urteil sein würde in diesem Fall. Miles hatte schon lange, bevor dieser Prozess begann, entschieden, dass Lady Greta die schönste Klientin war, die er jemals hatte. Und jetzt, nach dem Auftritt von Sparlings Zeugen, hatte er keinerlei Zweifel mehr an ihrer Unschuld.

Detective Sergeant Hearns war natürlich genau gegenteiliger Ansicht, und er grübelte über die Schuld der Angeklagten nach, als er im Polizeiraum in die dicke Käse-und-Pickles-Stulle biss, die er sich aus Ipswich mitgebracht hatte.

Um zwei Uhr knöpfte er sein zweireihiges Jackett über einem Pickle-Fleck auf seinem Polyesterhemd zu und ging hinunter in den Sitzungssaal, um seine Aussage zu machen. Es war ein heißer Tag, und die Geschworenen waren schläfrig.

Sparling stellte Fragen, bei denen sie das Gefühl hatten, die Antworten bereits zu kennen. Erst als Miles Lambert darum bat, dass sie den Saal verlassen sollten, wurden sie wieder wach.

»Wird das lange dauern, Mr. Lambert?«, fragte der Richter.

»Nein, Mylord. Nicht lange.«

Die Geschworenen, die hintereinander nach draußen gingen, sahen verdutzt aus, und Miles wartete, bis sich die Tür hinter dem Letzten geschlossen hatte.

»Es handelt sich um den Leumund meiner Klientin, Mylord«, sagte Miles. »Wie Sie sehen, gibt es in ihrer Akte eine geringfügige Leichtsinnigkeit, aber das ist nahezu elf Jahre her, und seitdem hat sie kein Gesetz übertreten.«

»Eine Vorstrafe, Mr. Lambert. Keine Leichtsinnigkeit.«

»Ja, Mylord, aber nur wegen des Besitzes einer kleinen Menge Drogen.«

»Kokain, Mr. Lambert. Eine Droge der Klasse A.«

»Ja, Mylord, aber sie war noch eine Jugendliche damals.«

»Worum genau geht es Ihnen?«

»Dass meine Klientin als Dame mit einwandfreiem Charakter behandelt wird. Die Vorstrafe ist alt, und es war keine schwere.«

»Was sagen Sie dazu, Mr. Sparling?«

»Ich würde sagen, dass der Besitz von Kokain nicht geringfügig ist, Mylord. Mr. Lambert kann den Charakter seiner Klientin außen vor lassen, aber wenn er ihn einbezieht, dann sollten die Geschworenen alles von ihr wissen. Selbstverständlich liegt das im Ermessen von Eurer Lordschaft.«

»Ja, und ich werde in diesem Fall entsprechend zugunsten

der Angeklagten entscheiden. Die Vorstrafe ist wirklich alt, und sie wurde nicht wegen Gewalt oder Betrug verhängt. Lady Greta kann als Dame mit einwandfreiem Charakter präsentiert werden, Mr. Lambert.«

»Vielen Dank, Mylord.«

»Sergeant Hearns, ich möchte Ihnen gern einige Fragen stellen zu einer Unterhaltung, die Sie mit meiner Klientin vor dem Haus der Vier Winde führten«, sagte Miles, nachdem die Geschworenen wieder im Gerichtssaal Platz genommen hatten.

»Ich habe nur ein einziges Mal dort mit ihr gesprochen, Sir, und das war, als Sir Peter sie aus London mitbrachte, nachdem ich ihn über den Mord informiert hatte.«

»Darum genau geht es mir. Hatten Sie bereits mit Thomas Robinson gesprochen?«

»Nein, Sir, das hatte ich nicht. Es ging ihm viel zu schlecht. Ich bat Christopher Marsh, mit Thomas zu sprechen. Ich tat das, weil ich wissen musste, auf welchem Weg die Verbrecher ins Haus gekommen waren. Und auf das Grundstück, Sir«, fügte der Polizist hinzu, als wäre ihm das gerade erst nachträglich eingefallen.

Sergeant Hearns' kummervolles Lächeln tauchte auf über seiner breiten Krawatte. Er war sichtlich entschlossen, nicht dem Anwalt das Ruder zu überlassen.

»In Ordnung, Sie haben also mit Christopher Marsh gesprochen, und Sie haben entdeckt, dass Thomas das Arbeitszimmerfenster offen vorgefunden hat bei seiner Rückkehr zum Haus der Vier Winde.«

»Gegen halb neun Uhr. Ja, Sir.«

»Haben Sie meine Klientin gefragt, ob sie verantwortlich war für das offene Fenster, Sergeant?«

»Nein, Sir.«

»Nein?«

»Nein, ich habe Sir Peter gefragt. Er sagte, dass er nicht im Arbeitszimmer gewesen sei, und dann fragte Sir Peter Ihre Klientin, und sie sagte, dass sie *vielleicht* das Fenster offen gelassen hat.«

»Sie hat die Antwort nicht verweigert, nicht wahr, Sergeant Hearns? Sie gab freimütig zu, dass sie das Fenster offen gelassen hat.«

»Sie sagte, dass sie es nicht mehr genau wisse, es aber getan haben mag. Sie sah besorgt aus zu dem Zeitpunkt, Sir. Sehr besorgt.«

»Wie Sir Peter?«

»Nein, er sah eher entschlossen als besorgt aus. Ihre Klientin ging vor uns her, Sir.«

»Vielleicht war sie wegen Thomas besorgt?«

»Vielleicht, Sir.«

»Sagte sie nicht auch, dass sie das Fenster offen gelassen haben könnte, weil es ein warmer Abend war?«

»Ja, das hat sie gesagt, Sir.«

»Sie haben sie in der Nacht nicht verhaftet, Sergeant, obgleich Sie wussten, dass sie das Fenster offen gelassen hat?«

»Nein, das tat ich nicht, Sir. Ich verhaftete Ihre Klientin erst nach den Aussagen von Thomas Robinson und Jane Martin. Erst dann war sie die Verdächtige.«

»Sie haben die Aussagen am Sonnabend, den 5. Juni, aufgenommen. Fünf Tage nach dem Mord. Ist das richtig?«

»Ja, Sir. Erst zu dem Zeitpunkt fühlte sich Thomas in der Lage, mit mir über das Geschehene zu sprechen.«

»Und Sie verhafteten Greta Grahame, die sie zu dem Zeitpunkt noch war, am nächsten Tag. Am Sonntag. Dem Tag der Beerdigung?«

»Ja, Sir. Morgens. Wir betraten ihr Apartment in Chelsea um sieben Uhr fünfundzwanzig.«

»Und Sie durchsuchten es.«

»Ja, wir hatten einen Durchsuchungsbefehl.«

»Das bezweifle ich nicht. Haben Sie etwas gefunden?«

»Nichts, was die Beschuldigungen erhärten konnte. Nein, Sir.«

»Dann fuhren Sie mit Miss Grahame nach Ipswich und vernahmen Sie.«

»Ja. Sie leugnete die Beschuldigungen.«

»Und dann ließen Sie sie wieder frei ohne irgendwelche Kautionsforderungen zu stellen, nicht wahr?«

»Sie hatte die Auflage, sich der Polizei zur Verfügung zu halten. Auf Anraten der Staatsanwaltschaft der Krone.«

»Und die Empfehlung lautete, sie nicht in Haft zu behalten, weil keine realistische Aussicht auf eine Verurteilung bestand. Ist das richtig, Sergeant Hearns?«

»Die Empfehlung lautete, sie nicht in Haft zu behalten, Sir.«

»Ja. Keine Verhaftung, obgleich sie zugab, das Fenster offen gelassen zu haben, und obgleich Sie von dem unverschlossenen Nordtor wussten. Sie wussten von dem Arrangement, dass Thomas zu den Balls gehen sollte, und dass der Junge den Mann vor der Wohnung meiner Klientin als Mörder identifiziert hatte. Sie hatten all das und die Aussage von Jane Martin, aber dennoch hatten Sie nicht genug für eine Verhaftung. Weil alles zusammengenommen nicht ausreichte. Stimmt das, Sergeant Hearns?«

Miles hatte seine Waffe geladen, sein Ziel ins Auge gefasst und gefeuert, aber Sergeant Hearns wich der Kugel aus. Das kummervolle Lächeln war nach wie vor da, als er sich zu dem Richter umwandte.

»Muss ich darauf antworten, Euer Ehren? Ich denke nicht, dass ich hier meine Meinung zum Besten geben soll.«

»Nein, Sie haben ganz Recht, das sollen Sie nicht. Mr. Lambert, spielen Sie keine Spielchen mit dem Zeugen. Halten Sie sich an die Fakten.«

»Ja, Mylord. Also, Sergeant, können wir davon ausgehen, dass Ihre Bemühungen, Rosie und Lonny aufzuspüren, ergebnislos waren?«

»Bisher konnten wir noch niemanden verhaften, Sir. Aber das liegt nicht an nachlässigen Nachforschungen. Das Problem ist, dass die Mörder so wenig Spuren hinterlassen haben. Wir haben das Auto und die Fußabdrücke und die Kugeln, aber nicht viel mehr, Sir. Die Blutproben stimmen mit keiner DNA Analyse aus unseren Datenbanken überein.«

»Was ist mit dem Schmuck?«

»Nichts bisher, Sir. Die Schmuckstücke könnten natürlich umgearbeitet worden sein.«

»Außer dem Medaillon haben Sie kein Schmuckstück von Lady Anne bei Ihren diversen Hausdurchsuchungen bei meiner Klientin gefunden?«

»Nein, Sir.«

Miles legte eine Pause ein und räusperte sich, um sicherzustellen, dass die Geschworenen seiner nächsten Frage die nötige Aufmerksamkeit schenkten. »Meine Klientin, Lady Greta Robinson, ist eine Dame von untadeligem Ruf, nicht wahr, Sergeant?«

»Das ist richtig, Sir.«

»Gut. Jetzt möchte ich zu Ihrem Besuch in dem Haus der Mutter meiner Klientin in Cale Street, Manchester, kommen. Sie haben Mr. Sparling informiert, dass Sie diese Fotos von Lady Anne in einem der Schlafzimmer gefunden haben.«

»Ja. Sie waren in einem Sammelalbum mit ausgeschnittenen Zeitungsfotos, beginnend mit den späten achtziger Jahren.«

»Es gab tatsächlich ziemlich viele Sammelalben, oder?«

»Ja, Sir. Sie befanden sich in dem Schlafzimmer, das ihre Tochter laut Mrs. Grahame bewohnte, bis sie von zu Hause auszog.«

»Wie viele Alben, Sergeant?«

»Acht oder neun. Vielleicht mehr.«

»Und sie enthielten mehr als zweitausend Fotos, nicht wahr? Lady Annes Fotos waren nur zwei zwischen mehr als zweitausend?«

»Ja, Sir. Es waren Fotos von Damen, die nach der neuesten Mode gekleidet waren.«

»Aus Gesellschaftsmagazinen wie *Tatler* und *Harpers & Queen*.«

»Das ist richtig, Sir.«

Was müssen sie nur von mir denken?, überlegte Greta und betrachtete die gelassenen Gesichter der Geschworenen. Deren Augen wanderten zwischen dem Anwalt und dem Polizisten hin und her wie ein Metronom, wie bei Zuschauern eines Tennisspiels.

Es war Jahre her, dass sie sie betrachtet hatte, aber sie erinnerte sich noch lebhaft an die Sammelalben, in die sie in diesen verlorenen Teenagerjahren an Winterabenden auf dem Fußboden vor dem Gasofen liebevoll die Fotos geklebt hatte, während ihre Mutter fern gesehen hatte und auf dem Tisch ein Becher Tee erkaltete. Ihre Mutter hatte zu dem Zeitpunkt bereits aufgehört zu nähen, gezwungen durch eine frühe Parkinsonsche Erkrankung, die sie inzwischen – fünfzehn Jahre später – auf ein zitterndes Wrack reduziert hatte.

Aber vielleicht war es gar nicht Parkinson, überlegte Greta. Vielleicht war es einfach nur die Angst vor ihrem Ehemann, George, die die Hand ihrer Mutter zum Zittern gebracht hatte an diesen langen vergangenen Winterabenden.

Sie stellten immer die Nachrichten um sechs Uhr an. Ihre Mutter schenkte ihnen keine richtige Aufmerksamkeit, sondern ließ sie einfach über sich ergehen. Überschwemmungen und Hungersnöte, Erdbeben und Vulkanausbrüche, ökonomische Hochs und Tiefs beruhigten Gretas Mutter. Sie mochte diesen netten Mr. Baker, der die Nachrichten moderierte, und wenn er fertig war, sagte sie gewöhnlich zufrieden: »Schrecklich. Es ist alles einfach schrecklich. Diese armen Menschen. Wir sollten dankbar für das sein, was wir haben, Greta.«

Aber Greta war nicht dankbar. Sie klebte die Fotos in das dicke schwarze Album, weil sie ihr den Glauben daran gaben, dass noch eine andere Welt existierte dort draußen, wo Frauen schöne Kleider trugen und über dicke Teppiche schritten in eleganten hochhackigen Schuhen. Irgendwo, wo es nicht nach gekochtem Kohl und Desinfektionsmitteln roch.

Nach den Nachrichten kam das Regionalprogramm – eine Schule in Manchester wurde eröffnet, eine Frau in Manchester war vergewaltigt worden –, und Gretas Mutter war nicht länger ruhig. George würde kurz nach sieben nach Hause kommen und erwarten, dass sein Essen auf dem Tisch stünde – es sei denn, er wäre in einen Pub eingekehrt, aber das machte alles nur noch schlimmer.

Jetzt auf der Anklagebank, versuchte Greta, sich an eine Zeit zu erinnern, in der ihr Vater noch nicht so gewesen war wie damals, immer schmutzig von der Fabrikarbeit und voller Wut. Es muss eine andere Zeit gegeben haben, weil er sie sonst nicht auf die Weise hätte beeinflussen können, wie er es getan hatte, ihren Horizont und ihre Vorstellungswelt erweitert hatte, noch lange, nachdem er diese Welt schon verlassen hatte. Aber sie konnte sich nicht erinnern, wie sehr sie es auch versuchte. Es war zu lange her.

Ihr Vater war ein Mann, der so viele schlimme Dinge getan hatte, dass kein Weg zurückführte. Er war tiefer und tiefer gefallen und hatte jegliches Leben in sich erstickt, bis nur noch gefräßige Finsternis übrig geblieben war. Finsternis und das Bedürfnis nach noch mehr Finsternis.

Es gab auch kein Zurück mehr für Gretas Mutter. Vielleicht hatte ein jüngerer George ihre Teilnahmslosigkeit und ihre Kuhaugen früher einmal attraktiv gefunden, während der Tanzabende im Manchester Empire, als er mit seinen pechschwarzen Haaren und seinem aufgeweckten, fein geschnittenen Gesicht unter den örtlichen Mädchen auswählen konnte. Greta hätte jede Summe darauf verwettet, dass ihre Mutter nicht ein einziges Mal daran gedacht hatte, ihren Ehemann zu verlassen. Es wäre so gewesen, als hätte sie die Autorität Gottes angezweifelt.

Es hatte geregnet auf ihrer Hochzeit; Greta erinnerte sich an das Foto in dem alten Album ihrer Mutter, das in dem

Bücherschrank im Wohnzimmer zu Hause Staub ansammelte. Einer der Gäste hielt eine durchweichte Zeitung über die Köpfe ihrer Eltern, während sie vor der Kirche darauf warteten, sich für die Nachwelt ablichten zu lassen. Ihre Mutter lächelte nervös in die Kamera, und ihr Vater sah trotzig aus.

Der staubige Bücherschrank enthielt alles, was der Nachwelt von der Hochzeit überliefert wurde. Greta fragte sich, ob Hearns das alte Album durchgeblättert hatte während seiner ekelhaften Schnüffelei nach Beweisen. Wahrscheinlich. Er war weiß Gott sorgfältig genug. Sie stellte sich vor, wie er die Schnappschüsse durchgeblättert hatte, die Seiten mit seinen plumpen Fingern umgewendet hatte, bevor er das Album wieder zwischen das große Kochbuch und den Straßenatlas von 1966 zurückgestellt hatte.

Oben hatte er dann die Beweisstücke 18 und 19 gefunden: die Zeitungsausschnitte von Lady Anne, gekleidet in ein schimmerndes Abendkleid von Dior auf irgendeiner Galaveranstaltung mit ihrem jungen Ehemann an ihrer Seite und einer Bildunterschrift, die ihm eine große Zukunft voraussagte. »Sommer 1988«, hatte sie auf das Sammelalbum geschrieben. Es waren nur zwei Fotos zwischen zweitausend. Als Beweise waren sie lächerlich. Greta musste Miles nicht einmal zuhören, der das allzu Offensichtliche herausarbeitete auf Kosten von Detective Sergeant Bluthund.

Die Sammelalben bedeuteten aber etwas. Sie erlaubten ihr zu träumen, an eine Welt jenseits der armen, verräucherten Manchester Vororte zu glauben, jenseits der Reichweite der schwieligen Hände ihres Vaters. Er war immer zornig, in ihm brannte die Überzeugung von einer ungerechten Welt. Es verging kein Jahr, ohne dass wieder irgendein rotznasiger

Lümmel, der zwanzig Jahre jünger war als er, ihm vorgezogen wurde, weil der ein Papier in der Tasche hatte, irgendeine Qualifikation oder ein Diplom, das zu erlangen ihm seine Firma aus Geiz immer verweigerte. Vielleicht hatte ihr Vater Recht. Seine Ressentiments hatten ihn hässlich werden lassen, und Hässlichkeit fordert Ungerechtigkeit geradezu heraus, aber zu Hause dachte Greta nie darüber nach, ob das Leben gerecht oder ungerecht war. Sie versuchte nur zu überleben, indem sie Fotos von Aristokraten in ein Sammelalbum klebte und sich die Namen der Modeschöpfer wie ein religiöses Mantra zuflüsterte: Balenciaga, Christian Dior, Givenchy, Chanel. Greta trug ihr schwarzes Haar wie Coco Chanel, hängte ein Foto von der Modekönigin über ihr Bett und überdeckte damit einen Riss in der verblichenen Tapete.

Als sie älter wurde, ließ die Macht ihres Vaters über sie nach. Er trank immer mehr, wetterte im Pub gegen die Ungerechtigkeit der Welt, bis ihm die Stammgäste den Rücken zukehrten und der Wirt ihn hinauswarf. Er konnte sich Kneipenbesuche eh nicht mehr leisten. Die Firma hatte ihn entlassen, und den größten Teil der Abfindung hatte er schon im ersten Jahr durchgebracht, indem er allen, die ihm zuhörten, Drinks spendierte.

Zu Hause saß er in seinem zerschlissenen Sessel, drückte eine Zigarette nach der anderen in einem schwarzen Plastikaschenbecher aus und trank Dosenbier. Gretas Mutter kochte immer noch die gleichen faden Gerichte, aber er aß weniger und weniger, und nach einer Weile hörte er auf, sie zu schlagen. Er war einfach zu schwach dazu. Er saß da und sah fern und verschwendete den Rest seiner Energie darauf, die Leute auf dem Bildschirm zu hassen. Es gab immer jemanden, den man hassen konnte – jemanden, der jünger war als er, reicher war als er, erfolgreicher war als er. Wie der Junge von nebenan. Er war eingezogen, als George Grahame im Jahr zuvor entlassen worden und Greta gerade siebzehn geworden war. Die Mutter des Jungen war eine Invalide, und von einem Vater war nichts zu sehen, was laut George eine Menge erklärte. Der Junge trug enge schwarze Lederhosen und immer ein dickes Bündel Geldscheine in der Brusttasche seines Hemdes. Mehr Geld als George in einem Monat in der Fabrik verdient hatte. Und dennoch war der Junge nur zwei Jahre älter als Greta.

George wartete sechs Wochen, dann rief er die Polizei. Er beschuldigte den Jungen, Drogen in der Innenstadt zu verkaufen. Wie sonst sollte jemand in seinem Alter zu so viel Geld gekommen sein? Aber die Polizei sagte George, dass er nicht ihre Zeit verschwenden sollte. Wenn er es noch einmal täte, würde er wegen Verleumdung verklagt.

Von da an begann der Junge, Gretas Vater zu provozieren, raste mit aufheulendem Motorrad durch die Straße, sodass George nichts mehr verstehen konnte beim Fernsehen und die Bierdosen in seiner Hand vibrierten. George rief den Stadtrat an, aber der unternahm nichts. Es war genau wie bei der Polizei, sagte er. Der Junge von nebenan hätte sie mit einigen lässig aus seiner Brusttasche gezogenen Scheinen bestochen. Er, George, hätte sein ganzes Leben Steuern bezahlt, und wohin hatte ihn das gebracht?

Greta beschäftigte sich in Gedanken ebenso häufig mit dem Jungen von nebenan wie ihr Vater, aber das Aufheulen seines Motorrads in der Dunkelheit machte sie nicht wütend. Für sie war es der Gesang von Freiheit und Entkommen. Sie träumte von den schmalen Hüften des Jungen und den straffen Muskeln seiner Arme und Beine. Sie sehnte sich danach, ihn an sich zu pressen, wenn er mit ihr zusammen in eine neue Welt fuhr.

Und der Junge beobachtete sie. Sie spürte, wie er sie anstarrte, wenn sie morgens durch die Straße zur Schule ging. Ihre Wangen brannten, und ihre Beine wurden schwer. Es überlief sie gleichzeitig heiß und kalt.

Er wartete sehr lange, bevor er sie einlud, mit ihm auszugehen, sodass sie, als er es tat, viel zu schnell akzeptierte und sich hinterher albern vorkam. Der Junge schien ihr immer überlegen zu sein. Alles, was er tat, war eine Herausforderung, und wenn sie nicht akzeptierte, würde sie wieder da sein, wo sie begonnen hatte.

Sie schlief mit ihm, weil sie wusste, dass er nicht damit gerechnet hatte. Und ihr Sex war kein Liebesakt; es war eher ein Kampf. Sie genoss ihn in vollen Zügen. In der Nacht schlich sie sich nach unten, nachdem ihre Eltern zu Bett gegangen waren, und verließ leise das Haus. Sie trat über die Hecke, die die beiden Vorgärten trennte, und wartete darauf, dass er sie in sein Haus zog.

Er sagte Greta, dass sie sich keine Gedanken wegen seiner Mutter machen müsste, und sie vertraute ihm. Sein Wohnzimmer war um Mitternacht eine Welt für sich, erleuchtet von Kerzen, und ihre ineinander verschlungenen Körper warfen fantastische Schatten an die kanariengelben Wände.

Und dann wurde Greta das erste und letzte Mal in ihrem Leben schwanger. Das Baby wuchs bereits seit zwei Monaten in ihr, als sie zum Arzt ging. Hinterher geriet sie in Panik im Wartezimmer. Sie konnte das Baby nicht bekommen, und sie konnte es nicht töten. Sie wusste nicht, was sie machen sollte, und so erzählte sie es ihrer Mutter; und ihre Mutter erzählte es ihrem Vater.

Mit plötzlich erstarkter Kraft schlug George Grahame seiner Tochter ins Gesicht und nannte sie eine verdammte Hure. Greta hätte ihn gern zurückgeschlagen, aber stattdessen sagte sie ihm, wer der Vater war. George warf seinen schwarzen Aschenbecher nach ihr und schmiss sie raus.

Es war leicht zu gehen. Sie packte ein paar ihrer Sachen in einen Koffer und schlug die Eingangstür krachend hinter sich zu. Sie blickte nur einmal kurz zurück auf das Heim ihrer Kindheit – gerade lange genug, um einen Blick von ihrer Mutter zu erhaschen, die ängstlich hinter den schmutzigen Netzgardinen hervorlugte, die über dem Fenster des Wohnzimmers hingen.

Greta bekam das Kind nie. Sie hatte eine Fehlgeburt im sechsten Monat und landete mit Komplikationen im Memorial Hospital. Ein indischer Arzt sagte ihr, dass sie wieder gesund würde, wenn sie keine gefährlichen Drogen mehr nähme. Er wisse zwar nicht, woher sie sie bekäme, aber sie hätten sie beinahe ebenso getötet wie das Kind.

»Sie werden sich aber damit abfinden, keine Kinder bekommen zu können«, sagte er. »Es ist nicht das Ende der Welt. Sie haben noch das ganze Leben vor sich.«

Und sie hatte sich erst viel später gestattet, darüber nachzudenken. Damals hatte sie keine Zeit dazu gehabt. Drei Stockwerke unter ihr und einen Irrgarten von Korridoren entfernt lag ihr Vater auf der Sterbestation des Krankenhauses und kämpfte um sein Leben.

Es war, als hätte er immer schon Krebs gehabt. Es war vorher nur eine mentale und keine körperliche Angelegenheit gewesen, und als die Diagnose gestellt wurde, war längst jede Hoffnung auf Heilung vergebens. Greta zuckte zusammen bei dem Gedanken an die Krankenstation mit den langen Reihen von Metallbetten, alle belegt mit sterbenden Männern in Konzentrationslager-Pyjamas. Blumen verwelkten schnell in der heißen, feuchten Luft, und der Fernseher lief den ganzen Tag, um das Husten zu übertönen.

Sie hätte Schadenfreude über seinen Tod empfinden sollen, aber sie tat es nicht. Es deprimierte sie, es brachte sie zum Weinen, aber sie konnte keine hämische Freude empfinden. Er klebte an ihr, wie er am Leben klebte, und es war, als hätte er alles, was er ihr angetan hatte, vergessen. In seinen Augen lagen keine Wut und kein Neid mehr, zurückgeblieben war nur noch die nackte Angst, die immer dahinter gelauert hatte. Eine schreckliche nackte Angst, die ihn dazu trieb, sich wochenlang gegen das Sterben zu wehren, länger als die Ärzte prognostiziert hatten, dass er sein Bett für den nächsten Sterbefall frei machen würde.

Greta hasste die Angst. Sie schien ihr zuzuflüstern, dass sie nie entkommen würde, wie sehr sie sich auch bemühte. Sie würde immer wieder verschluckt werden von dem Dunst des Versagens, in dem sie groß geworden war. Sie gab ihrer Mutter dafür die Schuld. In diesen endlosen Tagen, in denen ihr Vater mit dem Tode rang und sich weigerte zu sterben, lernte Greta ihre Mutter zu hassen. Sie hasste ihre zitternden Finger und ihre blassblauen Augen, die immer wie ein vom Scheinwerfer erfasstes Reh starrten. Sie hasste ihr lebloses Haar und ihre formlose Figur, und vor allem hasste sie, dass ihre Mutter alles akzeptierte. Ihr Alles-wird-gut-Blick auf die Welt.

Sie verstand, warum ihr Vater immer so wütend war. Er war nur nicht clever genug gewesen, etwas aus seiner Wut zu machen. Greta schwor sich im Stillen, dass sie es anders angehen würde, und die ganze Zeit umklammerte er ihr Handgelenk und starrte sie an, auch wenn er nicht mehr sprechen konnte.

Die anderen Männer auf der Station, die noch nicht so weggetreten waren, hatten mit ihr gesprochen, hatten sie in lautem Flüstern gebeten, zu ihnen zu kommen, wenn sie an ihren Betten vorbeiging, aber sie hatte sie ignoriert. Sie hatte sich gewünscht, sich ein Einzelzimmer leisten zu können, um ihren Vater in Frieden sterben zu sehen.

Frieden für sie natürlich, nicht Frieden für ihn. Er würde nie Frieden spüren. Nicht so lange er noch am Leben war. Gretas Mutter sprach davon, einen Priester zu holen, obgleich weder sie noch Gretas Vater nach ihrer Trauung je wieder eine Kirche von innen gesehen hatten, aber Greta wollte nichts davon wissen. Es gab keine Vergebung für die Sünden ihres Vaters; es ekelte Greta an, dass ihre Mutter überhaupt an so etwas dachte. Er würde nicht in die Hölle kommen; er hatte sein ganzes Leben in ihr gelebt. George Grahame wusste mehr über die Hölle als jeder, dem Greta je begegnet war.

So viel ist sicher, dachte sie bei sich, als sie durch den Gerichtssaal blickte und dachte, wie selbstgefällig und selbstzufrieden all diese Menschen aussahen. Zufrieden mit ihren armseligen Leben und ihren zweitklassigen Ehen. Sogar der alte Richter mit seiner Perücke und seiner Robe sah Mitleid erregend aus. Er konnte da zwar eindrucksvoll sitzen, und alle nannten ihn »Mylord« und verbeugten sich und katzbuckelten vor ihm, aber wenn der Tag um war, würde er wahrscheinlich nach Hause fahren zu irgendeiner nörgelnden Frau und schlecht zubereitetem Essen.

Greta schloss die Augen. Die einschläfernde Stimme von Sparling, als er Zeugenaussagen vortrug, drang nicht in ihr

Bewusstsein, und sie war wieder zurück in dem Krankenhaus an dem Tag, an dem ihr Vater starb. Ihr Gedächtnis hatte es aufgezeichnet, eine Fotografie davon gemacht, genau wie Thomas es getan hatte, als seine Mutter getötet wurde. Sie spürte den Tod kommen an dem Griff ihres Vaters um ihr Handgelenk. Plötzlich umklammerte er es fester, umfasste es nicht nur, und seine Hand war wieder so stark wie früher, als sie noch ein Kind war. Er öffnete seine grünen Augen weit, und sie konnte den Tod darin sehen, wie einen abgekoppelten Zug. Schwarz und riesig und in Sekundenschnelle verschwunden.

Gretas Mutter verpasste den Moment natürlich. Sie war unten in der Cafeteria und trank einen Tee, und als sie zurückkam, hatte sie keine Schwierigkeiten, in Tränen auszubrechen, zu weinen um den Verlust eines Mannes, der sie geschlagen und seit achtundzwanzig Jahren aus ihrem Leben ein Elend gemacht hatte. Sie weinte auch auf der Beerdigung, und der Regen und die Tränen spülten ihr nachlässig aufgetragenes Make-up von ihren aufgedunsenen Wangen. Sie sah so schrecklich aus, dass die anderen Trauergäste sich sichtlich überwinden mussten, ihr zu kondolieren, aber Greta weinte nicht. Damals nicht und später auch nicht.

Der Tod ihres Vaters änderte alles. Heute war ihr das klar. Er gab ihr die Entschlossenheit, neu zu beginnen, Manchester hinter sich zu lassen. Sie würde sich von Freunden und Verwandten trennen. Sie wollte ein neues Leben in einer neuen Stadt.

Sie bekam einen Job als Reporterin bei einer Zeitung in Birmingham, der ihr das Studium finanzierte, und sie mochte diese Arbeit. Sie hatte das seltene Talent, Leute von ihrer eigenen Wichtigkeit zu überzeugen. Vielleicht war es die

Konzentration ihrer klaren grünen Augen oder die angedeutete Begeisterung in ihrer tiefen Stimme, aber sogar die schwierigsten ihrer Interviewpartner erzählten ihr alles, was sie wissen wollte und noch mehr. Und sie schrieb gut. Gretas Artikel waren treffend. Sie schrieb lebendig. Im Laufe der Zeit landeten sie immer häufiger auf der Titelseite. Die Herausgeber zahlten ihr mehr Geld und hofften, dass sie nicht von einer der großen Zeitungen weiter unten im Süden weggeschnappt würde. Aber es passierte nicht. Weil ihr stattdessen das örtliche Parlamentsmitglied eines Tages im Oktober 1996 über den Weg lief.

Peter befand sich an einem Kreuzweg, und sie wies ihm die richtige Richtung. Es war offensichtlich, dass er sich vor den Premierminister stellen musste, was die Anfeindungen wegen der Somalia-Krise anging, und vergessen musste, was alle anderen sagten. Peter war einfach zu sehr in das Problem verwickelt, als dass er die Lösung hätte sehen können. Es war alles so einfach. Außer dass er anders war als jeder, den sie bisher kennen gelernt hatte. Er war von rastlosem Ehrgeiz getrieben, und er gestattete ihr, zum ersten Mal einen Blick in eine neue Welt von Machtpolitik zu werfen. Hinterher gab sie keine Ruhe, bis sie diese Welt zu ihrer eigenen gemacht hatte. Sie konnte ihre Kleinstadtexistenz nicht länger ertragen, und als Peters Anruf nach der Wahl kam, bat sie nicht um Bedenkzeit. Sie nahm den Job als seine persönliche Assistentin und alles, was damit verbunden war, an. Es war die leichteste Entscheidung, die sie in ihrem ganzen Leben getroffen hatte.

Und was ging einher mit dem Job? Viele Überstunden und das Gefühl, dem Herzen der Regierung nahe zu sein. Das Glück zu wissen, dass Peter von ihr abhängig war, und das

Vergnügen, das sie daran hatte, Zeit mit seinem Sohn zu verbringen. Es war der einzige Aspekt des Charakters ihres Arbeitgebers, den Greta nicht verstehen konnte. Er vernachlässigte den Jungen, und Greta konnte das nicht verstehen. Zuerst versuchte sie, Peter zu ändern, aber das Thema Thomas machte ihn jedes Mal geradezu irrational wütend. Er schien seinem Sohn die Schuld zu geben, dass er ihn nicht liebte, obwohl er dem Jungen nie eine Chance dazu gegeben hatte. Greta realisierte sehr bald, dass sie nichts bewirken konnte, außer Thomas ihre eigene Zuneigung zu schenken. Und er erwärmte sich für sie als Antwort darauf. Sie gingen stundenlang am Strand von Flyte spazieren und erzählten sich Geschichten, während sie sich gegenseitig stützten gegen den starken Seewind. Thomas sprach Gretas träumerische, fantasievolle Seite an – die Seite, die Peter nie kennen lernen würde.

Ganz zu Anfang, lange vor dem Mord, hatte Greta sich oft gewundert über ihre wachsende Bindung zu Thomas. Schließlich kam sie zu dem Schluss, dass es teilweise jedenfalls eine stark verzögerte Reaktion auf ihre eigene Unfähigkeit, Kinder zu gebären, war. Sicher dachte sie in gewisser Weise an Thomas als das Kind, das sie nie haben würde. Sie kümmerte sich um ihn, ohne es zu sehr zu zeigen, weil sie wusste, was die Mutter des Jungen von ihr hielt. Lady Anne ließ niemandem ihrem Sohn zu nahe kommen, besonders nicht die Tochter eines Fabrikarbeiters aus einer Industriestadt hoch im Norden.

Dann war Anne plötzlich ermordet, und alles änderte sich. Greta würde nie Thomas' brennenden Hass vergessen, als sie in das Cottage von Cristy Marsh geeilt war, um ihn zu trösten. Sie hatte irgendwie diese schreckliche Fahrt von London überstanden, mit Peter auf dem Beifahrersitz, betrunken vom Whisky, aber dann hatte Thomas seinen Becher nach ihr geworfen und geschrien, dass sie verschwinden soll. Er war wie ein Besessener.

Sie war aus dem Haus gelaufen. War mit dem Zug weggefahren und weggeblieben, genau wie alle es von ihr verlangt hatten. Sie war vernommen und durchsucht und wieder vernommen worden von diesem Schwein Hearns, bis sie es nicht mehr ertragen konnte, bis sie schließlich genug hatte. Am ersten Oktoberwochenende war sie in die Carstow Schule gefahren, um Thomas zu treffen.

Vielleicht wäre es besser gewesen, wenn Greta sich vorher überlegt hätte, was sie sagen wollte. Aber nach Carstow zu fahren war ihr nur möglich in einer spontanen Gefühlsaufwallung, und deshalb fuhr sie schnell über die Autobahn und ließ während der ganzen Fahrt die Fenster offen. Der starke Wind wehte ihre wirbelnden Gedanken weg wie Spinnweben.

Sie hatte sich sorgfältig angezogen. Nach vielem Hin und Her hatte sie schließlich das Kostüm ausgewählt, das sie an dem zauberhaften Frühlingstag in London getragen hatte, als sie im Park zusammen gepicknickt hatten. Sie wollte Thomas daran erinnern, dass es vor dem Mord an seiner Mutter eine andere Zeit gegeben hatte, eine Zeit, in der sie ihm etwas ganz anderes bedeutet hatte.

Greta nannte der Frau im Schulsekretariat nicht ihren Namen, weil sie fürchtete, dass Thomas dann nicht kommen würde. Sie sagte nur, dass sie eine Freundin der Familie sei, und dann wartete sie auf einem harten Stuhl auf sein Kommen.

Ihr war zu warm, und sie wünschte sich, etwas Bequemeres angezogen zu haben. Schweißtropfen liefen ihr unter den Armen entlang, aber sie behielt ihr Jackett an und trommelte mit den Fingern auf einen Schulprospekt. Die Minuten vergingen, und Greta hatte das Gefühl, in dem Wartezimmer ersticken zu müssen. Sie ließ ihren Kopf sinken und verlor das Gefühl für Zeit und Raum. Sie blickte verwundert auf, als jemand ihren Namen nannte. Thomas stand in der Tür und sah sie an.

Einen Moment lang erkannte sie ihn gar nicht. Er war dünner, und die Schule hatte ihm einen militärisch kurzen Haarschnitt verpasst. Dadurch nahm Greta zum ersten Mal wahr, dass Thomas die Kopfform seines Vaters geerbt hatte. Sie erkannte Peters grimmige Entschlossenheit wieder auf der Stirn seines Sohnes, und eine Sekunde lang spürte sie Angst.

Wenigstens drehte Thomas sich nicht um und ging weg. Er ging weder vor noch zurück. Greta konnte seinen Gesichtsausdruck nicht deuten. Er schien gleichzeitig resolut und verletzlich zu sein, und sie sehnte sich danach, die Vergangenheit zurückholen zu können. Sie stand auf, streckte ihm die Arme entgegen und hatte Tränen in den Augen.

Thomas' Reaktion war spontan. »Lass mich in Ruhe!«, rief er und hielt seine Hände abwehrend hoch.

»Thomas, reg dich nicht auf. Ich möchte es nur erklären. Du hast alles falsch verstanden. Was mit deiner Mutter passiert ist, hat nichts mit mir zu tun.«

Greta sprudelte die Worte hervor, als wüsste sie, dass er ihr nur wenig Zeit ließe.

»Du Lügnerin!«, schrie er. »Du hast sie geschickt. Ich weiß, dass du es getan hast.«

»Nein, das habe ich nicht. Ich schwöre es. Ich würde nie etwas tun, was dich verletzten könnte, Tom. Ich mache mir Sorgen um dich, siehst du das nicht?«

Greta wartete einen Moment auf eine Antwort, aber es kam keine. Thomas blieb versteckt hinter seinen erhobenen Händen.

»Du brauchst mich«, sagte sie. »Du weißt, dass du mich brauchst.«

»Ich brauche meine Mutter.« Die Worte brachte Thomas beinahe weinend hervor, als würde man sie ihm mit äußerster Gewalt entziehen.

»Natürlich brauchst du das. Aber sie ist nicht mehr da, Tom. Ich bin da. Ich bin hier für dich.«

Greta trat wieder einen Schritt auf Thomas zu und ergriff seine Hände, zog ihn zu sich heran, genau wie sie es vor einem Jahr im Schlafzimmer seiner Mutter getan hatte. Und vielleicht hätte er nachgegeben, wenn sie nicht unterbrochen worden wären. Aber ihre erhobenen Stimmen hatten die Schulsekretärin alarmiert, die jetzt die Tür öffnete und fragte, ob alles in Ordnung sei, und ihre Frage brach die Verbindung zwischen ihnen für immer.

»Lass mich in Frieden!«, schrie Thomas. »Ich bin deinetwegen in der Hölle. Ich hasse dich.«

Seine hasserfüllte Stimme ließ Greta zurückschrecken. Alles Blut wich aus ihren Wangen, und die Worte blieben ihr im Hals stecken. Als Thomas wieder sprach, war seine Stimme kalt und leise. So hatte sie ihn noch nie gehört.

»Ich werde dich dafür bezahlen lassen, Greta«, sagte er. »Du kannst nichts dagegen machen. Überhaupt nichts.«

Thomas drehte sich auf dem Absatz um und ließ Greta stehen. Sie versuchte nicht, ihm zu folgen.

Zwei Wochen später fuhr er mit seinem Freund Matthew Barne nach London und fand das Medaillon in dem Geheimfach des Schreibtisches seines Vaters.

20. Kapitel

An dem Montagnachmittag, dem dritten Tag des Prozesses, wanderte Thomas ruhelos von Zimmer zu Zimmer im Haus der Vier Winde, unfähig, sich mit etwas zu beschäftigen. Er konnte das Murmeln der Stimmen von Tante Jane und dem Detective aus Carmouth hinter der halb geschlossenen Küchentür hören, aber er versuchte nicht zu verstehen, was sie sagten. Er wusste, dass Tante Jane von dem Prozess in London sprechen würde; sie hatte von nichts anderem gesprochen, seit sie am vergangenen Abend zurückgekommen war nach Flyte, bis Tom kein Wort mehr hören mochte über Gretas fetten Anwalt und seine Tricks und die Geschworenen, die alles beobachteten und nichts sagten. Thomas wusste, dass er morgen an der Reihe war. Aber jetzt wollte er nicht daran denken.

Er hörte auf, herumzuwandern, und blieb mitten in der Eingangshalle stehen zwischen der offenen Eingangstür und der Treppe hinter sich. Er schaute über die Eiben in den heißen Sommertag, und plötzlich hatte er das Gefühl, von überallher Stimmen zu hören, Gesprächsfetzen, die mal innerhalb, mal außerhalb seiner Hörweite wie Staubkörner durch die Luft drifteten.

Thomas erkannte einige der Stimmen oder glaubte es jedenfalls, aber sie waren verstummt, bevor er sich sicher war. Er dachte, er hätte seine Mutter gehört, die etwas über ein Kleid gesagt hatte, aber sie war jünger gewesen, als er sie jemals erlebt hatte, mit einer eifrigen Stimme, die noch frei von jeder Verantwortlichkeit war. Dann meinte er, eine Stimme hinter sich wahrzunehmen, die wie die seiner Mutter klang, aber tiefer, und die über ein Pferd sprach. Thomas drehte sich um, aber da war nichts, nur das Geräusch eines weinenden Mannes und der Name Sarah, hervorgepresst aus tiefstem Inneren.

Die Stimmen waren jetzt über Thomas: Ein Mann sprach in abgehackten Sätzen über Indien, und eine andere Stimme, die einer älteren Frau, die fluchte. Ihre Worte kamen von weither, und Thomas konnte sie kaum verstehen.

Er blieb wie angewurzelt stehen, unfähig zu sagen, ob die Stimmen wirklich da waren. Sie hatten ihn gerufen, ihn aufgefordert, die Treppe hochzugehen, was er seit so vielen Monaten vermieden hatte. Oben konnte er den Bücherschrank sehen, wo er sich versteckt hatte, aber er konnte dort nicht hingehen, ohne die Stelle zu kreuzen, wo seine Mutter gestorben war. Sie hatten den Teppich entfernt und einen neuen verlegt, aber er wusste, wo die Blutflecke gewesen waren. Er hatte über sie hinweg treten müssen, als er ins Cottage von Christy Marsh gerannt war.

Thomas schloss die Augen und stellte seinen Irrtum fest. Die Stimmen kamen nicht aus dem Versteck. Sie kamen woanders her. Langsam begann er, die Treppe hinaufzugehen, und die Stimmen kamen ihm entgegen. Die ältere Frau und der militärisch klingende Mann stritten sich über ein Geschenk.

»Es ist meins, ich sage es dir doch. Es ist meins. Ich kann damit machen, was ich will.«

»Stephen, Stephen«, kam die missmutige Frauenstimme, aber sie entschwand wieder und wurde ersetzt durch die Stimme seiner Mutter, die sich mit ihm unterhielt auf ihrer Fahrt nach London im vergangenen Jahr, als er durch den Fahrtwind Schwierigkeiten hatte zu verstehen, was sie sagte: »Ich frage mich so häufig, wie sie gewesen ist, Tom. Ich frage mich so häufig, wie sie gewesen ist.«

Eigenartigerweise verließen Thomas seine Furcht und Sorge, als er die Treppe hochstieg. Er war seit über einem Jahr nicht hier hoch gegangen, aber er dachte nicht an den Tod seiner Mutter, als er über die Stelle schritt, an der sie gestorben war. Er wusste, wohin er gehen würde, und wandte sich dem Schlafzimmer zu, ohne auch nur einen Blick auf den großen Bücherschrank zu seiner Linken zu werfen. Er fragte sich einen Moment lang, ob Tante Jane die Tür geschlossen hatte, aber die Klinke ließ sich leicht bewegen, und er trat ein.

Thomas wusste, dass einige der Gemälde im Schlafzimmer von den Männern beschädigt worden waren, als sie den Raum nach dem Safe durchsucht hatten, aber das Porträt seiner Großmutter war restauriert worden und hing an seinem alten Platz über dem Kamin. Es war genauso, wie er sich erinnerte. Leuchtende Augen und ein aufblitzendes Lächeln, ein Gesicht voller Energie und Offenheit, obgleich da auch Liebe in ihren dunklen Augen lag. Thomas starrte hinauf zu ihr, zu dieser Lady Sarah Sackville, die er nie gekannt hatte. Er hatte das überwältigende Gefühl, dass ihm das Porträt etwas sagen wollte, aber er konnte nicht ergründen, was das war. Seine Großmutter blickte in eine Welt, von der er nichts wusste. Künstler und Modell waren lange tot, hatten nur dieses Relikt hinterlassen.

Gerade als Thomas sich dem Fenster zuwandte, wurde ihm bewusst, nach was er auf dem Porträt suchte. Es war der Ring am Finger seiner Großmutter, der mitternachtsblau leuchtete, genau wie damals im Auto, als seine Mutter ihn getragen und ihn in der Sonne gefröstelt hatte.

Ihre Worte kamen ihm wieder in den Sinn, als hätte sie es erst gestern gesagt: »Sie trug ihn immer. Ihr Vater hat ihn ihr zu ihrem einundzwanzigsten Geburtstag geschenkt. Es gibt diese alte Geschichte, von der ich dir erzählt habe. Wie er von Indien hierher gekommen ist. Ich habe irgendwo einen Brief darüber. Ich muss ihn mal ausgraben ...«

So weit Thomas wusste, hatte seine Mutter ihn nie ausgegraben. London und *Macbeth* und Greta hatten es in Vergessenheit geraten lassen, und dann geschah der Mord. Lady Anne war jetzt so weit weg wie ihre Mutter. Beide bereits mit vierzig tot, zurückgelassen hatten sie nur Geflüster.

Thomas blickte sich um. Die Kleider seiner Mutter hingen immer noch im Ankleidezimmer, und er erkannte, dass niemand ihren kleinen Walnussschreibtisch in der Ecke des Schlafzimmers durchgesehen hatte, wenn die Mörder es nicht getan hatten. Sir Peter war seit der Beerdigung nicht mehr im Haus der Vier Winde gewesen, und Tante Jane fasste nichts an, was mit Dokumenten zu tun hatte.

Thomas ging hinüber zum Schreibtisch und öffnete ihn. Der Inhalt war unangetastet. Er dachte zurück an den entscheidenden Moment mit Matthew im vergangenen Herbst, als er sich an die Stimme seiner Mutter erinnert hatte, die ihm von dem Geheimfach im Schreibtisch in London erzählte. Er war in den Salon gegangen und hatte den Schreibtisch geöffnet, als wäre es ihm erst nachträglich eingefallen. Die ganze Zeit, die er im Souterrain und in dem

Computer und dann oben im Schlafzimmer seines Vaters gesucht hatte, bevor er sich auf dem Flur des ersten Stocks daran erinnerte, wie seine Mutter ihn gerufen hatte: »Komm her, Tom ... Da ist etwas, was ich dir zeigen möchte ... Es ist ein Geheimnis.«

Er hatte die Knöpfe an der unteren Schublade leicht gedrückt, genau wie sie es ihm gezeigt hatte, bis sich die Nische öffnete und er das Medaillon fand. Er erinnerte sich an alles: wie er es hoch gehalten, es geöffnet, es Matthew gezeigt hatte, wie er zur Tür gegangen war und Greta auf der Treppe gesehen hatte mit diesem wirren Blick in ihren Augen.

Thomas schüttelte sich, verbannte Greta und das Medaillon aus seinem Kopf. Sie konnten bis morgen warten. Gretas fetter Verteidiger hatte zweifellos viele Fragen wegen des Besuchs in dem Haus in London.

Thomas konzentrierte sich wieder auf den Schreibtisch seiner Mutter. Hier gab es kein Geheimfach. Nur Briefe und Papiere, die ordentlich in die Fächer sortiert oder mit Gummibändern zusammengebunden waren. Obenauf lag ein unvollendeter Brief an ein Gartencenter in London, mit dem eine extravagante Rose mit einem lateinischen Namen bestellt werden sollte. Er war vom 31. Mai 1999 datiert: dem Todestag seiner Mutter.

Thomas wusste nicht so recht, was er eigentlich suchte, als er alle Papier herausnahm und auf den Boden legte, sodass er bald eine menschliche Insel in einem Meer von Dokumenten war. Schließlich fand er ihn in der untersten Schublade: Der Brief war um ein kleines schwarzes Schmuckkästchen gewickelt. Schon bevor er es öffnete, wusste Thomas, was in dem Kästchen sein würde, aber die Vollkommenheit des dunkelblauen Steins schockierte ihn dennoch. Der Saphir glühte in seiner Hand, zog seine Augen in sein dunkles mysteriöses Inneres wie ein Magnet.

Warum hatte seine Mutter ihn nicht zusammen mit dem anderen Schmuck in den Safe gelegt? Vielleicht enthielt der Brief die Auflösung. Er war viermal gefaltet, und Thomas öffnete ihn vorsichtig. Das einstmals weiße Pergamentpapier war inzwischen vergilbt, und einen kurzen Moment war Thomas von abergläubischer Angst erfüllt, dass die schwarze Tinte im Sonnenlicht verschwinden oder das Papier zu Staub zerfallen würde in seinen Händen.

Es war tatsächlich ein Brief, mit dem Briefkopf »Das Haus der Vier Winde«, und er trug das Datum vom 28. November 1946. Unterschrieben war er mit »Daddy«, aber Thomas war bald klar, dass der Schreiber sein Urgroßvater war, Sir Stephen Sackville, dessen Porträt unten im Salon hing. Sir Stephen hatte am längsten von den Sackvilles der Neuzeit gelebt, und das Porträt war zu Ehren seines achtzigsten Geburtstags gemalt worden. Er musste fünfundachtzig gewesen sein, als er diesen Brief seiner Tochter geschrieben hatte, und sie war gerade einundzwanzig geworden.

Meine liebe Sarah,

Du hast mich gebeten, Dir etwas über den Saphir des Sultans, wie der Edelstein genannt wird, den ich Dir zum einundzwanzigsten Geburtstag geschenkt habe, zu erzählen. Er stammt tatsächlich aus Indien, wo er das Eigentum eines Nabobs aus einer der wilden nordwestlichen Provinzen war. Ich weiß nichts über den Nabob, dem der Edelstein einst gehörte, und nichts darüber, wie er in den Besitz des Nabobs gelangt ist. Der Saphir war allerdings in ganz Indien berühmt wegen seiner Vollkommenheit, und ich war schon lange neu-

gierig auf ihn gewesen, als ich die Gelegenheit bekam, in Kontakt mit seinem Eigentümer zu treten. Der dunkle Schein des Edelsteins ist meiner Meinung nach ziemlich einzigartig. Ich habe noch nie so einen Stein gesehen, und du kennst mich als einen eifrigen Sammler von kostbaren Steinen.

Thomas wandte seinen Blick von den trockenen Worten wieder dem Porträt seiner jungen Großmutter mit dem Saphir, den ihr der Vater an den Finger gesteckt hatte, zu. Diesen Ring zu tragen hatte Thomas' Mutter das Gefühl gegeben, ihrer eigenen Mutter nahe zu sein, aber der Edelstein, den er jetzt in der Hand hielt, kam ihm fremd und irgendwie gefährlich vor. Dieses Erbstück, das Generationen überdauert hatte, hatte den Sackvilles, die es besaßen, kein Glück gebracht.

Thomas las den Brief weiter.

Ich war an der nordwestlichen Grenze postiert und fand klare Beweise dafür, dass der örtliche Nabob gegen die Briten konspiriert hatte. Es gab keine Alternative, als schnell und entschlossen zu handeln, und ich führte eine kleine Truppe gegen den Palast des Nabobs, wie er seine eher hässliche Festung nannte. Er wurde tödlich verwundet in dem kurzen Gefecht, das folgte, und ich hielt ihn für tot, als ich sein Quartier betrat und den berühmten Saphir fand. Der alte Gauner hatte jedoch mehr Leben in sich, als ich annahm, und folgte mir in seine Privatgemächer. Er hob einen verzierten Dolch, aber ich kann dir versichern, dass er nicht mehr genug Kraft in sich hatte, um ihn noch weit zu schleudern. Die Anstrengung war zu viel für ihn, und er starb bald danach, allerdings konnte er vorher sehen, dass ich den Saphir in der Hand hielt. Mit seinen letzten Worten verfluchte er mich und alle meine Nachkommen, aber ich schenkte dem keine Bedeutung. Einige mögen sagen, dass ich den Edelstein nicht hätte nehmen sollen, aber ich fand immer, dass ich ein Recht dazu hatte, da ich mein Leben riskiert hatte, um dem Verrat des Eigentümers zu begegnen.

Ein zusätzliches Gefühl von Rechtmäßigkeit zog ich aus den vier harten Jahren, die ich im Dienst für König und Vaterland in den Schützengräben von Flandern verbracht hatte, die meiner Rückkehr von Indien folgten. Ganz gewiss habe ich keinen Zweifel daran, dass der Saphir des Sultans sich besser an deinem schönen Finger macht als in irgendeinem verstaubten Glaskasten im Britischen Museum.

Du solltest deswegen keine Bedenken haben, dass der Edelstein rechtmäßig der meine war und du ihn rechtmäßig von mir bekommen hast, und die romantische Geschichte des Saphirs sollte ihn dir noch wertvoller machen und nicht weniger.

Ich habe Cartier in London gebeten, für den Edelstein einen goldenen Ring anzufertigen, und ich hoffe, dass du mir zustimmst, dass sie ihren Auftrag exzellent ausgeführt haben. Der Name unserer Familie ist auf der Innenseite eingraviert, und ich hoffe, dass der Ring ein Erbstück der Sackvilles werden wird.

Thomas las den Brief zweimal, und jedes Mal war er betroffener von dem sachlichen Tonfall des Schreibers. Das Dokument hatte nichts von der romantischen Geschichte an sich, die es vorgab zu sein, sondern war eher der erfolglose Versuch, eine Tat zu verteidigen, die seinen Urgroßvater mehr als dreißig Jahre danach immer noch umtrieb. Es war sicher kein Zufall, dass Sir Stephen bereits im ersten Absatz einfließen ließ, dass er von dem Saphir schon gewusst hatte, bevor er dem Eigentümer begegnet war. War der angebliche Verrat des Nabobs nur ein Vorwand dafür, ihn zu ermorden und den Edelstein zu stehlen? Wenn ja, wurde an dieser Tat nichts dadurch geändert, dass der Saphir in einen goldenen Ring gesetzt worden war.

Thomas ging hinüber zu einem der hohen Fenster, blickte hinaus zur See und hielt den Ring ins Sonnenlicht. Ganz deutlich war der Name SACKVILLE eingraviert worden in die Innenseite, aber diese Gravur machte aus dem Saphir noch lange kein Eigentum von Thomas' Familie. Mord und Diebstahl führten nicht zu rechtmäßigem Eigentum, was auch immer Sir Stephen anderes behaupten mochte.

Thomas kam es so vor, als bestünde eine Verbindung zwischen dem Töten des Nabobs auf der anderen Seite der Welt vor beinahe hundert Jahren und dem Tod seiner Mutter auf dem Flur draußen. Er hielt es nicht für Zufall, dass er den Edelstein und den Brief gefunden hatte. Es kam ihm vor, als hätte seine Mutter beides dort gelassen, damit er es finden konnte. Der große blaue Stein war ein Test. Das erkannte er jetzt. Es war seine Entscheidung, was damit geschehen sollte.

Thomas versuchte, sich die Szene vorzustellen, die sein Urgroßvater in seinem Brief beschrieben hatte. Aus irgendeinem Grund sah er den Nabob als einen gut aussehenden jungen Mann vor sich, bekleidet mit einer purpurfarbenen, verzierten Jacke und weißen Pumphosen, vielleicht weil das der Sultan von Bagdad trug in Thomas' alter Ausgabe von *Arabische Nächte*, die ihm seine Mutter zum siebten Geburtstag geschenkt hatte. Der Nabob hatte dunkle, beinahe olivenfarbene Haut, und sein Haar war unter den Falten eines Turbans verborgen. Ein gelber Kanarienvogel sang im Palast, während der Nabob indische Delikatessen aß, serviert von Mädchen mit langen schwarzen Haaren und hohen Brüsten. Draußen befand sich ein Brunnen mit steinernen Delphinen, aus dem schäumendes silbriges Wasser auf den mit Marmorplatten gefliesten Hof des Nabobs plätscherte.

In diese Szenerie von trägem Luxus, gemalt von Thomas' Vorstellungskraft, platzte die neuere, grausamere Version eines Mannes, der so wohlwollend aus seinem Porträt im Salon lächelte.

Sir Stephen war damals kein Ritter. Er war schlicht Stephen Sackville, seit drei Jahren außerhalb von England, um Reichtum zu erwerben und ihn mit einem Paar schwarzer Revolver in seinen Taschen zu sichern. Dieser Stephen Sackville war ein junger Mann, verzehrt von der Begierde nach Edelsteinen. Er hatte gierig all den Geschichten Reisender gelauscht, bis sich seine Aufmerksamkeit ausschließlich auf den Saphir des Sultans konzentrierte, das Juwel, das alle Geheimnisse des Subkontinents enthielt in seinem tiefen, dunkelblauen Innern. Stephen Sackville ruhte nicht, bis er ihn zu seinem Eigentum gemacht hatte.

Thomas hatte keine Ahnung, wieso er all das wusste, aber dennoch war er sich sicher, was geschehen war an diesem Nachmittag vor beinahe einem Jahrhundert auf der anderen Seite der Welt. Sein Urgroßvater hatte kein Recht gehabt, das zu tun, was er getan hatte. Es hatte keine britischen Interessen gegeben. Die Rechtfertigung der Tat war im Nachhinein konstruiert worden, und der Nabob war nicht mehr am

Leben, um den Lügen, die über ihn erzählt wurden, widersprechen zu können.

Thomas stellte sich den Mord vor. Er stellte sich einen heißen Tag vor, an dem der Nabob nach dem Mittagessen auf seinem Diwan ruhte, während zwei Diener ihm mit Palmenwedeln Luft zufächerten. Thomas wusste nicht, ob der gelbe Kanarienvogel sang, und er konnte auch die Dienerinnen nicht vor sich sehen. Er wusste nicht, ob der Nabob schlief oder nur die Augen geschlossen hielt und meditierte, aber er sah, wie er sich erhob vom Diwan, als er die Pferdehufe über die Fliesen des Hofes klappern und die Geräusche von Schüssen und Schreien hörte. Vielleicht waren es die Schreie der Dienerinnen. Thomas konnte vor seinem inneren Auge nur sehen, wie der Nabob in seinen silbernen Pantoffeln durch den Palast lief, bis er seinem Mörder gegenüberstand und ein letztes Mal in die kalten blauen Augen von Stephen Sackville aus dem Haus der Vier Winde aus Suffolk blickte, der im Auftrag des Königs gekommen war, um zu töten und zu stehlen. Zwei Schüsse, und der Engländer trat über sein Opfer, genau wie die Mörder über Thomas' Mutter getreten waren, als sie auf dem Flur lag und ihr Blut den Teppich tränkte.

Natürlich hörte die Parallele hier noch nicht auf. Sir Stephen war gekommen, um den Saphir zu stehlen, genau wie die Killer von Thomas' Mutter gekommen waren, um den Schmuck der Sackvilles zu stehlen, und sie hatten alles genommen, bis auf den Saphir. Er hatte in der Schublade des Schreibtisches gelegen, hatte darauf gewartet, von Thomas gefunden zu werden, damit der Fluch des Inders weiterbestehen konnte über alle Generationen hinweg, bis kein Sackville mehr übrig war.

Thomas steckte den Saphir in seine Tasche und blickte aus den hohen Ostflügeln des Schlafzimmers hinaus auf die See. Es war ein Anblick der Elemente – Sonne und Himmel und Wasser erstreckten sich vor ihm bis zum Horizont. Plötzlich wusste Thomas, was er tun würde.

Er legte den Brief und die anderen Dokumente wieder in den Schreibtisch seiner Mutter. Er warf einen letzten Blick auf das Porträt seiner Großmutter, dachte an den Konflikt zwischen ihrem Freiheitswillen und der festen Hand ihres Vaters. Thomas fragte sich, ob sie mit dem Pferd über den Strand unter dem Haus geritten war, da, wohin er jetzt gehen wollte. Es musste so gewesen sein, obgleich seine Mutter ihm nie gesagt hatte, wo sie zu Tode gekommen war.

Am Fuß der Treppe hielt er inne, überlegte, ob er Tante Jane sagen sollte, wohin er ginge. Er konnte sie in der Küche hören. Sie sprach immer noch mit dem Polizisten, der darauf bestehen würde, Thomas nach draußen zu begleiten, und Thomas wollte allein sein. Er griff sich ein Handtuch aus dem unteren Badezimmer und ging über den Rasen zum Nordtor in dem sicheren Wissen, dass er vom Küchenfenster aus nicht gesehen werden konnte.

Er drehte den Schlüssel um und betrat den Pfad. Niemand war da, aber Thomas fühlte sich plötzlich verwundbar. Er war seit einer Woche das erste Mal außerhalb des Grundstücks. Die Sonne schien durch die Bäume, deren Äste den Pfad überdachten, einen natürlichen Baldachin schufen, und Thomas ging durch mit Sonnenlicht gesprenkelte tanzende Schatten hinunter zum Strand. Das krachende Geräusch der immer noch nicht zu sehenden Wellen am Ufer schwoll an, und Thomas erinnerte sich daran, wie aufgeregt Barton immer wurde, wenn er das hörte, immer hin und her gerissen war von dem Bedürfnis, seinen Herrn im Auge zu behalten, und der Sehnsucht nach dem weiten offenen Raum, der auf ihn hinter der letzten Biegung des Pfades wartete. Jetzt gab es keinen Barton; er war neben der kleinen Mattie hinter dem Nordtor begraben, und Thomas war ganz allein auf der Welt.

Das plötzliche grelle Sonnenlicht schmerzte in seinen Augen, und er blinzelte, als er auf den Strand trat, hielt sich seine freie Hand schützend vor die Augen. Seine andere Hand steckte tief in seiner Hosentasche und umklammerte den Saphirring.

Es war einer dieser seltenen Sommertage, an dem die ständig vorhandenen Wolken von der heißen Sonne vom weiten Suffolkhimmel vertrieben waren und einen hellblauen Himmel hinterlassen hatten. Das einzige menschliche Zeichen war ein Flugzeug hoch am Himmel, das einen weißen Strich über das Blau zog, als es vorbei zog.

Thomas dachte an seine Mutter. Sie war immer geradezu kindisch aufgeregt gewesen an solchen Tagen und hatte Tante Jane gedrängt, sie zum Strand zu begleiten, wo die alte Frau in ihrem langen schwarzen Rock, der ihr bis zu den Knöcheln ging, sich auf einen Klappstuhl setzte. Sie machte nie weitere Konzessionen an Sand und Sonne, außer einer Sonnenbrille, die ziemlich beängstigend aussah und ihr Ähnlichkeit mit einem Mitglied der sizilianischen Mafia verlieh. Thomas und seine Mutter waren hinausgeschwommen hinter die Brandung und über den Strand zurückgelaufen, um die Sandwiches zu essen, die Tante Jane in einen Korb gepackt hatte, der unter ihrem Stuhl stand, sodass Barton nicht an sie gelangen konnte. Hinterher hatte sich seine Mutter in die Sonne gelegt und sich mit Tante Jane über die

Vergangenheit unterhalten, während Thomas Sandburgen baute und sie mit Rittern bestückte, die seine Mutter ihm im Spielzeugladen in Flyte gekauft hatte.

Thomas überquerte den verlassenen Strand und verbannte die Erinnerungen an seine Kindheit. Kurz vor dem Ufer blieb er stehen und zog sich aus, legte seine Kleidung auf einen Haufen, den er mit seinen Schuhen beschwerte. Einen Augenblick lang stand er nackt in der Sonne, bevor er sich in die Brandung warf, den Saphir immer noch fest in der Hand.

Der Sonnenschein schien keinen Effekt auf die Temperatur der Nordsee zu haben, und Thomas kam das kalte Wasser, das ihm gegen die Brust schlug, wie Eissplitter vor, als er auf der Sandbank gleich hinter der Brandung stand. Er öffnete seine Hand und betrachtete den Saphir, der im Sonnenlicht glühte. Er drehte ihn und las den Namen seiner Familie, der in das Gold graviert war. Es war ein schönes Stück, ein unglaublich kostbarer Stein, aber er hing an seiner Familie wie ein Mühlstein. Es war ein Preis zu bezahlen gewesen für das, was sein Urgroßvater getan hatte, genauso wie ein Preis zu bezahlen war von den Mördern seiner Mutter, aber ihr Schicksal erwartete sie in der Zukunft. Die Sackvilles hatten für Sir Stephens Sünden mit ihrem Blut gebüßt, und jetzt war es Zeit, sich von diesem Edelstein zu befreien.

Thomas hob die Hand und warf den Ring hinaus in die See. Er war innerhalb einer Sekunde verschwunden und vom Wasser verschluckt, kaum dass er die Oberfläche berührt hatte. Die See war genau wie die Erde, gleichgültig. Kiesel und kostbare Steine waren für sie das Gleiche. Es waren die Menschen, die zwischen ihnen unterschieden, sich gegenseitig ermordeten wegen kleiner lebloser Objekte.

Mit einem Gefühl von Erleichterung schwamm Thomas

zurück zum Ufer. Der Schwung eines Neuanfangs trieb ihn an, und er rannte durch die Wellen an den Strand, ohne sich weiter um seine Nacktheit zu kümmern. Er dachte an seine waghalsige Großmutter, die mit ihrem Pferd über den Strand galoppierte. Er spürte ihr Blut in sich, als er in die Brandung kickte und die Sonne auf seinen jungen Körper schien.

Wieder angezogen kletterte Thomas den steilen Klippenpfad hinauf zum Haus. Seine Mutter hatte ihm verboten, diesen Weg zu nehmen, als er ein Kind war, weil der Pfad steinig war und man leicht ausrutschen konnte. Aber heute fühlte sich Thomas immun gegen jede Gefahr, und bald schon war er oben und stand bei dem Aussichtspunkt – einem Felsenhaufen mit einem glatten grauen Stein in der Mitte, auf dem ein Sackville aus dem neunzehnten Jahrhundert die Landmarken, die man von hier oben sehen konnte, eingraviert hatte.

Hinter den Dünen lagen das Osttor und das Haus. Vor Thomas erstreckte sich die Nordsee bis zum Horizont, während zu seiner Rechten die Städte Flyte und Coyne lagen, getrennt durch den Fluss Flyte. Thomas konnte die beiden Kirchtürme sehen und zwischen ihnen ein kleines Fischerboot, das den Hafen verließ und in See stach.

Zu Thomas' Linker lag die größere Stadt Carmouth, wo die Straßen breiter waren und die Autos und Lastwagen auf ihrem Weg nach London und dem Westen beschleunigten. Das war der Weg, den Thomas am nächsten Morgen nehmen würde, auf dem Rücksitz eines nicht gekennzeichneten Polizeiwagens. Sergeant Hearns hatte gesagt, dass sie kurz nach sechs fahren müssten, um rechtzeitig zum Old Bailey zu kommen.

Thomas ließ den Kopf hängen, als er das Gewicht des Prozesses auf seinen Schultern spürte, den in Gang zu setzen er so viel unternommen hatte. Mit einem letzten Blick auf die großartige weite See drehte er sich um und ging heim.

Er wählte das Osttor in der Hoffnung, dass Tante Jane und der Polizist seine Abwesenheit nicht bemerkt hatten. Er wollte sie nach Möglichkeit nicht beunruhigen, aber er hätte sich keine Sorgen machen müssen. Sie hatten ihre dritte Tasse Kaffee gerade zur Hälfte geleert, als Thomas in die Küche kam. Tante Jane hatte immer schon etwas übrig gehabt für die Kräfte von Gewalt und Ordnung, aber diesen Polizisten hatte sie, wie es schien, besonders in ihr Herz geschlossen. Er stammte von hier und teilte ihr Interesse an lokalem Klatsch genauso, wie er ein williger Zuhörer war für ihre Ansichten über Greta und ihren Anwalt, die von Tag zu Tag drastischer zu werden schienen.

Das war nicht das Thema, über das Thomas Lust hatte zu reden. Er brauchte Hilfe bei einem Bildertransport aus dem Schlafzimmer seiner Mutter in sein eigenes.

Zwanzig Minuten später war es erledigt. Lady Sarah Sackvilles Porträt hing an der Wand von Thomas' Schlafzimmer zwischen der Karte von den Schiffswracks vor der Küste Suffolks und einer Fotografie seiner Mutter mit Barton im Arm.

In dieser Nacht betrachtete Thomas seine Großmutter von seinem Bett aus, erwärmt durch das Lächeln in ihren strahlenden dunklen Augen. Sie gaben ihm Stärke bei der Aussicht, am morgigen Tag den glitzernden grünen Augen seiner Gegnerin im Gerichtssaal zu begegnen.

21. Kapitel

»Also, Mr. Lambert, vergessen Sie nicht das Alter des Zeugen und was ich wegen der Fotografien angeordnet habe«, sagte Richter Granger und fixierte den Verteidiger streng, als der sich zu seinem Kreuzverhör erhob.

Es war zwei Uhr nachmittags, und Thomas war bereits seit über zwei Stunden im Zeugenstand. John Sparling hatte seine Fragen um fünf vor eins beendet, und dann hatte er nur eine knappe Stunde Zeit gehabt, um einen Spaziergang in den ungewohnt belebten Straßen um das Gerichtsgebäude herum zu machen und sich zu sammeln für das, was auf ihn zukommen würde.

Als Zeuge auszusagen war bisher sowohl leichter als auch schlimmer gewesen, als er erwartet hatte. Leichter, weil er es schaffte, Greta auszublenden, obgleich sie nur einige Meter entfernt saß und ihn die ganze Zeit aufmerksam beobachtete. Schlimmer, weil Sparling ihn aufgefordert hatte, den Geschworenen all die schrecklichen Einzelheiten zu erzählen von dem, was auf dem Flur passiert war, als er, eingeschlossen im Bücherschrank, beobachten musste, wie diese Männer seine Mutter auf der anderen Seite töteten. Es zu erzählen, hatte es real werden lassen, und die Realität hatte ihn zum Weinen gebracht. Thomas hatte das gehasst. Zu weinen vor diesem Miststück Greta, während ihm die kleine Gerichtsdienerin einen Karton mit Kleenex und ein Glas Wasser brachte. Thomas schwor sich, dass es keine Wiederholung eines derartigen Gefühlsausbruchs am Nachmittag geben würde, was auch immer Gretas dicker Verteidiger mit ihm anstellen würde.

»Ich möchte mit diesem Mann, diesem Rosie, beginnen«, sagte Miles Lambert freundlich. »Du sagst, du hast ihn das erste Mal vor dem Haus deines Vaters in London gesehen?«

»Ja.«

»Im Dunkeln?«

»Er stand unter einer Straßenlampe.«

»Mit seinem Rücken zu dir.«

»Ja.«

»Und er hat sich nie umgedreht.«

»Nein. Er hätte mich gesehen, wenn er das getan hätte.«

»Sodass du nie sein Gesicht gesehen hast.«

»Zu dem Zeitpunkt nicht. Nein.«

»Nur seinen Hinterkopf, wo er eine Narbe hatte.«

»Ja, sie war lang und auch dick. Ich sah sie, weil er einen Pferdeschwanz trug.«

»Ach ja, der Pferdeschwanz. Viele Männer tragen Pferdeschwänze, nicht wahr, Thomas? Und haben auch Narben.«

»Nicht so eine wie diese. Jemand muss ihn mit einem Messer verletzt haben.«

»Sehr dramatisch. Worauf ich hinaus will, Thomas, ist, dass du durch einen Blick auf seinen Hinterkopf unmöglich sagen kannst, dass der Mann unter der Straßenlampe derselbe Mann war, der deine Mutter ermordet hat.«

»Ich bin *sicher*, dass es dieselbe Person war.«

»Obgleich du den Mann in deinem Haus nur wenige Sekunden durch einen Spion in einem Bücherschrank gesehen hast?«

»Ich werde sein Gesicht nie vergessen.«

»Du hast einen Mann von hinten gesehen und den anderen wenige Sekunden, als du außer dir warst vor Entsetzen und Schmerz, und du hast daraus einen vorschnellen Schluss gezogen, der auf einem sehr schwachen Beweis beruht. Das ist doch die Wahrheit, nicht wahr, Thomas?«

»Es war ein und dieselbe Person.«

»Du hast daraus den vorschnellen Schluss gezogen, weil du Greta Grahame die Schuld an dem, was geschehen ist, geben wolltest.«

»Nein.«

»Weil du dich schuldig fühltest, dass du es nicht geschafft hast, deine Mutter vor diesen Männern zu retten, als du dich selbst gerettet hast, und deshalb musstest du jemandem die Schuld zuschieben«, fuhr Miles unerbittlich fort.

»Nein, das ist nicht wahr. Ich hätte sie nicht retten können. Sie stand hinter mir. Sie stieß mich da hinein. Ich habe den Bücherschrank nicht geschlossen –«

»Ist schon gut, Thomas«, sagte der Richter freundlich. »Beruhige dich bitte. Ich weiß, dies ist schwer für dich. Mr. Lambert, ersparen Sie dem Zeugen bitte derartige Konfrontationen.«

»Ja, Mylord. Thomas, ich behaupte nicht, dass du in irgendeiner Weise Schuld trägst für das, was in der Nacht passierte. Das wollte ich damit am allerwenigsten ausdrücken. Ich will damit nur sagen, dass du dich deswegen schuldig fühlst. Menschen fühlen sich schuldig, auch wenn sie es nicht sollten, wenn jemand stirbt, der ihnen nahe steht. Weißt du, was ich damit sagen will, Thomas?«

»Ja, ich denke schon«, sagte Thomas zurückhaltend.

»Und wenn man sich schuldig fühlt, braucht man jemand anders, dem man die Schuld geben kann, nicht wahr?«

»Ich weiß nicht.«

»Du warst wütend auf Greta damals, oder nicht? Bevor deine Mutter starb.«

»In gewisser Weise.«

»In gewisser Weise. Du warst verletzt und wütend, weil sie dich zurückgewiesen hat.«

Thomas sagte nichts, errötete aber tief. Er drehte sich unwillkürlich zu Greta um auf der Anklagebank, die ihn durchdringend anstarrte.

»Du weißt, wovon ich rede, nicht wahr, Thomas? Sie hat mit dir einen Ausflug gemacht in London, und auf der Nachhausefahrt im Taxi hast du ihr gesagt, sie sei schön und du würdest sie lieben, und sie hat dich zurückgewiesen. Sie sagte, du wärest zu jung. Ist das richtig, Thomas?«

»Ja«, sagte Thomas leise.

»Ich kann dich nicht verstehen, Thomas«, sagte Miles Lambert. »War das ein Ja?«

»Ja.«

Im Gerichtssaal herrschte Stille. Sparling bewegte sich unruhig auf seinem Stuhl hin und her. Diese Enthüllung war eine unerfreuliche Überraschung. Darüber stand nichts in Thomas' Aussage. Was hatte der Junge noch ausgelassen?, fragte sich Sparling.

Miles Lambert ließ die Stille anwachsen und damit auch Thomas' Unwohlsein, bevor er seine nächste Frage stellte.

»All das geschah weniger als zwei Monate vor dem Tod deiner Mutter, nicht wahr, Thomas?«

»Ja.«

»Sodass die Zurückweisung noch frisch in deinem Gedächtnis war?«

»Ich habe nicht mehr daran gedacht.«

»Bist du dir dessen sicher, Thomas? Du hast Greta gesagt, dass du sie liebst.«

»Ich meinte es nicht so.«

»Dann hast du ihr also die Unwahrheit gesagt?«

»Nein. Ich habe es so gemeint damals, denke ich, aber es war einfach nur etwas, was an dem Nachmittag passiert ist. Es war ein momentanes Gefühl.«

»Ich verstehe. Liebe ist ein starkes Gefühl, Thomas. Sie überfällt einen unerwartet, genau wie Hass. Bist du sicher, dass du nicht angefangen hast, Greta zu hassen, weil sie dich nicht so liebte, wie du es dir wünschtest?«

»Nein. So war es nicht.«

»Aber du hasst sie jetzt, nicht wahr, Thomas?«

»Ich hasse sie für das, was sie meiner Mutter angetan hat.«

»Kannst du dich daran erinnern, sie nicht gehasst zu haben?«

»Ich weiß nicht. Ich nehme an, dass ich sie an dem Tag im Taxi nicht gehasst habe. Es scheint jetzt so lange her zu sein.«

»Ich unterstelle, dass du damals begonnen hast, sie zu hassen, Thomas. Dann schuf eine leichte Ähnlichkeit zwischen zwei Männern eine Verbindung zwischen deinem Hass und deiner Schuld, und so hat alles angefangen, stimmt das nicht?«

»Beantworte das nicht, Thomas«, sagte der Richter. »Stellen Sie Ihre Fragen bitte klar und eindeutig, Mr. Lambert. Wir sind nicht hier, um Ihnen bei einer Vorlesung über Psychiatrie zu lauschen.«

»Nein, Mylord«, sagte Miles. »Thomas, ich möchte noch

einmal zurückkommen auf die Nacht in London, als du den Mann mit der Narbe gesehen hast. Du hast ihn nie zusammen mit Greta gesehen, oder?«

»Nein.«

»Du kannst nicht sagen, dass der Mann unter der Straßenlampe dieselbe Person war, mit der Greta sich im Souterrain unterhalten hat?«

»Nein. Ich weiß aber, dass er es war. Beide kamen nach oben, weil sie diese Typen gehört hatten, die mich suchten. Greta dachte, es wären möglicherweise Einbrecher.«

»Hast du gehört, dass Greta der anderen Person im Souterrain sagte, sie solle nach oben gehen?«

»Nein.«

»Hast du gesehen, wie er die Treppen aus dem Souterrain hoch ging auf die Straße?«

»Nein, ich rannte nach oben, um mich zu verstecken. Wie ich schon sagte.«

»Und dann hast du den Mann nur dort stehen sehen. Du hast nicht gesehen, woher er gekommen ist.«

»Ich habe es nicht gesehen, aber ich weiß es.«

»Nun ja, es scheint keinen Beweis für dein Wissen zu geben, Thomas. Wenden wir uns also noch einmal dem Mann im Souterrain zu, über den wir einer Meinung sind.«

Aber Thomas hatte genug davon, manipuliert zu werden.

»Warum? *Sie* ist nicht dieser Meinung«, sagte er wütend. »*Sie* hat geleugnet, dort unten gewesen zu sein, hat gesagt, sie war in Manchester. Das ist es, was sie meinem Vater am nächsten Abend erzählt hat. Ich habe es gehört.«

»Thomas, wir haben deine Aussage dazu bereits gehört«, sagte der Richter. »Beantworte bitte nur die Fragen von Mr. Lambert.«

»Du hast Mr. Sparling erzählt, was Greta zu dem Mann gesagt hat«, fuhr Miles fort, »und ich will darüber nicht lange streiten, aber eines möchte ich ganz klar stellen. Du weißt schlicht nicht, ob Greta gesagt hat: ›Verstehst du nicht, dass ich *es* noch nicht habe‹, oder ›Verstehst du nicht, dass ich *ihn* noch nicht habe.‹ Stimmt das?«

»Ja, das stimmt.«

»Gut. Dann erklärte Greta, dass sie nach oben gehen wollte, und du hast vor dem Mittagessen ausgesagt, dass sie sagte: ›Mrs. Piekfein wird es nicht hören.‹ Das bestreite ich, Thomas. Meine Klientin hat deine Mutter nie Mrs. Piekfein genannt.«

»Doch, das hat sie. Genau wie Tante Jane gehört hat, was sie über Mum gesagt hat nach Matties Tod. Da hat sie sie auch Mrs. Piekfein genannt.«

»Habe ich das richtig verstanden, Thomas? Gibst du zu, dass du dich mit Mrs. Martin über ihre Zeugenaussage unterhalten hast?«

»Ich habe mit ihr über das gesprochen, was passiert ist, nachdem es passiert ist. Natürlich habe ich das getan.«

»Du hast mit ihr gesprochen, bevor sie ihre Aussage gemacht hat, ihr habt die Bemerkungen verglichen. Willst du uns das damit sagen, Thomas?«

»Wir haben uns unterhalten, ja. Wir haben keine Bemerkungen verglichen. Sie hat gehört, was sie gehört hat, und ich habe gehört, was ich gehört habe.«

»Und es stellte sich heraus, dass es das Gleiche war. Sehr passend. Also, Thomas, ich komme jetzt zum Tag des Mordes an deiner Mutter. Ich möchte dir versichern, dass keine meiner Fragen dir zu viel Kummer machen wird –«

»Das freut mich zu hören, Mr. Lambert«, unterbrach der

Richter. »Fahren Sie also fort und stellen Sie Ihre Fragen. Wir brauchen keinen Prolog.«

Dieses Mal ignorierte Miles Lambert die richterliche Unterbrechung. Er würde sich nicht aus dem Tritt bringen lassen an diesem – dem wichtigsten Punkt des Prozesses –, weil der alte Granger sich um einen Sechzehnjährigen sorgte. Thomas war derjenige, der die Beweise für die Staatsanwaltschaft gesammelt hatte, um überhaupt zu ermöglichen, dass seine Klientin auf der Anklagebank saß. Das waren wohl kaum die Taten eines verletzlichen Jungen – eher die eines entschlossenen jungen Mannes. Der Fall hing ab von Thomas' Glaubwürdigkeit, und die Geschworenen würden ein sauberes Kreuzverhör seines Zeugen zu hören bekommen. Richter Grangers Unterbrechung würde Miles nicht davon abhalten, seinen Job zu machen.

»Du hast uns heute Morgen erzählt, dass du aus dem, was deine Mutter gesagt hat, geschlossen hast, dass die Initiative für die Verabredung, am Montagabend bei deinem Freund Edward Ball zu übernachten, von Edwards Mutter ausging.«

»Das stimmt.«

»Hat deine Mutter gesagt, dass die Balls dich eingeladen haben?«

»Ich denke schon. Ich weiß nicht mehr genau, was sie gesagt hat.«

»Könnte deine Mutter gesagt haben, dass es ihre Idee war, dass du zu den Balls gehst?«

»Das glaube ich nicht.«

»In Ordnung. Ist es möglich, dass deine Mutter dir nicht gesagt hat, wer die Verabredung arrangiert hat, sondern dass du schlicht angenommen hast, dass Mrs. Ball dich eingeladen hat?«

»Ich weiß es nicht. Ich schätze, es könnte möglich sein.«

»Ich danke dir. Also, du hast ausgesagt, dass du dir Sorgen gemacht hast, als Mrs. Ball dir mitteilte, dass es tatsächlich Greta gewesen ist, die deinen Besuch arrangiert hat.«

»Das stimmt.«

»Warum hast du dir Sorgen deswegen gemacht, Thomas?«

»Weil es nicht ihr Job war. Sie hatte mit meinen Verabredungen nichts zu schaffen.«

»Na schön, aber es wäre etwas anderes gewesen, wenn deine Mutter sie gebeten hätte, Mrs. Ball anzurufen, nicht wahr?«

»Meine Mutter hätte das niemals getan.«

»Warum nicht? Sie hatte Kopfschmerzen an dem Sonntagnachmittag, als die Verabredung getroffen wurde, oder nicht?«

»Ich bin nicht ganz sicher. Ich denke ja.«

»Warum hätte sie Greta also nicht bitten sollen, ihr einen Gefallen zu tun?«

»Sie hätte Tante Jane gefragt, nicht Greta.«

»Mrs. Martin war Sonntagnachmittag nicht im Haus.«

»Meine Mutter hätte gewartet, bis sie wieder zurück war, oder sie hätte selbst angerufen.«

»Warum denn nicht Greta? Sie war da.«

»Weil meine Mutter Greta nie um etwas gebeten hätte.«

»Warum nicht?«

»Weil sie sie nicht mochte.«

»Ich verstehe. Und was bringt dich zu dieser Meinung, Thomas?

»Es war offensichtlich. Sie ging Greta aus dem Weg. Sie fuhr ihretwegen nie nach London.«

»Aber sie hat dich mit nach London genommen im

April, als du Greta im Taxi eine Liebeserklärung gemacht hast, und sie ist zur Chelsea Blumenausstellung gefahren vier Tage, bevor sie gestorben ist. Greta war beide Male auch da.«

»Sie ist immer zur Blumenausstellung gefahren. Das musste sie wegen der Rosen.«

»Ich verstehe. Hat sie dir gesagt, dass sie wegen Greta nicht nach London fahren mochte?«

»Nein. Aber ich wusste es trotzdem.«

»Du wusstest es. Hat sie dir gesagt, dass sie Greta nicht mochte?«

»Nein. Mir nicht, aber sie hat es Greta gesagt. Nachdem Greta meinen Hund herausgelassen und mich weggestoßen hatte. Meine Mutter hat ihr gesagt, dass sie meinen Vater gegen uns eingenommen hätte und dass sie giftig sei, giftig wie eine Schlange.«

»Das war dennoch nicht alles, was deine Mutter Greta an dem Tag gesagt hat, nicht wahr, Thomas? Sie ist mit dir ins Arbeitszimmer gegangen und hat sich bei Greta für ihre Worte entschuldigt, und Greta akzeptierte die Entschuldigung. Ist das richtig, Thomas?«

»Ja. Aber sie meinte es nicht so.«

»Wer meinte es so nicht?«

»Greta. Sie hasste meine Mutter. Nein, das war es nicht. Sie wollte ihren Platz einnehmen, wollte sie werden. Deshalb hat sie mich zu Edward geschickt. Weil sie mich retten wollte. Ich war ein Teil dessen, was sie haben wollte.«

»Gut. Vielen Dank, dass du uns in den Genuss deiner Theorie hast kommen lassen, Thomas, aber das ist auch alles, nicht wahr? Du hast nicht den Hauch eines Beweises für das, was du gerade eben behauptet hast, oder?«

»Ich habe gesehen, wie sie meine Mutter angesehen hat. Sie hat ihre Kleider anprobiert.«

»Ja, das tat sie, aber das ist nicht ganz das Gleiche, wie deine Mutter ermorden zu lassen, meinst du nicht auch?«

»Ich weiß, was sie getan hat.«

»Das behauptest du. Weiter. Du hast uns erzählt, dass du beschlossen hast, von den Balls wieder nach Hause zu gehen, nachdem du deine Mutter telefonisch nicht erreichen konntest. Mrs. Ball hat dich nach Hause gefahren und dich am Vordertor abgesetzt. Wie bist du hineingekommen?«

»Ich hatte Schlüssel. Auch für die Eingangstür.«

»Wie viel Uhr war es ungefähr?«

»Das weiß ich nicht. Wohl so gegen halb neun, nehme ich an.«

»Wie lange hat es gedauert, bis du nach deinem Telefonanruf zu Hause angekommen bist?«

»Weiß ich nicht. Zwanzig Minuten, eine halbe Stunde. Ich habe keine Armbanduhr getragen.«

»Seid ihr gleich, nachdem du angerufen und keiner abgenommen hat, gefahren?«

»Nein, wir haben darüber ein bisschen diskutiert, und Mrs. Balls Mann hat auch noch wegen irgendwas angerufen.«

»Du bist also nach Hause gekommen, und wie du bereits ausgesagt hast, hast du das Fenster geschlossen, das im Arbeitszimmer offen stand. Dann bist du nach oben gegangen und hast das Fenster in deinem Schlafzimmer geöffnet.«

»Ja, das tat ich.«

»Weil es ein warmer Abend war?«

»Das ist richtig.«

»Hast du es offen gelassen, als es zu regnen begann?«

»Ja, es war nicht stürmisch.«

»Du hast auf deinem Bett gelegen, und deine Mutter schlief in ihrem Zimmer.«

»Ja. Ich hatte gerade mein Licht gelöscht, als ich den Wagen kommen hörte. Dann sah ich sie über den Rasen zum Fenster des Arbeitszimmers laufen, und einer von ihnen war wirklich sauer, dass die Fenster alle geschlossen waren.«

»›Verdammt. Sie sind alle zu, verdammter Scheiß.‹ Das hat der Mann gesagt, laut deiner Aussage.« Miles schien diese Kraftausdrücke mit besonderem Genuss zu artikulieren.

»Ja«, erwiderte Thomas. »Er war wütend.«

»Hast du den Mann gesehen, der das gesagt hat?«

»Nein. Ich saß auf meinem Bett. Sie standen unter dem Fenster.«

»Du kannst also nicht sagen, ob der fluchende Mann vor dem Arbeitszimmerfenster stand. Er könnte genauso gut vor der Seitentür oder dem Esszimmerfenster gestanden haben.«

»Ich nehme es an.«

»Er hätte von allen Fenstern auf der Seite des Hauses sprechen können.«

»Nicht über meins, weil es offen war.«

»Im unteren Stockwerk, meine ich.«

»Ja, das hätte er.«

»Ich danke dir. Ich habe im Moment keine weiteren Fragen an dich über diese Nacht. Ich möchte mich jetzt stattdessen dem Medaillon zuwenden, dass du letzten Oktober im Haus deines Vaters gefunden hast.«

Miles Lambert nahm Beweisstück Nummer dreizehn zur

Hand und hielt es einen Augenblick an seinem Verschluss hoch, sodass das goldene Herz des Medaillons hin und her schwang wie das Pendel eines Hypnotiseurs.

»Du hast ausgesagt, dass deine Mutter dieses Medaillon sehr schätzte.«

»Das stimmt.«

»Hat sie es jeden Tag getragen?«

»Nicht jeden Tag, nein. Sie hat es oft getragen.«

»Du hast der Polizei gegenüber das Medaillon erst erwähnt, nachdem du es gefunden hast.«

»Ich hatte vorher keinen Grund dafür.«

»Nein. Ich verstehe, dass das möglicherweise Sinn macht, aber es erklärt nicht, warum du in deiner ersten Aussage nichts erwähnt hast von Rosie, der sich über deine Mutter beugte und dann etwas Goldenes in seiner Tasche verschwinden ließ. Das taucht erst in deiner zweiten Aussage auf, nachdem du das Medaillon gefunden hast.«

»Ich war durcheinander, als ich meine erste Aussage gemacht habe. Meine Mutter war gerade erst gestorben.«

»Fünf Tage vorher. Deine erste Aussage ist sehr detailliert, Thomas. Sergeant Hearns und du, ihr habt euch viel Mühe gemacht. Man würde annehmen, dass du etwas so Wichtiges wie Rosie, der Gold von der Leiche deiner Mutter entwendet hat, nicht vergisst.«

Thomas antwortete nicht. Lamberts brutale Worte waren ein Schlag ins Gesicht gewesen.

»Du hast das Gold in deiner ersten Aussage nicht erwähnt, weil es nie passiert ist. Das ist die wirkliche Erklärung, nicht wahr, Thomas?«

»Nein, ist sie nicht. Es ist passiert. Er hat es ihr vom Hals gerissen. Deshalb haben sie den Kratzer da entdeckt.«

»Einen kleinen Kratzer. Das Medaillon war also heil, als du es im Schreibtisch gefunden hast, oder?«

»Sie können es repariert haben.«

»Am Verschluss oder der Kette ist kein Anzeichen von Reparatur zu entdecken, so weit ich sehen kann«, sagte Miles und zog eine Show ab, indem er sich das Medaillon mit zwei seiner dicken Finger dicht vor die goldene Halbmondbrille hielt und es sorgfältig untersuchte.

»Zweifellos möchten die Geschworenen Beweisstück Nummer dreizehn selber überprüfen, wenn sie die Aussage überdenken«, fügte Miles beiläufig hinzu, als er das Medaillon wieder vor sich auf den Tisch legte.

»Es steht außer Frage, dass du das Medaillon in dem Schreibtisch gefunden hast, Thomas. Womit ich Probleme habe, ist das, was deiner Aussage nach meine Klientin deswegen gesagt haben soll.«

»Welcher Teil?«

»›Gib es mir. Es ist meins.‹ Dieser Teil.«

»Sie hat es geschrien, als sie versucht hat, es mir zu entreißen –«

»Ja, das hast du uns erzählt«, unterbrach der Verteidiger. »Und dann hast du Greta zu Boden gestoßen und sie angeschrien: ›Nein, ist es nicht. Es gehört meiner Mutter. Dieser Bastard hat es ihr gestohlen und dann dir gegeben.‹ Das hast du heute Morgen Mr. Sparling gesagt, als er dich danach befragte. Stimmst du mir zu?«

»Ja. Irgendwas in der Art.«

»Nein, nicht irgendwas in der Art. Wort für Wort. Ich habe mitgeschrieben, als du heute Morgen diese Aussage gemacht hast, und ich habe genau das Gleiche notiert, als dein Freund Matthew Barne gestern seine Zeugenaussage gemacht hat und uns erzählte, was du gesagt hast. Ihr habt euch abgesprochen, nicht wahr, Thomas? Du und Matthew?«

»Natürlich haben wir darüber gesprochen. Wir gehen zusammen zur Schule, und er ist mein bester Freund, aber das heißt nicht, dass es nicht wahr ist.«

»Ihr beide habt einen Briefbeschwerer von eurem Schuldirektor gestohlen, stimmt das, Thomas?«

»Es war eine Mutprobe. Wir wollten ihn zurücklegen.«

»Also, du hast das Medaillon gefunden, und dann hast du deine zweite Aussage bei Detective Sergeant Hearns gemacht.«

»Das stimmt.«

»Und darin sagst du aus, dass deine Mutter das Medaillon am Abend ihrer Ermordung getragen hat?«

»Ich sah es, als ich sie aufweckte. Ihr Nachthemd hatte einen V-Ausschnitt.«

»Es kommt mir komisch vor, dass du das in so einem schrecklichen Moment bemerkt hast. Du konntest die Männer unten ins Haus einbrechen hören, stimmt das?«

»Ja.«

»Es war so, dass du das Medaillon gefunden und dir dann die Beweise zurechtgelegt hast, um zu demonstrieren, dass meine Klientin es von dem Mörder deiner Mutter bekommen hat.«

»Nein.«

»Du hast dich mit Matthew Barne zusammengesetzt, um eine falsche Version abzustimmen über das, was im Salon gesagt wurde, bevor dein Vater eintraf.«

»Es ist keine falsche Version. Es ist die wahre Version.«

»Du hast diese Geschichte erfunden, dass deine Mutter das Medaillon unter ihrem Nachthemd trug, dass du Gold hast glitzern sehen, als Rosie sich über sie beugte auf dem Flur. Und zu guter Letzt hast du noch Jane Martin dazu gebracht, auszusagen, dass Lady Anne das Medaillon an dem Montag während des Mittagessens trug.«

»Zu dem Zeitpunkt habe ich es nicht bemerkt.«

»Nun gut, ich danke dir dafür, Thomas. Du verstehst, worauf ich hinaus will. Ich unterstelle, dass du all diese Dinge erfunden hast, weil für dich bereits feststand, dass Greta schuldig ist, und deswegen musstest du sicher gehen, dass sie angeklagt wird.«

»Ich wusste, dass sie schuldig ist, aber das hat mich nicht dazu gebracht zu lügen. Das hat mich dazu gebracht, es zu beweisen. So habe ich das Medaillon gefunden.«

»Und dennoch hattest du nicht allzu viele Gründe, an ihre Schuld zu glauben, nicht wahr?«

»Mr. Lambert, das hatten wir bereits«, sagte der Richter gereizt. »Bitte keine Auseinandersetzungen mit dem Zeugen. Ein Kreuzverhör besteht aus Fragen.«

»Ja, Mylord«, sagte Miles. »Also weiter, Thomas. Reden wir über das, was am 5. Juli geschehen ist.«

Thomas rutschte ein wenig hin und her auf seinem Stuhl, antwortete aber nicht. Miles wartete einen Moment, bis das Schweigen sich ausgebreitet hatte, bevor er fortfuhr.

»Erst möchte ich sicher gehen, dass ich alles richtig verstanden habe. Jane Martin ging um sechs und hatte alle Türen geschlossen. Du warst im Esszimmer und nahmst dein Abendessen ein, und alle Fenster waren offen.«

»Ja, es war ein warmer Abend.«

»Das war es. Und du hattest den Klingelknopf, mit dem

du im Notfall sofort Alarm auslösen konntest, neben deinem Teller?«

»Nein, er war in meiner Tasche. Sergeant Hearns hat mir empfohlen, ihn immer bei mir zu tragen. Er hat ihn mir besorgt.«

»Er hat dir gesagt, dass das Risiko bestünde, dass die Männer zurückkommen würden, die Männer, die deine Mutter getötet haben.«

»Nicht mit diesen Worten.«

»Hat er dir diese Idee in den Kopf gesetzt, Thomas?«

»Nein, er sagte, Vorsicht ist besser als Nachsicht, das ist alles.«

»Ich verstehe. Die Männer kamen also durch das Nordtor in der Grenzmauer, überquerten den Rasen und betraten das Haus, und du warst in der Bank, während sie nach dir gesucht haben?«

»Ja.«

»Du kannst von da drinnen nicht sehr viel gesehen haben.«

»Ich konnte durch die Augenlöcher sehen, wie ich bereits sagte.«

»Ah ja. Die Löcher. Sie waren natürlich so etwas wie ein Platz auf der Haupttribüne, um mitzubekommen, was Lonny und Rosie taten, nicht wahr?«

»Nein. Nicht richtig.«

»Und dennoch sagst du in deiner Aussage, dass ›sie die Räume im Erdgeschoss eine Weile durchsucht, aber nichts berührt haben‹. Warst du in der Lage, sie die ganze Zeit zu beobachten, zu sehen, dass sie nichts berührten?«

»Nein. Ich meinte damit, wenn ich sie sehen konnte, haben sie nichts berührt. Rosie tat es später allerdings.«

»Und Rosie war auch derjenige, der den Namen meiner Klientin erwähnte.«

»Das stimmt. Er sagte, dass sie ihm erklärt hatte, wie der Mechanismus des Verstecks funktioniert.«

»Das ist sehr passend, nicht wahr, Thomas?«

»Du musst diese Frage nicht beantworten, Thomas«, unterbrach der Richter. »Stellen Sie dem Zeugen Fragen und sparen Sie sich Ihre Kommentare für die Geschworenen auf. Ich sollte Ihnen das nicht erklären müssen, Mr. Lambert.«

»Nein, Mylord.« Miles lächelte den Richter freundlich an. Old Grangers Unterbrechungen und Anweisungen schienen keinerlei Einfluss auf Lurid Lambert zu haben, der unbeirrt seinen festgelegten Kurs verfolgte und seinen Zeugen langsam aber sicher auf die Klippen führte.

»War es Rosie, der in der Mordnacht über die Fenster sagte: ›Verdammt, sie sind alle zu, verdammter Scheiß?‹

»Ich weiß es nicht. Ich habe viel darüber nachgedacht, aber ich weiß es einfach nicht.«

»Dennoch hast du in deiner Aussage über Rosies Rückkehr gesagt, dass du die Stimme des Mannes mit der Narbe wieder erkennen würdest.«

»Ja. Wenn ich ihn wieder hören würde, würde ich das, aber meine Mutter wurde ein Jahr, bevor sie wiederkamen, ermordet.«

»Du kannst also nicht sagen, ob der Mann mit der Narbe das über die Fenster gesagt hat, aber du erinnerst dich an den exakten Wortlaut?«

»Das ist richtig.«

»Ich verstehe. Gut, kommen wir zum Ende deiner Geschichte. Du hörtest die Sirene, Rosie hörte mitten im Satz auf zu sprechen, und er und Lonny rannten aus der Eingangstür. Richtig?«

»Ja.«

»Du klettertest aus der Bank und bedientest die Gegensprechanlage.«

»Ich drückte auf den Summer, damit die Polizei durch das Vordertor fahren konnte.«

»Und vorher hattest du mit Officer Hughes über die Gegensprechanlage gesprochen. Ist das richtig, Thomas?«

»Ich erinnere mich nicht mehr.«

»Er hat uns berichtet, was passiert ist, als er gestern hier war. Er sagte, dass du ihn gefragt hast, wer er sei, und er identifizierte sich als Polizeibeamter. Dann hast du das Tor mit der Fernbedienung geöffnet. Stimmst du seiner Darstellung zu, Thomas?«

»Ich denke schon. Ich war in Panik. Ich weiß nicht mehr alles, was gesagt wurde.«

»Gut, ich nehme das als ein Ja. Und weiter, du wusstest von Officer Hughes, dass die Polizei am Vordertor war. Du wusstest, dass Rosie und Lonny ihr Auto im Pfad geparkt hatten. Du musst angenommen haben, dass sie zu ihrem Auto zurückrennen würden. Du wusstest das alles, warum also hast du Officer Hughes nicht über die Gegensprechanlage aufgefordert, zu dem Pfad zu fahren und ihnen den Weg abzuschneiden, statt ihm mit dem Summer das Vordertor zu öffnen?«

Miles hatte diese abschließende Frage so angriffslustig gestellt, dass der Funke übersprang und die Geschworenen ihre ganze Aufmerksamkeit auf Thomas richteten, der nicht sofort antwortete. Er sah aus wie ein Schachspieler, der plötzlich sah, dass sein König sich einem massiven unvorhergesehenen Angriff gegenübersah und sich jetzt verzweifelt nach einem Zug umsah, der Verluste abwendete.

»Ich weiß es nicht«, sagte Thomas schließlich. »Ich habe nicht daran gedacht. Diese Männer hätten mich getötet, wenn sie mich gefunden hätten. Ich nehme an, ich wollte mich sicher fühlen.«

»Aber du warst ja sicher, Thomas. Die Männer waren gegangen. Dies war die Gelegenheit für dich, die Mörder deiner Mutter zu fangen.«

»Ich habe nicht daran gedacht.«

»Du hast nicht daran gedacht. Das ergibt keinen Sinn, Thomas. Es ergibt keinen Sinn, weil nichts von alldem wirklich passiert ist, nicht wahr?«

»Doch, es ist passiert. Ich schwöre es.«

»Genau wie es keinen Sinn ergibt, dass die Polizei das Nordtor verschlossen vorfand.«

»Sie müssen es verschlossen haben, als sie verschwanden, weil sie wussten, wie es aussehen würde.«

»Als wären sie nie da gewesen?«

»Ja.«

»Es sieht so aus, weil es die Wahrheit ist, nicht wahr, Thomas? Du hast das alles erfunden. Du glaubtest nicht, dass das Medaillon reichen würde, und deshalb hast du Rosies Rückkehr und eine beiläufige Erwähnung von Greta und dem Bücherschrank erfunden, einfach, um sicher zu gehen, dass deine Stiefmutter verurteilt wird. Ist das richtig, Thomas?«

»Nein! Nein!«, brach es aus Thomas' tiefstem Inneren hervor. Sein Gesicht war schmerzverzerrt, aber das hinderte Miles nicht daran, seinen Vorteil auszuspielen.

»Du warst derjenige, der die Eingangstür geöffnet hat, bevor die Polizisten nah genug waren, um zu sehen, was du da tatest.«

»Nein, sie haben sie offen gelassen.«

»Wer?«

»Rosie und Lonny.«

»Rosie und Lonny! Ich weiß nicht, woher du diese Namen hast, Thomas – es sei denn, aus irgendeinem späten TV-Film –, aber Tatsache ist, dass du sie erfunden hast, genauso wie du diese ganze elendige Geschichte erfunden hast.«

»Nein, das habe ich nicht. Sie sind meinetwegen gekommen, sage ich Ihnen. Sie werden wiederkommen.«

»Werden sie das, Thomas? Werden sie das?« Miles Lamberts rundes Gesicht trug einen Ausdruck ungläubigen Staunens. Er wartete nicht auf eine Antwort, sondern setzte sich, bevor Thomas ihm eine geben konnte.

22. Kapitel

Peter saß im Fond seines Dienstwagens und trommelte mit den Fingern auf dem ledernen Aktenkoffer, der auf seinen Knien lag. Über dem Ludgate Circus vor ihm beschien die helle Nachmittagssonne den wunderbaren Dom der St. Pauls Kathedrale, aber der stillstehende Verkehr auf der Fleet Street verbarrikadierte ihm den Zugang zum Old Bailey, und seine Ungeduld machte ihn immun gegen die Schönheit des Anblicks. Er kam bereits fünf Minuten zu spät zu seiner Verabredung mit Greta, und seine Frustration stieg beständig. Das Rat-a-tat seiner Fingernägel auf dem Aktenkoffer gab nur das stärkere Hämmern in seinem Kopf wider, das er noch vehementer als sonst zu unterdrücken versuchte, sodass die dicken blauen Adern an seinem Hals über dem engen Kragen seines Hemdes sichtbar wurden.

Diese Prozesswoche hatte Peter nicht gut getan. Er hatte kaum geschlafen, und die Anstrengung, seiner Arbeit nachzugehen und sich gleichzeitig Sorgen um seine Frau zu machen, war seinem Gesicht abzulesen. Er hatte Säcke unter den Augen, und er hatte ein nervöses Zucken um den Mund entwickelt. Mitten in komplexen Verhandlungen mit Rüstungsvertretern wanderten seine Gedanken zum Bailey, und er nahm die wachsenden Zweifel hinter der freundlichen Maske seiner Beamten wahr. Er spürte, dass es nur eine Frage der Zeit war, bevor er einen peinlichen Fehler beging, der seine Karriere in den Grundfesten erschüttern würde.

Peter war klar geworden, dass er sich hätte frei nehmen müssen während der Zeit, in der der Prozess stattfand, aber er hatte naiverweise geglaubt, dass seine Arbeit ihn ablenken würde; lieber das Verteidigungsministerium als vor dem Gerichtssaal sitzen und darüber nachgrübeln, was drinnen passierte. Er tröstete sich mit dem Gedanken, dass bald alles vorüber sein würde, und versuchte, die Möglichkeit einer Verurteilung weit von sich zu schieben. Nur in seinen Träumen stellte Peter sich vor, wie Greta verurteilt und abgeführt wurde, und dann wachte er vor Entsetzen mit rasendem Herzen auf. Er hatte sich im Dunkeln des schlafenden Körpers seiner Frau versichern wollen – vergeblich.

Peter hatte seine lebensbestimmende Entscheidung vor acht Monaten an dem kalten Novembertag in Ipswich getroffen, als dieser selbstgefällige Bastard Hearns Greta schließlich wegen der Mordverschwörung verhaftete. Das war der Tag, an dem er ihr einen Heiratsantrag gemacht hatte. Es war seine Art, der Welt zu zeigen, wer er war und wo er stand, und außerdem liebte er Greta inzwischen. Er brauchte sie so sehr, und es verging kein Tag, an dem sie ihn nicht mit einem geradezu schmerzlichen Begehren erfüllte. Eine Heirat würde bedeuten, dass sie nie wieder ginge. Bis dass der Tod uns scheidet.

Natürlich hatte die Ankündigung der Hochzeit einen Skandal verursacht, aber Peter war darauf vorbereitet. Er hatte viel geleistet, seit er vor drei Jahren Verteidigungsminister geworden war, und er wusste, dass der Premierminister ihm zur Seite stehen würde. Tatsächlich hatte Peter den Medienzirkus, der sich anlässlich seiner Hochzeit vor seiner

Haustür abspielte, beinahe genossen. Die Fragen der Reporter zu beantworten hatte ihm die Gelegenheit gegeben, der ganzen Welt mitzuteilen, was er für Greta fühlte.

Dann hatte zwei Tage später ein Zugunglück im Norden Englands dreißig Passagiere das Leben gekostet, und das Privatleben des Verteidigungsministers war Schnee von gestern. Das Scheinwerferlicht der Medien war erst mit dem Beginn des Prozesses zurückgekehrt, und jetzt war es nicht Peter, sondern Greta, die unter seinem grellen Schein litt.

Wieder einmal verfluchte Peter die lächerlichen gesetzlichen Regelungen, die ihn so lange aus dem Gerichtssaal fern hielten, bis er seine Zeugenaussage gemacht hatte. Patrick Sullivan war fast die ganze Zeit bei Greta im Old Bailey, und das war eine kleine Hilfe, weil Patrick Peters ältester Freund war und gleichzeitig sein Anwalt. Dennoch war es nicht das Gleiche, als selber im Gerichtssaal zu sein und das Martyrium mit seiner Frau zu teilen. Miles Lambert hatte ihm gesagt, dass er Mittwoch oder spätestens Donnerstag mit seiner Zeugenaussage dran wäre, und Peter sehnte diesen Tag herbei wie ein Gefangener seine Entlassung. Er würde ihnen sagen, was Greta in der Lage und nicht in der Lage war zu tun und was für eine Person sie war. Er würde ihnen sagen, dass Anne dieses Medaillon abends zum Dinner nach der Blumenausstellung in Chelsea getragen hatte und dass sie und Greta sich in London gut verstanden hatten. Er würde ihnen sagen, dass er nicht bemerkt hatte, dass Anne das Medaillon an ihrem Todestag getragen hat, und er würde ihnen sagen, dass diese Schlange Matthew Barne ohne Antwort weggerannt war, nachdem er ihn gefragt hatte, ob Greta wirklich »Es ist meins« gesagt hat. Peter hatte Thomas seit dem damaligen Tag im Oktober in Chelsea, als er nach Hause gekommen war und die beiden beim Einbruch in sein Haus überrascht hatte, nicht mehr gesehen, und er hatte ihn auch nicht vermisst. Er hatte nicht die Absicht, sich mit seinem Sohn wieder zu treffen, bis der Junge ihn auf Knien um Verzeihung bitten würde, und Greta natürlich auch, und vielleicht wäre nicht einmal das genug.

Peter fühlte sich im Recht. Gott weiß, dass er im Recht war. Er hatte Jane Martin nicht entlassen, obgleich die alte Xanthippe es mehr als verdient hätte, auf die Straße geworfen zu werden. Stattdessen hatte er ihr gestattet, im Haus der Vier Winde zu bleiben, weil er wusste, dass das Anne gewollt hätte. Er war gerecht und loyal, ganz im Gegensatz zu seinem Sohn, der Gretas Unterwäsche hinter ihrem Rücken durchwühlt hatte, und dem sommersprossigen Freund seines Sohnes, diesem Barne, der weggerannt war, weil er Angst davor hatte, Thomas' Lügen zu unterstützen. Das war nicht Peters Art. Auf ihn konnte man sich verlassen, wenn es darauf ankam, und er schlich sich auch nicht in die Häuser von Leuten und erzählte hinterher dem dicken Detective Hearns Lügen über die Bewohner.

Peter sprang aus dem Daimler, sobald der vor dem Gerichtsgebäude hielt, und ignorierte die Gruppe von Journalisten, die ihm sinnlose Fragen zuriefen, als er an ihnen vorbei eilte. Er nahm es als gutes Zeichen, dass es so wenige waren. Die meisten von ihnen mussten immer noch im Gebäude sein und sich an Gretas Prozess weiden, sodass er schließlich doch nicht zu spät dran sein würde.

In der großen Eingangshalle stieß Peter beinahe mit Patrick Sullivan oben auf der Treppe zusammen, der sich ihm von den Fahrstühlen her näherte.

»Wo ist Greta?«, fragte Peter besorgt. »Ich habe mich mit

ihr schon vor zehn Minuten verabredet. Sie wird mich suchen.«

»Ist schon in Ordnung. Sie ist auf dem Weg nach unten. Die Verhandlung ist erst vor einigen Minuten geschlossen worden.«

»Wie lief es?«

»Gut. Nein, besser als gut. Miles hat fantastische Arbeit geleistet bei Thomas.«

»Ging es um das Medaillon? Greta sagte mir, dass er seine Sache gut gemacht hat bei Matthew Barne.«

»Hat er. Das Medaillon ist erledigt, aber richtigen Schaden hat Miles Thomas mit seinem Kreuzverhör zugefügt, als er ihn nach den Vorgängen vor zwei Wochen befragte. Ich wünschte, du hättest es miterleben können.«

»Du meinst diese Sache, dass Annes Mörder zurückgekommen sein sollen, um Thomas zu fassen zu kriegen? Ich stimme Greta zu: Er hat sich das alles nur ausgedacht. Es gibt offensichtlich nicht den Hauch einer Spur, die seine Geschichte stützen würde.«

»Das ist richtig. Es ist offensichtlich, dass er es sich ausgedacht hat, weil Miles in der Lage war, seine Geschichte zu durchlöchern. Das Beste war, als Thomas sagte, er habe seinen Alarmknopf gedrückt, um die Polizei zu rufen, und als sie dann kamen, habe er das Tor mit dem Summer geöffnet und über die Gegensprechanlage mit ihnen geredet, statt sie zu dem Pfad zu schicken, um diesen Lonny und Rosie zu stellen.«

»Lonny und wen?«

»Rosie. Diese merkwürdigen Namen, die sich Thomas für die Eindringlinge ausgedacht hat. Rosie ist der entscheidende Mann. Er ist derjenige, den Thomas unter der Straßenlampe gesehen haben will und der das Medaillon genommen haben soll in der Nacht, in der, in der ...«

Patrick verstummte. Er hatte immer Schwierigkeiten, mit Peter über das zentrale Ereignis dieses Prozesses zu sprechen, und es war auch nicht gerade hilfreich, dass der Hauptbelastungszeuge ausgerechnet Peters Sohn war.

»Hat Greta dir nicht Thomas' letzte Aussage gezeigt?«, fragte Patrick in einem hilflosen Versuch, die Unterhaltung auf neutralerem Boden fortzusetzen.

»Nein, habe ich nicht«, sagte Greta, die sich ihnen von hinten genähert hatte. »Peter hat schon genug zu verkraften, da muss er nicht auch noch Thomas' Lügen lesen.«

Patrick war verwirrt angesichts der Gereiztheit in Gretas Stimme. Sie schien vor wenigen Minuten noch hoch erfreut gewesen zu sein, als sie den Gerichtssaal verlassen hatten.

»Es tut mir Leid«, sagte er. »Ich habe Peter gerade nur erzählt, wie gut heute alles gelaufen ist.«

»Ja, das ist es, nicht wahr?«, sagte Greta. »Miles ist ein wahres Genie.« Sie küsste ihren Mann. Die Wut war so schnell aus ihrem Gesicht verschwunden, wie sie gekommen war.

Peter erwiderte die Begrüßung seiner Frau nicht. Es war beinahe so, als hätte er ihre Anwesenheit gar nicht wahrgenommen. Er hatte einen abwesenden Blick, und er runzelte seine Stirn noch mehr als gewöhnlich, als wäre er vollkommen in Gedanken vertieft.

»Geht es dir gut, Darling?«, fragte Greta besorgt. »Du siehst nicht gut aus.«

»Peter übertreibt es, nehme ich an«, sagte Patrick und sprang dem schweigenden Peter zur Seite.

»Nein, mir geht es gut. Es war ein langer Tag für uns alle«, sagte Peter und brachte mühsam eine Art Lächeln zu Stande, das allerdings nicht seine abwesenden Augen erreichte.

»Und ich fürchte, er ist noch nicht vorbei«, sagte Greta. »Ich soll mich mit Miles treffen, um noch einmal durchzugehen, ob wir alles bedacht haben, bevor ich morgen in den Zeugenstand trete.«

»Wann?«, fragte Peter. »Jetzt?«

»Nein. Um halb sieben in seiner Kanzlei. Ich muss mich erst umziehen und brauche einen Drink.«

Patrick war bereits gegangen, und Greta saß im Daimler, als Peter wieder auf den Bürgersteig trat.

»Ich fühle mich aus irgendeinem Grund nicht wohl, Greta. Wartest du hier auf mich, während ich kurz auf die Toilette gehe? Es dauert nicht lange.«

Mit schnellen Schritten betrat Peter das Gerichtsgebäude. Er hatte zwar nicht gelogen, als er sagte, dass er sich nicht wohl fühle, allerdings hatte er nicht die Absicht, eine Toilette aufzusuchen. In seinem Kopf hatte eine Alarmglocke zu klingeln begonnen, seit Patrick ihm von Rosie erzählt hatte. Unverzüglich hatte er die Verbindung hergestellt zu Gretas Äußerung am Telefon, die er mitbekommen hatte in der Nacht, in der sie das erste Mal miteinander geschlafen hatten. Es war der Tag der Beerdigung gewesen; der Tag, an dem Greta verhört worden war und sie schließlich in Gretas Wohnung gelandet waren, in ihrem Bett, und dann hatte das Telefon mitten in der Nacht geklingelt, und sie hatte gesagt: ›Nenn mich nicht so. Ich bin nicht deine Greta Rose.‹ Peter war sicher, dass sie das gesagt hatte, und hinterher hatte sie ihm erzählt, dass sie so hieß, bevor sie nach London gekommen war: Greta Rose, weil Rose der Name ihrer Großmutter war. Entsprach das der Wahrheit, oder gab es eine Verbindung zwischen Greta und Annes Mörder? Peter musste es wissen. Greta würde es ihm nicht sagen. Sie hatte ihm nichts von den Namen in Thomas' letzter Aussage erzählt. Sie hatte ihm geraten, die Aussage nicht zu lesen, weil er auch ohne Thomas' Lügen genug um die Ohren hatte. Oder vielleicht war das falsch, vielleicht hatte er sie nie darum gebeten. Peter wusste es nicht mehr genau. Er wusste nur, dass er Thomas nach diesem Rosie fragen musste. Hatte der andere Mann ihn Rose oder Rosie genannt? War Rose sein Vorname oder sein Nachname? Gab es da eine Verbindung, oder gab es keine?

Peter nahm sich nicht die Zeit, darüber nachzudenken, ob sein Sohn ihm mit irgendwelchen Antworten helfen könnte. Er wusste nur, dass es keinen anderen gab, den er fragen konnte.

Er dachte, dass er noch eine Chance haben müsste, Thomas im Gebäude anzutreffen. Hearns würde dem Jungen nicht erlauben, allein zu gehen, und Hearns selber war möglicherweise auch noch nicht fertig. Der Detective schien sich immer mit irgendetwas zu beschäftigen. Peter hatte ihn seit dem ersten Morgen des Prozesses mehrere Male auf den Korridoren des Gerichts gesehen, immer schleppte er irgendwelche Akten, sprach kriecherisch mit Anwälten und tat sich wichtig. Es passte nicht zu Hearns, sofort nach Verhandlungsschluss zu verschwinden, besonders wenn es nicht gut gelaufen war für die Anklage heute.

Peters Problem war, dass er nicht wusste, wo er seinen Sohn suchen sollte, und nicht nur das: Die Zeit lief gegen ihn. Er konnte sich nicht darauf verlassen, dass Greta lange Däumchen drehend im Daimler sitzen blieb.

Keiner war im Warteraum der Zeugen, und im Polizeiraum war nichts von Hearns zu sehen. Peter hatte seine Suche gerade aufgegeben und sich bereits wieder auf dem Weg nach unten gemacht, als er auf dem Flur des ersten Stocks direkt in den Detective und seinen Sohn lief. Peter sah Thomas zum ersten Mal wieder, seit er ihn vergangenen Oktober aus seinem Haus geworfen hatte, und er hätte nicht gewusst, wie er ihn hätte ansprechen sollen, wenn die Dringlichkeit, Bescheid zu wissen über Rosie, seine Hemmungen nicht weggefegt hätte.

»Ich muss mit dir reden«, sagte Peter schlicht. Er versperrte seinem Sohn den Zugang zu den Treppen.

Thomas öffnete den Mund, aber er brachte kein Wort hervor. Erstaunen schien ihm für den Moment die Sprache verschlagen zu haben, und es war Hearns, der auf Peters Annäherung reagierte.

»Sie sind ein potenzieller Zeuge der Verteidigung, Sir Peter. Sie sollten eigentlich wissen, dass Sie nicht mit einem Zeugen der Anklage reden dürfen.«

»Er ist mein Sohn«, sagte Peter.

»Er ist auch ein Zeuge der Anklage«, sagte der Detective, griff nach Thomas' Arm und wollte ihn wegführen.

Hearns und Thomas gingen hinüber zu den Fahrstühlen, und der Detective drückte alle Knöpfe. Peter folgte ihnen nicht. Die Spannung, die ihn die Treppen des Gerichtsgebäudes hoch und über den großen Riss, der ihn von seinem Sohn trennte, geführt hatte, war mit einem Mal verschwunden, und Peter blieb bewegungslos stehen am Kopf der Treppe. Einige Sekunden später kam der Fahrstuhl und verschluckte seinen Sohn und den Detective.

Peter blieb noch einen Moment lang stehen. Die große Halle im ersten Stock war leer. Ein weiterer Tag von Rechtsprechung und menschlichem Leid war vorüber und hatte nur einige leere Getränkeflaschen und Zigarettenkippen in den Aschenbechern zurückgelassen für die Putzfrauen am nächsten Tag.

Peter wandte sich ab und begann, die Treppen hinunterzugehen. Er nahm sich Zeit; es spielte keine Rolle mehr, ob Greta käme und ihn jetzt fände. Er hatte schon halb die letzte Treppe vor dem Eingang hinter sich, als eine Hand seine Schulter berührte. Er drehte sich um und sah Thomas, der den Finger an seine Lippen hielt.

»Mr. Hearns ist oben auf dem Flur«, flüsterte Thomas. »Ich muss gleich zurück.«

»Ich muss dich etwas fragen«, sagte Peter und sprach ebenso leise wie sein Sohn. »Es dauert nur einen Moment.«

»Nicht hier. Später. Ich bin bei Matthew. Ruf mich dort an.«

»Aber ich habe die Nummer nicht«, sagte Peter, aber Thomas antwortete nicht. Er hatte sich bereits umgedreht und stieg die Treppen wieder hinauf. Peter folgte ihm eine kurze Strecke, und als er um die Ecke des Steingeländers blickte, sah er Thomas zwischen Hearns und einem anderen uniformierten Polizisten stehen.

Außerhalb des Gebäudes wartete Greta auf ihn. Sie war aus dem Daimler gestiegen und ging auf dem Bürgersteig auf und ab.

»Alles in Ordnung mit dir?«, fragte sie besorgt. »Du siehst nicht gut aus.«

»Doch, mir geht es wieder gut.«

»War dir übel?«

»Ja, ich fürchte ja«, log er. »Ich muss etwas Falsches gegessen haben.«

»Ich muss heute Abend nicht gehen, wenn dir nicht wohl ist, Peter. Ich kann Miles auch morgen Früh treffen.«

»Red keinen Unsinn. Es ist lebensnotwendig, dass du vollständig vorbereitet bist.«

»Ich denke, du hast Recht. Es ist nur so, dass es so ermüdend ist, Tag für Tag da zu sitzen und all den Lügen zuzuhören.«

»Patrick sagte, dass Thomas heute alles andere als glaubwürdig war.«

»Ja, es lief gut für uns.«

»Er sagte, dass Miles seine Geschichte mit den Männern, die zurückgekommen sind, durchlöchert hat.«

»Ja, es war offensichtlich, dass er sie erfunden hat.«

»Warum hast du mir die Aussage, die er gemacht hat, nicht gezeigt, Greta?«

»Welche Aussage?«

»Die über die Männer, die laut Thomas zurückgekommen sind.«

»Ich weiß nicht. Ich habe sie erst kurz vor Prozessbeginn zu sehen gekriegt, und es schien etwas zu sein, was dich nicht weiter beunruhigen musste. Ich sagte dir, was passiert war, und dass er es offensichtlich erfunden hat, und du stimmtest mir zu. Ich hatte den Eindruck, dass es nichts weiter darüber zu reden gab.«

»Wahrscheinlich hast du Recht«, sagte Peter, klang aber so, als würde er das Gegenteil denken.

»Warum bist du plötzlich so daran interessiert?«, fragte Greta.

»Bin ich nicht. Patrick erzählte nur, dass Miles in seinem Kreuzverhör mit Thomas heute viel Aufhebens darum gemacht hat.«

Schweigend stiegen sie in den Daimler. Peter starrte aus dem Fenster und versuchte zu ignorieren, dass Greta darauf wartete, dass er sich ihr zuwendete. Schließlich verlor sie die Geduld.

»Hast du Thomas im Gerichtsgebäude getroffen, als du eben zurückgegangen bist, Peter? Ist es das, was dich so durcheinandergebracht hat?«

Der Nachdruck in Gretas Stimme zwang Peter, seine Frau anzusehen.

»Nein, natürlich nicht. Ich bin zurückgegangen, weil ich mich übergeben musste. Wie ich dir gerade gesagt habe.« Peter versuchte, seine Besorgnis durch Gereiztheit zu überdecken. Zu seiner Überraschung schien der Trick zu funktionieren. Greta klang entschuldigend, als sie wieder sprach.

»Schon gut, ich habe ja nur gefragt«, sagte sie. »Ich habe es nicht böse gemeint. Es tut mir Leid, dass dir schlecht war.«

»Es klingt aber nicht so«, sagte er.

»Sei nicht albern.«

Greta küsste ihn leicht auf die Wange, und Peter lächelte, bevor er erleichtert wieder aus dem Fenster blickte, wo die Steinmauer vom Chelsea Embankment vorüberflog. Er blickte über den Fluss und fragte sich, wo Matthew Barne lebte. Er musste Thomas nach Rosie fragen, aber würde Thomas ihm die Wahrheit sagen? Peter hatte das Gefühl, dass er niemandem richtig trauen konnte. Er wollte Greta glauben, und er war sich fast sicher, dass er das tat, aber sie wieder nach Rose zu fragen, ihr von der Verbindung zu erzählen, würde den Eindruck erwecken, dass er ihr nie getraut hatte, und das wäre eine Katastrophe für sie beide. Peter hatte das Gefühl, bereits zu viel gesagt zu haben. Greta blickte ihn wieder merkwürdig an, als sie aus dem Wagen stiegen und das Haus betraten.

»Ich denke, ich bleibe hier«, sagte sie. »Ich möchte nicht, dass du allein bist, wenn du dich nicht wohl fühlst. Miles wird es verstehen.«

»Nein, Greta, das ist ein Fehler. Du wirst morgen Früh in Eile sein, immer auf die Uhr sehen. Du wirst dich nicht konzentrieren können.«

»So schlimm wird es schon nicht werden, Darling«, lächelte sie. »Aber vielleicht hast du Recht. Ich werde mich besser fühlen, wenn ich einen Drink hatte. Sei ein Schatz und mach mir einen, während ich mich umziehe.«

Peter wartete im Salon und lauschte den Fußtritten seiner Frau, als sie nach oben ging. Er beäugte das Telefon und fühlte sich richtig heimtückisch dabei. Es stand auf dem Schreibtisch, in dem Thomas das Medaillon gefunden hatte. Greta benutzte den Sekretär jetzt, und Peter fragte sich, ob sie irgendetwas ins Geheimfach gelegt hatte als Ersatz für das Medaillon. Zum hundertsten Mal versuchte er, sich Anne am Tag ihres Todes vorzustellen: während des Mittagessens, als sie auf dem Sofa lag, auf der Treppe an ihm vorbeiging. Er glaubte nicht, dass sie das Medaillon getragen hatte, aber er war sich nicht ganz sicher. Er hatte nicht gewusst, dass es Annes Todestag war; er hatte nicht gewusst, dass er sie das letzte Mal lebend sah.

Ich bin nicht deine Greta Rose. Nicht mehr. Aber war sie es mal gewesen? Peter musste es wissen. Er griff zum Telefon und wählte die Auskunft. Matthew Barnes Nummer war nicht eingetragen, und Peter wollte schon aufgeben, als er sich an die Schule erinnerte. Er war ein Elternteil, ein Schulgebühren zahlender Vater. Carstow würde ihm die Nummer geben.

Kurz darauf hatte er Thomas am anderen Ende der Leitung.

»Was willst du, Dad?« Thomas klang misstrauisch, aber immerhin implizierte das Wort *Dad* die Anerkennung einer Beziehung zwischen ihnen.

»Ich möchte mit dir reden, dich etwas fragen.«

»Was denn?«

»Über Rosie.«

Thomas schwieg, und Peter dachte schon, dass sie getrennt worden seien.

»Bist du noch da?«

»Ja, ich bin hier.«

»Ich kann nicht viel länger sprechen. Triffst du dich mit mir?«

»Ich weiß nicht.«

Wieder Schweigen, und Peter hörte, dass Greta die Treppen herunterkam.

»Es bleibt keine Zeit mehr. Ich treffe dich auf den Treppen des Chelsea Rathauses um halb sieben.«

»Wo ist das?«

»Gleich um die Ecke des Hauses.«

Peter legte den Hörer genau in dem Moment auf, als Greta das Zimmer betrat.

»Wer war das?«

»Nur jemand aus dem Ministerium.«

»Was tut er gleich um die Ecke des Hauses?«

»Ich treffe mich mit ihm nächste Woche am Unterhaus.«

Die Lüge ging Peter ganz leicht über die Lippen, und Greta schien mit seiner Antwort zufrieden. Sie nahm ihm den

Drink aus der Hand und küsste ihn dabei, ließ ihren Mund auf seinem ruhen, sodass ihn plötzliches Verlangen überfiel.

Sie fing den Ausdruck in seinen Augen auf und trat lächelnd zurück. Ihre Macht über ihn war immer noch unvermindert stark.

»Jetzt nicht, Darling, sonst kann ich mich *tatsächlich* nicht konzentrieren. Nebenbei, ich trage mein ›Zeugenkleid‹. Gewissermaßen als Probe für morgen. Was hältst du davon?«

»Ich halte es für rundherum perfekt.« Peter war absolut ehrlich. Das schwarze Kleid war perfekt geschnitten und hatte die perfekte Länge. Ihre hohen Brüste wurden betont, aber es wirkte nicht die Spur aufreizend. Er hatte Greta noch nie so schön gesehen.

Die Zeit verging nur langsam. Peter war durcheinander, versuchte, es zu verbergen, und versteckte sich hinter Regierungspapieren auf dem Sofa. Aber etwas musste Greta seine Unruhe verraten haben. Vielleicht war es die Art und Weise, wie er immer wieder auf die Kutscheruhr auf dem Kaminsims blickte. Mehrmals fragte sie ihn, was nicht in Ordnung sei, und mehrmals überlegte sie laut, das Treffen mit Miles Lambert abzusagen.

Um fünf nach sechs klingelte es an der Tür, und Greta sammelte ihre Papiere zusammen und ging hinaus zum Wagen. Auf der Treppe zögerte sie und griff nach dem Arm ihres Ehemannes.

»Ich kann mich doch auf dich verlassen, Peter, nicht wahr?«, fragte sie.

»Ja. Ja, natürlich kannst du das.« Er vermied ihren Blick, als er das sagte.

23. Kapitel

Peter ging durch die Zimmer, als Greta weg war, und überprüfte alle paar Minuten seine Uhr. In seinem Kopf brodelte es. Mal war er sich ganz sicher, dass Greta nichts mit dem Mord zu tun haben konnte, und dann war er wieder von Zweifeln durchbohrt, wenn er an die Worte dachte, die er vor einem Jahr in ihrer Wohnung gehört hatte.

Um fünf vor halb sieben verließ er das Haus und umkreiste das Rathaus. Thomas saß oben auf der Treppe. Er trug noch dasselbe wie im Gericht: einen marineblauen Blazer mit Goldknöpfen, braune Hosen und ein hellblaues Oxfordhemd. Der einzige Unterschied war, dass seine schwarzen Halbschuhe, die im Gerichtssaal noch frisch geputzt glänzten, jetzt an den Spitzen abgewetzt waren, als hätte Thomas damit vor Frustration irgendwo gegen gekickt. Peter überfiel plötzlich der Gedanke, dass Thomas allein zu entscheiden hatte, was er vor Gericht tragen wollte. Er hatte keine Eltern, die ihm raten konnten. Seine Mutter war tot, und sein Vater hatte ihn verlassen. Ein momentanes Schuldgefühl überkam Peter, aber seine Nerven waren zu angespannt, als dass er diesem Gefühl lange hätte nachspüren können.

Thomas stand auf und ging seinem Vater entgegen. Ihre Blicke trafen sich einen Moment lang, dann sah Peter weg.

In seiner Erregung hatte er sich nicht klar gemacht, wie traumatisch es sein würde, seinen Sohn wiederzusehen. Das Treffen schrie förmlich nach Versöhnung, aber natürlich hatte Peter Thomas deswegen nicht gebeten zu kommen. Er brauchte Antworten auf die Fragen, die ihm seit zwei Stunden durch den Kopf hämmerten, aber er konnte die Antworten nicht mit versöhnlichen Worten bezahlen; das hätte zu viel von Verrat an sich, und deshalb stellte er ohne weitere Begrüßung seine Frage, stieß sie förmlich hervor.

»Was hat dieser Rosie über Greta gesagt?«, fragte er atemlos.

»Er sagte, dass sie ihm erklärt hat, wie man das Versteck öffnet. Es steht alles in meiner Aussage. Hast du sie nicht gelesen?« Thomas war eine Treppenstufe zurückgegangen und blickte jetzt verärgert auf seinen Vater hinunter.

»Nein, ich habe sie nicht gelesen«, sagte Peter. »Ich muss es von dir wissen.«

»Warum?« Thomas warf ihm diese Frage angriffslustig entgegen. Sie enthielt all seinen aufgestauten Groll. Er war durch die ganze Stadt gefahren, hatte erst zum zweiten Mal in seinem Leben die U-Bahn benutzt, und sein Vater begrüßte ihn nicht einmal, bot ihm nicht mehr an als Fragen über Rosie. Thomas war die Fragerei satt. Er hatte den ganzen Tag nichts anderes gehört.

»Ich frage dich, weil du die einzige andere anwesende Person warst. Du bist der Einzige, der diesen Rosie gesehen hat.«

»Außer deiner Frau«, sagte Thomas.

»In Ordnung, ich möchte mich nicht mit dir streiten. Ich muss nur einige Dinge wissen.«

»Was für Dinge.«

»Was hat er noch über Greta gesagt?«

»Er hat nichts weiter über Greta gesagt.«

»Bist du sicher, dass er Rosie genannt wurde?«

»So hat Lonny ihn genannt.«

»Hätte es auch Rose sein können? Könntest du es falsch verstanden haben?«

»Nein, ich habe es nicht falsch verstanden. Und er hat es gesagt, und es ist passiert. Mich machen all die Leute, die das abstreiten, krank. All die Leute, die mir nicht glauben, machen mich krank. Wie du. Du glaubst mir auch nicht.«

Peter spürte, dass sein Sohn sich in dem Jahr nach der Beerdigung verändert hatte. Aus der Verzweiflung, an die er sich noch von dem Gespräch aus dem kleinen Reihenhaus in Woodbridge erinnerte, war eine neue, beharrliche Entschlossenheit geworden. Thomas' Aufsässigkeit war jetzt weit mehr als nur oberflächlich.

»Ich weiß nicht, was ich glauben soll, Thomas. Deshalb muss ich dir diese Fragen stellen.« Kaum dass er es ausgesprochen hatte, war ihm klar, wie sehr er Greta mit diesen Worten betrog. Er war unendlich angewidert von sich selbst, was ihn umgehend wieder wütend auf seinen Sohn machte.

Thomas jedoch konnte nichts anfangen mit dem Zugeständnis seines Vaters. Er bedauerte, gekommen zu sein. Seinen Vater zu sehen machte ihm nur erneut bewusst, wie wenig dieser Mann ihn liebte. Er war besser dran, wenn er ihn überhaupt nicht sah.

»Ich gehe«, sagte er. »Ich wünschte, ich wäre nicht gekommen.«

Thomas stieg die Treppenstufen hinunter auf die Straße, und Peter streckte instinktiv eine Hand aus, um ihn daran zu hindern.

»Noch eine Frage«, bat er. »Nur noch eine. War Rosie sein Vorname oder sein Nachname?«

»Woher soll ich das wissen? Der andere Mann hat ihn nur so genannt. Was ist mit diesem Namen, dass es so wichtig ist?«

Der wütende Tonfall seines Sohnes erboste Peter. Ein Teil von ihm wollte ihn wegstoßen oder ihn sogar schlagen, wie er es in Woodbridge getan hatte, aber das Bedürfnis nach einer Antwort hielt seine Hand zurück. Es gab niemanden außer Thomas, dem er von der Unterhaltung erzählen konnte, die er mitgehört hatte. Er musste wissen, ob es da eine Verbindung gab.

»In der Nacht nach der Beerdigung deiner Mutter habe ich gehört, wie Greta mit jemandem telefonierte«, sagte Peter langsam. »Ich habe nur den Schluss der Unterhaltung mitbekommen; das ist alles. Sie sagte zu wem auch immer: ›Nenn mich nicht so. Ich bin nicht deine Greta Rose. Nicht mehr.‹ Als ich sie hinterher gefragt habe, was das bedeutet, erklärte sie, dass das ihr Name sei, dass Rose ihr mittlerer Name sei.«

»Und dann hast du heute zum ersten Mal von Rosie gehört, und du hast dich gefragt –«

»Ich weiß nicht, was ich mich gefragt habe.«

»Du hast über Rosie und Greta nachgegrübelt. Du hast überlegt ...« Thomas brach mitten im Satz ab. Er musste es nicht aussprechen für seinen Vater. Wenn er eine Verbindung beweisen könnte, dann könnte er immer noch gewinnen.

»Hast du ihre Unterlagen durchgesehen?«, fragte Thomas.

»Wozu?«

»Um zu sehen, ob sie wirklich Greta Rose heißt. Sie muss

einen Pass oder eine Geburtsurkunde oder etwas in der Art haben.«

»Ich denke, das könnte ich tun«, sagte Peter zweifelnd. Mit Thomas hinter Gretas Rücken zu sprechen war ein Betrug, aber ihre Papiere zu durchsuchen wäre noch schlimmer, viel schlimmer.

»Wo ist sie jetzt?«, fragte Thomas.

»Sie spricht mit ihrem Verteidiger.

»Um noch mehr Lügen auszuhecken.«

»Nein, sie besprechen ihre Aussage«, sagte Peter zornig. Er schwang wie ein Pendel hin und her zwischen seiner Loyalität zu Greta, die ihn gegenüber seinem Sohn beinahe gewalttätig werden ließ, und den Zweifeln, was ihre Unschuld betraf, die er einfach nicht aus dem Kopf bekam.

»Wann kommt sie zurück?«, fragte Thomas.

»Das weiß ich nicht. Nicht vor acht Uhr.«

»Dann ist genug Zeit. Lass uns nachschauen.«

Sie gingen auf das Haus zu, und mit jedem Schritt nahm Peters Aufregung zu.

»Ich kann so nicht vor Gericht aussagen«, sagte er, als sie um die Ecke bogen. »Ich muss es vorher wissen.«

»Wann wirst du aufgerufen als Zeuge?«

»Ich weiß es nicht. Wahrscheinlich irgendwann am Donnerstag. Die Staatsanwaltschaft muss noch einige Aussagen überprüfen, und dann kommt Greta an die Reihe. Ich weiß nicht, wie lange es bei ihr dauern wird.«

Peter redete nur, um nicht über die Bedeutung seines Handelns nachzudenken, als er Thomas winkte, ihm ins Haus zu folgen.

Thomas erwartete, dass sein Vater in den Raum, der auf der rechten Seite lag, gehen würde, aber stattdessen ging er die Treppe hinauf in den ersten Stock und hinüber zu demselben Eichenschreibtisch in der Ecke des Salons, wo Thomas das Medaillon vergangenen Oktober gefunden hatte.

»Greta bewahrt die meisten ihrer Papiere jetzt hier drin auf«, sagte Peter und öffnete den Schreibtisch.

»Macht wohl keinen Sinn, im Geheimfach nachzuschauen, schätze ich«, sagte Thomas hinter seinem Vater. Er hatte Recht. Das Fach in der Nische war leer, aber in der Schublade darunter fand Peter den Pass seiner Frau. Er war erst letztes Jahr ausgestellt worden, drei Monate vor Gretas Hochzeit. Er enthielt ein wenig schmeichelhaftes Foto, das Greta mit einem ungewöhnlich strengen Haarschnitt zeigte, und daneben standen ihre Personalien. Nachname, Grahame. Vornamen, Greta. Sonst nichts. Nur Greta.

Thomas beugte sich über die Schulter seines Vaters und tippte mit dem Finger so heftig auf den Pass, dass das Dokument Peter beinahe aus der zitternden Hand gefallen wäre.

»Schau, Dad. Keine Rose. Gar nichts. Sie hat dich angelogen, dass das ihr mittlerer Name ist. Deswegen wurde sie nicht Greta Rose genannt.«

»Das reicht nicht«, sagte Peter störrisch. »Es bedeutet gar nichts. Greta hat mir selbst erzählt, dass sie sich nicht mehr Greta Rose nannte, nachdem sie Manchester verlassen hatte, und deshalb ergibt es einen Sinn, dass dieser Name nicht mehr in ihrer Neuanmeldung auftaucht. Die Geburtsurkunde ist entscheidend. Sie muss hier irgendwo sein.«

»Lass mich nachschauen«, sagte Thomas ungeduldig. »Du bist zu aufgeregt.«

»Nein, ich will nicht, dass du etwas anrührst«, sagte Peter wütend.

»Dann sieh in der Schublade nach, in der der Pass war«, sagte Thomas. »Sie wird all diese Papiere bestimmt zusammen aufgewahren.«

Thomas hatte Recht. Da war ein altes schwarzes Adressbuch, das an verschiedenen Stellen von Klebestreifen zusammengehalten wurde, und darunter lag ein dicker brauner Umschlag, auf dem in Gretas ordentlicher Handschrift das Wort *Dokumente* stand.

Peter leerte den Umschlag auf der Schreibunterlage des Sekretärs aus. Oben lag ein sehr viel neueres Papier als die anderen, was, wie sich herausstellte, die Heiratsurkunde von Greta und Peter war. Darunter lag ein Diplom der Universität von Birmingham, dann die Kopie einer Sterbeurkunde eines George Grahame, und ganz unten befand sich die beglaubigte Kopie einer Geburtsurkunde für Greta Rose Grahame, ein Mädchen, geboren am 17. November 1971 in der Cale Street 20 in Manchester. Greta Rose war zu Hause geboren worden.

Peter spürte, wie ihn überwältigende Erleichterung überkam. Es war wie eine Ekstase. Er fühlte sich wie ein Soldat, dem man eröffnet hatte, dass er ein Bein verloren hatte, und der dann an sich hinunterblickte und beide Beine vorfand. Peters schwankende Welt richtete sich wieder auf, und er vergaß einen Moment lang, dass Thomas sein Widersacher war.

»Gott sei Dank«, sagte er. »Im tiefsten Inneren wusste ich immer, dass sie Greta Rose war. Sie hat sich von Rose nur getrennt, weil der Name sie an schlechte Zeiten im Norden erinnerte. Genau wie sie gesagt hat.«

»Sie mag Rose genannt worden sein, aber das heißt nichts«, sagte Thomas wütend. Er war am Boden zerstört vor Enttäuschung über die Geburtsurkunde. Einen Moment lang hatte er wirklich daran geglaubt, dass der Albtraum des letzten Jahres zu Ende gehen würde. Er würde nicht mehr allein sein; die Leute würden ihn nicht länger für einen Lügner halten. Aber jetzt war alles noch schlimmer als vorher. Beseitigte Zweifel sind doppelte Gewissheit. Thomas spürte seine endgültige Niederlage näher rücken. Greta hatte beinahe gewonnen. Er flehte seinen Vater ein letztes Mal an.

»Es kommt nicht auf die Geburtsurkunde an, Dad. Es geht um mich und dich. Ich habe gehört, wie Rosie über Greta sprach. Ich sah ihn vor diesem Haus. Sie hatte Mums Medaillon in diesem Schreibtisch.«

Das Lächeln in Peters Gesicht verschwand, das Leuchten in seinen Augen ebenfalls. Es war, als hätten Thomas' Worte ihn daran erinnert, wer Thomas wirklich war. Sein Sohn war sein Feind. Er hatte all dies angezettelt. Er war der Grund, warum seine Frau des Mordes angeklagt war, wo sie doch unschuldig war, vollständig unschuldig.

»*Du* hast gesehen; *du* hast gehört«, sagte Peter zornig. »Immer nur du. Nicht du und ich. Du und deine Lügen.«

»Ich lüge nicht. Was glaubst du, wer ich bin? Warum hätte ich es erfinden sollen?«

»Weil sie dich zurückgewiesen hat, als du versucht hast –«

»Was versucht habe?«

»Versucht hast ... Ich weiß nicht, was du versucht hast. Ich war nicht dabei, aber ich weiß, was du gewollt hast. Greta hat es mir erzählt.«

»Was wollte ich?«

»Mit ihr schlafen.«

»Und sie hat nein gesagt, und ich bin durchgedreht. Ist es das?«

»Und du hast dich auch schuldig gefühlt. Das ist ein weiterer Grund, warum du das alles getan hast.«

»Schuldig! Du bist derjenige, der sich schuldig fühlen sollte. Du hast Mum die ganzen Jahre allein gelassen, und sie hat sich nie beschwert. Und mich auch, obgleich ich noch klein war und gern einen Vater gehabt hätte. Was hast du jemals für mich getan?«

Peter sagte nichts. Thomas wusste nicht, ob er überhaupt zuhörte, aber es tat ihm gut, seinem Vater zu sagen, was er fühlte. Er würde wahrscheinlich nie wieder die Gelegenheit dazu haben.

»Ich kann mich nicht daran erinnern, dass du jemals mit mir spazieren gegangen bist. Du warst einfach nie da. Deine Karriere war dir zu wichtig, als dass du Zeit mit deiner Familie verbracht hättest.«

»Ich habe Geld für dich und Anne verdient«, verteidigte Peter sich.

»Nein, das hast du nicht. Es hat dir gefallen. Und es hat dir noch mehr gefallen, als Greta dazu kam. Die grünäugige Greta. So hat Mum sie immer genannt. Du und sie in diesem Haus. Du und sie und deine brillante Karriere.«

»Ich habe nie mit ihr geschlafen, bevor ...«

Peter brach mitten im Satz ab, und Thomas beendete ihn für ihn.

»Bevor Mum gestorben ist, aber du hast es in der Nacht nach ihrer Beerdigung getan, nicht wahr? So hast du die Unterhaltung mitbekommen, die dich so erschüttert hat, war es nicht so?«

Thomas' Worte kamen wie in einem Sturzbach heraus.

Peter hatte keine Möglichkeit zu antworten, auch wenn er es gewollt hätte.

»Deine Frau verbrachte ihre erste Nacht unter der Erde, und du fickst deine Sekretärin hier in London. Was für eine Vorstellung.«

»Halt den Mund, Thomas«, sagte Peter mit warnendem Unterton, den Thomas ignorierte.

»Und irgendwo tief drinnen musst du gewusst haben, dass sie diese Männer geschickt hat, um Mummy zu ermorden, aber es war noch nicht genug, dass du mit der Mörderin deiner Frau geschlafen hast – du musstest sie auch noch heiraten. Du bist ein Schwein, Dad, und dieser Ort ist dein verdammter Schweinestall.«

Thomas schrie jetzt, und er war seinem Vater so nahe gekommen, dass er keine Chance hatte, in Deckung zu gehen, als Peter ihn ins Gesicht schlug. Dieses Mal mit geballter Faust, und er traf Thomas seitlich am Mund mit einem Faustschlag, der seinen Sohn gegen den Schreibtisch schleuderte und zu Boden warf.

Peter wollte seinem Sohn aufhelfen, zog aber sofort die Hand zurück. Er verachtete sich für das, was er getan hatte, aber in diesem Moment der Krise war er nicht Manns genug, um seine Schuld einzugestehen. Stattdessen begrub er sie unter einem Schwall von Rechtfertigungen. Es war Thomas, der all das über ihn gebracht hatte mit seiner verrückten Hexenjagd auf seine Stiefmutter.

»Du hättest nicht so mit mir reden sollen«, sagte Peter, als Thomas sich langsam erhob und das Gesicht hielt.

»Leck mich doch, Dad.« Die Wut war verschwunden aus Thomas' Stimme, und er sprach leise, beinahe als würde er seinen Vater verfluchen.

»Hier, nimm mein Taschentuch«, sagte Peter, aber Thomas trat zurück. Das Blut quoll durch seine Finger und tropfte auf sein Hemd.

»Du möchtest mein Blut nicht auf dem Teppich haben, nicht wahr? Du möchtest nicht, dass dein Miststück von Frau weiß, dass ich hier war.«

»Halt den Mund, Thomas.«

»Entweder ich halte den Mund, oder du schlägst mich erneut. Ist es so?«

»Nein. Es tut mir Leid, dass ich dich geschlagen habe, aber ich lasse nicht zu, dass du solche Dinge über Greta sagst.«

»Es ist also vollkommen in Ordnung, dass sie meine Mutter getötet hat?«

»Sie hat deine Mutter nicht getötet. Ich möchte nicht länger mit dir darüber reden, Thomas.«

»Aber du wolltest es noch vor einer halben Stunde. Da hast du es noch für möglich gehalten, nicht wahr? Es ist wundervoll, was eine Geburtsurkunde alles ausrichten kann.«

»Ich war dumm. Ich schäme mich für meine Zweifel, aber das ist etwas, was ich mit meinem eigenen Gewissen ausmachen muss.«

»Wenn du eins hast.«

»Dies führt zu nichts«, sagte Peter müde. »Wir haben uns nichts mehr zu sagen.«

Thomas wendete sich ab. Er hatte keine Einwände, höchstens den, dass sein Vater kein Recht hatte, ihn nicht zu lieben, aber es war sinnlos, ihm das zu sagen. Er konnte seinen Vater nicht zu einem Gefühl zwingen. An der Tür drehte Thomas sich noch einmal um. Die Situation verlangte einen passenden Abschiedssatz, aber Thomas fiel nichts Passendes ein. Er fühlte sich plötzlich erschöpft. Äußerste Verzweiflung überschwemmte ihn, und die Worte seines Vaters erreichten ihn, als kämen sie von weit her.

»Du kannst in dem Haus der Vier Winde bleiben, so lange du möchtest, Jane auch. Es ist nur so, dass ich mich nicht mehr mit dir treffen kann. Nicht nach all dem, was passiert ist.«

Unten wurde die Haustür geöffnet. Greta war früher nach Hause gekommen.

Später am Abend fragte sich Thomas zurückblickend, warum er nicht die Treppen hinuntergegangen und seiner Stiefmutter entgegengetreten war. Er hätte ihr sagen können, dass er auf Einladung seines Vaters hier war, um ihre persönlichen Papiere zu durchsuchen. Wie hätte ihre Ehe mit der Enthüllung der Zweifel seines Vaters überleben können? Die einzige Erklärung, die Thomas für seine Entscheidung, sich zu verstecken, einfiel, war die, dass ein Sieg, basierend auf Zweifeln, die sein Vater sowieso nicht mehr hatte, überhaupt kein Sieg wäre. Er konnte seine Mutter nur rächen, indem er Greta so zeigte, wie sie wirklich war. Er brauchte Beweise. Die Geburtsurkunde war nicht dieser Beweis. Er konnte sie nicht gegen Greta verwenden.

Peter sprach gerade, als die Tür geöffnet wurde. Er sah seinen Sohn an, und Thomas erkannte die Furcht in seinen Augen, als Greta die Treppe heraufkam.

Er trat zurück in den Salon und lehnte die Flurtür nur an, gleichzeitig bedeutete er seinem Vater mit dem Kopf und mit einer Handbewegung, hinauszugehen.

»Bist du da, Peter?«, rief Greta von der Treppe aus.

Peter trat auf den Flur.

»Du kommst früh nach Hause«, sagte er.

»Ich bin nicht lange geblieben. Ich habe mir Sorgen um dich gemacht. Du hast vorhin so schrecklich ausgesehen. Geht es dir besser?«

»Ja, viel besser.«

Peters Stimme klang in Thomas' Ohren, auf der anderen Seite der Tür, angespannt vor Sorge, aber Greta schien der Versicherung ihres Mannes zu glauben.

»Komm hoch und unterhalte dich mit mir, während ich mich umziehe«, sagte sie. »Aber lass uns nicht über den Prozess reden. Alles, nur nicht der Prozess. Für heute habe ich genug davon.«

Thomas lauschte den Schritten seines Vaters, der seiner Stiefmutter in den zweiten Stock folgte, und ging dann wieder in das Zimmer. So viel war hier passiert. Er erinnerte sich daran, wie seine Mutter ihm an dem ersten Morgen in London das Geheimfach gezeigt hatte und wie er es Monate später geöffnet und das goldene Medaillon darin gefunden hatte. Es musste noch etwas anderes geben, das Greta mit den Mördern seiner Mutter verband. Etwas, das man nicht wegdiskutieren konnte, etwas, das mehr als nur seine Behauptung war. Die Geburtsurkunde war nicht das Ende der Kette. Für seinen Vater vielleicht, aber nicht für ihn. Es musste etwas oder jemand in Gretas Vergangenheit geben, der die Verbindung herstellte.

Thomas' Augen hefteten sich auf das alte geklebte Adressbuch auf der Schreibunterlage des Sekretärs unter den Papieren, die sein Vater aus dem braunen Umschlag geschüttelt hatte. Es war keine Zeit zu verlieren. Er konnte Fußschritte hören auf dem Boden über ihm. Es musste Greta sein, die welches Kleid auch immer sie getragen hatte, um ihren schlüpfrigen Anwalt zu bezirzen, auszog. Sie würde jede

Minute herunterkommen, bereit für seinen Vater, der ihr eine Bloody Mary mixte.

Thomas durchquerte den Raum auf Zehenspitzen. Er verstaute alle Dokumente sorgfältig wieder in dem Umschlag, inklusive der Geburtsurkunde, und legte ihn zurück in die Schublade. Dann nahm er das Adressbuch an sich und schloss den Schreibtisch.

An der Tür warf er einen letzten Blick durch das Zimmer, als wollte er es sich ins Gedächtnis einprägen, dann ging er leise die Treppen hinunter. Er trat geräuschlos aus dem Haus und blieb einen Moment auf der Eingangstreppe stehen, bevor er davoneilte, ohne zurückzuschauen. Gretas Adressbuch hatte er unter seinem Jackett versteckt.

24. Kapitel

Thomas ging über die Albert Bridge, bestieg in Battersea die U-Bahn und fuhr zurück ins Haus von Matthew Barne, wo er übernachten würde.

Thomas und Matthew hatten sich von ihrem ersten Schultag an in Carstow zueinander hingezogen gefühlt. Zum Teil deswegen, wie Matthew Miles Lambert erzählt hatte, weil sie die beiden einzigen Klassenneulinge waren, während alle anderen bereits seit zwei Jahren eingeschult waren. Aber ihre Freundschaft basierte auch auf gleichen Interessen und Neigungen. Beide liebten Liebes- und Abenteuerromane. Sie hatten dieselben Bücher gelesen, von den Brontë-Schwestern und Robert Louis Stevenson. Sie glaubten an Ritterlichkeit und Heldentum, und Matthew hatte sich von Anbeginn mit dem Gerechtigkeits-Kreuzzug seines Freundes gegen Greta solidarisiert. Thomas seinerseits war Matthew unendlich dankbar für seine Unterstützung. Nach seiner eigenen Erfahrung mit Miles Lambert wusste er, dass es nicht leicht gewesen sein konnte für Matthew, als Zeuge auszusagen, aber er hatte es klaglos akzeptiert. Die beiden legten großen Wert auf ihre Freundschaft und waren unzertrennlich in der Schule.

Die Barnes lebten in einem weitläufigen viktorianischen Haus voller Kinder und Spielsachen und Haustieren.

Matthews Mutter kochte ständig und versuchte, Schritt zu halten mit dem unstillbaren Appetit ihrer rothaarigen Nachkommenschaft, während Mr. Barne irgendwas im Finanzdistrikt machte. Dieses irgendwas schien ihn die meiste Zeit zu beschäftigen, aber wenn er zu Hause war, schloss er sich in einem kleinen Raum im hinteren Teil des Hauses ein, den die Familie aus irgendeinem Grund das »Kabäuschen« nannte. Während Thomas' vorhergehender Besuche hatte er nur einmal beobachten können, dass sich die Tür dieses Heiligtums öffnete, und zwar als Mrs. Barne zwei leere Flaschen Wodka Smirnoff hinausgetragen hatte, woraus Thomas schloss, dass der Vater seines besten Freundes ein nicht-allzu-heimlicher-Alkoholiker war. Sowohl die Mutter als auch der Vater von Matthew waren jedoch sehr freundlich. Mrs. Barne hatte Thomas nie dafür kritisiert, dass er Matthew in seine Probleme involviert hatte. Auf ihre Weise war sie nett zu ihm, aber sie teilte mit ihrem Mann eine grundlegende Zerstreutheit, sodass Matthew und Thomas sich beinahe vollständig selber überlassen waren.

Matthew war das älteste der sechs Barne-Kinder, und diese Tatsache zusammen mit dem Status, der einzige Sohn der Familie zu sein, hatte ihm die alleinige Nutzung des Schlafzimmers in der Mansarde oben im Haus eingebracht. In dieses ging Thomas mit Gretas Adressbuch.

Matthew hing ein NICHT STÖREN-Schild an die Tür, das er sich aus einem Hotel in Brighton am letzten Tag des vergangenen Sommerurlaubs seiner Familie »besorgt« hatte, und die beiden Jungen setzten sich auf den Boden und besprachen, was als Nächstes zu tun war.

Thomas erzählte Matthew so schnell er konnte, was passiert war. Sein Mund und seine Wangenknochen taten ihm weh, und seine Lippe war angeschwollen, wo sein Vater ihn getroffen hatte.

»Dein Vater ist ein richtiger Bastard«, sagte Matthew nicht zum ersten Mal. »Meiner ist auch nicht toll, aber wenigstens schlägt er mich nicht dauernd, wenn ihm danach ist. Du solltest zur Polizei gehen.«

»Das habe ich bereits getan«, sagte Thomas und lächelte reuevoll. »Er glaubt ihr. Das ist das Problem. Es ist egal, ob sie verurteilt wird. Das würde nichts ändern, außer dass er mich noch mehr hassen würde. Sie hätte immer noch gewonnen.«

»Wird sie eingelocht?«

»Eingelocht?«

»So nennt man es, wenn jemand für schuldig befunden wird. Glaubst du, dass das passiert?«

»Nein. Ihr dicker Verteidiger hat mich wirklich fertig gemacht, hat alle davon überzeugt, dass ich mir alles nur ausgedacht habe.«

»Ich weiß. Bei mir auch.« Matthew wurde immer noch übel, wenn er an seinen Tag im Gerichtssaal dachte.

»Ich denke immer noch, dass es etwas geben muss, das beweist, dass sie schuldig ist. Nicht nur den Geschworenen, sondern auch meinem Vater. Irgendein Dokument, etwas, was sie nicht wegerklären kann, wie sie es bei dem Medaillon geschafft hat. Deshalb war die Geburtsurkunde so wichtig. Wenn sie beispielsweise nicht auf die Namen Greta Rose getauft, sondern es geworden wäre.«

»Dadurch, dass sie Rosie geheiratet hat?«

»Ja. Deswegen ist mein Vater ja beinahe durchgedreht. Er hielt diese Geburtsurkunde in der Hand, als wäre sie ein Teil der Kronjuwelen.«

»Wieso bedeutet die Geburtsurkunde, dass sie ihn nicht geheiratet haben könnte? Beides ist doch möglich, oder nicht?«

»Was? Greta Rose heiratet einen Mann, der Rose hieß?« Thomas sah mehr als skeptisch aus.

»Wenn das Rosies Nachname ist. Ich behaupte ja nicht, dass sie ihn geheiratet hat. Ich sage nur, dass es sich lohnt, das herauszufinden. Uns bleibt nicht viel anderes zu tun, und wir haben beide unseren Tag vor Gericht hinter uns.«

»Wie findet man so etwas heraus?«

»Man geht zum Familienregister. Es ist oben in Nordlondon gleich hinter Sadler's Wells Opernhaus. Dort haben sie große Register, in denen alle Heiraten und Geburten und Tode von ganz England seit der Schlacht von Waterloo archiviert sind.«

»Achtzehnhundertfünfzehn?«

»Ich weiß das Datum nicht so genau, aber das spielt keine Rolle. Die Register gehen mindestens hundert Jahre zurück, und wenn Greta geheiratet hat, liegt das nicht mehr als zehn Jahre zurück, nicht wahr?«

»Nein, ich denke nicht. Woher weißt du das alles, Matthew?«

»In meiner letzten Schule haben wir ein Projekt zu diesem Thema gemacht. Wir haben einen Tag dort verbracht. Jeder musste so viel wie möglich über seine Familiengeschichte herausfinden in den Registern. Ich konnte unsere bis zur Geburtsurkunde meines Großvaters zurückverfolgen. Darauf war als Beruf seines Vaters Gefängniskaplan eingetragen, sodass er wahrscheinlich mit den Verbrechern beten musste, die am nächsten Tag hingerichtet werden sollten. Es war wirklich ziemlich aufregend.«

»Jeder kann also hingehen und diese Register einsehen?«, fragte Thomas.

»Ja, es ist egal, wie alt du bist. Die Register enthalten allerdings nicht alle Informationen. Es reicht aber, um einen Antrag auf eine Urkunde zu stellen, und dann kann es dauern.«

»Wie lange?«

»Das weiß ich nicht. Wir mussten eine Woche auf unsere Zertifikate warten, aber bestimmt kann man es beschleunigen, wenn man mehr bezahlt.«

»Ich habe keine Woche. Wenn die Beweisführung abgeschlossen ist, werden keine neuen mehr zugelassen. Das hat mir jedenfalls Sergeant Hearns erzählt.«

»Wann ist die Beweisaufnahme zu Ende?«, fragte Matthew.

»Das weiß ich nicht. Mein Vater sagte, dass er irgendwann am Donnerstag dran ist, und er ist Gretas einziger Zeuge.«

»Gott, dann bleibt keine Zeit. Warum ist uns das nicht früher eingefallen?

»Weil sich mein Vater erst heute entschlossen hat, mir von Gretas nächtlichem Telefongespräch zu erzählen«, ewiderte Thomas. Er schwieg und fuhr dann nachdenklich fort: »Er sagte, Greta hätte zu dem Mann gesagt, ›Ich bin nicht deine Greta Rose‹. Nicht einfach ›Greta Rose‹, sondern ›deine Greta Rose‹. Sie und Rosie haben eine Verbindung, Matt. Ich weiß nicht, ob sie verheiratet waren oder nicht, aber irgendjemand muss sie zusammen gesehen haben, etwas über sie wissen. Ich werde jetzt mal dieses Adressbuch durchsehen, ob irgendeiner der Namen mir etwas sagt, und morgen Früh fahren wir zu diesem Familienregister.«

Matthew machte sich bettfertig und schlief bald, aber Thomas blieb bis zum frühen Morgen auf und zerbrach sich den Kopf über die Einträge im Adressbuch, alle in Gretas sorgfältiger Handschrift. Thomas überlegte, ob sie das Buch wohl vor morgen Früh vermissen würde. Er bezweifelte es irgendwie. Sie hatte genug Sachen, um die sie sich kümmern musste, auch ohne Telefonnummern nachzuschlagen.

Keiner der Einträge schien Thomas etwas zu sagen. Da war Gretas Mutter in Manchester, aber sonst schien es sich hauptsächlich um verschiedene Geschäftstelefonnummern zu handeln. Schneider, Reinigungen, Reisebüros und Computerzubehörläden. Dazwischen waren einige Namen mit oder ohne Nachnamen, die Thomas sich auf ein Blatt Papier schrieb, um sie morgen nachforschen zu können. Anna, Martin, Giles, Peter, Pierre, Robert, Jane – aber kein Rosie oder Rose. Überhaupt nichts Blumiges. Die Namen schwirrten durch Thomas' Kopf, nachdem er die Nachttischlampe ausgeschaltet hatte und aus dem Fenster in den Vollmond blickte, der über die Dächer von Südlondon schien. Es war eine klare Nacht, und der Mond schien ganz nah zu sein. Er spürte sein großes Gewicht und dachte an die öde Wüste, die ihn bedeckte. Er stellte sich die schreckliche Stille und die Dunkelheit seiner Nächte vor und spürte, wie sich die Verzweiflung über seinen Geist legte wie Staub. Die große Geste, mit der er den Saphir des Sultans in die Nordsee geworfen hatte, schien die reine Dummheit gewesen zu sein.

Thomas dachte an die letzten Worte seines Vaters: »Ich kann mich nicht mehr mit dir treffen. Nicht nach all dem, was passiert ist«, und er dachte an seine schöne Mutter, die ungerächt auf dem Friedhof von Flyte lag. Es blieb kaum noch Zeit. Er wandte seinen Blick ab vom Mond und fiel in einen ruhelosen Schlaf.

Als er wieder aufwachte, hatte er das Gefühl, dass überhaupt keine Zeit vergangen war, aber der beleuchtete Wecker auf Matthews Kaminsims zeigte an, dass es beinahe sieben Uhr war, und Thomas hörte bereits den Morgenlärm der ersten Barne-Kinder in den unteren Stockwerken. Ihm war so, als hätte er etwas Lebenswichtiges geträumt, konnte sich aber partout nicht daran erinnern, was es war. Die Frustration war kaum auszuhalten. Am Rande seines Bewusstseins geisterte ein Name herum, der Thomas einfach nicht wieder einfiel, und es wäre sicher nie passiert, wenn sein Blick nicht auf die Liste mit Namen und Telefonnummern gefallen wäre, die er sich aus Gretas Adressbuch notiert hatte, bevor er ins Bett gegangen war.

Pierre. Das war der Name. Er führte Thomas zurück zu einem goldenen Tag an der Themse, als er noch nicht wusste, wer Greta war oder was sie austüftelte. Er erinnerte sich an Weißwein in einem Plastikbecher, an die ausgebreitete Wolldecke auf dem Gras, während Big Ben die Stunden läutete, und an Gretas Kopf, der auf seinen Oberschenkeln ruhte. Sie hatte über einen Jungen geredet, den sie aus ihrer Schulzeit kannte. Ein Junge, an den Thomas sie erinnerte. Ein Junge, der Pierre hieß.

Thomas sprang aus dem Bett und rannte fünf Treppen hinunter, wobei er unten fast mit Matthews Vater zusammenstieß, der auf dem Weg in sein Kabäuschen war. Thomas wartete darauf, dass sich die Tür hinter Mr. Barne schloss, und wählte Pierres Nummer im Flurtelefon.

Es war eine Vorwahlnummer aus dem Ausland, und die weibliche Stimme, die antworte, sprach Französisch. Aus Mangel an französischen Sprachkenntnissen sagte Thomas zweimal laut hintereinander »Pierre«. Er konnte kein Wort von dem verstehen, was die Stimme am anderen Ende der Leitung sagte. Dann wurde der Wasserfall von Lauten plötzlich unterbrochen, und es herrschte Stille. Thomas dachte schon, dass der Hörer aufgelegt worden war, als sich eine tiefe männliche Stimme als Pierre identifizierte.

»Kennen Sie Greta Grahame?«, fragte Thomas und wünschte, er hätte sich wenigstens vorher die Zeit genommen, sich zu überlegen, was er sagen wollte.

»Wen?«

»Greta Grahame. Sie sagt, sie ist vor vielen Jahren mit Ihnen zusammen in Manchester zur Schule gegangen.«

»Greta. Ja. Ich kannte sie. Tatsächlich kannte ich sie mehr als gut. Wir sind eine Zeit lang zusammen gewesen. Es ist lange her.«

»Das weiß ich, aber ich muss Sie etwas über Leute fragen, die sie damals kannte.«

»Warum fragst du sie nicht selbst?«

»Weil sie es mir nicht sagen würde«, sagte Thomas und überlegte verzweifelt, welche Geschichte wohl diesen Fremden dazu bringen würde, ihm die Informationen zu geben, die er suchte. »Sie möchte meine Sicherheit nicht gefährden.«

»Das verstehe ich nicht«, sagte Pierre. »Wer bist du?«

»Ich bin ein Freund von Greta. Ein guter Freund. Da gibt es einen Mann, der sie bedroht, und ich muss herausfinden, wer er ist, damit ich es der Polizei melden kann.«

»Wieso sollte ich etwas darüber wissen? Ich habe Greta seit mehr als zehn Jahren nicht gesehen.«

Ganz offensichtlich wusste Pierre nichts über den Prozess. Das immerhin war ein Vorteil für Thomas.

»Ich rufe Sie an, weil Sie die einzige Person sind, die eventuell weiß, wer dieser Mann ist. Es ist jemand aus ihrer Vergangenheit, jemand Schlechtes, der etwas gegen sie in der Hand hält.«

»Ich kenne niemanden, auf den das zutrifft. Wir sind in Manchester zusammen zur Schule gegangen. Ich bin vor ihr weggezogen nach Süden. Ich habe gehört, dass sie eine Weile aus der Bahn geraten ist, aber dann starb ihr Vater, und sie hat einen Studienplatz an der Universität von Birmingham bekommen. Sie hat mir von da aus einige Male geschrieben. Es schien ihr gut zu gehen. Ich weiß nicht, was hinterher mit ihr geschehen ist. Geht es ihr gut? Außer diesem Mann, der sie bedroht, meine ich.«

»Es geht ihr toll«, log Thomas. »Sie hat eine gute Partie gemacht.«

»Hübsche Mädchen haben immer Glück, nicht wahr?«, sagte Pierre. »Wie auch immer, ich kenne deinen Namen nicht, aber ich fürchte, ich muss jetzt zur Arbeit. Ich verpasse meinen Zug, wenn ich jetzt nicht gehe.«

»Mein Name ist Thomas. Ich halte Sie nicht länger als eine Minute auf, ich verspreche es. In dieser Zeit, als sie aus der Bahn geworfen war, hatten Sie da Kontakt mit Greta?«

»Ein wenig. Ich bin hin und wieder zurück nach Manchester gefahren. Nicht oft, weil ich die Stadt nicht sonderlich mochte. Zu weit im Norden für mich. Und Greta hatte sich verändert. Sie war irgendwie eine andere Person geworden.«

»Haben Sie davon gehört, dass Greta irgendwas mit einem Mann, der sich Rosie nannte, zu tun hatte, als Sie zu Besuch in Manchester waren?«

»Rosie. Das ist ein Mädchenname.«

»Oder Rose. Er hat eine dicke Narbe, die ihm bis hinters rechte Ohr läuft.«

»Ich habe von jemandem gehört, der Rose hieß, aber der hatte keine Narbe. Ich habe ihn einmal zusammen mit Greta getroffen, und an die Narbe würde ich mich erinnern.«

»War er jemand, dem man zutraute, Leute zu bedrohen, sie zu verletzen?«, fragte Thomas und versuchte, die Anspannung in seiner Stimme zu verbergen.

»Er hatte schon den Ruf, ein harter Typ zu sein, jemand, dem man besser aus dem Weg ging. Greta wäre eine Närrin gewesen, hätte sie sich mit ihm eingelassen.«

»Wie hieß er?«

»Rose. Das habe ich dir schon gesagt.«

»Ich weiß, ich meine, wie war sein Vorname?«

»John, Jonathan. Irgendwas in der Art. Ich muss jetzt wirklich Schluss machen.«

Thomas legte langsam den Hörer auf, stand bewegungslos und gedankenverloren im Flur und versuchte, seine Gefühle im Zaum zu halten. Das war eine weitere Verbindung zwischen Greta und den Mördern seiner Mutter, aber sie war nutzlos, solange er keinen Beweis hatte, der seinen Vater und diese Geschworenen im Old Bailey überzeugen würde, einen, den Greta nicht wegreden konnte. Und er hatte fast keine Zeit mehr, die Zeugenvernehmungen würden irgendwann morgen abgeschlossen sein. Er musste seinen Beweis dem Gericht vorher vorlegen, und er wusste nicht einmal, ob einer existierte.

Matthew und Thomas kamen kurz vor halb elf in dem Archiv an. Innerhalb des Gebäudes war ein großer, heller Raum mit langen Reihen von Metallregalen unterteilt durch hohe, schräge Tische, an denen man die schweren Register lesen konnten: schwarzgebundene für Tode, grüne für Heiraten und rote für Geburten. Es gab unentwegt dumpfe Geräusche, wenn die Bücher auf die Tische gepackt oder zurück in die Regale gestellt wurden. Alle hier Beschäftigten machten auf Thomas den Eindruck, sowohl uralt als auch in Gedanken weit weg zu sein. Viele hatten tintenbeschmierte Finger, mit denen sie Einträge aus den Registern auf Antragsformulare übertrugen, die sie dann einer gelangweilten jungen Frau, die neben der Eingangstür an einem Schreibtisch saß, übergaben.

Im Handumdrehen hatte Matthew Thomas das System erklärt. Pro Jahr gab es sieben bis acht Register, die alphabetisch geordnet waren. Sie begannen mit den Geburten und fanden den Eintrag für Greta Rose Grahame nach weniger als fünf Minuten in dem »G-H«-Buch für 1971. Thomas war nicht enttäuscht; er hatte nicht wirklich erwartet, dass die Urkunde in Gretas Schreibtisch eine Fälschung war. Sein Herz klopfte allerdings schneller, als sie zu den Mittelgängen gingen und mit ihrer Suche bei den grünen Heiratsregistern begannen. Sie begannen bei 1987 und arbeiteten sich systematisch Jahr für Jahr durch, suchten jeweils unter dem Namen Rose. Es war die einzig mögliche Art, es zu tun, vorausgesetzt, dass das Register sich ausschließlich auf den Namen des Ehemannes stützte. Es gab tatsächlich wenig andere Informationen in den Büchern. Nur den Nachnamen, gefolgt von dem Vornamen des Ehemannes und den Initialen des mittleren, und darunter den Mädchennamen der Frau und den Ort, an dem die Heirat stattgefunden hatte. Schließlich gab es noch eine Referenznummer, die die unsichtbaren Angestellten in den oberen Stockwerken in die Lage versetzte, alle Details jeder Heirat nachzutragen.

Matthew und Thomas durchforschten alle Roses, die in den letzten vierzehn Jahren in Großbritannien geheiratet hatten, aber es gab keinen, der eine Grahame aus Manchester oder woher auch immer geehelicht hatte. Es gab John Roses und Jonathan Roses, die die unterschiedlichsten Frauen geheiratet hatten, aber keine hieß Grahame.

Sie suchten wieder und wieder ohne Erfolg, bis Thomas aus Versehen eins der riesigen Register von einem der hohen Tische zu Boden fiel. Es gab einen lauten Plumps, und plötzlich herrschte absolute Stille im Archiv. Jeder in ihrer Umgebung drehte sich um und beäugte die Missetäter. Sie waren alle alt, und Thomas und Matthew waren jung. »Alte Leute würden kostbare Register nicht einfach auf den Boden fallen lassen«, schienen sie zu sagen. »Alte Leute würden sorgfältiger mit ihnen umgehen.«

»Komm schon«, sagte Matthew und forderte Thomas mit einer Kopfbewegung auf, ihm in die schwarze Abteilung zu folgen. Sie nahmen Zuflucht in einer schwer einsehbaren Ecke des großen Raumes, in dem die Todesfälle von 1860–1868 aufbewahrt wurden. Hinter ihnen erklang wieder der gewohnte Plumps-Stille-Plumps-Rhythmus der Register, die auf Tische oder zurück in die Regale gestellt wurden.

»Es nützt nichts, Matthew«, sagte Thomas deprimiert. »Es macht keinen Sinn weiterzusuchen. Wir finden nichts. Es war ja eh nur eine Vermutung. Sie hätte ohne weiteres seine Greta Rose sein können, ohne mit ihm verheiratet gewesen zu sein.«

»Willkommen im Todestrakt«, sagte Matthew, der Thomas' resignierte Stimmung in Beziehung zu ihrer Umgebung setzte.

»Was hast du gesagt?«, fragte Thomas plötzlich alarmiert.

»Death Rows – oder Todestrakt H, um präzise zu sein«, sagte Matthew, der die Beschriftung an der Wand las.

»Die zu Todestrakt I führt. Verbinde die beiden miteinander, und du hast Death Rows H und I.«

»Wovon redest du da, Thomas? Es war ein Scherz, aber so witzig war er auch wieder nicht.«

»*Rows.* Verstehst du nicht, Matthew? Man kann den Namen *Rose* auch anders schreiben. Wir müssen die ebenfalls überprüfen.«

Sie gingen zurück zu der Heiratsabteilung, wo sie vorher gewesen waren, hielten tapfer den missbilligenden Blicken stand, die ihnen auf dem Weg begegneten, und begannen von neuem mit ihrer Suche. Sie fanden das Gesuchte ziemlich schnell. Es gab keine Rows, aber ein oder zwei Bräutigame hatten den Nachnamen Rowes, und ein Jonathan B. Rowes hatte eine Grahame in Liverpool 1989 geheiratet.

»Das sind sie!«, sagte Matthew aufgeregt. »Das müssen sie sein. Es ist genau das richtige Datum. Sie muss achtzehn gewesen sein. Das war die Zeit, von der Pierre meinte, dass sie aus dem Tritt gekommen ist.«

»Das Datum stimmt, aber nicht die Stadt«, sagte Thomas. »Greta lebte in Manchester, nicht in Liverpool.«

»Es sind beides Städte im Norden des Landes, oder etwa nicht? Es heiratet schließlich nicht jeder in seiner Geburtsstadt. Vielleicht wollte sie nicht, dass jeder es mitbekam.«

»Vielleicht. Ich sage ja auch nicht, dass sie es nicht sind. Ich sage nur, dass es so oder so nicht ausreicht. Wir können dies hier keinem zeigen; wir brauchen das offizielle Zertifikat, das die Geburtsdaten und so was alles enthält.«

»Tut es aber nicht. Nur das Alter auf Heiratsurkunden«, sagte Matthew. »Das weiß ich noch genau. Auch dass der Name des Vaters angegeben ist und die Berufe. Greta kann nicht so tun, als handelte es sich nicht um sie, wenn der Name des Vaters auf der Heiratsurkunde derselbe ist wie der auf ihrer Geburtsurkunde. Dann haben wir sie.«

»Wenn sie es ist, und wenn wir das Zertifikat rechtzeitig bekommen, und wenn wir es den richtigen Leuten zukommen lassen, bevor die Zeugenvernehmung abgeschlossen ist. Im Moment haben wir gar nichts in der Hand«, sagte Thomas. Unterhalb seiner Reserviertheit war er allerdings genauso aufgeregt wie Matthew. Er war nur entschlossen, sich in der Gewalt zu behalten. Er wollte nicht wieder vorschnell zuversichtlich sein.

Matthew dachte nicht daran, die düstere Stimmung seines Freundes zu unterstützen.

»Aber wir haben Hoffnung, und das ist mehr, als wir vor zwanzig Minuten hatten«, sagte er. »Wir müssen uns beeilen und die Dokumente beantragen. Sie brauchen vierundzwanzig Stunden für einen Eilantrag. So steht es auf der Erklärung da hinten an der Wand.«

Thomas füllte die Anträge aus und reichte sie dem zuständigen Beamten. Die gelangweilte junge Frau neben der Eingangstür war durch einen gelangweilten jungen Mann ersetzt worden, der einen Blick auf seine Armbanduhr warf, bevor er die korrekte Abholzeit auf Thomas' Quittung notierte – Donnerstag 12 Uhr 21. Als Thomas aus dem Gebäude des Registers ging, fragte er sich, ob er möglicherweise morgen die entscheidenden Beweise in Händen halten würde, wenn es letztendlich zu spät dafür wäre.

25. Kapitel

Das Archiv war am Donnerstag ab zehn Uhr geöffnet, und um fünf Minuten nach zehn war Thomas bereits in einen Streit verwickelt mit einem ausgemergelten jungen Mann mit einem Plastikschild am Revers, das ihn als Andrew auswies, zuständig für Anträge. Thomas schien vollständig immun zu sein gegen Matthews Beschwichtigungsversuche und die Ungeduld der hinter ihm wartenden Leute, die sich für einen Eilantrag angestellt hatten.

»Ich weiß, dass es fünf nach zehn ist und auf meiner Quittung zwölf Uhr einundzwanzig steht«, sagte Thomas, dessen Stimme immer verzweifelter klang. »Ich weiß das. Ich bitte Sie doch nur, ausnahmsweise nachzuschauen, ob meine Urkunden bereits fertig sind. Vielleicht sind sie es ja, vielleicht auch nicht, aber es schadet doch nicht, wenn Sie es versuchen, nicht wahr, Andy?«

»Ich heiße nicht Andy, sondern Andrew«, sagte der Beamte.

»Entschuldigen Sie bitte«, sagte Thomas. »Es tut mir wirklich Leid. Ich wollte Sie nicht beleidigen, Andrew. Würden Sie mir nur bitte diesen Gefallen tun?«

»Ich kann Ihnen nicht helfen, Sir«, sagte Andrew zum dritten Mal. »Sie müssen einfach warten wie jeder andere auch.«

»Können Sie nicht oder wollen Sie nicht?«, fauchte Thomas ihn entnervt an. »Ihr Regierungsbeamten seid doch alle gleich. Alles muss genau nach Vorschrift gehen, und in der Zwischenzeit geht die Gerechtigkeit vor die Hunde.«

»Schon gut, Thomas, beruhige dich«, sagte Matthew und zog seinen Freund weg vom Schalter. Er hatte bemerkt, dass sich Andrews Hand einem Summer an der Seite seines Schreibtisches genähert hatte und fürchtete, jeden Augenblick von den beiden bulligen Sicherheitsbeamten, an denen sie am Eingang des Gebäudes vorbeigegangen waren, hinausgeschmissen zu werden.

»Ich bedaure das alles sehr«, sagte Matthew zu Andrew. »Er hat große Probleme mit seiner Familie. Wir kommen dann später wieder.«

»Zwölf Uhr einundzwanzig«, antwortete Andrew automatisch und überhörte die Erklärung.

»Zwölf Uhr einundzwanzig«, wiederholte Matthew, als er Thomas zur Cafeteria drängelte.

Das Gericht trat spät zusammen am Donnerstagmorgen. Es war bereits elf Uhr, als Greta ihren Platz im Zeugenstand einnahm und Sparling mit seinem Kreuzverhör begann. Die Reporter hatten sich nach Beendigung der Vernehmung des Zeugen der Anklage geteilt in elf zu drei zu Gunsten Gretas. Sogar die drei, die noch auf eine Verurteilung gesetzt hatten, waren der Meinung, dass Miles Lambert Thomas schwer zu schaffen gemacht hatte. Alle dachten, dass der Sohn des Opfers zumindest einiges erfunden hatte, um die Anklage gegen seine Stiefmutter zu erhärten.

Es war schwer, die Mienen der Geschworenen zu ergründen. Der Italiener mit dem Designeranzug schien von Anfang an auf Gretas Seite gestanden zu haben, und die Reporter hatten bemerkt, dass wenigstens drei weitere der männlichen Geschworenen den Eindruck vermittelten, als seien sie während der vergangenen paar Tage dem Charme der Angeklagten erlegen. Der Mrs. Thatcher-Verschnitt auf dem Platz der Sprecherin sah jeden Tag wütender aus, und die generelle Ansicht in Reporterkreisen war die, dass das der wachsenden Anzahl ihrer Kollegen zuzuschreiben war, die sich auf die Seite der Verteidigung schlugen, je weiter sich der Prozess entfaltete. Eine einzige Stimme für das Urteil schuldig würde nicht ausreichen, um Gretas Freispruch zu verhindern, nachdem der Richter einen Mehrheitsbeschluss gefordert hatte. Und unter diesen Umständen wäre es ohne Bedeutung, ob das abweichende Urteil von der Sprecherin oder einem anderen Mitglied der Geschworenen kam.

Am vergangenen Nachmittag hatte Miles Lambert Greta behutsam durch ihre Zeugenaussage geführt, und jetzt stand sie bereit mit einem sanften Lächeln auf ihrem hübschen Gesicht und wartete auf die Angriffe von Sparling. Das Selbstvertrauen, das sie ausstrahlte, reizte den alten Staatsanwalt und brachte ihn dazu, sein Kreuzverhör aggressiver zu beginnen, als er es sonst möglicherweise getan hätte.

»Sie haben den Geschworenen gestern erzählt, dass Sie sich ziemlich gut mit Lady Anne verstanden haben«, sagte er. »Sind Sie wirklich dieser Meinung gewesen?«

»Wir hatten einige Auseinandersetzungen, aber ich würde sagen, dass das unvermeidlich war, da ich über die Jahre so häufig in ihrem Haus war. Im Großen und Ganzen sind wir recht gut miteinander ausgekommen.«

»Hat es Ihnen nichts ausgemacht, als Sie Ihnen Ihr Herkommen aus der Unterschicht vorgehalten und gesagt hat, dass Sie nicht in Ihr Haus passen?«

»Doch, ich war verletzt, aber dann hat sie sich entschuldigt, und ich habe ihr verziehen.«

»So einfach war das?«

»Ja, es hat ihr ehrlich Leid getan. Ich habe sie dafür bewundert, dass sie mit mir geredet hat. Es kann nicht leicht gewesen sein für sie.«

»Nein. Und es kann auch sicher nicht leicht für Sie gewesen sein, Lady Anne zu verzeihen, wie Sie sagen. Sie hat Ihnen gesagt, Sie seien so giftig wie eine Schlange, nicht wahr?«

»Das ist richtig.«

»Und das hat sie dazu gebracht zu sagen: ›Diese verdammte Runde geht an dich, Mrs. Piekfein.‹ Ist *das* richtig?«

»Nein, ist es nicht. Das ist eine Erfindung.«

»Genau wie es eine Erfindung von Thomas ist, dass er gehört hat, wie Sie die Frau Ihres Arbeitgebers im Souterrain des Hauses in Chelsea als Mrs. Piekfein bezeichneten?«

»Ja.«

»Es scheint so etwas wie ein Zusammentreffen zu sein, würden Sie das auch sagen, Lady Robinson?«

»Ja, das würde ich, Mr. Sparling, und ich würde sogar sagen, dass es kein zufälliges Zusammentreffen ist.«

»Oh?«

»Sie haben ihre Köpfe zusammengesteckt und dabei ist diese Mrs. Piekfein herausgekommen. Ich würde diesen Ausdruck nie benutzen.«

»Auch nicht, wenn Lady Anne Sie mit Ihrer Zugehörigkeit zur Unterschicht beleidigt hat?«

»Sie hat sich entschuldigt.«

»Ja, und Sie haben sie dafür bewundert. Sagten Sie das nicht gerade?«

»Ja. Sie hätte nicht sagen müssen, dass es ihr Leid tut. Es war ihr Haus.«

»Sie bewunderten Lady Anne seit langem, nicht wahr? Schon als kleines Mädchen in Manchester haben Sie sie bewundert.«

»Das ist lächerlich.«

»Genau wie Sie all diese nach der neuesten Mode gekleideten aristokratischen Damen bewundert haben, deren Fotos Sie aus Zeitschriften ausgeschnitten und in Ihre Alben geklebt haben. Sergeant Hearns erzählte uns, dass Sie mehr als zweitausend Bilder enthielten.«

»Ich habe immer für Mode geschwärmt. Ist es so falsch, für etwas zu schwärmen, wenn man jung ist?«

»Nein, ganz und gar nicht. Aber rechtfertigt das Interesse an Mode, ohne Erlaubnis die Kleider von jemand anderes anzuprobieren?«

»Nein, das tut es nicht. Ich hätte das nicht tun sollen. Ich konnte mir nur einfach solche Kleider nicht leisten, und ich wollte sehen, wie ich darin aussehe.«

»Es gab nur einen Weg, sie sich leisten zu können, nicht wahr? Nämlich selber Lady Robinson zu werden.«

»Was wollen Sie damit unterstellen, Mr. Sparling? Dass ich Lady Anne wegen Geld ermordet habe? Dafür gibt es keinen Beweis, wie Sie wissen. Nichts ist auf meinem Bankkonto gelandet. Sie haben die entsprechenden Unterlagen. Wer auch immer diesen Schmuck genommen hat, hat nichts mit mir zu tun.«

»Ich habe Sie nicht nach dem Schmuck gefragt, Lady Robinson. Ich habe unterstellt, dass Sie das haben wollten, was Lady Anne hatte: ihren Titel, ihren Ehemann und das Geld ihres Ehemanns.«

»Aber nicht ihren Schmuck.«

»Bitte widersprechen Sie dem Vertreter der Anklage nicht, Lady Robinson«, intervenierte der Richter das erste Mal an diesem Morgen. »Versuchen Sie bitte nur, seine Fragen zu beantworten.«

»Verzeihung, Mylord«, sagte Greta und schenkte dem alten Richter ein gewinnendes Lächeln.

»Schon gut. Fahren Sie bitte fort, Mr. Sparling.«

Der Staatsanwalt blätterte seine Notizen um und änderte seine Richtung.

»Worüber haben Sie mit Ihrem mitternächtlichen Besucher in Ihrem Souterrainapartment im April letzten Jahres gesprochen?«, fragte er.

»Über Geld. Es war ein Mann, dem ich Geld schuldete. Ich bat um zeitlichen Aufschub.«

»Es hatte also den Charakter einer geschäftlichen Besprechung. Wieso fand die mitten in der Nacht statt, Lady Robinson?«

»Das war nicht der Fall. Wir hatten uns vorher schon getroffen, und dann kam er noch einmal zurück in meine Wohnung und blieb lange. Ich dachte, dass ihn diese abendliche Unterhaltung etwas ...«

»Entgegenkommender machen würde?«

»Ja. Bereitwilliger, mir mehr Zeit einzuräumen.«

»Hatten Sie Recht? War er dazu bereit?«

»Ja. Er war damit einverstanden, länger zu warten.«

»Wie viel Geld schuldeten Sie diesem Mann, Lady Robinson?«

»Ungefähr zehntausend Pfund.«

»Und haben Sie die jetzt zurückgezahlt?«

»Den größten Teil.«

»Wie?«

»Ich hatte Geld gespart, und mein Mann hat mir ausgeholfen.«

»Obgleich Sie ihn angelogen hatten, was das Treffen mit diesem Mann betrifft. Sie haben das in Ihrer Aussage bereits zugegeben. Sie sagten Ihrem Mann, dass Sie bei Ihrer Mutter in Manchester waren.«

»Ich log, weil ich mich schämte, jemandem Geld zu schulden.«

»Sie logen, weil Sie nicht wollten, dass irgendjemand wusste, dass Sie sich mit dem Mann treffen, der Lady Anne ermorden wollte. Das ist die Wahrheit, nicht wahr?« Sparlings Beschuldigung wurde mit plötzlicher Aggressivität in Stimme und Gestik vorgetragen, aber weder das eine noch das andere schien irgendeinen Effekt auf Greta zu haben. Sie lächelte Sparling an, bevor sie seine Frage langsam und besonnen beantwortete.

»Nein, das ist nicht die Wahrheit, Mr. Sparling. Ich log, weil ich mich schämte, Schulden zu haben. Ich wollte nicht, dass Sir Peter oder Lady Anne schlecht von mir dachten.«

»Haben Sie zu Ihrem Besucher gesagt: ›Verstehst du nicht, dass ich ihn noch nicht habe‹?«

»Nein, das hätte ich niemals gesagt. Ich hätte wegen des Geldes gesagt: ›Verstehst du nicht, dass ich *es* noch nicht habe‹. Wie Sie sich erinnern werden, Mr. Sparling, wusste Thomas auch nicht mehr genau, ob ich ›ihn‹ oder ›es‹ gesagt habe. Ich bin sicher, dass Sie es in Ihren Notizen vermerkt haben.«

»Sie haben sich also nicht darauf bezogen, sich Sir Peter noch nicht gesichert zu haben. Ist das richtig?«

»Ich habe über das Geld gesprochen.«

»Ich unterstelle, dass Ihr Besucher der Mann war, der Lady Anne ermordet hat. Thomas hat ihn als diesen erkannt.«

»Er hat den Mann von hinten gesehen. Und dieser Mann kann sowieso nicht der Mann gewesen sein, der in meiner Wohnung gewesen ist.«

»Warum nicht?«

»Weil die Eingangstür zum Souterrain verschlossen war, als ich über die Innentreppe ins Haupthaus gegangen bin. Ich schließe immer von innen ab wegen der Einbrecher.«

»Warum hätte Ihr Besucher sie nicht aufschließen können?«

»Weil ich den Schlüssel hatte.«

»Das haben Sie nie erwähnt in Ihrer Aussage, Lady Robinson. Warum nicht?«

»Weil ich nicht daran gedacht habe.«

»Und das ist nicht alles, was Sie vergaßen zu erwähnen, nicht wahr? Sergeant Hearns hat Sie wieder und wieder nach dem Namen Ihres Besuchers gefragt. Wieder und wieder haben Sie sich geweigert, ihn zu nennen. Warum? Was hatten Sie zu verbergen?«

»Ich hatte nichts zu verbergen. Der Name des Mannes ist Andrew Relton.«

Sparling war einen Moment lang verblüfft. Gretas Antwort hatte er nicht erwartet, und er hatte diesen Namen noch nie zuvor gehört. Aber er brauchte nur ein oder zwei Sekunden, um seine Fassung zurückzugewinnen und seine Attacke fortzusetzen.

»Das erzählen Sie uns jetzt, wo Ihr Prozess beinahe abgeschlossen und die Information nutzlos ist«, sagte er. »Warum haben Sie es der Polizei nicht während Ihrer Vernehmung gesagt? Zu dem Zeitpunkt wäre es wichtig gewesen.«

Es gab eine Pause, und dann fuhr Sparling fort, als wäre Gretas Schweigen genau das gewesen, was er erwartet hatte.

»Sie haben nicht geantwortet, weil Sie keine Antwort hatten, nicht wahr, Lady Robinson? Sie haben den Namen dieses Mannes der Polizei nicht genannt, weil Sie nicht wollten, dass Nachforschungen angestellt werden.«

»Nein, ich wollte Andrew nicht hier hineinziehen, und was ist falsch daran?«, sagte Greta ärgerlich. »Meine Schulden sind meine Privatsache. Sie haben nichts mit diesem Prozess zu tun. Überhaupt nichts.«

»Sie wollten den Namen Ihres Besuchers nicht nennen, weil er der Mann ist, der Lady Anne ermordet hat. Das ist die Wahrheit, ist es nicht so?« Sparling hatte sich zu voller Höhe aufgerichtet, als wollte er damit seine Beschuldigung unterstreichen.

»Nein, das ist es nicht«, sagte Greta mit gleichem Nachdruck.

»Derselbe Mann, der zurückgekommen ist, um sich Thomas kurz vor Beginn Ihres Prozesses vorzuknöpfen.«

»Das ist lächerlich.«

»Der Mann, den sein Freund Rosie nannte.«

»Ich kenne niemanden, der Rosie oder Rose genannt wird«, sagte Greta bestimmt. »Weder Mann noch Frau. Das ist ein alberner Name.«

Umgehend bedauerte Sparling es, nach der Rückkehr des Mörders in das Haus der Vier Winde vergangene Woche gefragt zu haben. Er hatte seinen Vorteil verspielt, ein Schlaglicht auf Gretas Ausweichmanöver der Polizei gegenüber zu werfen, und stattdessen die Aufmerksamkeit der Geschworenen auf den schwächsten Teil seiner Anklage gelenkt. Jetzt blieb ihm keine andere Wahl, als weiterzumachen.

»Er hat Ihren Namen erwähnt. Er sagte, Sie waren es, die ihm erklärt hat, wie der Mechanismus des Verstecks funktioniert.«

»Nein, das hat er nicht. Thomas hat das erfunden. Es ist sehr passend, nicht wahr, dass dieser Rosie genau in dem Moment meinen Namen erwähnte, als er sicher sein konnte, dass Thomas ihn hören würde?«

»Bitte beantworten Sie nur die Fragen, Lady Robinson«, sagte Sparling in dem Bemühen, nicht die Kontrolle bei seinem Kreuzverhör zu verlieren. Aber er war geschlagen, und er wusste es. Er bemerkte aus den Augenwinkeln, dass einige der Geschworenen nach Gretas letzter Bemerkung sofort zustimmend genickt hatten. Sparling war tatsächlich halb erleichtert, dass der Richter gerade diesen Moment für seine zehnminütige Vertagung nutzte.

Zur gleichen Zeit, in der Richter Granger sich allein in seinem Zimmer in seinem Sessel zurücklehnte und seine erste Zigarette des Tages genoss, saßen Thomas und Matthew in der Cafeteria des Archivs inmitten halbgeleerter Kaffeetassen und ausgetrunkener Getränkedosen. Sie hatten gerade einen dritten erfolglosen Versuch hinter sich, um Andrew, den zuständigen Beamten, zu überreden, ihren Antrag für sie zu holen.

»Bastard, dienstbeflissener Bastard«, fauchte Thomas und unterstrich seine Gefühle dadurch, dass er eine leere Coladose zerquetschte.

»Ich weiß«, sagte Matthew. »Aber wenn du noch weitergemacht hättest, wären wir wahrscheinlich rausgeschmissen worden und würden die Dokumente überhaupt nicht bekommen.«

Thomas antwortete nicht. Er bearbeitete eine weitere Dose.

»Wir schaffen es immer noch, auch wenn wir das Zertifikat erst um zwölf Uhr zwanzig bekommen. Es ist von hier aus nicht weit zum Gericht per Taxi, und dann müssen wir nur noch Sergeant Hearns finden. Er wird das Problem schon lösen, Tom.«

»Wenn er kann. Aber es ist dann möglicherweise zu spät. Mein Vater sagte mir, dass Greta keine weiteren Zeugen außer ihm benannt hat. Hat er seine Aussage erst gemacht, war es das. Hearns sagte, dass es keine weitere Beweisaufnahme geben wird, wenn die Verteidigung alle Zeugen befragt hat.«

»Wir hätten ihn bitten sollen, uns zu helfen hierbei.«

»Ich konnte ihn gestern den ganzen Tag nicht auftreiben, und er hätte heute Morgen die Information auch nicht schneller bekommen als wir. Nebenbei, was wir aus dem Register haben, ist auch nicht gerade viel, wenn man es genau bedenkt. Jonathan B. Rowes heiratete eine Soundso Grahame irgendwo in Liverpool irgendwann 1989. Na und? Warum sollte Rowes Rosie sein? Warum sollte Grahame Greta sein?«

»Weil sie es sind«, sagte Matthew inbrünstig. »Wegen dem, was dein Vater Greta am Telefon hat sagen hören. Dass sie nicht mehr seine Greta Rose sei.«

»Aber sie hat eine Erklärung dafür. Greta Rose ist ihr wirklicher Name. So viel steht auch in den Registern.«

»*Seine* Greta Rose. Das hat sie gesagt.«

»Schon gut, Matthew.« Thomas lächelte plötzlich. »Du hast Recht. Wir müssen weiter hoffen und aufhören zu spekulieren.«

Aber Thomas' Frustration wuchs erneut, als er zum hundertsten Mal an diesem Morgen auf die Cafeteria-Uhr blickte, gerade als die Zeiger sich gemeinsam auf der Zwölf trafen.

Die Glocken der vielen Kirchen in der Innenstadt hatten gerade die volle Stunde geläutet, als John Sparling sich vom Stuhl erhob, um sein Kreuzverhör mit Lady Greta Robinson wieder aufzunehmen. Der Gerichtssaal war brechend voll, aber es war mucksmäuschenstill. Die Außenwelt schien sehr weit weg zu sein.

»Konzentrieren wir uns auf die Vorgänge um den Mord an Lady Anne«, sagte der Staatsanwalt.

»Wenn Sie es wünschen«, erwiderte Greta in einem Tonfall, der implizierte, dass es ihr gleichgültig war, ob sie es taten oder auch nicht.

»Sie sagten uns gestern, dass Sie Mrs. Ball auf Bitte von Lady Anne angerufen haben, um zu fragen, ob Thomas dort übernachten kann.«

»Das stimmt. Es war an dem Sonntagnachmittag.«

»Hat Lady Anne Sie jemals zuvor um so etwas gebeten?«

»Möglicherweise. Ich kann mich nicht mehr erinnern. Zu dem Zeitpunkt erschien es mir keine bedeutsame Bitte zu sein. Sie hatte Kopfschmerzen, und deshalb hat sie mich gebeten, den Anruf zu übernehmen.«

»Hat Lady Anne gesagt, warum sie wollte, dass Thomas bei seinem Freund übernachtet?«

»Nein.«

»Kam Ihnen die Bitte nicht etwas seltsam vor?«

»Nein. Wie ich schon sagte, mir erschien das Ganze nicht sonderlich bedeutsam.«

»Aber Lady Anne hatte sie im Laufe der zweieinhalb Jahre, die Sie für ihren Ehemann arbeiteten, niemals gebeten, irgendwelche Verabredungen für Thomas zu treffen. Stimmt das, Lady Robinson?«

»Wie ich Ihnen schon sagte, Mr. Sparling. Ich erinnere mich nicht mehr.«

»Sie erinnern sich nicht mehr. Erinnern Sie sich daran, dass Sie Jane Martin über das Zustandekommen der Verabredung belogen haben?«

»Nein, aber ich erinnere mich daran, dass Jane Martin dieses Gericht belogen hat über das, was ich zu ihr gesagt habe. Ich habe ihr nie erzählt, dass Mrs. Ball Thomas eingeladen hat.«

»Was haben Sie ihr denn erzählt?«

»Ich habe ihr nur von der Verabredung erzählt. Ich habe nichts davon erwähnt, wessen Idee es war. Es gab keinen Grund dafür. Sie hat nicht gefragt, und ich habe ihr nichts erzählt.«

»Warum sollte Lady Anne Mrs. Ball nicht persönlich angerufen und die Verabredung getroffen haben?«

»Weil sie Kopfschmerzen hatte. Ich sagte es bereits.«

»Es muss ein sehr heftiger Kopfschmerz gewesen sein, um sie von einem kurzen Telefongespräch abzuhalten.«

»Das war es auch. Sie hatte nicht einfach nur Kopfschmerzen, sondern es waren eher Migräneanfälle. Sie war zu nichts in der Lage, wenn sie die hatte.«

»Außer dass sie Ihnen an diesem speziellen Sonntag noch

die Anweisung geben konnte, Mrs. Ball anzurufen, um eine Verabredung für Thomas zu arrangieren.«

»Das stimmt. Es hat nicht lange gedauert.«

»Einen Telefonanruf zu machen hätte auch nicht länger gedauert.«

»Das weiß ich nicht. Vielleicht hat Lady Anne geglaubt, dass Mrs. Ball sich länger mit ihr am Telefon unterhalten würde.«

»Wohin soll uns das führen, Mr. Sparling?«, fragte der Richter und bewegte sich unablässig auf seinem Stuhl hin und her. »Wir scheinen uns im Kreis zu bewegen. Ich denke, es wäre das Beste, wenn Sie einfach Ihr Belastungsmaterial vortragen zu diesem Thema und dann fortfahren.«

»Ja, Mylord. Meine Unterstellung ist folgende, Lady Robinson. Sie riefen Mrs. Ball an und trafen die Verabredung, ohne irgendjemand anders zu konsultieren, und dann erzählten Sie Lady Anne und Jane Martin, dass es Mrs. Ball gewesen ist, die angerufen und Thomas eingeladen hat.«

»Warum sollte ich all das tun, Mr. Sparling?«, fragte Greta leichthin. »Warum sollte ich diese Verabredung treffen?«

Sparling antwortete nicht sofort. Er gestattete Angeklagten prinzipiell nie, Fragen zu stellen. Das hieß, die Kontrolle über das Kreuzverhör aufzugeben; das hieß, seinen größten Vorteil aus der Hand zu geben. Die Situation jetzt war jedoch eine andere. Er konnte sehen, dass die Geschworenen ihn erwartungsvoll ansahen. Sie wollten seine Antwort hören. Das Problem war, dass dies nicht der stärkste Teil seines Belastungsmaterials war. Sparling verfluchte im Stillen den Richter wegen seiner Unterbrechung. Sie hatte ihn in die Enge getrieben, und jetzt versuchte die Angeklagte, daraus Profit zu schlagen.

»Sie taten all dies, weil Sie Thomas Robinson aus dem Haus haben wollten am Montagabend, sodass Lady Anne allein und wehrlos sein würde, wenn die Mörder kamen.«

»Sodass ich im Grunde die Mutter töten lassen, den Sohn aber retten wollte. Ist es das, was Sie unterstellen, Mr. Sparling?«, fragte Greta mit einem Ausdruck von Verblüffung auf dem Gesicht.

»Das ist richtig, Lady Robinson«, sagte Sparling. »Sie hatten keinen Grund zu argwöhnen, dass Thomas Sie mit Ihrem Komplizen in London gesehen hat.«

Greta wollte schon antworten, aber Sparling beeilte sich mit seiner nächsten Frage, bevor sie es tun konnte.

»Sie haben das Arbeitszimmerfenster für ihn offen gelassen, war es nicht so?«

»Nein, ich habe nur vergessen, es zu schließen.«

»Thomas fand es weit geöffnet, als er von den Balls nach Hause kam.«

»Ja, ich hatte es weit geöffnet, weil es stickig im Arbeitszimmer war, als ich dort gearbeitet habe. Ich bin nicht die Einzige, die sagt, dass es ein warmer Abend war. Nebenbei, Anne war noch nicht zu Bett gegangen, als wir gingen.«

»Wollen Sie damit sagen, dass Sie angenommen haben, sie würde es schließen?«

»Nein, ich will damit sagen, dass ich es vergessen habe. Es war noch nicht dunkel, und ich habe nicht daran gedacht.«

»Die Männer, die kamen, erwarteten, es offen vorzufinden, nicht wahr, Lady Robinson? Deshalb hat einer von ihnen gesagt, dass sie alle verdammt noch mal zu sind, ›verdammter Scheiß‹.«

»Darüber weiß ich nichts.«

»Und deshalb haben sie die Scheibe zerschlagen in dem Fenster, das Sie offengelassen hatten. Nicht das Fenster im anderen Arbeitszimmer; nicht die Fensterscheiben im Esszimmer. Sie zerschlugen das Fenster, von dem sie erwartet hatten, dass es offen ist, was es auch gewesen wäre, wenn Thomas es nicht geschlossen hätte.« Sparlings Stimme wurde immer nachdrücklicher, als er sich beeilte, seinen Sieg nach Hause zu tragen.

»Ich sagte es Ihnen bereits. Ich hatte nichts zu tun mit diesen Männern. Ich habe das Fenster aus Versehen offen gelassen. Ich habe es Sergeant Hearns gegenüber noch in derselben Nacht zugegeben. Ich habe nie ein Geheimnis daraus gemacht.«

»Sie geben allerdings nicht zu, dass Sie die Tür in der Nordmauer offen gelassen haben, nicht wahr?«

»Nein, das tue ich nicht.«

»Aber die Mörder sind dennoch durch dieses Tor gekommen, obgleich Jane Martin es um fünf Uhr abgeschlossen hat. Wie erklären Sie sich das?«

»Anne muss es geöffnet haben, als sie einen Spaziergang gemacht hat, nachdem wir gefahren sind.«

»*Wenn* sie einen Spaziergang gemacht hat! Ich behaupte, dass sie es nicht getan hat. Sie sorgten dafür, dass Thomas nicht im Haus war, Sie öffneten das Tor in der Nordmauer und Sie öffneten das Fenster im Arbeitszimmer. Dann sind Sie zusammen mit Lady Annes Mann weggefahren und wussten, dass sie tot sein würde, bevor Sie wieder in London waren. Was sagen Sie dazu, Lady Robinson?«

»Ich sage, es ist eine Lüge. Eine gemeine Lücke. Ich bin nicht schuldig im Sinne der Anklage«, sagte Greta und ihre Stimme war voller Überzeugung. Miles Lambert fand, dass sie ziemlich umwerfend aussah mit ihren blitzenden grünen Augen und zwei roten Flecken auf ihren Wangen.

»Nicht schuldig, hm? Also, diese Entscheidung wollen wir doch den Geschworenen überlassen, nicht wahr? Jetzt möchte ich auf Lady Annes Medaillon zu sprechen kommen. Warum sagten Sie zu Thomas: ›Gib es mir, es ist meins‹, als er Ihnen das Medaillon das erste Mal zeigte?«

»Das habe ich nicht. Ich habe so etwas nicht gesagt.«

»Also haben sowohl Thomas als auch Matthew Barne dieses Gericht belogen, ist das so?«

»Natürlich haben sie das. Sie hatten sich diese Geschichte inzwischen zurechtgelegt. An dem fraglichen Tag war es anders. Dieser Matthew rannte aus dem Haus, als Peter ihn fragte, ob ich das gesagt hatte.«

»Und Thomas und Jane Martin lügen auch, wenn sie sagen, dass Lady Anne das Medaillon getragen hat, nachdem sie aus London zurückgekehrt war?«

»Ja. In jedem Fall lügt Thomas. Ich glaube nicht, dass Jane sagte, dass sie das Medaillon gesehen hat; nur irgendetwas Goldenes, von dem sie annahm, dass es das Medaillon war. So erinnere ich mich an ihre Aussage.«

»Thomas sah auch etwas Goldenes, als sich Rosie aufrichtete, nachdem er sich über Lady Annes Leiche gebeugt hatte, nicht wahr? Das war der Moment, in dem Rosie das Medaillon nahm – war es nicht so, Lady Robinson? – und die Schürfwunde am Hals von Lady Anne erzeugte, von der uns Detective Constable Butler vergangene Woche erzählte?«

»Nein. Sie hatte es im Badezimmer in dem Haus in Chelsea gelassen, als sie zur Blumenausstellung nach London gekommen war. Dann sind wir alle gemeinsam an die Küste gefahren am Samstag, und deshalb hat keiner mehr das Badezimmer betreten, bis ich es Mitte der folgenden Woche benutzte. Peter war nach dem Mord in Flyte geblieben.«

»Aber warum haben Sie das Badezimmer benutzt? Es befindet sich im obersten Stockwerk, nicht wahr?«

»Nein, es ist im dritten Stock, nicht im vierten, und die Putzfrau war gerade dabei, die Toilette im Erdgeschoss zu reinigen, als ich es benutzt habe.«

»Ja, ich verstehe, aber warum haben Sie nicht Ihr eigenes Badezimmer im Souterrain benutzt? Das wäre näher gewesen, wenn Sie im Erdgeschoss gearbeitet haben, oder nicht?«

»Ich weiß nicht. Ich kann es nicht erklären. Vielleicht weil das Badezimmer oben schöner ist als das im Souterrain. Vielleicht hatte ich einfach das Bedürfnis nach einem anderen Badezimmer.«

»Und das war es wert, drei Stockwerke hochzusteigen, statt eins hinunterzugehen?«

»Ich schätze ja.« Greta zuckte mit den Achseln.

»Sie haben dieses Medaillon nie in irgendeinem Badezimmer gefunden, nicht wahr, Lady Robinson? Sie haben es von Lady Annes Mörder.«

»Warum hätte ich es haben wollen? Es gehört nicht gerade zu den wertvollsten Stücken der Sackville-Juwelen, nicht wahr, Mr. Sparling?«

»Weil sie es als Trophäe wollten. Das Medaillon und die Fotografie darin waren ein Symbol der Ehe Ihres Arbeitgebers, und jetzt war Lady Anne tot und Sie konnten Sir Peter heiraten.«

»Und deshalb habe ich es in den Schreibtisch getan und darauf gewartet, dass es jemand findet?«, fragte Greta spöttisch. »Das macht wirklich viel Sinn.«

»Nein, Sie *versteckten* es im Geheimfach des Sekretärs.

Lady Robinson, ich muss Sie daran erinnern, dass ich nicht hier bin, um Ihre Fragen zu beantworten. Das genaue Gegenteil ist der Fall. Sie sind hier, um meine zu beantworten.« Greta blickte von Sparling hinüber zu den Geschworenen und lächelte. Der Anwalt blätterte wieder seine Notizen um und stellte ihr die nächste Frage.

»Warum haben Sie Sir Peter nichts von dem Medaillon gesagt?«

»Weil ich ihn nicht durcheinander bringen wollte.«

»Aber seit dem Mord war bereits eine Woche vergangen, als er zurück nach London kam. Es hätte ihm sicher gut getan, das Medaillon zu bekommen. Es zeigte, wie viel er Lady Anne bedeutete, nicht wahr? Dass sie ein Medaillon, in dem sich ein Foto von ihm befand, nur wenige Tage vor ihrem Tod trug; dass sie es mit nach London genommen hatte.«

»Ich habe es nicht so gesehen.«

»Aber Sie hielten es für wichtig, nicht wahr? Deshalb legten Sie es ins Geheimfach des Sekretärs.«

»Ich dachte, dass es dort sicher sei.«

»Warum haben Sie dann das Medaillon nicht Sir Peter gegeben, nachdem er sich ein wenig beruhigt hatte?«

»Weil ich nicht mehr daran gedacht hatte. Es ist viel auf mich eingestürzt. Sie scheinen vergessen zu haben, dass ich am Tag von Lady Annes Beerdigung verhaftet worden bin, Mr. Sparling.«

»Sie haben nicht mehr daran gedacht, obwohl Sie sich die Mühe gemacht hatten, es an einen so sicheren Platz zu legen, und beschlossen hatten, Sir Peter nichts davon zu erzählen, weil Sie glaubten, dass es ihn schmerzen würde. Das ergibt nicht viel Sinn, oder, Lady Robinson?«

»Ich weiß nicht, ob es Sinn ergibt oder nicht, Mr. Sparling.

Ich kann nur sagen, dass ich in meinem ganzen Leben noch nicht so viel Stress hatte wie vergangenen Sommer. Ich bin unter Mordverdacht verhaftet worden. Mein Arbeitgeber hatte seine Frau verloren. Und sein Sohn führte eine Hexenjagd gegen uns beide unter tätiger Mithilfe der Polizei von Suffolk. Ich persönlich bin nicht überrascht, dass ich das Medaillon vergessen habe.«

»Aber ich behaupte, dass Sie es nicht vergessen haben, Lady Robinson. Sie wussten, dass es da war. Sie haben nur nicht erwartet, dass irgendjemand es finden würde.«

»Ich habe es vergessen.«

»Mr. Sparling«, sagte der Richter. »Ich stelle fest, dass es kurz vor ein Uhr ist. Haben Sie noch viele Fragen, oder wäre dies ein passender Zeitpunkt für eine Mittagspause?«

»Ich habe nur noch zwei Fragen, Mylord. Vielleicht ist es besser, wenn ich sie jetzt stelle, statt damit zu warten.«

»Gewiss, Mr. Sparling. Fahren Sie fort.«

»Lady Robinson, ich unterstelle, dass Sie dieses Medaillon von dem Mann bekommen haben, der Rosie genannt wird und der Sie in Ihrer Wohnung im April letzten Jahres besucht und Lady Anne Ende Mai ermordet hat. Derselbe Rosie, der zurückgekommen ist zum Haus der Vier Winde vor zwei Wochen, als er sich namentlich auf Sie bezog. Sie haben mit ihm gemeinsam dieses Verbrechen geplant und verabredet, sich hinterher die Beute zu teilen.«

»Ich habe mich mit niemandem verschworen«, sagte Greta. »Und außerdem kenne ich niemanden, der Rosie genannt wird oder irgendjemanden, dessen Name auch nur entfernt ähnlich klingt. Ich sagte Ihnen das bereits, Mr. Sparling.«

»Mylord, ich habe keine weiteren Fragen«, sagte der Staatsanwalt. Er wünschte sich, er hätte Greta mehr verunsichern können, aber sie schien – genau wie Matthew Barne es gesagt hatte – auf jede Frage eine Antwort zu wissen. Seine Fragen zu wiederholen würde sie nur schwächer klingen lassen. Sparling spürte, wie ihm dieser Fall aus der Hand glitt. Es erfüllte ihn mit Zorn und Frustration, und er blickte auf seine Papiere, um sicherzustellen, dass keiner der Geschworenen die Gereiztheit sehen konnte, die ihm so deutlich ins Gesicht geschrieben stand.

»Mr. Lambert, haben Sie noch weitere Zeugen?«, fragte der Richter, nachdem Greta ihren Platz auf der Anklagebank wieder eingenommen hatte.

»Nur noch einen weiteren, Mylord. Den Ehemann meiner Klientin, Sir Peter Robinson.«

»Nun gut, wir werden seine Aussage um zwei Uhr hören. Genießen Sie Ihr Mittagessen, meine Damen und Herren Geschworene«, sagte der Richter und vermied den Blick der wütenden Sprecherin. Sie sah in diesem Moment aus, als wollte sie jemanden mit ihrer schwarzen Lederhandtasche attackieren. Richter Granger war dankbar dafür, dass er sein Mittagessen nicht gemeinsam mit ihr einnehmen musste.

26. Kapitel

Hinterher war es Thomas unverständlich, wie sie es geschafft hatten, die zwei Stunden Wartezeit in der Cafeteria des Archivs zu überstehen. Es war die reine Folter, die Sekundenzeiger auf der großen Wanduhr bei ihren Runden zu beobachten, während die Zeugenvernehmung im Old Bailey weiterlief und Andrew sich um die Eilzustellungen derjenigen kümmerte, die vernünftig genug gewesen waren, ihre Anträge am Vortag früher zu stellen. Man konnte ihn durch das Fenster in der Cafeteria-Tür sehen, und mehrere Male musste Matthew Thomas davon zurückhalten, hinauszustürmen und den Beamten tätlich anzugreifen.

Es war tatsächlich 12 Uhr 17 als ihre Nummer auf dem Bildschirm aufleuchtete und 12 Uhr 19, als Thomas Andrew die Dokumente aus der Hand riss. Er und Matthew hasteten damit aus dem Gebäude, sodass Matthew keine Gelegenheit mehr hatte zu beobachten, ob Andrew schließlich doch noch den Summer betätigt hatte.

Auf dem Bürgersteig öffnete Thomas den Umschlag mit zitternden Händen. Die rote Geburtsurkunde lag zuoberst, aber er warf kaum einen Blick auf das Dokument und reichte es gleich Matthew, während er die grüne Heiratsurkunde entfaltete und zu lesen begann.

»Urkunde Nr. 38. Geheiratet am 26. November 1989 im

Standesamt in Liverpool. Jonathan Barry Rowes, 21 Jahre, Junggeselle, und Greta Rose Grahame, 18 Jahre, beide aus Manchester.«

»Gib mir die Geburtsurkunde, Matt, schnell«, sagte Thomas. Vor Aufregung zitterten ihm die Hände und die Stimme, als er die beiden Dokumente verglich.

»Name des Vaters und Vorname: George Reynolds Grahame. Beruf: Fabrikarbeiter. Name und Vorname des Vaters: George Reynolds Grahame. Beruf: Rentner. Es sind dieselben, Matt. Wir haben sie jetzt. Wir haben das mörderische Miststück.« Thomas' Stimme klang hysterisch, in ihr lagen all die unterdrückten Gefühle, die er so lange versucht hatte zurückzuhalten.

»Jetzt brauchen wir nur noch ein Taxi«, sagte Matthew. Aber es war nirgends ein Taxi in Sicht. Sie brauchten zehn Minuten, eins zu finden, und es war nach ein Uhr, als Thomas und Matthew im Old Bailey ankamen und sich auf die Suche nach Sergeant Hearns machten.

Der Gerichtssaal war verschlossen und verlassen, als sie in den dritten Stock kamen, sodass sie die Treppen wieder hinuntergingen und hinter einer Säule durch die Tür ins Restaurant spähten. Keine Spur von Hearns, aber Greta aß mit Peter und Patrick Sullivan zu Mittag an einem Fenstertisch. Ihre Köpfe steckten eng zusammen, aber dann lehnte Greta sich zurück und Thomas und Matthew konnten sehen, dass alle drei lachten. Einen Augenblick später wandte Peter sich seiner Frau zu und küsste sie auf die Wange. Thomas sah die Liebe in den Augen seines Vaters, und er umklammerte den Umschlag mit den Urkunden noch ein wenig fester, als er sich abwandte und die Treppe hinunterging.

»Sieh nur, da ist er«, sagte Matthew und zeigte aufgeregt

auf die andere Seite des großen Flurs im ersten Stock. Sie standen am Fuß der Treppe, und Hearns war fünfzig Meter entfernt und redete mit John Sparling.

»Das ist perfekt«, sagte er. »Wir geben Sparling die Urkunden, und er kann sie deinem Vater im Zeugenstand vorhalten. So ist es genau richtig.«

Matthew zog Thomas am Arm, aber der blieb wie angewurzelt am selben Fleck stehen.

»Nein, Matthew, das ist nicht perfekt«, sagte er. »Dadurch wird sie zwar verurteilt, aber mein Vater wird mich nur noch mehr hassen. Es wird immer etwas sein, das ich ihm angetan habe.«

»Natürlich wird es das. Und um ehrlich zu sein, ich kann mir keinen vorstellen, der es mehr verdient hat als er zu leiden. Er mag ja dein Vater und ein bekannter Politiker sein, aber in meinen Augen ist er gleichzeitig ein verdammter Bastard. Er verdient es beinahe genauso wie sie.«

»Außer, dass er keinen ermordet hat, Matt. Die Sache ist die, dass ich ihm die Chance geben muss, seine Meinung von sich aus zu ändern. Er muss die Gelegenheit bekommen, sich zwischen ihr und mir zu entscheiden.«

»Also, ich glaube du bist total verrückt«, sagte Matthew wütend. »*Dir* hat er nicht vertraut. Nicht ein einziges Mal. Du hast ihm wieder und wieder erzählt, wer deine Mutter ermordet hat, und alles, was du bekommen hast, war ein Faustschlag auf den Mund. Nein, falsch, zwei Faustschläge. Er hat dich auch in Suffolk bereits geschlagen, nicht wahr, Tom?«

»Er hat mir eine Ohrfeige gegeben.«

»Nun gut, eine Ohrfeige. Wie rücksichtsvoll von ihm!«

»Halt den Mund, Matthew. Du hast deine Meinung mehr als deutlich gemacht.«

Thomas wandte sich ab und begann, die Treppe hinaufzugehen. Matthew fühlte sich total abgeschoben, und das machte ihn noch wütender.

»Sei kein Narr, Tom«, rief er seinem Freund hinterher. »Dein Vater ist besessen von ihr. Diese Dokumente werden nichts an seiner Meinung ändern.«

»Vielleicht nicht, aber ich muss es versuchen. Wegen meiner Mutter muss ich es versuchen.«

»Und was geschieht, wenn du es vergeblich versuchst und die Geschworenen nie erfahren, dass Greta und Rosie verheiratet sind? Was geschieht, wenn sie freigesprochen wird, Thomas? Hast du daran gedacht? Wie würde sich deine Mutter dann fühlen?«

Matthews Fragen verfolgten Thomas den Weg die Treppen hinauf. Er wusste keine Antwort darauf. Er hatte nur das Gefühl der Gewissheit, das ihn überkommen hatte, als er Minuten zuvor durch das Fenster seinen von Liebe ergriffenen Vater gesehen hatte; die Gewissheit, dass er dem Mann noch eine Chance geben musste, zu wählen.

Thomas beobachtete seinen Vater und Greta durch das Fenster. Die Minuten verrannen. Patrick brachte ihnen einen Kaffee. Sie tranken ihn, und dann tranken sie noch einen. Thomas konnte nichts tun. Er musste seinen Vater allein sehen, aber sogar wenn er seinen Vater überzeugen konnte, wäre es nutzlos, wenn Greta sie zusammen sehen würde. Sie würde dem alten Lambert sagen, dass er Sir Peter nicht aufrufen soll. Der Verteidiger würde die Beweisaufnahme abschließen, und dann könnten keine Zeugen mehr gehört werden. Nach Gretas Lachen und anhaltend guter Stimmung zu schließen, konnte es nur ein Resultat geben, wenn die Geschworenen die Urkunden nicht zu Gesicht bekamen: Greta würde freigesprochen und nie wieder vor Gericht gestellt werden können.

Thomas fragte sich, wohin Matthew gegangen war. Vielleicht würde er Hearns und Sparling von der Rowes Heirat erzählen, aber Thomas bezweifelte es. Matthew hatte nichts in der Hand ohne die Dokumente, und außerdem würde er sich nicht gegen Thomas wenden. Dafür war er ein zu guter Freund. Matthew hätte ihm dabei helfen können, irgendein Ablenkungsmanöver zu starten. So wie die Dinge standen, sah er keinerlei Möglichkeit, seinen Vater allein sprechen zu können.

Um fünf Minuten vor zwei setzten rundherum geschäftige Geräusche von den Anwälten und den Angeklagten ein, die zurückströmten in die Gerichtssäle. Thomas duckte sich hinter einer Säule, als Peter eingerahmt von seiner Frau und Patrick Sullivan aus dem Restaurant kam. Thomas fing die letzten Wortfetzen des Anwalts auf, als die drei die Treppe hinauf in den dritten Stock gingen.

»Das wird nicht lange dauern, Peter. Das Wichtigste ist, Gretas untadeligen Ruf zu festigen. Die Krone hat darauf keine Antwort.«

Thomas wartete eine Minute, dann folgte er ihnen. Ihm war klar, dass seine einzige Chance darin bestand, seinem Vater im Zeugenwarteraum aufzulauern, nachdem die anderen beiden in den Gerichtssaal gegangen waren. Er kannte die Prozedur aus eigener Erfahrung, als er vor zwei Tagen ausgesagt hatte. Miss Hooks platzierte die Zeugen in dem kleinen Raum neben dem Gerichtssaal, dann ging sie hinaus, um den Richter und die Geschworenen in den Saal zu geleiten, bevor sie die Zeugen aufrief. Er müsste ungefähr drei oder vier Minuten haben, um die Meinung seines Vaters zu ändern.

Alles lief genau so, wie Thomas es vorhergesehen hatte. Sobald sein Vater allein war, ging er direkt in den Warteraum, um ihn zu konfrontieren. Thomas hatte Zeit gehabt, sich eine Strategie zu überlegen. Er musste seinem Vater erzählen, was er auf dem Amt herausgefunden hatte. Ihm die Urkunden zu übergeben würde nicht reichen. Sein Vater würde es möglicherweise ablehnen, sie überhaupt nur zu betrachten. Womit Thomas allerdings nicht gerechnet hatte, war die Feindseligkeit seines Vaters. Sie stoppte Thomas' Absichten, gleich nachdem er durch die Tür gekommen war.

»Was zur Hölle tust du hier?«, rief Peter und stand auf. »Ich dachte, ich hätte dir befohlen, dich von mir fern zu halten.«

Thomas musste all seinen Mut zusammennehmen, um die Tür des kleinen Warteraums hinter sich zu schließen und stehen zu bleiben, als sein Vater sich ihm näherte. Thomas wusste, dass man sie im Gerichtssaal würde hören können, wenn die Tür offen blieb.

»Dad, ich weiß, dass es ein schlechter Zeitpunkt ist, aber –«

»Schlechter Zeitpunkt!«, unterbrach sein Vater ihn wütend. »Es ist kein schlechter Zeitpunkt, Thomas. Es gibt überhaupt keinen. Meine Frau steht vor Gericht und ist deinetwegen des Mordes angeklagt. Du hast wirklich alles versucht, nicht wahr?«

»Nein, Dad –«

»Alles! Du hast einen Meineid geleistet, du hast andere Leute dazu gebracht, Meineide zu leisten, und jetzt versuchst du auch noch, *mich* als Zeugen zu beeinflussen. Aber du wirst damit nicht durchkommen, Thomas. Das verspreche ich dir.«

Raserei schien von Peter Besitz zu ergreifen. Er packte seinen Sohn am Hemd, genau wie er es am Tag von Lady Annes Beerdigung ein Jahr zuvor getan hatte, und er schüttelte Thomas, während er sprach.

»Dad, du musst mir zuhören. Ich habe etwas herausgefunden –«

»Neue Lügen, Thomas. Ich habe genug von deinen Lügen. Geh mir aus dem Weg.«

Mit aller Kraft stieß Peter seinen Sohn zur Seite und riss die Tür des Warteraums auf. Dann eilte er auf den Flur und ließ seinen Sohn zusammengesunken in der Ecke zurück. Die Tür des Gerichtssaals blieb noch geschlossen, aber Thomas wusste, dass Miss Hooks sie jede Minute öffnen würde, um seinen Vater aufzurufen und nach drinnen zu geleiten. Thomas' Beine fühlten sich an wie Gummi, und er musste seinen ganzen Willen aufbringen, um sich aufzurichten und nach draußen zu gehen.

Peter stand an einem der hohen Fenster auf der anderen Seite des Flurs. Thomas nahm den Umschlag aus seiner Jacketttasche und zog die beiden Urkunden hervor, wobei er seinen Vater die ganze Zeit im Auge behielt.

»Verdammt«, fauchte Peter, als sein Sohn sich ihm näherte. »Hau ab.« Die beiden sahen in diesem Moment aus, als spielten sie irgendein merkwürdiges aber tödliches Spiel.

»Sie ist nicht deine Frau, Dad.«

»Halt den Mund, Thomas. Hast du mich verstanden? Halt den Mund. Ich werde es dir nicht noch einmal sagen.«

»Sir Peter Robinson«, rief die schrille Stimme von Miss Hooks hinter Thomas. Er blickte sich nicht um, sondern ergriff stattdessen seinen Vater beim Handgelenk. Gleichzeitig drückte er ihm mit seiner anderen Hand die Dokumente gewaltsam in die Hand, presste Peters Finger um die Papiere.

»Nimm sie«, sagte er. »Lies sie, bevor du irgendetwas sagst. Wegen Mummy. Tu es Mummy zuliebe, wenn du es nicht mir zuliebe tun willst.«

»Sir Peter Robinson«, rief Miss Hooks noch schriller als vorher. Peter ging an seinem Sohn vorbei, und Thomas spürte, wie sein Vater sich der Tür des Gerichtssaales näherte. Dann gab es eine Pause. Und einige Augenblicke später schloss sich die Tür mit einem Knall.

Möglicherweise hätte Thomas nie erfahren, was sich im Gerichtssaal abspielte, nachdem sein Vater den Zeugenstand betreten hatte, wenn Matthew in dem Moment nicht oben an der Treppe aufgetaucht wäre. Er fand Thomas, der zu Stein erstarrt schien und durch eins der hohen Fenster in den blauen Himmel ins Leere blickte. Der nachträglich einsetzende Schock durch die Begegnung mit seinem Vater hatte Thomas' eh schon dünnes Nervenkostüm erschüttert, und Matthew konnte Tränen in den dunkelblauen Augen seines Freundes sehen.

»Wo ist dein Vater?«, fragte er. »Wo sind die Urkunden? Rede mit mir, Tom.«

»Ich hab sie ihm gegeben, aber ich weiß nicht, ob er sie lesen wird. Er wollte mich nicht ausreden lassen, Matt. Ich denke, ich habe alles verdorben. Es tut mir Leid. Ich hätte auf dich hören sollen.«

»Dafür haben wir jetzt keine Zeit. Ist dein Vater schon hineingegangen?«

Thomas nickte unglücklich.

»Gut, wir haben nichts mehr zu verlieren, nicht wahr? Lass uns sehen, was passiert. Wir sind nicht so weit gekommen, um den letzten Akt zu verpassen.«

Matthew zog Thomas zur Tür des Gerichtssaals.

»Sergeant Hearns hat uns gesagt, dass wir nach unserer Zeugenaussage nicht in den Gerichtssaal dürfen«, protestierte Thomas schwach, aber Matthew überhörte das. Alle Kampfeslust war aus Thomas gewichen, und er wehrte sich nicht, als Matthew die Tür öffnete und ihn auf einen Platz hinten im Saal zerrte.

Eine kurze Welle der Aufmerksamkeit ging durch die Pressebänke, als die Reporter sich umdrehten und die beiden Teenager sahen, aber dann wandten sie geschlossen ihr Interesse Sir Peter zu, der gerade vereidigt wurde. Seine Stimme klang wie abgestorben, und sein Gesicht war schneeweiß, aber Gretas Aufmerksamkeit konzentrierte sich auf Thomas. Es erfüllte ihn mit seltener Freude zu beobachten, wie die Angst in ihren grünen Augen aufflackerte, bis er der Versuchung nicht länger widerstehen konnte, sie noch stärker in Panik zu versetzen. Er blickte von seinem Vater zu ihr und lächelte bedeutungsvoll. Die Wirkung, die das auf Greta ausübte, kam prompt. Sie umklammerte das Geländer der Anklagebank, und alle Farbe wich aus ihrem Gesicht. Dann schrieb sie plötzlich etwas auf ein Stück Papier und versuchte, die Aufmerksamkeit von Patrick Sullivan, der einige Meter entfernt mit dem Rücken zu ihr saß, auf sich zu lenken. Thomas beobachtete, wie er sich umdrehte und aufstand, um mit Greta zu sprechen, während er mit einem Teil seines Verstandes dem Beginn der Zeugenaussage seines Vaters folgte.

»Nennen Sie uns bitte Ihren Namen«, bat Miles Lambert.

»Sir Peter Robinson.«

»Und welchen Beruf üben Sie aus?«

»Ich bin der Verteidigungsminister.« Peters Stimme klang ganz hohl, ohne jede Betonung oder Nachdruck.

Patrick Sullivan platzierte eine Notiz vor Miles Lambert, aber der Verteidiger blickte nicht nach unten, um sie zu lesen. Dazu gab es keinerlei Grund. Er stellte den Zeugen nur den Geschworenen vor, begann nur, sie langsam zu erwärmen für das glänzende Leumundszeugnis, dass Sir Peter seiner Frau ausstellen würde.

»Wie lange kennen Sie Lady Greta Robinson?«, fragte er.

»Ungefähr dreieinhalb Jahre. Sie hat 1997 angefangen, für mich zu arbeiten.«

»Und ist es richtig, dass sie vergangenen Dezember geheiratet haben.«

»Richtig und falsch.«

»Verzeihen Sie, Sir Peter. Ich habe Ihre Antwort nicht ganz richtig verstanden.«

»Dann lassen Sie es mich klarstellen«, sagte Peter gelassen. »Wir haben ohne Zweifel eine Hochzeitszeremonie auf dem Standesamt von Chelsea hinter uns gebracht am 20. Dezember letzten Jahres, aber jetzt ist mir angesichts dieser Dokumente absolut klar, dass diese Zeremonie nicht gültig war.«

»Nicht gültig?«

»Ja. Weil die Person, die ich zu heiraten gedachte, bereits mit jemand anderem verheiratet war, und ich habe jeden Grund zu der Annahme, dass ihr Ehemann damals noch lebte und tatsächlich auch heute noch sehr lebendig ist.«

Miles Mund öffnete und schloss sich wieder und öffnete sich erneut, aber zum ersten Mal seit vielen Jahren brachte er kein Wort heraus. Er warf zu spät einen Blick auf die gekritzelte Notiz, die Patrick Sullivan vor ihn auf den Tisch gelegt hatte.

»Miles«, stand da. »Stell ihm keine Fragen. Er wird uns vernichten, wenn du das tust. Schließ den Fall jetzt ab. Greta.«

Hätte sie mir das nicht vorher sagen können, dachte Miles bitter. Bevor ihr verdammter Ehemann – oder was immer er ist – aufsteht und meine ganze Arbeit in einen Scherbenhaufen verwandelt.

Der Richter wartete einen Moment, bevor er die bedrückende Stille, die sich im Gerichtssaal ausgebreitet hatte, unterbrach.

»Wie ich sehe, haben Sie zwei Dokumente bei sich, Sir Peter«, sagte er in gewohnt höflicher Manier. »Wären Sie wohl so gut, uns mitzuteilen, worum es sich dabei handelt?«

»Das eine ist Gretas Heiratsurkunde«, sagte Peter. »Die Urkunde ihrer ersten Heirat, meine ich. Danach hat sie Jonathan Barry Rowes am 21. November 1989 in Liverpool geheiratet –«

»Entschuldigen Sie, wenn ich Sie unterbreche, Sir Peter, aber sagten Sie gerade ›Rose‹?«, fragte der Richter. »Wie die Blume?«

»Ja, das ist richtig. Es schreibt sich R-O-W-E-S, aber es wird zweifellos wie die Blume ausgesprochen.«

»Vielen Dank. Fahren Sie bitte fort.«

»Bei dem anderen handelt es sich um Gretas Geburtsurkunde«, sagte Peter und hielt das rotumrahmte Papier hoch. Seine Stimme war tonlos und mechanisch, sie stand in totalem Kontrast zu den außergewöhnlichen Dingen, die er äußerte. »Der angegebene Name des Vaters ist derselbe wie auf der Heiratsurkunde. Das beweist, dass es sich um Greta handelt, die Rowes geheiratet hat, und ich glaube, Rowes ist der Mann, der meine Frau ermordet hat und der versucht hat, meinen Sohn vor zwei Wochen zu ermorden.«

»Ja, vielen Dank«, sagte der Richter und erhob seine Stimme ein wenig, um das plötzlich aufbrechende Getuschel im Gerichtssaal zu unterbinden. »Also, den Geschworenen hätten diese Beweisstücke wohl besser vorliegen sollen, denken Sie nicht, Mr. Lambert? Sie scheinen doch wirklich ziemlich bedeutend zu sein, besonders nach der Versicherung Ihrer Klientin gestern, dass sie niemand kennt, der Rosie oder Rose heißt.«

»Mylord, ich beantrage eine Unterbrechung«, sagte Miles, der zwar inzwischen seine Stimme, aber noch nicht seine Haltung zurückgewonnen hatte.

»Warum, Mr. Lambert? Ich vermag keinen Grund dafür zu erkennen. Dies ist Ihr Zeuge, wie Sie wissen. Sie haben ihn aufgerufen.«

»Mylord, wenn Sie mir keine Unterbrechung gestatten, würden Sie mir dann wenigstens ein Gespräch mit Ihnen in Abwesenheit der Geschworenen erlauben?«

»Ja, Mr. Lambert, gewiss doch, aber zuerst muss den Geschworenen gestattet sein, die Prüfung der Dokumente, die Ihr Zeuge beigebracht hat, in aller Ruhe vorzunehmen. Erklären wir sie zu Beweisstücken einundzwanzig und zweiundzwanzig, Miss Hooks.«

Die beiden Urkunden waren gerade erst bei dem indischen Geschworenen angekommen, als Greta sich nicht länger beherrschen konnte.

»Peter! Sieh mich an, Peter!«, rief sie ihrem Mann von der Anklagebank aus zu. »Es ist nicht so, wie du denkst. Ich war einfach nur ein dummer Teenager. Wir sind seit Jahren geschieden. Ich hatte nichts mit diesem Mord zu tun!«

Peter wandte sich seiner Frau ein letztes Mal zu und sackte in sich zusammen. Er wirkte plötzlich wie ein Ertrinkender, der vergeblich versucht, an der Oberfläche zu bleiben. Er öffnete den Mund, brachte aber kein Wort heraus.

Vielleicht nahm Greta sein Schweigen als Ermutigung, aber sie verlor gewiss keine Zeit, um ihren Appell zu verstärken. »Ich habe dich zu dem gemacht, was du jetzt bist, Peter«, rief sie. »Das weißt du. Was hat Anne jemals für dich getan? Alles, was sie jemals interessiert hat, waren Thomas und dieses Haus. Ich habe dich vor ihr gerettet. Ich habe dich befreit.«

»Ich werde nie wieder frei sein. Du hast sie ermordet, Greta. Und dann hast du mich für die Vertuschung der Tat benutzt. Du und dein Psychopath.«

Peter presste diese Sätze hervor und schluckte mehrmals dazwischen. Aber sie brachten Greta zur Weißglut. Sie wusste, dass sie verloren hatte.

»Du bist ein Narr, Peter. Genau das bist du. Du willst alles umsonst haben, nicht wahr? Die Macht und den Ruhm *und* das schöne Mädchen. Aber man muss einen Preis dafür bezahlen. Man muss immer einen Preis bezahlen. Man bekommt nichts umsonst, Peter. Nicht in der wirklichen Welt.«

Greta holte tief Luft, um noch mehr zu sagen, und die Bleistifte der Reporter rasten über ihre Notizblöcke. Aber es gab nicht mehr. Die Sicherheitsbeamtin, die Greta zu Beginn ihres Ausbruchs beiseite gestoßen hatte, hatte sich inzwischen erholt. Sie packte Greta und zerrte sie zu der hinteren Tür von der Anklageempore.

»Ja, führen Sie sie nach unten«, befahl Richter Granger. »Und Ihnen, Mr. Lambert, gestatte ich eine Unterbrechung, aber Ihre Klientin bleibt in Haft, bis ich es anderweitig verfüge. Vielleicht sollten Sie sich besser weitere Instruktionen holen. Ihre Klientin scheint eine Menge zu erzählen zu haben.«

Der Gerichtssaal leerte sich schnell, nachdem der Richter und die Geschworenen ihn verlassen hatten. Die Reporter hasteten zu den Telefonen, um die Sensation des Tages ihren Redaktionen mitzuteilen. Bald schon waren Thomas und Matthew allein im Saal, außer Sir Peter, der immer noch im Zeugenstand saß und ins Leere blickte. Er sah aus, als sei etwas in seinem Inneren unwiderruflich zerbrochen, als sei der Motor, der ihn jahrelang so stark angetrieben hatte, ins Stottern geraten und habe den Geist aufgegeben. Matthew sah, wie Thomas seinen Vater anstarrte, und verließ leise den Saal.

Thomas wäre gern zu seinem Vater gegangen, aber er hielt sich zurück, blieb wie angewurzelt auf seinem Platz. Er hatte zwar Worte dafür gehabt, seinen Vater mit der Wahrheit zu konfrontieren, aber keine dafür, sich ihm zu nähern. Sie hatten sich seit zu langer Zeit entfremdet. Es war Peter, der schließlich das Schweigen brach, und seine Stimme kam von weit her.

»Es tut mir Leid, Tom«, sagte er. »Ich habe dich und Anne im Stich gelassen, und das nur wegen einer dummen Verblendung. Ich habe euch beide betrogen und es als Loyalität verkleidet. Ich wollte Greta glauben, weil ich den Gedanken an ein Leben ohne sie nicht ertragen konnte, und deswegen ließ ich all dies geschehen. Diese ganze Zerstörung, und jetzt ist es zu spät.«

»Was ist zu spät?«

»Alles. Ich möchte nicht mehr leben, Tom. Das ist das Problem. Wenn ich Greta Grahame nicht in deine Welt gebracht hätte, wäre deine Mutter jetzt nicht tot. Ich kann damit nicht leben, Tom. Ich kann es einfach nicht.«

»Vielleicht kannst du das im Moment nicht, aber es wird sich ändern. Du kannst nicht aufgeben, Dad.«

»Warum nicht?«

»Weil du mein Vater bist und es mir schuldest«, sagte Thomas schlicht. Es war die einzige Antwort, die ihm einfiel.

»Vielleicht tue ich das«, sagte Peter und lächelte traurig. »Aber das ist vergebliche Liebesmüh. Ich habe keinerlei Gefühle mehr in mir, Tom. Ich werde dir nicht gut tun.«

»Du bist alles, was ich habe«, sagte Thomas leidenschaftlich. »Mummy hat dich geliebt. Deshalb hat sie das Medaillon getragen. Und sie hat mich auch geliebt, weshalb sie mich vor Rowes beschützt hat. Wir beide schulden es ihr, weiterzumachen, uns gegenseitig zu helfen.«

Thomas ging auf seinen Vater zu, und als er vor ihm stand, küsste er ihn auf die Wange; dann geschah etwas Seltsames. Er konnte sich nicht erinnern, dass sich die durchdringenden blauen Augen seines Vaters jemals vor ihm geschlossen hatten, aber jetzt taten sie es.

Die Geschworenen befanden Greta am folgenden Tag um fünf Minuten nach vier mit einer Mehrheit von elf zu einer Stimme für schuldig. Die Presse neigte zu der Auffassung, dass es der Italiener in dem teuren Designeranzug gewesen war, der die abweichende Stimme abgegeben hatte, obgleich einer oder zwei es auch für möglich hielten, dass sich der Inder mit dem Turban und dem unergründlichen Gesichtsausdruck gegen die Mehrheit gestellt hatte. Es bestand allerdings kein Zweifel, wie die Sprecherin der Geschworenen gestimmt hatte. Sie hatte das Urteil geradezu schmetternd verkündet, begleitet von einem bösen Blick auf Miles Lambert, der gewusst hatte, was kommen würde, und zur anderen Seite geschaut hatte. Hinterher gratulierte er John Sparling zu seinem Sieg, und der Staatsanwalt hatte den Anstand zuzugeben, dass er sicherlich den Fall verloren hätte, wenn nicht die beiden Dokumente in letzter Minute in der Hand von Miles' Starzeugen aufgetaucht wären.

Um halb fünf verurteilte Richter Granger Lady Greta Robinson zu einer lebenslänglichen Zuchthausstrafe. Sie zeigte keine Reaktion bei diesem Urteilsspruch, aber die Reporter waren sich einig, dass sie nichts von ihrem Stolz und ihrer Würde verloren zu haben schien, als sie abgeführt wurde. Sie war zweifellos keine der üblichen Durchschnittsangeklagten.

27. Kapitel

Der Mann trug einen weißen Papieranzug. Den hatte ihm die Polizei morgens anstelle seiner vorherigen Kleidung, die ihm abgenommen worden war für forensische Untersuchungen, zugeteilt. Und die Polizei hatte ihm nicht nur seine Kleidung abgenommen. Sie hatte auch seinen Pass und Reiseunterlagen einbehalten und eine schwere Halskette, die er zum Zeitpunkt seiner Verhaftung getragen hatte. Sie hatte eine Narbe, die von seinem rechten Kieferknochen bis zu seinem kräftigen bulligen Nacken reichte, verborgen.

Jeder Polizeibeamte, der sein Gehalt zurecht verdiente, wusste, dass der Papieranzug ein sicherer Weg war, den Widerstand eines Verdächtigen zu erschüttern, dass er dadurch bei der Vernehmung leichter klein zu kriegen war. Aber bei diesem Mann waren derartige Kunstgriffe verschwendet. Er trug diesen Anzug, als sei er maßgeschneidert, warf sein dickes schwarzes Haar über den Kragen. Er streckte seine langen, muskulösen Beine aus, als würde ihn nichts auf der Welt beunruhigen. Und er sagte nichts. Starrte Detective Sergeant Hearns nur an mit einem leichten Lächeln auf seinen blutlosen Lippen, während der dicke Polizist ihm Fragen über Fragen stellte und keine Antwort erhielt. Jonathan Barry Rowes nahm sein Recht auf Antwortverweigerung wahr.

Hearns wusste, dass er nichts ausrichten konnte. Es war schlicht seine verdammte Hartnäckigkeit, die ihn trieb, und hinterher hatte er keine Ahnung, warum Rowes doch noch anfing zu reden. Vielleicht aus schlichter Langeweile. Offensichtlich war Rowes jeder Ratschlag seines zwielichtigen Anwalts im Vernehmungsraum vollkommen gleichgültig. Er war der Typ Mann, der seine eigenen Entscheidungen traf.

»Wie heißen Sie?«, unterbrach er Hearns plötzlich mitten in dessen Frage nach Rowes' Mercedes, einem Wagen der C-Klasse.

»Detective Sergeant Hearns von der Polizei von Ipswich. Ich habe mich zu Beginn der Vernehmung vorgestellt, Mr. Rowes.«

»Sicher taten Sie das. Aber es ist nicht ihr Scheiß-Nachname, der mich interessiert, Sergeant. Welchen Namen haben Ihre Eltern Ihnen gegeben? Oder hatten Sie keine Scheiß-Eltern?«

Rowes sprach langsam und leise. Er äußerte seine Beleidigungen mit gleichbleibender Stimme, wurde nicht lauter. Er heftete den Blick seiner kleinen dunklen Augen auf den Polizisten, der ihm gegenüber an dem Tisch saß.

Hearns blickte einen Moment weg und verschränkte seine Wurstfinger. Wie ein Mantra wiederholte er im Stillen den Absatz in dem Lehrbuch, der folgendermaßen überschrieben war: »Nie die Geduld bei der Vernehmung eines Verdächtigen verlieren«. Er musste Rowes bei Laune halten, wenn er je irgendwelche Antworten auf seine Fragen haben wollte.

»Martin«, sagte er nach einer Pause. »Meine Eltern nannten mich Martin.«

»Marty. Komischer Name für einen Bullen. Nun, Marty, Sie versuchen, mir etwas zu erzählen, nicht wahr? Ist das so?«

»Nein. Ich stelle Ihnen nur Fragen, die Sie bisher verweigert haben zu beantworten. Das ist Ihr gutes Recht.«

»Oh, tun Sie nicht so, Marty. Sie wollen mir weismachen, dass ich tot und begraben bin. Meine DNA passt zum Blut auf dem Fenstersims, und ich kann einen Scheißdreck dagegen machen. Dafür habe ich dem Trottel Lonny zu danken. Der Idiot hat mich gestoßen, als ich versuchte, das Glas rauszunehmen. Er hat es immer schon zu eilig gehabt. Ich werde es ihm schon noch irgendwann heimzahlen.« Rowes lachte rau.

»Welcher Lonny?«, fragte Hearns.

»Lonny und nichts weiter. Stellen Sie keine blöden Fragen, Marty. Das passt nicht zu Ihnen. Also, was wollte ich sagen? Ja, DNA. Die Wissenschaftler machen uns ganz schön zu schaffen. Nicht nur mir. Ihnen auch, Marty. Kein Bedarf mehr für all Ihre veralteten Polizeimethoden, stimmt's? Einfach sich eine Blutprobe schnappen, ab ins Labor damit und hey, presto, Einbrecher Johnny bekommt zehn Jahre. Sie werden bald arbeitslos sein, Marty.«

»Ich stimme Ihnen zu, dass das sicher einiges geändert hat. Außer dass wir in Ihrem Fall nicht Ihre DNA zum Vergleich hatten. Nicht bevor wir Sie verhaftet haben, meine ich.«

»Bis ich Ihnen in den Schoß gefallen bin, meinen Sie. Sie haben mich nicht gefunden, Marty. Der Junge war's. Immer schön bei den Tatsachen bleiben. Sie haben Ihre Untersuchung vermasselt. Das war Ihr Beitrag dazu.«

»Es steht Ihnen frei, Ihre Meinung dazu zu äußern, Mr.

Rowes. Aber Tatsache ist, dass Sie verhaftet wurden und jetzt die Möglichkeit haben, Ihre Version der Geschichte beizusteuern.«

»Onkel Marty. Immer um mein Wohlergehen besorgt. Nein, Sie wollen nur Antworten auf Ihre blöden Fragen. Und wissen Sie was? Wenn ich's recht bedenke, gibt es keinen Grund, nicht zu reden, oder? Ich werde sowieso verurteilt, dank diesem DNA-Dreck. Also fragen Sie ruhig, Marty. Ich werde Ihre Bullen-Neugierde befriedigen.«

»Der Mord. Wessen Idee war das? Ihre oder Gretas?«

»Meine. Ich hab's vorgeschlagen, weil ich sie brauchte. Und sie brauchte einen Anreiz, um mitzumachen. Sie wollte Mrs. Große Nummer werden, und Seine Lordschaft hätte sich nie von der Dame des Hauses scheiden lassen.«

»Es war also Ihre Idee. Gut. Wie lange vor dem Mord haben Sie und Greta zum ersten Mal darüber gesprochen?«

»Ihn geplant, meinen Sie. Nicht lange. Ich sah ihr Foto in der Zeitung, wie sie mit diesem Kriecher Peter Robinson aus irgendeinem schicken Restaurant kam. Ich hab ein bisschen nachgeforscht, und dann bin ich zu ihr gegangen und hab mit ihr geredet. Ich hatte sie seit über einem Jahr nicht mehr gesehen.«

»Wie hat sie anfangs darauf reagiert?«

»Zuerst gefiel ihr die Idee nicht. Wollte sich ihre Hände nicht schmutzig machen. Aber sie hat ihre Meinung schnell geändert, als ich ihr damit drohte, ihrem Herzallerliebsten von ihr und mir zu erzählen. Ich war immer eines ihrer bestgehüteten Geheimnisse, müssen Sie wissen. Sie wollte es ihren Eltern nicht erzählen, als wir geheiratet haben. Wir mussten uns heimlich nach Liverpool schleichen. Wie auch immer, sie war dafür, Ihre Ladyschaft um die Ecke zu bringen, aber dann lag sie mir ständig damit in den Ohren, noch zu warten, weil sie nicht sicher war, ob sie Seine Lordschaft schon am Haken hatte. Ich war echt genervt am Ende.«

»Und wessen Idee war es, vor Prozessbeginn noch einmal zum Haus zurückzukehren? Ihre oder Gretas?«

»Meine. Sie drehte durch hinterher. Sie liebte diesen kleinen Wicht, früher jedenfalls.«

»Was hätten Sie also mit Thomas gemacht, wenn Sie ihn gefunden hätten?«

»Ich hätte ihn verdammt noch mal verschwinden lassen. Hätte ihn Lonny überlassen. Er eignet sich gut als Kindermädchen für anderer Leute Gören.«

Rowes Stimme klang immer noch gelassen, aber für einen kurzen Augenblick ließ er seine Wut durchschimmern. Es war, als hätte sich für einen Moment plötzlich eine Tür geöffnet und gleich wieder geschlossen und Hearns einen Blick auf etwas Obszönes gestattet, etwas, was er noch nie zuvor gesehen hatte.

»Vorübergehend oder für immer verschwinden lassen?«, fragte er.

Rowes lächelte und schwieg.

»Und Greta hatte nichts damit zu tun?«

»Klar hatte sie das, verdammt noch mal. Hören Sie mir etwa nicht zu? Thomas war das Kind, das sie nie hatte. Die süße Greta ist eine verrückte Frau, aber das wissen Sie ja bereits, nicht wahr, Marty? Wie dieses Medaillon zum Beispiel. Was für eine verdammt blöde Idee, aber sie bestand darauf. Ich hätte es ihr nie gegeben, hätte ich gewusst, was sie damit machen wollte. Legt das Scheißding in einen Schreibtisch und wartet darauf, dass der kleine Scheißer es findet. Sogar Lonny hätte es besser gemacht.«

Dass Rowes jemanden als verrückt diagnostizierte, kam Hearns grotesk vor, aber er schwieg wohlweislich.

»Was ist mit dem Schmuck passiert?«, fragte er.

»Vergessen Sie es, Marty. Das werde ich Ihnen nicht auf die Nase binden. Für wie blöd halten Sie mich?«

»Wie ging es Ihnen mit Greta und Peter? Ihre Frau mit einem anderen Mann. Das kann Sie nicht gerade glücklich gemacht haben?«

»Ex-Frau, Marty. Sie wissen wirklich gar nichts, was? Und so etwas schimpft sich Detective. Gott steh Ipswich bei. Das ist das, was ich dazu zu sagen habe.«

Hearns widerstand der Versuchung, zurückzuschlagen. Rowes fing an, wütend zu werden, und er würde wahrscheinlich nicht mehr viele Fragen beantworten, bevor er wieder zuschnappte.

»In Ordnung, Ex-Frau. Es muss Sie trotzdem gestört haben.«

»Nein, hat es nicht. Ich fand die Vorstellung von Mr. Großkotz, der mit der Mörderin seiner Frau vögelt, spitzenmäßig. Und dass er das während des Prozesses herausfand, war das Beste von allem. Jetzt muss er mit dem Wissen leben, wer Greta wirklich ist. Geschieht ihm recht. Scheiß-Kriecher.«

»Warum geschieht ihm das recht? Was hat er Ihnen getan?«

»Er vögelte mit Greta. Reicht das nicht?«, brüllte Rowes und verlor schließlich die Beherrschung. »Sie hätte bei mir bleiben sollen. Ich habe sie vor diesem Schwein von einem Vater gerettet, *und* ich habe sie geheiratet. Es ist schließlich nicht mein Fehler, dass sie diese ganzen Drogen genommen und das Baby verloren hat.«

»Es ist nie Ihre Schuld, nicht wahr, Mr. Rowes? Eine Frau musste sterben wegen Ihnen. Ein Junge hat seine Mutter verloren. Was sagen Sie dazu?«

Rowes sagte gar nichts, aber das musste er auch nicht. Die Antwort stand ihm ins Gesicht geschrieben. Hearns hatte noch nie so viel geballte Wut, solch verzehrenden Hass bei irgendjemandem gesehen. Nicht in den ganzen fünfundzwanzig Jahren seiner Polizeiarbeit.

»In Ordnung, Sie müssen nichts sagen«, sagte er. »Und ich habe keine weiteren Fragen. Diese Vernehmung ist beendet. Ich schalte jetzt das Tonband aus.«

Hearns drückte auf einen Schalter an der Wand und rannte beinahe aus dem Zimmer. Er brauchte unbedingt frische Luft.

28. Kapitel

Vier Jahre später fuhr Thomas mit dem Aston Martin, der einst seiner Mutter gehört hatte, an einem schönen Frühlingstag von Oxford nach London. Das Semester war gerade zu Ende, und er hatte sich mit Matthew verabredet, ihn in Battersea bei seiner Familie abzuholen. Sie wollten zusammen nach Flyte fahren und möglichst vor Dunkelheit im Haus der Vier Winde ankommen, wenn der Verkehr es zuließ. Matthew hatte ihn gebeten zu kommen. Thomas hatte ihn lange nicht gesehen, und sein alter Freund hatte gerade seinen Vater verloren.

»Es tut mir Leid, Matthew. Wirklich sehr«, sagte Thomas, als sie davonbrausten mit den Koffern auf dem Rücksitz.

»Ist schon in Ordnung. Er hat sich nie sehr mit mir beschäftigt, weißt du. Oder mit irgendjemand anderem.«

»Ja, er schien ein Einzelgänger zu sein. Er hockte immer in diesem kleinen Raum am Ende des Korridors, für den ihr so einen lustigen Namen hattet. Wie war der noch?«

»Kabäuschen. Keiner außer meinem Vater durfte es betreten, und nachdem er gestorben war, öffneten wir es und fanden lauter Rätselbücher. Einige leere Wodkaflaschen und stapelweise Kreuzworträtsel. Was für ein Leben!«

»Wie trägt es deine Mutter?«

»Großartig. Sie lernt Japanisch. Meine Schwester Dorothy hält es für möglich, dass sie einen japanischen Freund hat. Die Lebensversicherung reicht für ein Kindermädchen, sodass sie jetzt aufleben kann. Sie hat weiß Gott einiges nachzuholen. Und wie sieht es bei dir aus? Wir geht's deinem Vater?«

»Ganz gut, nehme ich an. Er kommt nie nach Flyte, sodass ich ihn nur alle paar Monate sehe, und dann haben wir uns nicht viel zu sagen, obgleich das keine große Rolle zu spielen scheint. Er trinkt reichlich Whisky, und wir hüllen uns in freundliches Schweigen. Manchmal spricht er über das Buch, das er schreibt.«

»Wovon handelt es?«

»Von Spionage. Von Verrätern. Von Menschen, die ihr Land betrogen haben.«

»Ja, ich kann verstehen, dass ihn die interessieren.«

»Es ist gut für ihn, irgendetwas zu tun. Er hing total in der Luft, als er nach dem Prozess zurückgetreten ist. Es geht ihm jetzt besser, obgleich er zu viel trinkt.«

»Hat er Greta besucht?«

»Er hat es nach dem Prozess versucht, wie ich dir früher schon mal erzählt habe, aber sie wollte ihn nicht sehen, und jetzt will er sie auch nicht mehr sehen, glaube ich. Sie ist in einem Zuchthaus oben im Norden. Vielleicht möchte sie in der Nähe ihrer Mutter sein.«

Sie kamen gut voran und fuhren kurz vor sieben durch Carmouth, aber dann drosselte Thomas das Tempo, als sie sich dem Haus der Vier Winde näherten. Er war seit einem Monat nicht zu Hause gewesen, und er machte sich wie immer Sorgen, dass Tante Janes Gesundheitszustand sich verschlechtert hatte während seiner Abwesenheit. Die alte Frau machte ein Geheimnis aus ihrem Alter, aber Thomas schätzte, dass sie bald achtzig war, und in den Jahren nach dem Prozess hatten sie sehr abgebaut. Grace Marsh kam dreimal die Woche, um ihr im Haus zu helfen, und Christy sah nach dem Garten, aber die alte Haushälterin bestand nach wie vor darauf, die Familienporträts abzustauben und das Familiensilber zu putzen.

Tante Jane umarmte ihn fest, als er durch die Tür trat, und wollte ihnen auf der Stelle einen anständigen Nachmittagstee zubereiten, aber Thomas war entschlossen, noch vor der Dunkelheit einen Strandspaziergang zu unternehmen. Er ließ Matthew den Wagen ausladen und ging über den Nordrasen. Die rote Abendsonne stand bereits tief am westlichen Horizont, und die Schatten der alten Ulmen waren scharf konturiert im Dämmerlicht.

Thomas ging zu der Tür in der Mauer und trat auf den Pfad. Er konnte das Krachen der ankommenden Wellen hören, lange bevor er den Strand erreicht hatte. Dann stand er mit den Füßen in der Brandung und saugte die letzten Sonnenstrahlen in sich auf.

In dem Moment hatte Thomas das Gefühl, dass es nichts weiter auf der Welt gab außer dem Sand und der See und dem Himmel und dem Haus der Vier Winde hinter ihm hoch oben auf dem Kliff. Thomas spürte die Anwesenheit aller Sackvilles, die vor ihm gegangen waren, und aller, die nach ihm kommen würden. Er dachte an seine Großmutter, die auf ihrem Pferd über den Strand galoppiert war, und an seine Mutter, die in der Bucht geschwommen war, bevor er geboren wurde, und er dachte an sich als Kind und jetzt als Mann. Er war das Glied in einer langen Kette, die zurückreichte zu Menschen, deren Namen er nie erfahren würde und die in eine ferne Zukunft reichte, die er nie zu sehen bekommen würde, aber für den Augenblick war diese kleine Ecke von England sein Eigentum. Es war sein Erbe.

Der komplette Sechs-Teiler in einem Band

Es sollte die Erfüllung eines Jugendtraums werden: eine Reise durch Amerika auf dem Sattel eines Motorrades. Aber von Anfang an geht alles schief für die drei jungen Männer aus Deutschland. Zuerst nur kleine, alltägliche Dinge, doch die Situationen werden immer bedrohlicher. Und welche Rolle spielt die mysteriöse Indianerfamilie, die sie regelrecht zu verfolgen scheint? Beinahe scheint es, als laste ein Fluch auf den drei Freunden, ein uralter Fluch, geboren aus den Mythen der Anasazi, eines Indianerstammes, der vor vielen Jahrhunderten spurlos verschwunden ist, deren Götter und Dämonen aber bis heute keine Ruhe gefunden haben. Und aus dem Jugendtraum wird rasch ein Albtraum ...

ISBN 3-404-15074-0